Jeder Tag ist der Beginn
einer neuen Geschichte

Das Cover

Eine goldfarbene Rose als Symbol für Heilung und Vollkommenheit, das höchste Ziel eines Menschen.

Im übertragenen Sinne geschehen alle Geschichten in unserem Leben, an denen wir beteiligt sind, letztendlich aus einem einzigen Grund. Sie lehren uns Lektionen und geben uns dadurch die Chance, zu erkennen, wer wir wirklich sind. Um im besten Fall wieder heil und vollkommen zu werden. So wie wir einst ins Leben gestartet sind.

Eingebettet ist die goldene Rose in ein kräftiges Grün, das für Natur, Zufriedenheit, Hoffnung, Glück, Fruchtbarkeit und Wachstum steht. Alles unverzichtbar, im Leben wie in unseren Geschichten, um uns körperlich, geistig und seelisch gesund zu erhalten.

Grün, die Farbe in der Mitte des Regenbogens, die Farbe des mittleren unserer Energiezentren, des Herz- Chakras, die auf unsere Mitte, auf bedingungslose Liebe, auf Dankbarkeit und auf unser Mitgefühl bei allem Tun, allen Entscheidungen hinweisen möge.

Zur Autorin

Birgit Fernholz wurde in Wismar geboren. Beruflich hat sie sich stets von neuen Chancen inspirieren lassen und dadurch in dreizehn unterschiedlichen Tätigkeiten ihr Arbeitsfeld gefunden. Privat ist sie seit über dreißig Jahren verheiratet, hat zwei erwachsene Kinder, ist Reisende, Naturliebhaberin, vor allem die Kreative und im Herzen Schriftstellerin. Sie glaubt an eine höhere Führung, die vollkommene Liebe und das Gute im Leben.

Birgit Fernholz

JEDER TAG IST DER BEGINN EINER NEUEN GESCHICHTE

Kurzgeschichten,
die berühren
und zum Nachdenken anregen

INHALT

Widmen möchte ich dieses Buch meinem wunderbaren Vater als Erinnerung an die vielen Abende, wenn er uns nach getaner Arbeit bis nach Mitternacht Geschichten von früher erzählte. Ich liebte es.

»Ein Vater ist jemand,
zu dem man aufblickt,
egal, wie groß man wird.«
Verfasser*in unbekannt

VORWORT

Nachdem ich oft unwillkürlich Zeugin, Zuschauerin, Zuhörerin, manchmal auch selbst Hauptakteurin und unbeabsichtigt Mitwisserin von besonderen Begebenheiten, einprägsamen Ereignissen, außergewöhnlichen Situationen, prekären Momenten und seltsamen Zufällen war, begann ich eines Tages, die Geschichten in Stichpunkten aufzuschreiben. Wesentliche Sätze, markante Details und berührende Emotionen in Worte gefasst lagen auf kleinen Zetteln, Briefumschlägen, Zeitungsrändern notiert in einem Hefter. Das konnte kein Zufall sein. Intuitiv schon zielstrebig hatte ich den Gedanken bereits verfolgt, die Botschaften der Geschichten weiterzugeben, noch bevor ich mir dessen bewusst war.

Und nun ist es so weit, Sie halten mein Buch in Ihren Händen.

Jede der 42 Geschichten beinhaltet ein eigenes Thema. Manche sind aktuell, einige uralt, die meisten jedoch sind zeitlos. Sie können in Ruhe ein paar Tage über jede Geschichte nachsinnen, sich selbst darin wiederfinden, mit jemandem darüber reden, Standpunkte austauschen, streiten, Kompromisse eingehen, Ansichten teilen oder auch nicht. Reflektieren Sie sich.

Vielleicht gelingt es Ihnen nicht nur mit den Augen, sondern auch ein wenig mit dem Herzen zu lesen, um dem, was Sie berührt, Raum und einen Platz in Ihrem Innersten zu geben.

Mögen die Geschichten dazu beitragen, Sie zu inspirieren und zu motivieren sowie die Sicht auf manches Unverständliche in Ihrem eigenen Erleben aus einer anderen Perspektive zu ermöglichen.

Mögen Sie beim Lesen Ihre eigenen Schlussfolgerungen ziehen, vielleicht Entscheidungen treffen, die längst fällig sind, um sich gemäß Ihrem Lebensdrehbuch weiterzuentwickeln.

Ich wünsche mir, dass Ihnen die Geschichten in ähnlichen Situationen Weitblick, Halt und Zuversicht geben.

WEGBEGLEITUNG

von Frau Beate M. Kunze

Wenn es gut werden soll.
Wenn es gut werden soll,
gilt das Bestreben,
Bestes zu geben,
mit allen Sinnen
von ganz innen.
Liebe und Gespür
brauchts dafür,
und Zeit. Keine Eile,
was gut werden soll,
braucht Weile.
Wenn es gut werden soll,
macht es Mühe und ist schwer.
Wenn es gut geworden ist,
kommt es leicht daher.

»Dankbarkeit macht das Leben erst reich.«
Dietrich Bonhoeffer

DANKSAGUNG

Mein Dank gilt an dieser Stelle allen Hauptakteuren meiner Geschichten, auch wenn sie namentlich nicht genannt und so unerkannt bleiben, da die meisten Episoden aus dem wahren Leben nur die Quintessenz enthalten.

Christa Schmidt Sanetra, die seit Jahren Seminare und Schreibreisen anbietet, gilt mein besonderer Dank. Sie lehrte mich die Grundkenntnisse des Schreibens, ermahnte mich wegen meiner ellenlangen Sätze, unnötigen Hinweise und Erklärungen. Sie weckte in mir das Vertrauen in meine eigene Kreativität und half mir, meinen eigenen Stil zu finden.

Meinem Mann Frank möchte ich für die Zeit danken, die er sich nahm, um sich die Geschichten anzuhören, auch wenn er so manches Mal überfordert damit war, ein treffsicheres Urteil abzugeben.

Mein Sohn Thomas rettete mich aus manch aussichtslos scheinender Situation bei Auseinandersetzungen mit meinem PC, bei denen ich stets den Kürzeren zog. Besonders seinen Rat, das Geschriebene zusätzlich auf einer Festplatte abzuspeichern, beherzige ich seitdem.

Ein ganz besonderes Dankeschön an die beiden Menschen, die den Löwenanteil an Korrekturarbeit übernahmen, und das so unglaublich gerne, als wäre es ihr eigenes Buch. Beate M. Kunze, selbst Autorin, hat mit Leidenschaft, Einfühlungsvermögen, Hartnäckigkeit und Nachsicht verbessert, angemerkt, nachgefragt und neue Gedankengänge in mir angeregt. Immer ehrlich und direkt, da gab es nichts falsch zu verstehen, und das machte den Spaß dabei aus. Von ihrer Kompetenz und Schreibsicherheit konnte ich profitieren und lernen.

Die erste Aufgabe meiner Tochter Jasmin bestand darin, all die Geschichten zu lesen, in denen sie selbst inkognito die Hauptakteurin war. Im zweiten Schritt ergab sich dann ungeplant eine noch viel anspruchsvollere Aufgabe. Sie bombardierte mich mit DIN-5008-Norm-E-Mails, um meine eingerosteten Gestaltungsrichtlinien in Bezug auf Leer- und Satzzeichen, Zahlenschreibung usw. aufzufrischen. Danke dafür.

Ein letzter Dank für die Abschlusskorrektur geht an BoD - Books on Demand, obwohl ich mich letztendlich so manches Mal gegen alle grammatikalisch korrekten Regeln zugunsten der Umgangssprache entschieden habe.

Weisheit eines Ureinwohners: Die zwei Wölfe

Ein alter Ureinwohner sitzt mit seiner Familie und seinem Enkelsohn am Lagerfeuer. Sie reden über das Leben mit seinen Herausforderungen. Da erzählt der Alte von einem Kampf.
Ein Kampf, der schon sehr lange in seinem Inneren tobt.
Und er sagt: »Mein Sohn, dieser Kampf fühlt sich an, als würde er von zwei Wölfen ausgefochten.
Der eine Wolf ist böse:
Er ist der Hass, der Zorn, der Neid, die Anspannung, der Stress, die Ungeduld, die Eifersucht, Sorgen, Schmerz, Gier, die Arroganz, das Selbstmitleid, die Schuld, die Vorurteile, die Minderwertigkeitsgefühle, die Lügen, der falsche Stolz und das Ego.
Der andere Wolf ist gut:
Er verkörpert die Liebe, die Freude, den Frieden, die Gelassenheit, die Geduld, Hoffnung, Heiterkeit und Demut, die Güte, das Wohlwollen, Zuneigung, Großzügigkeit, die Aufrichtigkeit, das Mitgefühl und den Glauben.«
Der Enkel schaut den Großvater daraufhin aufmerksam an und denkt ein paar Augenblicke über die Worte nach. Und dann fragt er: »Welcher der beiden Wölfe gewinnt den Kampf?«
Und der alte Cherokee antwortet: »Der, den du fütterst!«

*Verfasser*in unbekannt*

DAS SCHWARZE BRETT

Cathy geht in die dritte Klasse und ist ein eher zurückhaltendes und ruhiges Mädchen. Heute ist kein guter Tag für sie. Ein Radiergummi aus dem kleinen Kaufladen neben der Schule ist in ihrer Tasche gelandet. Herr Malker, der Inhaber, hat sie auf frischer Tat ertappt. Er hat keine Kinder und mag auch keine, und es ist wieder mal für ihn die Bestätigung gewesen, dass er am liebsten mit den Blagen, wie er sie nennt, nichts zu tun haben will. Er alarmiert sofort die Mutter.

»Doris, ich dachte, ich sage es dir lieber, damit du mit Cathy darüber reden kannst.«

Bedrückt sitzt Cathy zu Hause am Tisch.

»Der ist so schön bunt und ich hatte kein Geld mehr«, versucht Cathy, die Aktion vor der Mutter zu rechtfertigen.

»Du wärest auch wütend, wenn dir jemand etwas klaut.«

Das heftige Wort ›Klauen‹ hat Cathy so erschreckt, dass sie kerzengerade wie bei einem Verhör auf ihrem Stuhl sitzt.

»Ich hab ihn doch nicht geklaut …«

»Du hast unerlaubt und heimlich etwas weggenommen, und das heißt nun mal, du hast geklaut.«

»Außerdem …«

»Schluss jetzt.« Die Mutter wird zusehends ärgerlicher. Wir gehen morgen beide zu Herrn Malker. Du entschuldigst dich und bezahlst den Radiergummi von deinem Taschengeld.«

»Aber … Mutti … eigentlich … eigentlich war ich das gar nicht«, schluchzt Cathy kleinlaut.

»Cathy, ich sagte, Schluss!«

Cathy ist für einen Augenblick still und beginnt dann erneut: »Ich war es aber wirklich nicht allein.«

»Ach nein, wer dann?«

Cathy zuckt mit den Schultern.

»Wer dann, wenn nicht du?«

»Oooooopa …«

»Opa? Nun ist aber genug mit der Flunkerei!«

»Opa hat mir mal erzählt«, beginnt die Zehnjährige mit unsicherer Stimme, »dass in meiner Brust zwei Wölfe wohnen, ein guter und ein böser. Welchen ich von beiden füttere, der wird stärker. Weißt du, und das mit dem Radiergummi war bestimmt der böse von den Wölfen ... hm ... denke ich mal.«

Cathy erzählt der Mutter, dass der Großvater ihr erklärt hat, dass nicht wirklich ein Wolf wie im Märchen gemeint sei, sondern eher unsere Eigenschaften, und sie könne sich genau anstelle des Wolfes eine Stimme vorstellen, die mit ihr spreche.

Die Mutter ist sprachlos. Mit so einer Erklärung, dazu noch von Großvater entwickelt, hat sie nun nicht gerechnet, nicht von ihrer ansonsten schüchternen Cathy.

Ach ja, ihr Vater. Seine Geschichten sind schon immer eine beliebte Erziehungsmethode von ihm gewesen. Schimpfen? Nein, das hat es bei ihm kaum gegeben. Zu jedem Problem hat er die passende Geschichte parat gehabt, als sie klein war.

»Du wirst dich morgen entschuldigen, den Radiergummi bezahlen, und du tust so etwas nie wieder. Ist das klar?«, fordert die Mutter erneut und sieht ihre Tochter mit ernster Miene an. »Versprich es mir.«

»Ja«, verspricht Cathy kleinlaut, immer noch nicht überzeugt von ihrer alleinigen Schuld.

Am nächsten Tag wartet die Mutter vor der Schule.

Herr Malker schaut Cathy düster an, als sie ihm das Geld reicht und sich entschuldigt.

Die Sache ist noch mal glimpflich ausgegangen und der Ruf der Familie nicht gleich ruiniert. Die Mutter nimmt sich vor, sich intensiver mit Cathy und ihren kleinen Ersparnissen zu beschäftigen. Gemeinsam legen sie ein Büchlein für Ein- und Ausgaben an. Wöchentlich setzen sich die beiden zusammen, tragen das Taschengeld ein und wie in dieser Woche die Ausgaben für Eis und den Radiergummi.

Beim Betreten des kleinen Geschäftes hat Cathy jedoch seitdem ein mulmiges Gefühl.

Was ist, wenn der böse Wolf noch mal wiederkommt?

Am Donnerstag ist Opa-Tag. Großvater ist ein rüstiger, humorvoller Rentner mit schlohweißen Haaren, die in einem langen Zopf zusammengebunden sind. Er ist ziemlich fit. Was ihn jedoch für die ganze Familie zu einem echten Schatz macht, sind seine vielen Erfahrungen. Durch sie hat er stets einen weisen Ratschlag. Er ist gütig und nachsichtig mit allen. Seine Devise: Die Dummheiten im Leben so früh als möglich und dann auch nur einmal machen. Er fährt einen flotten Oldtimer. Nicht nur Cathy, vor allem die Jungen der Klasse finden es total cool, wenn er vorfährt. Seitdem Großvater ein paar Jungen schon mal mitgenommen und zu Hause abgesetzt hat, ist sie sehr gefragt.

Sofort nach dem Einsteigen, noch bevor Großvater seiner Lieblingsenkelin den Begrüßungskuss auf die Stirn geben kann, fängt Cathy an, ihm zu erzählen, was passiert ist.

»Du wirst mich vielleicht bald nicht mehr so gerne von der Schule abholen, ich bin nämlich eine Klauerin.«

Auf der dunkelgrünen Farbe der Sitzbezüge sieht Cathy trotz ihrer pinkfarbenen Strickjacke und der passenden Strumpfhose dazu wie ein trauriges Blümchen mit hängendem Kopf aus.

»So, nun erzähl mal alle Einzelheiten ganz in Ruhe, meine Kleine.«

›Meine Kleine‹ sagt er nur jetzt, wenn sie allein sind, auf keinen Fall, wenn es die Mitschüler hören. Das geht gar nicht, und das weiß Großvater auch mittlerweile.

Cathy erzählt den Vorfall so sehr aufgeregt, als würde sie gerade bei dem Versuch ertappt, den Radiergummi in die Tasche zu stecken, die Worte sprudeln nur so aus ihrem Mund. Wenn Großvater nicht hundertprozentig sicher wäre, es handele sich um seine kleine Cathy, würde er allen Ernstes denken, die Rede sei von einem Schwerverbrecher. So kriminell hört sich die Geschichte an. Er unterbricht ihren Redefluss.

»Kleines, schon gut, schon gut, du glühst ja förmlich.«

Cathy redet weiter, sodass Großvater ihr noch mal ins Wort fallen muss.

»Opa hat auch schon mal geklaut.«

Cathy stockt kurz in ihrem Redefluss.

»Einen wunderschönen Haarreifen.«

Jetzt endlich verstummt sie ganz, schaut mit weit aufgerissenen Augen und ungläubigem Blick zur Seite.

»Opa, du?«

»Ja.«

»Warum?«

»Den Haarreifen fand ich so schick und wollte ihn Oma schenken. Ich hätte zwar das Geld gehabt, wollte es aber nicht dafür ausgeben. Oma hatte damals ganz lange schwarze lockige Haare, weswegen sie mir überhaupt aufgefallen ist.« Er schmunzelt.

Großvater berichtet von dem Vorfall.

»Ich bin siebzehn Jahre alt gewesen und hätte es deshalb erst recht wissen müssen, dass es Diebstahl ist. Mich hat sogar ein richtiger Detektiv auf frischer Tat ertappt und mir sechs Monate Hausverbot in dem Markt erteilt. Am Ende musste ich den Haarreifen und noch 50 Mark Strafe dazu bezahlen. Das war damals fast mein ganzes Lehrlingsgeld. Ich war so wütend auf mich!« Großvater atmet einmal tief durch, dann erzählt er weiter.

»Damals wusste ich noch nichts von den beiden Wölfen in mir. Und trotzdem, es fühlte sich so an, als wenn da jemand anders in mir ist und mich ermuntert, es zu tun. So nach dem Motto, einmal geht schon.«

»Ich weiß, der böse von den beiden Wölfen, der war es bei mir auch.« Cathy schaut ihn zutiefst erleichtert an. Endlich jemand, der sie versteht.

»Du kennst die Geschichte, Kleines?«

»Ja, Opa, du hast sie mir erzählt.«

»Oh, da hab ich dann ja wohl schon vorgegriffen.«

Großvater nimmt das kleine Händchen seiner Enkelin in seine linke Hand. Den rechten Arm legt er um sie. So eng beieinander haben sie schon oft im Auto gesessen.

»Weißt du, Kleines, es ist nicht schlimm, wenn der böse Wolf in uns mal die Oberhand übernimmt. Manchmal tut er dies, damit wir etwas lernen sollen.

»Lernen, Opa? Dazu geht man in die Schule.« Ein verblüffter Blick geht in Großvaters Richtung.

»Na ja, Kleines, die Schule bringt dir ganz wichtige Sachen bei. Rechnen, Schreiben, Lesen, eine fremde Sprache, vieles über die Erde und die Welt, aber ...«

Großvater macht eine Pause.

»Aber?« Cathy blickt ihn mit großen Augen an.

Es gibt noch eine viel größere Schule. Eine, in die ich auch noch immer gehe.«

»Oh, das hast du noch nie gesagt. Wann denn das? Morgens nach deinem Seniorensport?«

»Nein, nein, jeden Tag, auch jetzt gerade. Ich rede von der Schule des Lebens.«

Jetzt ist Cathy aber gespannt, öffnet noch weiter ihre Augen. Sie weiß genau, sie kennt den Großvater, jetzt kommt etwas Wichtiges, was nicht alle wissen, was er nur ihr erzählt. Dicht kuschelt sie sich an ihn, blickt so von unten zu ihm herauf.

»Erzählst du es mir oder bin ich noch zu klein?«

»Nein, nein, Kleines, du bist gerade richtig.«

»Gott sei Dank, da bin ich froh, dass ich nicht warten muss, bis die Zeit rei…f ist«, prustet sie laut los, den Satz kennt sie von der Mutter, die ihn ständig gebraucht. Großvater lacht mit.

»Schau, wenn du jemandem etwas wegnimmst, musst du damit rechnen, dass man dir irgendwann auch etwas nimmt. Wenn du dann nicht mit dem Finger auf den Dieb zeigst und über ihn schimpfst, sondern daran denkst, dass dir das selbst auch schon einmal passiert ist, dann hast du dich in dem Fall durch ihn besser kennengelernt.

Weiter spricht der Großvater davon, dass man nie wissen kann, warum jemand stiehlt.

»Ich wollte den Haarreifen für Oma, mein Geld jedoch lieber fürs Kino ausgeben.«

Er erwähnt, dass es aber auch Menschen gebe, die stahlen, weil sie nichts zu essen hätten. Deshalb sei man immer gut beraten, wenn man nicht darüber urteile. Kein Mensch komme böse auf die Welt und auch nicht als Dieb. Die Umstände im Leben veränderten die Menschen oft.

»Nicht alle haben es so gut wie du und ich, immer warmes Essen, ein Dach über dem Kopf und …«

»Einen Opa wie dich.«

Großvater schmunzelt.

»Und jeder Opa kann auch nicht eine so wunderbare kleine Cathy von der Schule abholen.«

»Stimmt, oder nur mit einem Opel.«

Cathy hat sich wie immer in Großvaters Nähe entspannt und alles ist nur noch halb so schlimm.

»Was können denn aber die Menschen tun, die nicht klauen wollen, aber Hunger und kein Geld haben?«

»Es gibt Einrichtungen, da können sich die armen Menschen Hilfe holen, bekommen kostenlos Essen und Kleidung.«

»Ah, stimmt, ich weiß, Mutti bringt immer Säcke mit Kleidern weg, die ihr zu klein sind.«

»Genau das …«

»Opa, wenn man nun aber weiß, dass man nicht klauen darf, und es trotzdem tut, weil man Lust dazu hat?«

Oh, oh, denkt sich der Großvater. Die kecke Frage geht aber zu weit und vor allem in die verkehrte Richtung. Da muss er schnell einen Riegel vorschieben. Jetzt gibt es ernsten Handlungsbedarf.

»Dann gibt es einen dicken fetten Strich auf deinem Schwarzen Brett im Himmel.«

»Oh, oh.« Und wieder werden Cathys Augen ganz groß, blicken zum Großvater.

»Ja, oh, oh.« Erwidert dieser mit ernster Miene.

»Hat das jeder?«

»Aber sicher doch!«

»Kann man sehen, ob ich schon einen Strich für den Radiergummi bekommen habe?«, kommt es leise und unsicher hervor.

»Weißt du, Kleines, wenn man seine Tat bereut und einsieht, das es nicht richtig war und man die offene Rechnung begleicht, dann kriegt man auch keinen Strich.«

Erleichtert atmet Cathy auf.

»Da bin ich aber echt froh.«

Großvater zwinkert ihr zu und drückt ihren Kopf an seine Schulter.

»Weißt du, Opa, ich glaub, ich hab eine gute Idee.« Cathy schaut in seine Augen.

»Na, dann schieß mal los. Ich bin ganz Ohr.«

»Was hältst du davon, wenn wir beide von heute an nur immer den guten Wolf füttern, damit der groß und stark wird?«

»Die Idee ist prima.«

»Ich hab mir nämlich überlegt, dass wir vielleicht dann nicht so viele Schulstunden vom Leben bekommen. Und auch keine dicken Striche an dem Brett, weißt du?«

Großvater ist gerührt und stolz auf seine kleine schlaue Enkelin. Sie hat es verstanden. Er drückt Cathys Händchen.

»Ja, Kleines, so machen wir das beide.«

Und jetzt sind die beiden hungrig wie die Wölfe und fahren zur Großmutter nach Hause.

MORALISCH ERLAUBT?

Die Kellnerin geht an den voll besetzten Tisch zu ihren Stammgästen.

»Seid gegrüßt. So ruhig alle heute, das kenn ich ja gar nicht. Was darf ich euch bringen? «

»Erst mal eine Runde Sekt? «, schlägt Arnold vor und wartet auf Zustimmung aus der Familienrunde. Sybille sitzt ihm gegenüber und nickt, null Reaktion von den Kindern.

»Oder was meint ihr? «, hakt Arnold noch mal nach.

»Wenn das für euch ein Grund zum Anstoßen ist, dann von mir aus «, reagiert Lasse.

Auch Ole und Gundo bestätigen mit einem Augenzwinkern.

»Ich nicht. « Finja schaut ihre drei Geschwister geknickt an.

»Gibt es was zu feiern? Hab ich was verpasst bei euch? «, will die Kellnerin wissen. Schweigen am Tisch.

»Sorry. « Ahnend, dass etwas nicht stimmt, nimmt sie sich schnell zurück.

»Ja, unsere Eltern haben sich vor einer Stunde scheiden lassen «, lässt Lasse die Katze aus dem Sack.

»Oh, tut mir leid, dass ich so indiskret war. Ihr beide, das glaub ich nicht! « Sie fällt aus allen Wolken.

»Ja, wir, nun schaff mal den Sekt an den Tisch, wie wollen auch noch essen. « Arnold hat genug von dem Gerede. »Oder müssen wir uns vor dir rechtfertigen? « Er schaut sie mit ernster Miene an. Spurlos geht die Trennung auch an Arnold nicht vorbei, er wirkt recht grantig.

»Nein, nein, um Himmels willen, bei mir doch nicht, ich dacht nur so, weil ihr doch immer so ... hm ... ach nichts, ich hol den Sekt. « Sie geht endlich.

Auch wenn die Kinder alle erwachsen sind, ist es für Arnold und Sybille nicht einfach gewesen, ihnen den bevorstehenden Schritt mitzuteilen. Sie alle gemeinsam an einen Tisch zu bekommen, das war nur vor zwei Monaten an Arnolds Geburtstag möglich. Schon im Vorfeld beschäftigt die Eltern, wann der passende Zeitpunkt auf der Feier ist, und darüber einig werden sie sich nicht wirklich.

»Lass uns abwarten, es wird sich ergeben.« Arnold hat auch keine optimale Lösung.

»Wie du meinst.« Sybille ist erst froh, wenn es gesagt ist, ihr macht die Reaktion der Kinder jetzt schon zu schaffen.

Der Geburtstag soll verlaufen wie immer, jedoch tut er es von Anfang an nicht, die Kinder spüren, dass etwas in der Luft liegt, das gewohnte mütterliche Willkommenslächeln ist verzerrt, die Worte des Vaters klingen anders als sonst. Lasse, der nie ein Blatt vor den Mund nimmt, will den Grund der beklemmenden Stimmung gleich nach dem Kaffeetrinken wissen. Arnold sieht es als die Gelegenheit und beginnt, ohne lange um den heißen Brei zu reden.

»Wenn du schon fragst, eure Mutter und ich möchten euch etwas mitteilen.« Seine Mimik verrät, dass es nicht um eine große Reise oder sonst etwas Erfreuliches geht. Finja kreisen die schlimmsten Dinge durch den Kopf, ob einer von beiden schwer krank sei und sie es bis jetzt verheimlicht hätten, um keinen zu beunruhigen. Gundo vermutet, einer könnte arbeitslos geworden sein. Beides weit gefehlt, alle sitzen stumm am Tisch, Sybille bekommt feuchte Augen, will es mit einem Schnäuzen überspielen, Arnold spricht dann weiter.

»Wir werden uns in ein paar Wochen scheiden lassen.«

»Das fragst du nicht, sondern sagst es einfach, oder?«, will Finja wissen.

»Genau, wir sagen es euch. Fragen müssen wir euch nicht danach.« Arnold stellt gleich einmal wieder mehr die Hierarchie in der Familie klar.

»Warum?«, kommt von Lasse.

»Dürfen wir die Gründe erfahren?«, fragt Ole gleich vorsichtig hinterher.

»Stehen etwa schon unsere Stiefeltern vor der Tür?« Finja kann ihren Missmut nicht verbergen.

»Ihr seid echt abgefahren, das soll einer verstehen.« Gundo schüttelt nur den Kopf.

Wieder ist Ruhe, Arnold hat sich indessen erneut vorbereitet.

»Eines vorweg, wir bleiben immer eure Eltern, daran wird sich nie etwas ändern, und wenn es eine Angelegenheit zu besprechen gibt, die euch betrifft, werden wir es auch gemeinsam tun, auch weiterhin. Alles andere zwischen uns und euch, wie wir es handhaben, wird sich finden, das wissen wir heute auch noch nicht, wie es sich gestaltet.«

»Scheiße.« Ole geht zur Mutter, nimmt sie in den Arm. »Sag du doch auch mal was, Mutti.«

»Was soll ich dazu noch sagen? Papa hat alles Wichtige erzählt.«

»Nein, hat er nicht. Warum trennt ihr euch?«

»Weil es zu Ende ist.« Sybille will nicht ins Detail gehen.

»Das ist doch kein Grund.«

»Doch, deine Mutter hat recht. Alle anderen Dinge gehen nur uns beide etwas an.«

Bedrückte Stimmung, fast eine halbe Stunde lang sitzen alle mehr oder weniger ruhig am Tisch. Finja und Lasse sprechen leise miteinander, Lasse streichelt ihre Wange. Arnold ist mit Ole im Gespräch über eine Autoreparatur, Gundo starrt Löcher in die Luft, Sybille schenkt Kaffee nach, fühlt sich mehr als unwohl in ihrer Haut, würde am liebsten alle Kinder in den Arm nehmen, sie trösten oder die Jahre zurückdrehen und vielleicht einiges anders machen.

»So, ich fahr dann, ich muss das erst sacken lassen.« Lasse steht auf.

»Ich schließ mich an.« Gundo erhebt sich und stößt Ole an, der nickt zustimmend.

»Was soll ich dann noch hier? Ich komm auch mit.« Finja drückt erneut ihren Unmut aus.

»Und das Abendessen?« Sybille schaut zu Arnold. Noch bevor der sich äußern kann, gesteht Lasse: »Das krieg ich nicht mehr runter.« Er schaut seine Geschwister an. »Oder ihr etwa?« Kopfschütteln. Die Kinder gehen gemeinsam in den Flur, ziehen die Jacken an und verabschieden sich. Ole ist der Einzige, der die Eltern noch mal in den Arm nimmt, der Rest winkt zum Abschied. Lasse hakt Finja unter. »Willst du mit zu mir kommen?« Sie lehnt sich an ihren großen Bruder.

Der Nachmittag mit den Kindern ist für die Eltern noch viel bitterer als der Tag, an dem sie die Entscheidung getroffen haben, die ihr Leben in Zukunft bestimmen wird. Bedrückt sitzen sie am Abend zusammen. Sybille bricht es fast das Herz. Sie, die immer allen Kummer von den Kindern fernhalten wollte, mag sich nicht vorstellen, wie es den vieren jetzt gehen mag. Zum Glück ist Finja mit zu Lasse, das beruhigt sie ein wenig.

Neben den Großeltern fällt auch die gesamte Nachbarschaft aus allen Wolken, als sich die Nachricht herumspricht.

»Warum ihr denn nur? Bei der Vorzeigeehe.« Die Entscheidung stößt auf allgemeines Unverständnis.

Was für alle anderen unbegreiflich scheint und jeglicher Grundlage entbehrt, ist für Arnold und Sybille ein viel zu lange aufgeschobener Schritt. Seit Jahren hadern sie damit, sich zu trennen, vermuten anfangs, dass es nur eine Phase ist, die wieder vergeht, bleiben zusammen der Kinder wegen, arrangieren sich. Als das letzte Kind ausgezogen ist, wird ihnen endlich bewusst, wie sehr die vier als Bindeglied gedient haben, all die Jahre.

Nein, es gibt sie nicht, keine Affären, Geldprobleme, keine eheliche Gewalt oder sonstige schwerwiegende Gründe. Arnold und Sybille leben seit geraumer Zeit wie beste Freunde, wie Bruder und Schwester in einer friedlichen Gemeinschaft zusammen. Einen letzten Anker gibt es noch und das ist das gemeinsame Hobby, das sie vor über dreißig Jahren auch zusammengeführt hat. Stundenlang sitzen sie auf ihren Campingstühlen, die Rute in der Hand und warten, dass ein Fisch anbeißt. Ja, das Angeln ist ihrer beider Leidenschaft, das ist neben dem Lesen der letzte kleine Faden, der sie zusammenhält. Das alles geschieht jedoch eher nebeneinander als miteinander. Die sexuelle Anziehung ist gleich null, keiner sucht die Nähe des anderen.

Arnold und Sybille ist es immer wichtig gewesen, den Kindern vorbildliche Eltern zu sein. Ihnen Rechtschaffenheit, Fleiß, Ordnung, die Liebe zum Beruf vorzuleben, und das haben sie auch mit Bravour geschafft. Nur als Paar sind sie dabei auf der Strecke geblieben, haben die eigenen Belange vernachlässigt, Probleme verdrängt und Wünsche zurückgestellt. Dass eine gelingende Beziehung auch ein Leben lang Arbeit an sich selbst ist und zwei Menschen nicht einfach zufällt, haben sie so lange übersehen, bis es keiner von beiden mehr sehen konnte oder wollte.

Das gemeinsame Familienessen im Anschluss an die Scheidung liegt drei Jahre zurück. Die vier Kinder leben ihr eigenes Leben. Die jeweiligen Wohnorte sind verteilt von Mecklenburg bis nach Bayern. Der rege telefonische Kontakt ist geblieben. Es klappt nicht immer mit den Besuchen, aber einmal im Jahr gibt es zumindest ein Geschwistertreffen im Harz, das ist zur Tradition geworden. Diese große Pension, dort, wo sie mit der ganzen Familie jedes Osterfest verbracht haben, ist wie ein Magnet für sie, und so soll es bleiben, das haben sie sich versprochen.

Die eingeschlagenen neuen Lebenswege der Eltern dagegen sehen grundverschieden aus.

Arnold hat zwei Jahre später wieder geheiratet, seine Kollegin Isar.

Isar ist sehr temperamentvoll, kontaktfreudig und hat immer etwas zu erzählen, kann mit ihrem Redetalent ihr Umfeld unterhalten, begeistern oder manchmal auch nerven. Mit ihr ist er in ein kleines Reihenhaus gezogen. Liebe, Begehren und Leidenschaft sind mit Isar zurückgekommen, Arnold erlebt seinen zweiten Frühling. Kuschlige Kaminabende, Wellness-Wochenenden, Freunde einladen und tanzen gehen, das alles gehört wieder zum Leben dazu.

Sybille dagegen hat sich aus der Stadt aufs Dorf zurückgezogen. Sie engagiert sich neben ihrer Arbeit als Kindergärtnerin in der Dorfbücherei und frönt so ihrer Leseleidenschaft. Auch sie hat eine neue Beziehung. Till ist Sportlehrer und Fußballtrainer, viel unterwegs, sehr kommunikativ, versucht immer, Sybille aus der Reserve zu locken. Die Idee, mit ihm angeln zu gehen, hat Sybille schnell verworfen. Mit ihm macht sie Fahrradtouren und Wanderungen, das passt. Sie ist glücklich und auch die Gefühlswelt ist wieder ein wenig im Gleichgewicht.

Die Kinder sind mehr oder weniger zufrieden mit den aktuellen Lebenskonzepten und tolerieren die gewählten Partner der Eltern. Was bleibt ihnen übrig? Wenn sie den Kontakt zu Vater und Mutter aufrechterhalten wollen, gehören die Neuen dazu.

Trotzdem ist nichts mehr wie früher. Als die Eltern noch verheiratet waren, ist es selbstverständlich gewesen, dass sich alle Weihnachten zu Hause trafen. Jetzt lässt es sich aufgrund der großen Entfernungen gar nicht immer einrichten oder es ist eher eine Pflichtveranstaltung. Dann fahren sie einen Tag zum Vater und der neuen Besetzung und einen Tag zur Mutter. Till ist bei seiner Tochter und hält sich noch von der neuen Familienrunde fern.

Erst seit sie alle vier selbst in einer eigenen Beziehung leben, fühlt es sich leichter an, und der Wert des ehemaligen Elternhauses ist nicht mehr so vordergründig, das Vermissen besonders für Finja nicht mehr so schmerzlich.

Obwohl die gesamte Trennung einvernehmlich verlaufen ist, haben sich Arnold und Sybille seit dem Auszug nicht mehr gesehen. Telefoniert haben sie schon, denn hin und wieder machen es ehemals gemeinsame Projekte notwendig. Den neuen Partner vom anderen jedoch kennt keiner.

Das soll sich in diesem Jahr ändern. Ole hat zur Hochzeit geladen, alle.

Zu sich nach Hause nach Neubrandenburg. Unter den Geschwistern laufen die Telefondrähte heiß. Wer verfasst die Hochzeitszeitung? Wer kümmert sich um die Entführung der Braut? Wer besorgt ein paar Pfund Reis für das Ritual nach der standesamtlichen Trauung?

Ole und Marie sitzen zusammen und besprechen die Sitzordnung und die Auswahl der passenden Dekoration.

»Soll ich deine Eltern nebeneinandersetzen an meine Seite?«, will Marie sich lieber noch mal vergewissern.

»Ja, na klar, da müssen sie durch. Erstens ist es so Sitte. Und zweitens haben sie sich das ja selbst eingebrockt, lass sie mal nebeneinander schmoren.«

»Also neben mir Arnold, dann Sybille. Und dann Isar und Till?

Ole überdenkt die Sache noch einmal auf die Schnelle.

»Ach, was solls. Nein. Setz mal Vater und Isar zusammen und dann Mutti und Till, damit es nicht ganz so angespannt ist. Der Tag soll ja für alle schön sein.«

»Gefällt mir auch besser.«

Der große Tag naht. Helle Aufregung beim Brautpaar und den geladenen Gästen. Die üblichen Fragen. Sehe ich gut aus? Sitzt meine Frisur?

Klappt es mit den Einlagen und Überraschungen für das junge Paar?

Sybille hat sich ein neues gelbes Kleid gekauft, extra die langen dunklen Haare kurz geschnitten, und ist nicht nur wegen der Hochzeit ihres Sohnes aufgeregt. Die Vorstellung, heute zum ersten Mal wieder Arnold und dann gleich mit der neuen Flamme zu begegnen, wühlt ihre Emotionen schon den ganzen Tag auf.

Wie ist die Neue? Und ist Arnold jetzt glücklicher als mit mir?

Auch an Arnold gehen die gedanklichen Vorbereitungen nicht emotionslos vorbei.

»Bist du aufgeregt, deine Ex zu treffen?«, will Isar wissen.

»Wie kommst du darauf?«

»Na ja, du isst die letzten Tage so viel wie eine Katze.«

»Du, nach so langer Zeit bin ich schon gespannt, wie es sein wird.«

»Arnie, gut wird es sein, ich bin bei dir und nur das zählt«, versucht Isar, ihn zu beruhigen.

So treffen dann am Tag der Hochzeit alle nahen Angehörigen bereits am Vormittag beim Standesamt aufeinander. Hände schütteln, umarmen, Tränen trocknen und Freude teilen, das verbindet heute alle.

Anschließend Fototermin, dann die Fahrt zum Hotel. Dort sind bereits die übrigen Gäste eingetroffen. In dem großen Park verläuft sich erst einmal alles bis zum Essen ein wenig. Viele haben sich ewig nicht gesehen und begrüßen die Feierlichkeit gleichsam als Familientreffen.

Sybille und Arnold haben sich beim Standesamt flüchtig umarmt, sich gegenseitig die jeweils neuen Partner vorgestellt und sind jedoch danach im Gewimmel der Gäste unfreiwillig erst mal untergetaucht.

Am späten Nachmittag ist Arnold auf dem Weg ins Hotelzimmer, als Sybille ihm auf dem Flur entgegenkommt. Obwohl beide ihre Schritte kurz anhalten, ist schnell klar, dass sie sich gar nicht ausweichen wollen. Langsam gehen sie aufeinander zu und bleiben dann einen halben Meter voreinander stehen, vertraut treffen sich ihre Blicke. Stockend, aber dennoch, Arnold beginnt.

»Wie gehts dir?«

»Gut, und dir?«

»Ja, danke auch.«

Bisschen zähflüssig die Unterhaltung, doch keiner kann so recht aus seiner Haut, dabei brennt beiden nur eine Frage auf den Lippen.

Arnold beginnt erneut: »Bist du glücklich?«

»Das wollte ich dich auch fragen.«

Wieder nur Blicke. Die Antwort lässt auf sich warten, von beiden Seiten.

»Lass uns doch mal reden«, schlägt Arnold vor.

»Ich weiß nicht, ob das hier der richtige Zeitpunkt ist«, zweifelt Sybille.

»Ist er, wann sonst?«

Nachdem die ersten Sätze gesagt sind, lösen sich allmählich ihre Zungen und das Gespräch kommt in Gang. Im Schnelldurchlauf erzählen sie sich im Stehen das Neueste der vergangenen Zeit. Genauso offen und ehrlich wie zu Beginn ihrer Ehe. Gemeinsam reden und schweigen, das hat damals mühelos zwischen ihnen geklappt. Warum geht es jetzt auf einmal wieder?

Isar kommt den Flur entlanggestürmt. Schon von Weitem winkt sie Arnold zu.

»Arnie, komm das Tanzbein schwingen. Ich such dich schon überall.«

»Wir sehen uns noch«, verspricht Arnold Sybille, dann winkt er Isar zurück.

»Ich fliege schon.«

Wir sehen uns noch, ist immer schnell gesagt. Arnold und Sybille sehen sich an diesem Abend nur noch von Weitem und beim Abschied.

Fast ein Jahr später lässt Isar am Montagmorgen, bevor sie sich von Arnold verabschiedet, verlauten, dass sie über Pfingsten zu einem Yoga-Workshop fahren will.

»Über Pfingsten? Du allein?« Arnold ist überrascht.

»Ja, es hat sich so ergeben. Ich brauche wieder so ein paar intensive Übungseinheiten.« Der Plan ist für Isar selbstverständlich.

»Aber ausgerechnet Pfingsten? Da hab ich doch auch frei«, gibt Arnold enttäuscht zu bedenken.

»Ich weiß. Hast du gedacht, wir machen was gemeinsam?«

»Allerdings.«

»Schau mal, so hast du Zeit nur mal für dich. Wir sehen uns doch jeden Tag.«

»Aber es ist Pfingsten«, will Arnold es noch nicht wahrhaben.

»Arnie, nun sag nicht, dass du ein Problem damit hast, dass ich allein fahre. Das glaub ich nicht wirklich«, tut sie nicht nur erschrocken, sondern ist es auch.

»Na ja, ich dachte halt, wir sind verheiratet.«

Isar findet die Sache nun schon lächerlich und gibt sich auch keine Mühe, es zu unterdrücken.

»Ja, sind wir auch.«

»Na also.«

»Arnie, ich hab dir nicht die Scheidung angedroht, das hast du schon richtig verstanden, oder?« Sie schaut Arnold etwas skeptisch in die Augen.

»Du findest mich altmodisch?«

»Nein, ich finde dich sexy, nach wie vor.« Sie lächelt.

»Können wir nicht lieber heute Abend noch mal darüber reden?«, bittet er aus Vorsicht vor zu schnellen Äußerungen.

»Nein, warum reden? Ich hab das schon gebucht und bezahlt«, wehrt Isar ab.

»Ohne mit mir darüber zu reden?«

»Stell dir vor, Arnie, ich bin schon über 18 und mir ziemlich sicher, du weißt es.« Isar steht nun mittlerweile auf dem Flur.

»Du fährst also?«

»Na sicher, wie gesagt.«

»Auch, wenn ich dann hier allein bin?«

»Auch dann. Du kannst ja angeln fahren. Ich denke, das war dein großes Hobby«, kommt der Vorschlag. Dann ist Isar aus der Tür.

Arnold steht wie ein begossener Pudel da.

»Du kannst ja angeln fahren«, plappert er ihr ihre Worte noch einmal hämisch hinterher.

Nachdem sich Arnold über Isars Alleingang einigermaßen beruhigt hat und Zähne knirschend hinnimmt, was nicht zu ändern ist, kann der Kopf wieder klar denken.

»Angeln?«, schon bei dem Gedanken bekommt er so ein wohliges Gefühl und geht am Abend dann in den Keller, um zu schauen, ob das Angelzubehör noch intakt ist. Wie erwartet ist es das. Drei Tage später bereits gefällt ihm Isars Vorschlag schon so gut, dass er einen seiner ehemaligen Angelkollegen bittet, mitzukommen.

»Du gerne, aber nicht gerade Pfingsten, da ist Familienzeit angesagt.«

»Das dacht ich auch. Bei uns nur nicht. Schade.«

Zwei weitere Angelfreunde sagen ebenfalls aus denselben Gründen bedauernd ab.

Arnold gibt auf.

»Na, wie sieht deine Pfingstplanung nun aus, Arnie? Hast du dich schon entschieden, ob du hier abgammelst oder angeln gehst?«

Arnold berichtet von all den Familienmenschen unter den Angelfreunden und dass er dann wohl »abgammeln« werde, wie sie es nannte.

»Also, wenn ich an deiner Stelle wäre, ich würde Sybille fragen. Ich dachte, ihr wart das perfekte Angelpaar?«, schlägt Isar völlig unkompliziert vor.

Arnold kann es nicht fassen, dass gerade sie ihm so einen Vorschlag macht.

»Sag, bist du noch zu retten? Sybille? Wenn wir das ganze lange Wochenende beisammen wären, das wäre dir also egal?«

»Arnie, ganz ehrlich, bei eurer Vorgeschichte, was sollte mir denn da Angst einflößen?« Wo Isar recht hat, da hat sie recht. Mehr als Angeln hatten sie die letzten Jahre nicht gemacht. Also was sollte dagegen sprechen?

»Soll ich sie anrufen, oder traust du dich noch vor Pfingsten?«, erkundigt sich Isar nach einer Woche mal so nebenbei.

»Ich bin noch nicht dazu gekommen. Außerdem überleg ich noch, ob die Idee wirklich so gut ist.«

»So wie ihr zehn Jahre überlegt habt, ob ihr noch zusammenpasst?«

»Ja, haben wir. Manchen Dingen kann man keine Frist setzen und auf Termin abarbeiten, die brauchen Zeit.«

»Mir soll es egal sein. Dann feiert ihr Pfingsten eben im Oktober, wenn du endlich so weit bist.« Isar belässt es dabei.

Zwei Wochen vor Pfingsten fasst sich Arnold dann ein Herz und ruft Sybille an.

Kurz erkundigt es sich nach ihrem Befinden, sie tauschen Neuigkeiten der Kinder aus, bis er zum eigentlichen Anliegen kommt. In aller Kürze schildert er die näheren Umstände, erzählt von Isars Idee, hebt hervor, dass er diese aber auch hervorragend finde und deshalb anrufe. Die Absagen der Angelfreunde erwähnt er nicht.

»Was sagst du dazu?«

Sybille will eine Nacht darüber schlafen und sich am nächsten Tag melden.

Till, der am Abend vorbeischaut, kann leider kein Verständnis dafür aufbringen, worauf sich Sybille einlassen will.

»Du, ich klink mich wegen uns aus der Motorradtour aus, damit wir zusammen sind, und was machst du hinter meinem Rücken?« Er ist entrüstet, dass sie es überhaupt in Erwägung zieht. Sybille schaut Till enttäuscht an, nimmt ihn in den Arm und streichelt über seine Haare.

»Schade, ich hätte mir gewünscht, du denkst daran, dass ich dir im letzten Jahr zu deiner Tour geraten habe und du auch alleine gefahren bist.« Das nun wieder ist für Till etwas anderes, er macht in der Hinsicht schon so seine Unterschiede, was Mann oder Frau in seinen Augen darf. Und für ihn ist solche Männertour, na ja zwei, drei Frauen sind auch dabei, schon vertretbarer als mit dem Ex angeln zu gehen.

Beide reden noch eine Weile hin und her. Till engt Sybille immer weiter ein.

»Ich ruf morgen noch mal durch, ich gehe jetzt.« Sybille bekommt einen flüchtigen Kuss und weg ist er. Nach dem aufreibenden Wortwechsel schmeckt nicht mal mehr der.

Enttäuscht über sich selbst, dass sie keine Courage bewiesen hat, ihren Wünschen zu folgen, kann Sybille am Abend nicht zur Ruhe kommen, liest noch lange in ihrem Buch. Aus Wut über Tills übergriffige Worte trifft sie dann doch die fällige Entscheidung, noch bevor sie nach Mitternacht endlich einschläft. Diese wird sofort am nächsten Tag nach dem Frühstück in die Tat umgesetzt. Sybille fasst sich ein Herz, um das zu tun, was sie auch hätte gleich erledigen können. Ja sagen zu Arnold und seinem Vorschlag. Sie ruft ihn an und teilt ihm auffallend sachlich ihre Entscheidung mit.

»Auch wenn ich mir nicht ganz sicher bin, ob es richtig ist, ist es mir die Lust am Angeln wert, mitzukommen.«

Arnold macht aus Vorsicht, er könne falsch verstanden werden und in

Anbetracht der prekären Situation lieber ebenfalls keine großen Freuden-
sprünge, sondern äußert ganz korrekt, wie sehr er die Antwort begrüße.
Nachdem alle Einzelheiten besprochen sind, verabschieden sie sich bis
Pfingsten.

»Ich freu mich.«

»Ja, ich mich auch.«

Um die Sache zum Abschluss zu bringen, bekommt Till anschließend
eine SMS.

»Ich denke, du solltest die Motorradtour machen. Ich habe Arnold für
das Pfingstwochenende zugesagt und liebe dich. Kuss, Sybille«

Es ist schon eine merkwürdige Situation, als Arnold mit dem Wohnanhänger
am See vorfährt. Sybille, die bereits vor Ort ist, ist etwas befangen, was der
ungewöhnlichen Situation geschuldet ist.

Beide umarmen sich, und dann läuft es ab wie all die Jahre, in denen sie
Mann und Frau waren. Jeder weiß, was zu tun ist, alle Handgriffe sitzen, und
eine Stunde später ist das Vorzelt aufgebaut, fest und sicher verankert und
kann allen Winden trotzen.

Die Kommunikation jedoch kommt schleppend in Gang, vorwiegend
wird über das Thema Kinder gesprochen. Erst als Arnold in der Abend-
dämmerung den Rotwein auspackt, wird der gegenseitige Umgang lockerer.
Sie freuen sich, dass jeder ohne Absprache all die Leckereien eingepackt hat,
von denen er wusste, dass der andere sie gerne aß und trank. Sie lächeln sich
immer öfter zaghaft zu.

Nach dem Abendessen steht Sybille am Tisch und sieht Arnold fragend an.

»Wollen wir es so handhaben wie früher? Ich weiß nicht genau, wie du es
jetzt mit Isar machst, wenn ihr verreist.«

»Ich wäre dafür, wir machen es so wie früher. Mit Isar läuft es ganz anders
ab als mit uns, das ist ja auch ein anderes Kapitel.«

Damit ist alles Weitere gesagt. Beide holen sich ihre Bücher, setzen sich
in den Liegestuhl und lesen bis zum Schlafengehen.

»Ich hab schon ewig kein Buch mehr gelesen«, gesteht Arnold zufrieden
mit dem ersten Abend.

»Was macht ihr denn am Abend?« Sybille ist selbst über ihre neugierige
Frage erschreckt.

»Wir erzählen, haben Besuch, gehen in die Stadt, ins Kino, oder was Isar
so auf dem Schirm hat. Es ist immer irgendetwas los«, zählt Arnold auf.

Die Betten sind verteilt. Jeder bezieht seine Seite der getrennten Schlaf-
plätze. Sybille schläft schnell ein und ist am Morgen schon im See baden, als
Arnold erwacht. Gut gefrühstückt, die Angeln und Köder präpariert, sitzen
dann beide bis zum Mittag an der Rute.

Wenn Isar mit wäre, kein Fisch würde sich an die Angel trauen. Sie könnte
nicht einen Moment den Mund halten, reflektiert Arnold im Stillen die
markanten Unterschiede.

Sybille ist derweil wieder in ihr Buch vertieft. Arnold schaut sie an und
stellt fest, dass sie immer noch das hat, was ihn früher schon fasziniert hat.
Dieses zarte, ruhige Wesen, das jeden Tag zu einem geborgenen Tag macht.
Wenn Sybille früher heimgekommen ist, hat sie durch ihre Anwesenheit im
Nu jegliche Hektik im Hause in Ruhe und Harmonie verwandelt. Als lege
sich jeder Sturm ihr zu Füßen. Sie hatte immer Frieden mit sich selbst. Das
mochte ich an ihr, weiß Arnold jetzt erst, als er sie anschaut. So fühlt er sich
auch an ihrer Seite ganz anders als bei Isar. Isar, das pure Leben, der lebendige
Tag, Sybille, die Ruhe, die Entspannung der erholsamen Nacht. Ein bisschen
was von beiden, das wärs. Er lächelt auf den See hinaus schauend über seine
verrückte Idee.

Der Abend bringt einige Bekannte mit ans Feuer, wie früher immer. Da
traf man sich Pfingsten nach der Winterpause hier wieder. Die Runde ist
locker, fröhlich und vertraut. Von der Trennung wissen alle. Ins Gespräch
jedoch kommt sie nicht. Das ist Privatsache, da mischt sich hier niemand
ein. An Tag zwei steht ein kleines Wettangeln auf dem Programm. Im letzten
gemeinsamen Jahr sind Arnold und Sybille die Sieger gewesen.

»Weißt du noch den großen Fisch, der sich wieder von Ulfs Angel riss
und wir dadurch den ersten Platz ...«

»Ja, das war ein Spaß ...«, schwelgt auch Sybille in Erinnerungen.

Am Nachmittag geht Arnold baden. Mitzugehen wie einst, traut sich Sybille nicht. Sie beobachtet den guten Schwimmer durch die Sonnenbrille
und denkt an die Toberei, die beide im Wasser liebten.

An diesem Abend gehen die Paare ins Dorf zum Tanz. Sybille und Arnold
bleiben auf dem Campingplatz, gemütlich bei Rotwein und Chips in Ruhe
wieder lesen.

Zu später Stunde macht Platzwart Rudi seine Runde und gesellt sich zu
ihnen.

»Ich stör euch ma, wenns recht ist.« Schon sitzt er neben ihnen auf einem
Baumstamm.

Rudi ist ein Hans in allen Gassen, tanzt gerne auf drei Hochzeiten gleichzeitig und ist eine richtige Stimmungskanone noch dazu. Seit vierzig Jahren hier der Chef, kann er Geschichten erzählen ohne Punkt und Komma. Die einen finden ihn ungehobelt, die anderen direkt und geradeaus, jedenfalls sagt er immer, was er denkt.

»Hier wird Klartext geredet«, so hatte er sie das erste Mal auf dem Campingplatz begrüßt. Da Rudi die beiden inklusive Kinderschar kennt, interessiert ihn der Werdegang der Jugend immer sehr.

»Wo stecken denn Lasse, Finja, Ole und Gundo eigentlich?

Voller Stolz, welch unterschiedliche Wege sie eingeschlagen haben, berichten die Eltern von ihnen.

»Na, da scheint ihr doch einiges richtig gemacht zu haben.«

Die Luft ist kühl geworden und Sybille hat sich in eine dicke Decke gehüllt. Der Himmel hängt voller Sterne. Arnold will Rudi ein Glas Wein anbieten, als ihm noch im rechten Moment einfällt, dass dieser nur Bier trinkt.

»Ein Bierchen, Rudi?«

»Ehe ich mich schlagen lass«, scherzt dieser.

»Du noch ein Glas Wein?«, schaut er Sybille an.

»Gerne.«

Sybille nimmt einen Schluck, dann legt sie ihren Kopf in den Nacken und schaut sich das herrliche Firmament an.

»Seid ihr denn nu mit euren neuen Liebessternen mehr zufrieden?« Ohne jegliche Gewissensbisse erlaubt Rudi sich die Nachfrage.

»Sieht es nicht so aus für dich?« Sybille ist leicht beschwipst und mutiger als sonst.

Arnold gesteht Rudi, dass man nie alles haben könne, was man wolle, Abstriche gehörten immer dazu. Dabei kommt ihm die geniale Kombiidee der beiden Frauen vom Vormittag in den Sinn.

»Mein Guter, da beschränkst du dich selbst.« Klare Worte von Rudi, dann nimmt er einen ordentlichen Schluck Bier.

»Warum kommt ihr eigentlich nich mehr zum Angeln?«, will er wissen.

»Wir sind seit Jahren geschieden, Rudi«, rechtfertigt sich Arnold.

»Dat weiß ich auch. Dat hat doch mit dem Angeln nix zu tun. Warum seid ihr denn nu hier?«

Arnold erzählt von seiner Isar und dem geplatzten gemeinsamen Pfingstfest.

Rudi lacht so laut los, dass er rückwärts vom Stamm kippt. Mit dem

Rücken auf der Erde liegend kriegt er sich gar nicht wieder ein. Die Lachsalven schütteln seinen wabbeligen Wohlstandsbauch richtig durch.

Arnold steht auf und hilft ihm wieder auf die Beine.

»Wo genau ist da jetzt die Stelle zum Lachen?«, will er wissen.

»Die Isar, die mag ich jetzt schon, die passt in die Welt, nimmt sich, wat sie will.«

»Sie liebt halt ihr Yoga…«, fühlt Arnold sich wieder zu der Rechtfertigung verpflichtet.

»Und ihr beide?«, schaut Rudi die beiden mit seinen runden grünen Augen fordernd an.

»Gebt alles auf, wat ihr liebt?«, verleiht er dem Gesagten noch mal Nachdruck.

Sybille blickt wieder gen Himmel, ist mit ihren Gedanken kurzzeitig ganz woanders, denkt an Till, an das Gespräch mit Arnold auf der Hochzeit, zerpflückt dann jedoch Rudis Gedankenanstoß.

»Du alter erfahrener Ehebrecher hast eine Ahnung?« Sybille hat sich Mut angetrunken, spricht aus, was ihr gerade in den Sinn gekommen ist.

Immer schon kursieren auf dem Campingplatz Gerüchte, dass Rudi jedes Wochenende abends mit anderen Frauen unterwegs ist. Derweil schmeißt seine Vertretung dann das Campinggeschäft hier und seine eigene Frau zu Hause denkt…

»Sybille, nenn mich ruhig Ehebrecher. Aber wenn ich ma da oben bei Petrus steh und der mich fragt, ob es mir hier unten gefallen hat, weißt du, wenn er mich dat fragt, dann kann ich ihm mit einem breiten Grinsen versichern, dat ich richtig Spaß hatte. Und wat wirst du ihm antworten?«

Rudi hat nicht nur den Mut, Dinge auszusprechen, trotz seiner ruppig erscheinenden Art hat er das richtige Taktgefühl, zu wissen, wann es Zeit ist, zu gehen. Das ist jetzt so ein Punkt. Ohne eine Antwort von Sybille abzuwarten, steht er auf und verabschiedet sich schlicht und einfach mit einem:

»Nacht, ihr beiden.«

Die im Dunkeln stehen gelassene Frage birgt mehr Zündstoff zum Nachdenken als manch Silvesterrakete. Arnold und Sybille gehen schweigend ins Waschhaus und anschließend ins Bett.

»Kannst du schlafen?«, erkundigt sich Arnold, nachdem sich Sybille mehrmals umgedreht und einen tiefen Stoßseufzer abgegeben hat.

»Wie soll ich bei der Frage schlafen können?«

»Mir hat sie auch zu denken gegeben.«

Eine Weile philosophieren beide noch über den Sinn der Frage, dann schlafen sie ein.

Rudi, der am Morgen wie gewohnt seine Bäckerrunde macht, bleibt am Frühstückstisch stehen.

»Und wie ist die Antwort?« Er reicht Sybille die duftenden warmen Brötchen.

»Keine gefunden.« Sie zieht die Mundwinkel auseinander.

»Lasst euch bloß nich immer die moralische Glocke überstülpen, wat sich gehört. Ich hab immer meine Ehekonstellationen so gestaltet, dat es mir dabei gut geht. Glaubt mir, es kommt keiner und sorgt für euch, dat müsst ihr selbst tun. Hut ab vor deiner Isar, von der könnt ihr beide lernen. Mehr sag ich nich. Schönen Tach.«

Rudi dreht sich um, geht ein paar Schritte und hängt die Brötchen an den nächsten Wohnwagen, dann kommt er noch einmal zurück.

»Meine liebe Sybille, ein Wort noch zu dem Ehebrecher.«

Sybille wird ganz rot im Gesicht. Gestern, na, da war sie doch auch angeschwipst. Ehebrecher hätte sie bei Tag und nüchtern nie gewagt, auszusprechen.

»Weißt du, diese Ausdrücke, dat sagen nur missgünstige Menschen, die sich ihre Träume abschmatzen und dann neidisch sind. Da steh ich drüber.«

»Rudi, ich habs nicht so gemeint.« Sybille ist selbst bestürzt über ihre gestrige Ausdrucksweise.

»Gesagt hast dit aber.«

»Ich weiß.«

»Oder is ein Mann, der mit seinen Kegelfreunden am Wochenende unterwegs ist, gleich ein Ehebrecher?«

»Die Geschichten, was sich abgespielt haben könnte, entstehen ja meist in den anderen Köpfen«, will Arnold diplomatisch sein.

Rudi geht, und Sybille ärgert sich noch den ganzen Tag über ihre Beschuldigung. Am Abend sucht sie Rudi auf und entschuldigt sich in aller Form.

»Weißt du, Sybille, du hast doch och stille Wünsche in Kopf. Erfüll sie dir lieber beizeiten. Kommt wieder beide angeln.«

Pfingsten ist vorbei, das Vorzelt abgebaut und verstaut, die Sachen eingepackt, Sybille und Arnold stehen sich zum Verabschieden gegenüber.

Rudis letzter Satz wirkt bei Sybille nach und zum ersten Mal ist sie es, die die Initiative ergreift.

»Hättest du Lust, dass wir uns öfter mal zum Angeln treffen?«, fragt sie vorsichtig. Arnold ist sichtlich überrascht von ihr. Auch ihm sind Rudis Anmerkungen noch im Gedächtnis, jedoch dass Sybille es ist, die den Anstoß von ihm aufgreift, freut ihn zusehends.

»Ich denk auch, das sollten wir machen.« Beide lächeln sich an.

Nach einer Umarmung steigt jeder in sein Auto und fährt wieder in sein eigenes Leben. Mit der Gewissheit, dass es nicht das letzte Mal war.

Wie nun die Kinder ihr Geschwistertreffen alljährlich zelebrieren, treffen sich Arnold und Sybille zu Pfingsten jedes Jahr zum Angeln mit all den alten Freunden am See. Ohne ein schlechtes Gewissen, ohne die moralische Glocke ihrer Mitmenschen über sich zu fürchten. Isar ist begeistert, findet es klasse und beschließt auf der Stelle, dass sie dann endlich, ohne ihren Arni unterbringen zu müssen, zum Yoga fahren kann. Till, der am meisten an diesen neuartigen Alleingängen zu knabbern hat, muss sich fügen. Nachdem aber in seinem Repertoire die Gegenargumente aufgebraucht sind, beginnt er mit Sybilles feinfühliger Unterstützung, den Vorzug zu genießen, ein Wochenende seine Freiheit auf der Straße zu leben.

WIE WIRD ES SEIN?

»Weißt du, Mutti, dass ich Angst habe?«

»Wovor hast du Angst, Robin?«

»Dass du einmal tot bist und ich dann hier ganz ohne dich bin.«

»Du wirst nie ohne mich sein«, beruhigt Mutti.

»Aber doch, du bist dann doch weg und kannst mich nicht mehr abends in den Arm nehmen.«

Mutti rückt ganz nah an den kleinen Robin heran, legt liebevoll ihren Arm um seine zarten Schultern und beugt ihr Gesicht zu seinem hinunter.

»Schau, du weißt doch, wie es ist, wenn du in den Ferien bei Oma bist und wir immer freitags telefonieren?«

»Ja, das weiß ich.«

»Siehst du mich dann?«

»Nein.«

»Fühlst du mich dann?«

»Nein.«

»Kann ich dich in den Arm nehmen?«

»Auch das nicht.«

»Aber du kannst mich hören, so, als wenn ich dicht neben dir stehe?«

»Oh ja.«

»Und wie geht es dir dabei?«

»Ich bin dann immer so glücklich und ich hab das Gefühl, du bist bei mir.«

»Siehst du, mein Liebling, und so wird es sein. Wenn ich einmal nicht mehr bin und du suchst dir einen stillen Platz und denkst ganz fest an mich. Dann kannst du mich hören.«

»Kann ich dich dann auch etwas fragen?«

»Ja, aber sicher, was immer du willst.«

»Und antwortest du mir auch?«

»So gut ich kann. Wie jetzt auch.«

»Dann sind wir also trotzdem zusammen?«

»Ja, das sind wir.«

»Haben wir noch viel Zeit, Mutti?«

»Ja, ich denke schon, dass wir sie haben.«

Robin krabbelt auf den Schoß der Mutter und blickt kurz in ihr Gesicht, bevor er beide Arme um ihren Hals legt. Nach ein paar Minuten Wange an Wange schmusen, flüstert er ihr leise ins Ohr:

»Dann können wir ja noch das Wichtigste in der vielen Zeit bereden, falls ich dich nachher doch nicht so gut verstehe.«

Die Mutter drückt ihn fest an sich. »Die Idee gefällt mir.«

SO DU GLAUBST, SO DIR GESCHIEHT

Geschafft! William und seine Tochter Natascha sitzen auf der alten maroden Bank auf dem Friedhof, sodass sie die Grabstelle der Mutter im Blick haben. Zufrieden schauen sie auf das Blumenmeer. Am Vormittag sind sie in der Gärtnerei gewesen, haben eingekauft, um alles schön zu machen, der Geburtstag jährt sich. William ist bibelfest, faltet die Hände und spricht ein Gebet. Natascha lässt ihre Hände auf ihrem Schoß liegen, hört ihm nur zu.

Natascha ist krankgeschrieben, die Schulter schmerzt schon seit Wochen. Mit den verordneten Tabletten kommt sie nicht zurecht, der Magen rebelliert, ständig muss sie sich übergeben, die Spritzen helfen nur bedingt. Sie wartet auf den Termin beim Neurologen.

»Ich glaube nicht, dass es sich noch mal bessert.«

»Nun hab doch mal Geduld«, besänftigt der Vater.

Sie klagt: »Das ist nach einem Vierteljahr einfach gesagt.«

»Ja ist es.« Er kann sie einerseits verstehen, andererseits jedoch hat Mitleid noch nie wirklich geholfen. Und so macht er sie darauf aufmerksam, dass es bisher kein Todesurteil sei.

»Bei meinem Kollegen blieb am Ende auch nur die OP.«

»Resignieren hilft dir nicht.«

Natascha beruft sich im Gespräch immer wieder auf den letzten Arzttermin und die Aussicht, mit den momentanen Schmerzen leben zu müssen.

»Schon in der Bibel steht es geschrieben, der Glaube kann Berge versetzen«, versucht William, Hoffnung zu machen.

»Ach, Vater, du mit deiner Bibel. Du weißt, dass du mich da nicht abholst.«

»Ja, leider.«

»Ihr habt mir damals die Wahl gelassen, und ich bin nach wie vor froh über meinen Entschluss.«

William und seine Frau haben es Natascha in der achten Klasse freigestellt, ob sie Konfirmation oder Jugendweihe erhalten wollte, und ihr damit gleichzeitig die freie Entscheidung für ihren eigenen Weg überlassen. Natascha hat nicht einmal eine Nacht darüber schlafen müssen. Für sie war das JA zur Jugendweihe wie eine Befreiung, sich endlich aus den religiösen Zwängen der Familie offiziell lösen zu können. Hoch angerechnet hat sie ihren Eltern, dass sie nie irgendwelche Forderungen, geschweige denn Ansprüche erhoben haben, obwohl es ihnen sicher nicht leicht gefallen ist, sie ziehen zu lassen. Ab und an jedoch ein Wink, es gebe auch ein Zurück, solche Bemerkungen haben sie immer mal wieder eingeworfen.

William und Natascha erheben sich langsam von der Bank, um die leeren Blumentöpfe und Pflanzschalen in den Wertstoffbehälter zu bringen und sich für den Heimweg zu rüsten.

Die Strahlen der Sonne durchdringen die riesigen Baumkronen der Buchen und Birken auf dem Friedhof, sobald die Wolken vorbeigezogen sind. Als wenn Naturgestalten in den Baumwipfeln ihr Spiel treiben, so schaut es aus.

Als sie alles aufgeräumt haben, blickt William Natascha an.

»Lass uns noch ein bisschen gehen, ich will dir was erzählen.«

Die beiden gehen auf den Hauptweg zurück. Entlang der großen Rhododendronbüsche und Buchsbaumeinfassungen der Gräber. William mit seinem aufrechten, fast schon majestätischen Gang, und seiner schwarzen Kleidung. Er sieht aus, als sei er der Pfarrer. Die Menschen, die vorbeigehen, grüßen ihn.

Er blättert gedanklich in seinem Lebensbuch zurück und bleibt in dem Jahr stehen, als er vier Jahre alt gewesen ist. Aus dieser Zeit will er seiner Tochter jetzt erzählen.

Er beginnt, davon zu berichten, dass sie in der Familie nie einen Arzt gehabt hätten. Er habe immer »nur« Kräutertee, Umschläge und Bettruhe von seiner Mutter verordnet bekommen. Er erzählt davon, dass er auch erst mit acht Jahren das erste Mal bei einem Zahnarzt gewesen sei.

»Der war 40 Kilometer entfernt, und mit Pferd und Wagen war es ein weiter Weg.«

William erinnert sich an die Begebenheit, von der er berichten will, noch allzu genau. Seine Mutter hatte den ganzen Morgen Pflaumen entkernt und stand in der Küche, um Kreude zu kochen. Warum sie dazu Kreude sagte, weiß er nicht. Jedenfalls würde man heute Pflaumenmus sagen. William ist mit seinen Geschwistern beim Spielen und ist doch nur halb dabei. Immer wieder fasst er sich mit der Hand in den Mund und an die Wange, die schmerzt. Immer wieder sagt er leise »aua«. Seine Geschwister äffen ihn nach: aua, aua, aua.

»William heißt heute Aua.« Sie haben ihren Spaß daran, ihn zu ärgern.

William weint, geht zur Mutter, zeigt mit dem Finger auf die Stelle, die wehtut.

»Das ist sicher ein Zahn«, ist es für seine Mutter schnell abgetan und sie füllt weiter die Kreude in die Gläser. William bleibt stehen, zieht an ihrer Kittelschürze.

»Geh spielen, das vergeht wieder.« Sie schubst ihn leicht in Richtung Tür.

William geht, kommt jedoch schon nach einigen Minuten abermals angelaufen und jammert erneut, diesmal aber sehr viel heftiger.

Mutter stöhnt, dass sie wieder unterbrochen wird, hat sie doch mehr als genug zu tun.

»Ist es denn so schlimm?«

William jammert solange, bis sie die Kelle aus der Hand legt und sich zu ihm hinunterbeugt.

»Zeig mal, wo.«

Endlich. William öffnet den Mund, zeigt mit dem Finger.

»Komm mit, ich gebe dir was gegen dein Aua.«

William ist erleichtert, läuft ihr hinterher.

»Hier, nimm die. Davon gehen die Schmerzen weg.« Sie reicht ihm eine Tablette, streicht über seine Wange und macht dann zügig dort weiter, wo sie aufgehört hat.

»Leg dich am besten auf das Sofa und schlaf ein bisschen.«

William erzählt, dass sie sich damals die Zähne nicht so regelmäßig geputzt haben. Noch dazu aßen sie Bonbons aus Zucker und Sirup. Beides wurde in der Pfanne erhitzt und geschmolzen. Dann strich man die Masse auf einem Backblech aus, ließ es erkalten und brach es in Stücke.

»Die waren so schön süß, wir liebten sie«, schwärmt er heute noch und gesteht, dass es sie manchmal als Betthupferl gab.

»Betthupferl?«

»Ja, wenn meine Mutter uns sechs Kinder nicht ins Bett kriegen konnte, versprach sie uns einen Betthupferl. Den bekamen wir, wenn wir brav unter unseren Decken lagen, und das war dann ein Stück der Bonbons. Wir tobten oft extra lange, damit … na ja. Du kannst es dir denken.«

Der kleine William tut, wie ihm befohlen. Er macht es sich auf dem Sofa im Wohnzimmer bequem, kuschelt sich in die dicke Schafwolldecke und schläft ein.

Als er nach fast zwei Stunden erwacht, schreit er auf und ruft nach der Mutter.

»Komm, Mama, sie ist weg.«

Er sucht das ganze Sofa ab. Dreht die Decke um, schüttelt sie nach allen Seiten. Dann läuft er verstört und lauthals brüllend zur Mutter. Bejammert weinend den Verlust der Tablette, hat Angst, sie schimpft mit ihm.

»Du Dummerchen.«

William weint noch lauter. Die Mutter legt ihr Küchentuch beiseite, kniet sich nieder und nimmt ihn in den Arm.

»Du musst sie doch runterschlucken und was nachtrinken.«

William, der nie zuvor eine solche Tablette hat nehmen müssen, ist sich ganz sicher und der festen Annahme gewesen, er soll sie auf die schmerzende Stelle legen. Von Runterschlucken hat die Mutter nichts erwähnt. Wie auch? Für sie ist es selbstverständlich.

»Was soll ich dir sagen? Die fürchterlichen Zahnschmerzen waren trotzdem spurlos verschwunden und haben sich bis zu meinem ersten Zahnarztbesuch nicht wieder gemeldet.«

Natascha schaut ihren Vater an und muss grinsen.

»Was hat mir nun geholfen, wenn es die Tablette nicht gewesen ist?«

»Du willst mir doch nicht allen Ernstes weismachen, ich soll mir eine Tablette auf die Schulter legen und dann ist sie geheilt?

»Nein, das hab ich nicht damit gemeint.«

»Was dann? Soll ich glauben, meine Schulter ist heil und Abrakadabra, dann ist sie es. Vater, ich bitte dich.« Natascha ist stehen geblieben, stützt ihre Hände in die Taille und lächelt skeptisch den Vater an.

»Nein, nein, andersherum. Wenn du ständig glaubst, sie kann nicht heilen, dann wird dir auch keine Therapie helfen.«

Er erklärt ihr, dass der Körper sein Selbstheilungsprogramm sofort aktiviert, wenn etwas nicht bei ihm in Ordnung ist. Er bringt das Beispiel einer Wunde, auf die nur ein Pflaster kommt.

»Wenn wir dem Körper Zeit geben, Ruhe einkehren lassen, ihn unterstützen mit einer guten Medizin oder Therapie, dann schafft er den Rest allein.«

»Also dann lass ich mich weiter behandeln, warte ab, und du denkst, es wird besser?«

»Na, viel wichtiger wäre, du denkst es.«

»Ja, sicher, so meine ich es auch.«

»Mit einer guten Therapie, deinem Vertrauen, dass sie wirkt, hast du die beste Voraussetzung dafür, dass deine Schulter heilt.« William blickt nach oben in die Baumwipfel.

»An Hilfe von dort glaubst du ja nicht?«

»Nein, Vater, lass man, das bleibt, wie es ist.«

WENN LIEBE SO EINFACH WÄRE

Ich fahre heute mit der Straßenbahn nach Hause und sitze Rücken an Rücken mit zwei jungen Leuten. Sie haben alles um sich herum ausgeblendet und sind beide vertieft in ein nicht gerade geflüstertes Gespräch. Unbeabsichtigt bin ich Zeuge.

Beide unterhalten sich über Beziehungen. Der junge Mann ist verheiratet und hat mit seiner Frau zwei kleine Kinder. Die Schmetterlinge sind gerade das erste Mal ausgeflogen. Er beklagt sich enttäuscht, dass sich seine Frau seit dem zweiten Kind so verändert hat.

»Die ist echt nicht wiederzuerkennen, voll krass.«

Keine Spur mehr von der Frau, die er einmal kennengelernt habe, gesteht er ernüchtert.

»Sie war so erfrischend cool am Anfang.«

»Vielleicht habt ihr euch ja auch beide verändert«, wird das Fräulein neben ihm zur Schlichterin.

»Schau mich an. Hab ich mich verändert? Du kennst mich doch am besten.« Er erwartet eine Bestätigung, dass es an ihm nicht liegen kann.

So diskutieren sie noch eine Weile hin und her. Wägen ab, wer hat was wann und wie mit dem anderen gemacht, was er hätte nicht tun sollen und dürfen. An wem wäre es gewesen, sich zu entschuldigen und wofür.

»Sie muss das auch mal einsehen, dass ich das Geld verdiene.«

»Du, sie hat den ganzen Tag die Kinder, ist das nichts?«

»Wir gehen kaum noch zusammen, na, weißt schon ...«

»Kann ich nichts zu sagen, ich bin Single.«

»Ich denke, sie ist einfach nicht die Richtige, ich Volldepp schnall es nur erst jetzt.«

»Du denkst, mit einer anderen wärs besser?«

»Ja, sicher, mit der Nächsten würd ich voll erst mal lange nur so zusammenleben.«

»Ich weiß nicht, Alltag kommt mit der doch auch?«

Eine brauchbare Lösung, geschweige denn eine nützliche Erkenntnis ist bei allem Gerede nicht dabei. Es taucht am Ende nur die entscheidende Sinnfrage auf: »Wie soll man es überhaupt gemeinsam lange Zeit aushalten?«

Kein Wunder, dass so viele sich trennen, er versteht sein Umfeld und sehnt die Zeit in der Clique zurück.

»Du, wenn meine kleinen Burschen nicht wären, kannst mir glauben, ich wär voll schon weg. Aber ohne die beiden, nee, du, das kann ich nicht.«

Eine Weile widmet sich jeder seinem Handy, sie zeigen sich Bilder und kommen doch nicht vom Thema weg.

»Weißt du, wenn ich deine Eltern treffe, sind die irgendwie immer noch voll gut drauf.« Er holt Luft. »Wie lange sind die eigentlich zusammen?«, will er von ihr wissen.

»Glaub, über dreißig Jahre.«

»Die gehen immer voll nett miteinander um.« Er beneidet sie.

»Deine doch aber auch?«

»Nee. Nee. Der Schein trügt gewaltig.« Er kommt gleich wieder auf ihre Eltern zu sprechen. »Ehrlich. Deine Eltern schauen sich immer noch voll verliebt an.«

»Das stimmt. Ich schätz, sie sind es auch irgendwie noch.«

»Bei meinen ist alles immer wie Alltag. Voll abgestumpft sind die«, setzt er dagegen.

»Davon ist keine Spur bei meinen, die haben immer noch ihren Spaß und viele Verrücktheiten im Kopf. Das finde ich echt cool.«

»So stell ich mir das auch eher vor.« Er spricht den Satz fast ein wenig klagend.

»Ja, so möcht ich später auch mal verheiratet sein. Deshalb will ich auch keinen von deinen übrig gebliebenen Kumpels«, bekräftigt sie.

Die Bahn hält, ich muss aussteigen. Die jungen Leute fahren noch zwei Stationen weiter. Woher ich das weiß? Ich kenne sie beide. Das junge Fräulein ist meine Tochter. Das hab ich gleich erkannt. Der junge Mann einer ihrer besten Freude.

Das ist heute ein wundervolles Geschenk gewesen. Dieses ehrliche

Gespräch drei Tage vor unserem Hochzeitstag ungewollt mit anzuhören. Ich freue mich wirklich sehr darüber, dass unsere Tochter so achtungsvoll von uns denkt und spricht.

Wäre es nicht erfreulich, wenn wir Eltern so lebten, dass unsere Kinder an uns denken, wenn es um Liebe, Mitgefühl, Wertschätzung und Rechtschaffenheit geht?

Wäre es nicht schön, sie könnten uns und unser Leben achten und ehren und somit unseren Segen für ihren Weg bekommen? Wäre es nicht schön? Und es wäre leichter für sie, ihren eigenen Weg zu gehen.

Denn alles, was sie an uns Eltern bemängeln und kritisieren, fällt ihnen irgendwann vor die eigenen Füße.

ES LIEGT AUCH IN DEINER HAND

Kundengespräch 2015 im Geschäft

»Wissen Sie eigentlich, was ihre kleine Stadt für ein Geschenk ist? Diese kleinen verzauberten Gassen, die wundervollen Giebelhäuser. Sie repräsentieren so klar den Reichtum der Hansezeit. Alles ist so gut erhalten, so ursprünglich belassen, keine Betonklötze dazwischen gebaut. Ich bin sofort verliebt gewesen.«

Da muss ich gar nicht lange überlegen. Natürlich weiß ich das. Ich bin in Wismar geboren, hab hier gelernt, einige Jahre auch gewohnt. Meine innige Bindung zu Wismar ist mir aber erst so richtig bewusst geworden, als ich drei Jahre nach Rostock zur Arbeit gefahren bin. Wieder hier zu sein, mein Geschäft in meiner Lieblingsstadt zu führen, ist wirklich ein Geschenk, da hat sie recht.

»Ich komme aus Stuttgart«, erzählt mir die Kundin weiter.

»Bei uns gibt es keine so kleinen und wundervollen, so individuellen Geschäfte mehr. Ja, eigentlich gar keine.« Sie berichtet weiter, dass es nur noch Dienstleister, riesige Discounter und alles rund ums Essen gebe. Alle Kleinunternehmen seien nach und nach den Großen gewichen, hätten dem Konkurrenzdruck nicht mehr standgehalten. Und die vielen Baustellen stören mächtig. »Das ist so schade, das spüre ich hier bei Ihnen umso deutlicher, welch Qualität, welch Flair einer Stadt dadurch verloren geht.«

Ich höre zu und bin so richtig stolz auf mein Wismar.

Sie schaut sich um im Geschäft, äußert sich lobend über meine Ware, besonders über die selbst gestalteten Karten mit den Sinnsprüchen. Die gefallen ihr sehr.

»Ein ganz tolles Angebot haben Sie hier und man fühlt sich als Kunde in ihrem Geschäft auf Anhieb wohl und möchte hier verweilen.«

Das freut mich zu hören und ich bedanke mich für ihre anerkennenden Worte.

»95 Cent für eine Postkarte und 1 Euro 95 für die Klappkarten, das sind aber erstaunlich tolle Preise, zumal es Handarbeit ist.«

Auch da kann ich innerlich nur zustimmen.

Noch circa eine Viertelstunde nimmt sie einige Dinge in die Hand, legt sie wieder ins Regal, schaut sich weiter um, dann kommt sie mit leeren Händen zu mir an den Ladentisch. Freundlich äußert sie eine erstaunliche Bitte: »Ob Sie es mir wohl gestatten, dass ich mit meinem Handy die eine oder andere Karte abfotografiere? Die Sprüche sind so wunderschön.«

Hat sie das wirklich soeben gefragt? Nicht zu fassen. Ich weigere mich, es zu glauben, verschränke die Arme vor meiner Brust und weiß nicht, ob mich die Frage gerade wütend macht oder ob ich darüber lachen soll. Irgendetwas läuft hier falsch, sie ist nicht die erste Kundin dieser Art.

Ware kurz abfotografieren, heimlich in einer Ladenecke im Internet schauen, so begann es mal. Heute traut man sich das direkt neben mir.

Und schon bin ich gedanklich wieder bei meiner Kundin.

Nach ihrer Aufmachung zu urteilen, scheint sie nicht am Hungertuch zu nagen. Nicht so, als ob sie sich die Karten nicht leisten könnte.

Was hat sie nur für eine Lebensphilosophie?, frage ich mich.

Sie schaut mich an. Wartet auf eine Antwort.

Meine Gedanken sortieren sich im Eiltempo. Ich verstehe. Sie liebt Städte mit vielen Einkaufsmöglichkeiten, wovon jedoch Miete, Strom und Ware bezahlt werden sollen, interessiert sie nicht. Dafür fehlt es ihr anscheinend an Feingefühl.

Das Wort Verantwortung ist auf der Strecke geblieben in den vergangenen Jahren. Wird nur allzu gerne beiseitegeschoben und ersetzt mit: »Was gehts mich an?«

Unsere Stadt soll schön sein, jedoch bitte keine Baustellen. Das soll bestenfalls über Nacht geschehen, sodass kein Passant davon gestört wird.

So ist in ihren Augen scheinbar in erster Linie ausschließlich die Stadt für die Rettung der kleinen Geschäfte verantwortlich.

Je mehr ich darüber nachdenke, desto weniger bin ich bereit, die Situation einfach so hinzunehmen. Nein, das kann und will ich auch nicht. Dafür hab ich mich nicht selbstständig gemacht, um dann weiterhin den Mund und die Kundschaft bei Laune zu halten.

»Ich möchte Ihnen nicht zu nahetreten«, beginne ich ganz sachlich und für mein Unverständnis auch noch ziemlich freundlich.

Ihr scheint meine Antwort sowieso schon zu lange zu dauern, denn sie ist bereits dabei, das Handy aus der Tasche zu kramen. Hält dann jedoch inne und schaut mich an.

Meine Antwort ist jetzt durchdacht.

»Ich wollte mich bei Ihnen bedanken. Gerade haben Sie mir geholfen, zu verstehen, warum es in Stuttgart keine kleinen Geschäfte mehr gibt«, sage ich und schaue sie ernst, und ich glaube, auch etwas missbilligend an.

Ihre Augen werden größer und größer, sie errötet ein wenig, geht einen Schritt zurück, schaut mich an, holt Luft, und es macht doch tatsächlich Klick. Es scheint, als hätte sie den Balken im eigenen Auge gefunden.

Wortlos steckt sie das Handy zurück, dreht sich um und geht erneut zu meinem Postkartenständer. Nach einer Weile steht sie wieder bei mir am Ladentisch, legt einige Karten darauf.

»Die sollen es sein?«

»Ja, bitte.«

Ich zähle die Karten.

»Dann bekomme ich von Ihnen 13 Euro 75.«

Sie legt mir 15 Euro hin.

»Das stimmt so, danke.«

Ich bedanke mich, stecke die Karten in eine schicke Tüte und noch ein kleines Herzbonbon dazu.

»Vielleicht sind Sie ja einmal wieder hier.«

»Dann schau ich gerne wieder rein.«

»Alles Gute für Sie und auf Wiedersehen«, verabschiede ich sie.

»Und für Sie gute Geschäfte.«

»Wenn alle so gut einkaufen wie Sie, dann wird das sicher was mit den guten Geschäften. Danke«, erwidere ich.

Wie sieht es denn nun aus? Wollen wir unsere Kleinstädte weiter zum gemütlichen Flanieren und Shoppen genießen oder wollen wir sie so langsam und allmählich wirklich sterben lassen? Sollen nur noch Cafés, Restaurants, Imbisse und Dienstleistungsgeschäfte unser Straßenbild bestimmen? Und wollen wir dann wieder einstimmig und auf diesem uns nun schon so vertrauten und bewährten hohen Niveau jammern, dass wir das ja so nicht gedacht und gewollt haben und ja früher sowieso alles besser war?

Wir erschaffen uns unsere Zukunft immer selbst!

GROSSMUTTERS MÄRCHEN

Die Lebensbühne dieser Geschichte steht im Jahre 1978 in einem kleinen Dorf in der ehemaligen DDR. Steffi ist fünf Jahre alt und wohnt gemeinsam mit den Großeltern, den Eltern und ihren zwei jüngeren Brüdern in einem Mehrfamilienhaus auf dem Lande. Großmutter Frieda und Steffi haben eine sehr besondere Beziehung, als wären sie aus einem Stück Holz geschnitzt, oder wie der Großvater meint, sie wären Tüch von einem End.

»Das hast du von deiner Großmutter geerbt.« Mutter Gerlinde schüttelt morgens oft den Kopf, wenn Steffi eine rot-blau-grün karierte Hose und den Pulli mit lila-gelben Blümchen zum Kindergarten anzieht. Was optisch für Gerlinde gar nicht geht, findet Steffi einfach schick, und Großmutter nickt mit einem Augenzwinkern beim Winken ermutigend.

Wenn die Großmutter am Nachmittag dann zum Kaffeeklatsch ins Dorf geht, ist Steffi stets an ihrer Seite, und ein etwas außergewöhnlicher Anblick mischt das beschauliche Dorfleben auf. Großmutter mit ihren viel zu langen grauen und struppigen Haaren, die wie wild um ihren Kopf herumzauseln, setzt sich dann einen knallroten Hut auf und hängt sich eine schwarz-goldene Stola mit langen Fransen um. Wie eine »gnädige Frau«.

Für Steffi öffnet sie auf dem Boden die große Holztruhe, in der sich noch die alten Sachen ihrer Kinder befinden. Sie sucht ein bodenlanges Kleid heraus. Die Kleider sind nicht wirklich lang, sondern nur viele Nummern zu groß, dennoch echte Hingucker. Schnell wird aus dem großen Schrank noch ein Hut herausgezaubert, die Krempe zieren Veilchen, Rosen und Margeriten. Steffi bekommt ihn auf den Kopf gesetzt. Bunte Schleifen in die langen, braunen Zöpfe gebunden, und dann geht es los.

»Steffi, lass uns gehen, wir müssen uns wieder zeigen, damit die Leute was zu reden haben.«

»Oma, warum sollen sie denn reden?«

»Solange die Leute über dich reden, bist du interessant.«

»Hm.« Die Enkelin rollt mit den Augen. »Das versteh ich nicht.«

»Das kommt schon noch«, versichert Großmutter.

Es ist Dezember, längst ist die Zeit der nachmittäglichen Ausflüge vorbei, die Sachen wieder bis zum Frühjahr ordentlich verpackt auf dem Boden verstaut.

Noch vier Wochen, dann ist Weihnachten. Bei den Großeltern trudeln wie alljährlich die vielen großen und kleinen Pakete aus dem Westen ein. Von den Geschwistern und den vielen Verwandten, die dort gleich nach der Flucht aus Pommern noch vor dem Mauerbau ihre neue Heimat gefunden haben.

Auch Gerlinde hat eine Tante, die der Familie jedes Jahr zu den Festtagen Pakete schickt. Die Tante hat eine eigene Bäckerei, und so sind in den Paketen unter anderem viele Tüten mit köstlichstem Weihnachtsgebäck: Vanillekipferl, Zimtsterne und eine besonders leckere Sorte nennt sich Klaviertasten. Sie haben eine längliche Form und bestehen aus einer Nussfüllung mit einer weißen Glasur, einfach höllisch sündig. Gerlinde teilt den Inhalt der Gebäcktütchen für die Adventssonntage ein.

Die Pakete stehen im Wohnzimmer unter der Anrichte und verströmen ihre herrlichen Düfte von Seifen, den vielen Backzutaten, dem Gebäck, Orangeat und Zitronat, den bunten Kaugummikugeln und den Leckerschmeckerriegeln im ganzen Raum. Für die Kinder heißt es nun warten, warten und nochmals warten. Voller Vorfreude, Spannung und Ungeduld, viele unendlich lange Tage.

Im vergangenen Jahr erwischt Gerlinde die Jungen dabei, als sie heimlich beginnen, das Paketpapier aufzureißen. Eine kleine Ecke habe schon ein Loch und man könne etwas Buntes sehen, erzählen sie Steffi vor dem Zubettgehen im Bad. Es gibt wie erwartet ordentlich Schimpfe, auch vom Vater, und Gerlinde bringt die Pakete am Abend noch in die Speisekammer.

Diese nicht mehr jeden Tag zu sehen, vor allem aber nicht zu riechen, ist schlimmer als Hausarrest. Die Kinder jammern, und als all das nicht hilft, beklagen sie sich bei Großmutter über den Verlust. Auch sie rügt die Enkel, verspricht jedoch Hilfe. Nach drei Tagen stehen die Pakete erneut unter dem Schrank. Die Magie der Vorweihnachtszeit ist wieder hergestellt. Es dauert keine halbe Stunde und die Autos und die Puppenbetten sind davor zum Spielen aufgebaut.

Die Pakete der Großeltern bergen einen ganz anderen Inhalt. Keine Klaviertasten, keine Seife, keine Backzutaten. Da sind Leberwurst, Teewurst, Salami, Margarine und viele Sorten Käse drin, alles eingeschweißt und sehr lange haltbar, außerdem Pralinenschachteln und Bonbons. Die Bonbons, die »Nimm zwei« heißen, lieben die Kinder besonders. Großmutter hält ihnen die Tüte hin, »aber nur eins.« Großvater lacht, zwinkert den Kindern zu: »Da steht doch aber, nimm zwei, oder kann ich nicht lesen?« Obwohl Großmutter es nicht leiden kann, wenn Großvater ihr in den Rücken fällt, will sie kein Spielverderber sein, lacht mit und alle dürfen ein weiteres Mal in die Tüte greifen.

Anders bei den Pralinen. Da macht sie keine Ausnahme, nur eine einzige und Punkt. Das Außergewöhnliche ist, dass es eine Hüterin der Pralinen gibt, und das ist nicht die Großmutter.

Steffi sitzt eines Samstagnachmittags, nachdem Großmutter aus dem Mittagsschlaf erwacht ist, dicht neben dem großen Kachelofen bei ihr auf der Couch. Das ganze Zimmer riecht nach dem Tannengrün des Adventskranzes. Draußen ist die Luft so kristallklar, dass man weit schauen kann. Die Zweige der Bäume haben der Schneelast nachgegeben und neigen sich bis zum Boden. Die Vögel nutzen die angebotene Futterstelle, und so gibt es vom Wohnzimmerfenster aus viel zu entdecken. Am Horizont geht mittlerweile die Sonne feuerrot unter. Steffis verstohlener Blick wandert immer wieder in Richtung Fensterecke zu dem kleinen Schrank, auf dem das Radio steht. Er hat zwei schmale, nach hinten ausgelegte Fächer, und in einem dieser Fächer liegen die Pralinen, das weiß sie ganz genau, mindestens vier volle Schachteln. Großmutter bemerkt es, schaut sie an, schupst mit ihrer Schulter an Steffis.

»Nun geht schon und hol uns eine Schachtel her.«

Schnell springt Steffi auf und steht im Nu vor dem Schrank. Als wenn sie einen Schatz bergen will, öffnet sie mit großen Augen ganz vorsichtig die Tür.

»Egal, welche?«

»Egal. Die, die dir am besten gefällt«.

Die Entscheidung ist nicht ganz einfach. Wo sind die Größten drin?, rätselt sie.

»Na, kannst du dich nicht entscheiden?«

Bevor sich Großmutter das Angebot wieder überlegt, holt Steffi schnell die untere, die allergrößte hervor. Die ist so lang, dass Steffi ihre Arme ganz weit ausbreiten muss, um sie zum Tisch zu tragen. Großmutter entfernt sehr vorsichtig die Folie, öffnet die Schachtel, und da liegen sie nun alle, schön sortiert nach Formen, manche eingewickelt, manche nur pure Schokolade.

»Dann such dir mal die schönste aus.«

Ganz schnell, noch ehe die Großmutter es sich versieht, liegt die in rotgoldenes Papier eingewickelte in Steffis Hand. Fix ist sie ausgewickelt, das Papier gerade gemacht zum Sammeln und ab in den Mund.

Den Kopf an Großmutter Schulter gelehnt schließt Steffi die Augen, schiebt die Praline mit der Zunge im Mund hin und her und lässt sie dabei ganz langsam zergehen. Welch ein Genuss. Nach einer Weile schließt Großmutter die Schachtel.

»Nimmst du dir keine?«

Großmutter schüttelt den Kopf. Steffi schaut zu ihr hoch.

»Können wir es so machen wie mit den »Nimm-zwei-Bonbons?«

»Nein Steffi, das können wir nicht, das war auch nur eine Ausnahme, weil Opa mir dazwischengefunkt hat.«

»Warum nicht?«

Die Großmutter überlegt kurz und dann fällt ihr etwas ein.

»Weil die Pralinen behütet werden.«

»Wer behütet sie denn? Es ist doch gar keiner hier, außer dir und mir.«

»Na, dann komm mal auf meinen Schoß.«

Neugierig, wer das wohl sein könnte, lässt Steffi sich von der Großmutter auf den Schoß heben.

»Schau mal aus dem Fenster! Siehst du dort hinten, wo die Sonne untergeht?« Sie zeigt zum Horizont.

»Wo es so rot aussieht?«

»Ja, genau.«

»Was ist da?«

»Da wohnt die Neujahrsmutter.«

»Wer?«

»Die Neujahrsmutter.«

»Kenn ich nicht.« Ungläubig schaut Steffi die Großmutter an, hüpft vom Schoß, geht ganz nah ans Fenster und hält die Hände an die Scheibe. Dann flitzt sie zurück zur Großmutter und setzt sich wieder zu ihr, kuschelt sich ganz dicht an sie heran. »Eine Neujahrsmutter?«

»Ja.«

»Wie sieht sie aus?«

Großmutter erzählt von einer weisen alten Frau mit langen schneeweißen Haaren, einem grünen Mantel mit Fellbesatz, die in einem riesengroßen Schaukelstuhl sitzt. Um die Weihnachtszeit geht sie am Tage in den Wald und sammelt Äste und Zweige. Wenn es dann dunkel wird, macht sie sich daraus ein riesiges Feuer, um sich daran zu wärmen. Über den Flammen hängt ein großer Topf mit heißem Wasser, mit dem sie die Kräuter überbrüht, die sie im Sommer gepflückt hat.

»Ist das ein Märchen?« Steffi kuschelt sich noch dichter an Großmutter.

»Ja, das ist ein Märchen, aber auch Märchen haben immer etwas Wahres.«

»Was macht sie da noch?«

Großmutter berichtet, dass sie es auch von ihrer Mutter anvertraut bekommen habe, dass die Neujahrsmutter in ihrem Feuer die Menschen sehen könne. So wie eine Fee in eine Glaskugel schaue, beobachte sie und passe auf.

Steffi liebt es, wenn die Großmutter erzählt. Wenn es nicht gerade so sehr spannend wäre, würde sie loslaufen und die Brüder dazuholen.

»Sie passt auf?«

»Ja, sie passt auf, dass die Kinder um die Weihnachtszeit nicht zu viel Süßes essen.«

Steffi schaut auf die Pralinenschachtel und nimmt das rotgoldene Stück Papier in ihre Hand.

»Fast wie Mutti?«

»Ja, fast wie Mutti.«

»Ist das ein Geheimnis, das du mir erzählt hast?«, flüstert Steffi.

»Nein, das ist kein Geheimnis.«

»Nicht?«

»Nein, es sollten alle Kinder wissen.«

»Dann kann ich es also weitererzählen?«

»Ja, unbedingt, damit alle Kinder immer nur ein Stück genießen von den vielen leckeren Sachen, die es gerade jetzt gibt.«

Zufrieden mit der Zeit und den Antworten von Großmutter bringt Steffi die Schachtel Pralinen wieder in den Schrank zurück, ohne noch mal um eine weitere zu bitten. Dann gibt sie der Großmutter den üblichen Kuss auf die Wange und winkt schelmisch, als sie das Wohnzimmer verlässt.

»Ich komm morgen wieder.«

»Mach das und träum schön.« Großmutter winkt hinterher.

Am Abend huscht Steffi dann aus ihrem Bettchen und geht leise zu den Brüdern ins Zimmer. Mit ernster Miene erzählt sie ihnen, was die Großmutter ihr heute anvertraut hat. Da sie so voller Überzeugung spricht, kommt es den Jungen nicht in den Sinn, darüber zu lästern. Morgen wollen sie es sich selbst ansehen.

Beruhigt, dass nun bereits drei Kinder von der Neujahrsmutter wissen, schlüpft Steffi in ihr Bett zurück und schläft zufrieden ein.

Großmutters besondere Art, Steffi mithilfe der Neujahrsmutter klarzumachen, dass zu viel Süßes nicht gut ist, hat viele Jahre ihre Magie behalten.

Mittlerweile ist Steffi eine junge erwachsene Frau. Sie hat ihre kindliche Leidenschaft veredelt und arbeitet als Kostümschneiderin am Theater. In ihrer künstlerischen Tätigkeit ist sie so begnadet, dass sie sich über die Stadtgrenze hinaus schon einen guten Namen gemacht hat, man spricht über sie. Großmutter wäre stolz.

Steffi kennt den Heißhunger auf Süßes an den Tagen, wenn die letzten Proben stattfinden und bald Premiere ist. Alles läuft auf Hochtouren und bis zur allerletzten Minute wird an den Kostümen der Darsteller genäht. Dann endlich Pause. In der Garderobe gehen die Blicke als Erstes auf den riesigen Vorrat an Bonbons, Schokolade und Keksen. In einem ruhigen Moment muss Steffi dann sofort wieder an Großmutters gut gemeinte Idee mit der Neujahrsmutter denken. Dieser weisen Mutter, die weit hinter dem Horizont überall auf der ganzen Welt zu Hause ist und es für all die kleinen Mädchen und Jungen immer noch sein kann. Auch heute noch. Eine weise Mutter, die aus einer anderen Welt kommt. Aus der Welt der Märchen und Mythen, die Maßhalten und Bescheidenheit gebietet.

WIE DIE SAAT, SO DIE ERNTE

»Haben wir es nicht gut, Liebes?«

Marion kann sich nicht wirklich dazu entschließen, zu nicken.

»Etwa nicht?«

»Zu meinem Glück fehlt etwas.«

Thorsten ist nicht erstaunt, weiß er es doch selbst nur allzu gut, dass es da ein ganz riesengroßes Defizit gibt bei beiden. Er natürlich will der Starke sein, beherrscht seine Emotionen, denkt realistisch, meint er zumindest, und lässt sich nicht in die Seele schauen.

»Ich weiß. Aber sieh es doch mal so ...«

»Hör bitte auf, mir wieder alles gut hinzureden.

Der Kater scheint zu spüren, dass Melancholie in der Luft liegt. und schleicht um Marions Beine, sie streichelt über sein Fell.

»Nicht wahr, Morle, dir fehlen sie auch.«

Der Kater scheint zuzustimmen, bleibt regungslos und leise schnurrend an ihren Beinen liegen.

»Ihr Männer habt die Kinder ja auch nicht unter eurem Herzen getragen, deshalb geht es euch auch nicht weiter als bis ans Knie«, murmelt sie in Richtung Kater. »Ach, was rede ich zu dir«, stupst sie ihn leicht mit dem Fuß. »Du bist ja auch ein Mann.«

Das zu beklagende Defizit sind die längst erwachsenen Kinder. Die Zwillinge haben gleich nach dem Abitur die Koffer gepackt und sind auf getrennten Wegen in die Welt hinaus.

Beneidet wurden sie als Eltern um die beiden, stolz konnten sie sein und sicher, irgendwie waren sie es auch. Jedoch von einem auf den anderen Tag ein leeres Haus, das war für beide gewöhnungsbedürftig.

Nach einem Jahr kommen Michael und Larissa fast zeitgleich zurück nach Deutschland, allerdings nur vorübergehend nach Hause. Während des Abenteuers im Ausland hatten beide genügend Zeit, sich mit den verschiedensten beruflichen Konzepten auseinanderzusetzen. Mit anderen Jugendlichen tauschten sie sich aus, nahmen neue Möglichkeiten und Anregungen wahr und kamen mit klaren Vorstellungen zurück.

Noch einmal vier Wochen daheim, um alles zu klären. Dann waren sie wieder weg, glücklich, den eigenen Weg gehen zu können.

Larissa lernte in Baden-Baden den Beruf der Krankenschwester und blieb auch nach der Ausbildung dort. Ihr Traumberuf und das gute Gehalt sind Grund genug, zu bleiben.

Michael lernte in Nürnberg bei der Bahn und erfüllte sich damit seinen Kindheitstraum. Was in Miniausführung früher im Wohnzimmer umherfuhr, darf er heute selbst als Lokführer durchs Land fahren. Beide sind mittlerweile 26 Jahre alt und noch Single.

Marion bügelt.

»Sie hätten sich ja auch etwas hier oben in unserer Nähe suchen können. Sie haben sich schon wieder so lange nicht gemeldet.«

»Es ist jetzt ihr Leben.« Thorsten akzeptiert die Entscheidungen, die nicht zu ändern sind. Schließlich ist er auch mit siebzehn aus dem Haus gegangen und es hat ihn nicht interessiert, was seine Eltern dazu gesagt haben. Vielleicht haben sie damals genauso gefühlt.

»Ob die Kinder ihr Zuhause denn gar nicht vermissen?«

»Ich denk mir, sie haben einfach nicht so viel Zeit zum Nachdenken wie wir.« Thorsten sieht den Tatsachen ins Auge.

»Die beiden haben ihre Arbeit, den Freundeskreis, ständig Schulungen und Weiterbildungen, wie sollen sie da noch ständig an uns denken? So ging es mir jedenfalls.«

»Schätze mal, ich muss lernen, es anzunehmen.«

»Richtig, zumal dir eh nichts anderes übrig bleibt.« Thorsten geht zu Marion und nimmt sie in den Arm. »Wir haben es doch gut, Liebes?«

Marion verdreht die Augen und stöhnt. »Was hast du mit diesem komischen Satz heute nur?«

Jedes Jahr in der Adventszeit lassen sich Marion und Thorsten auch von Eis und Schneegestöber nicht abhalten und unternehmen eine Rundtour, um die Kinder zu sehen.

Einmal unterbrechen sie die Fahrt, um Tante Wilma zu besuchen.

»Kommt so oft es geht, wer weiß, wie lange noch?«, klagt die 89-Jährige.

Bei jedem Telefonat und in jedem Brief wird seit 22 Jahren diese Mahnung mit eingeflochten. An ihrer Wand hängt ein Kalender, an dem streicht sie jeden Tag, den sie hinter sich hat, mit einem dicken schwarzen Filzstift ab. Auch das macht sie schon seit 22 Jahren. Man hat den Eindruck, dass mit Onkel Emils Tod ebenso ein Teil ihrer Lebendigkeit gestorben ist. Sie wartet nur noch darauf, ihm folgen zu können.

So sind Marion und Thorsten auch in diesem Dezember beim Packen für die bevorstehende Reise. Im Gepäck die frisch gekochte Lieblingsmarmelade für Michael, neu genähte Kissen für Larissas Küche und ein weihnachtlicher Blumenstrauß für die Tante.

Zwei Tage vor Weihnachten wollen sie wieder daheim in Schwerin sind. Dann bleibt noch Zeit, den Baum in Ruhe zu schmücken und sich um die notwendigen kulinarischen Leckerbissen zu kümmern. Die Ente ist zwar schon lange viel zu üppig für sie beide, jedoch ist sie Tradition, und sie essen dann eben drei Tage davon. Marions Gefühle schwanken während dieser Zeit ständig zwischen Freude und Wehmut.

»So ist das Leben«, redet Thorsten auf sie ein, »es kommen auch wieder andere Zeiten. Wir kennen das doch. Im Moment ist es, wie es«, fügt er hinzu. Marion schweigt.

Die Fahrt zieht sich durch die vielen Geschwindigkeitsbegrenzungen in den Baustellen in die Länge und Thorsten ist froh, dass er Marions Druck, lieber zeitiger loszufahren, nachgegeben hat. So kommen sie pünktlich zur Kaffeezeit bei Tante Wilma an.

»Das ist so schön, dass ihr noch mal kommt«, freut diese sich.

»Wer weiß, ob ich im nächsten Jahr noch leb.« Dabei schaut sie mit einem flüchtigen Blick auf ihren Kalender. »Ich glaub nicht.«

Drei Stunden Unterhaltung, das ist aufreibend. Thorsten, der eh eine Aversion gegen das Thema Krankheit hat, kann leider nicht entfliehen und muss sich von Magenproblemen und Arthrose am Knie durch Verstopfung und hilfreiche Einläufe durchleiden. Die Tasse Kaffee bekommt er gerade noch so runter, den Kuchen aber lässt er stehen.

Marion ist mit Tante Wilma eng verbunden und gibt ihr beim Erzählen durch Mimik und Gestik zu verstehen, dass sie mitfühlt, wenn der Körper nicht mehr kann, was der Kopf noch möchte.

Da Tante Wilma leider keine Kinder hat, bekommt Marion bei jedem Besuch ein Geschenk, quasi als Vorschusserbe. Diesmal ein Paar kostbare Ohrringe.

»Damit du an mich denkst, wenn ich tot bin.«

Marion freut sich, nimmt ihre Tante in den Arm und schaut dabei zu Thorsten, der unruhig mit seinen Füßen wippt. Höchste Zeit, sich zu verabschieden.

»Dass sie auch immer so direkt dramatisch sein muss.« Thorsten ist froh, endlich wieder im Auto zu sitzen.

»So alt möchte ich nicht werden«, ist sich Marion sicher. »Wenn dann die Kinder so weit weg sind, das wäre echt zu viel für mich.«

»Liebes, du wirst es dir nicht aussuchen können.«

Nächster Halt ist Baden-Baden. Larissa muss zwar in die Klinik, hat jedoch zugesichert, nur die nötigsten Schichten an den fünf Tagen, die die Eltern da sind, zu arbeiten. Freie Tage will sie lieber nicht versprechen.

Marion und Thorsten beziehen ihre gebuchte Ferienwohnung und schließen Larissa dann nach Feierabend in die Arme. Einfach nur mal wieder in gemütlicher Runde erzählen, sich dabei in die Augen sehen, alles, was so die Herzen bewegt und sich am Telefon oft nicht in Worte fassen lässt.

Manchmal auch ein zaghaft ins Gespräch eingeflochtenes Geständnis, dass das traumhafte Gehalt die Entfernung zur Heimat auf lange Zeit doch nicht ersetzt.

Marion horcht gleich auf. »Dann such dir doch bei uns eine Stelle.«

»Noch nicht, Mutti.«

Am vorletzten Abend hat Larissa dann eine Überraschung für die Eltern.

»Was würdet ihr sagen, wenn ich für vier Tage mit nach Hause komme?«

»Wie, mit nach Hause?« Marion dreht sich aufgeregt zu Larissa. »Nun, sag schon, meinst du es ehrlich?«

Larissa berichtet, dass sie schon den ganzen Dezember die Situation auf der Station verfolge, dass es mit der Besetzung und dem Krankenstand prekär sei und sie nur hoffen konnte, freizubekommen.

»Deshalb wollte ich euch nicht schon ...« Sie lacht. »Ach egal, es hat geklappt.«

Die Freude schwappt über und Thorsten nimmt seine beiden Damen fest in den Arm. Larissa löst sich aus der Umarmung, macht Freudensprünge, lacht und jubelt.

Marion rechnet kurz nach: »Dann bist du Weihnachten ja ...?«

»Ja, Mutti, bis zum zweiten Weihnachtstag. Ich kanns auch noch nicht glauben.«

»Wie lange ist das letzte gemeinsame Weihnachten schon her?«, überlegt Thorsten.

»Ich weiß nicht, Papa, ich glaub, ewig.«

Am Abend gibt es nur ein Thema, Heiligabend wieder zu Hause nach sieben Jahren, wie sich beim Recherchieren herausstellt. Alle drei sind voller Vorfreude.

Marion ist vor freudiger Aufregung die Nacht über so hellwach, dass sie Thorstens Schnarchen doppelt so laut vernimmt.

Würde die Ente für uns drei reichen? Sie sah beim Einkauf ziemlich klein aus. Wie war das mit dem Rotkohl? Larissa mag doch keinen, für sie hatte Marion immer Erbsen gekocht, und natürlich ihre geliebte rote Grütze mit Vanillesoße. Beim nächtlichen gedanklichen Puddingkochen fallen ihr dann gegen Morgen endlich die Augen zu.

»Ach, das wird herrlich«, schwärmt sie beim Frühstück weiter.

Die Rückfahrt soll wie geplant über Nürnberg gehen.

»Wenigstens sehen wir aber unseren Großen noch für ein paar Stunden.«

Marion nickt zustimmend und leicht wehmütig. Am liebsten hätte sie ihn Weihnachten auch mit dabei.

»Du schaust so ... als ...?«, ahnt Thorsten ihre Gedanken.

»Ja, ich weiß ja, dass es nicht geht, was ich denke.«

»Michael hat Dienst über die Festtage. Glaubt nicht, ich hätte ihn nicht gefragt«, bekundet auch Larissa, ihren Bruder gern dabei zu haben.

»Kommst du dann auch erst noch mit zu Michael?«

»Ja, sicher.«

»Dann können wir ja mit einem Auto fahren?«, schlägt Thorsten vor.

»Nein, Papa, das klappt nicht.«

Larissa will noch kurz eine Freundin in Nürnberg besuchen und dementsprechend auch drei Stunden früher losfahren. Zudem soll ihr neues Auto über Winter in der heimatlichen Garage stehen.

»Dann muss ich euch auf jeden Fall im Frühjahr besuchen, wenn ich mein Auto wieder haben möchte.«

»Dann fährst du also mit dem Zug zurück?«, schließt Marion daraus.

»Das entscheide ich ganz spontan, eventuell gibt es auch eine Mitfahrgelegenheit. Ich schau mal.«

Am Abreisetag frühstücken Marion und Thorsten noch in aller Ruhe und wollen gegen Mittag in Nürnberg sein. Treffpunkt ist McDonald's. Thorsten kann sich vor >Freude< gar nicht bremsen! Diese Art von Essen ist so gar nicht sein Ding.

»Das schwimmt doch alles nur so vor Fett.« Er schüttelt sich.

»Ach komm, die Gitterkartoffeln, die sind klasse«, will Marion ihren knurrenden Thorsten aufmuntern.

»Da trink ich dann lieber drei Tassen Kaffee und hol mir vom Bäcker ein Brötchen.«

»Komm, nun hör auf, Hauptsache, wir sehen uns, du weißt, Michael hat nur kurz Zeit.«

Larissa ist bereits vor Ort, als die Eltern auf den Parkplatz biegen. Wenig später kommt auch Michael schnellen Schrittes vom WC im McDonald's herbeigeeilt.

Ein großes Hallo, eine mütterliche Umarmung, ein freundschaftliches Schulterklopfen der Männer untereinander und geschwisterliches Geplänkel.

»Na, Schwesti, du hier bei mir?« Er hebt Larissa in die Höhe.

»Ja, Brüdi, ich hier«, albert sie mit ihm wie immer mit.

»Na, Muddi, da hast du mich auch noch mal wieder zum Knuddeln«, scherzt Michael und legt den Kopf an die Schulter seiner Mutter.

»Ach, Kinder, ist das schön, euch mal wieder so zusammen zu sehen, ich kann es gar nicht glauben, dass es heute klappt.«

»Wo steht denn dein Auto?«, will Thorsten vom Großen wissen.

»Beim Discounter zwei Straßen weiter, hier war vorhin kein Platz. Larissa hat mich abgeholt.«

»Ich dachte, ihr habt euch auch erst eben gesehen?«

»Ach nee, das war Show.«

»Papa, du kennst ihn doch, wie lauffaul er ist.«

»Na, von wem er das wohl hat?« Marion zwinkert ihrem Thorsten zu.

Die Entfernung hat der lockeren Familienstimmung keinen Abbruch getan.

Die Kinder kennen sich aus mit den Menüs, bestellen auch die gewünschten Gitterkartoffeln und den Kaffee.

Schnell ist eine Stunde vergangen, die wichtigsten, eher die lustigsten Dinge sind erzählt.

»Wie lange braucht ihr noch bis nach Hause, wenn ihr euch gegenseitig im Schlepptau habt?«, drängt Michael auf die Uhr schauend.

»Ha ha, aber du hast recht, wir sollten uns so allmählich auf die Socken machen. Ihr wisst, im Dunklen zu fahren, ist nicht meins«, gesteht Larissa.

»Schon? Wie spät ist es denn?« Marion schaut auf Thorstens Armbanduhr.

»Kauf dir endlich eine eigene Uhr, meine nutzt nur noch mehr ab, wenn du auch ständig draufschaust.«

»Hab dich nicht so.«

Die Kinder schupsen sich an, schütteln die Köpfe und schmunzeln über ihre Eltern. Larissa steht auf, zieht ihren Bruder an der Schulter nach oben.

»Komm, wenn du noch eine Probefahrt machen willst, ich will dann auch los.«

Vater schaut auf.

»Wie, Probe fahren?«

»Ach, Papa, nun los. Michael muss doch testen, ob mein Flitzer genug PS hat. Wir sehen uns dann zu Hause. Fahrt mal schon los, ich hol euch eh ein.«

»Wie ihr wollt, dann lass dich noch mal umarmen, Großer. Wirst uns fehlen an Weihachten.«

»Ach, Papa, du hast doch Muddi, die du ärgern kannst.«

»Was denkt ihr eigentlich, was bei uns zu Hause los ist, wenn ihr nicht da seid?«

Jetzt lachen die Kinder so richtig pruschend los und wie aus einem Munde kommend: »Das wollen wir lieber gar nicht wissen!«

Alle lachen herzhaft und genießen zum Abschied die ausgelassene Stimmung.

»So, nun los, die Abschiedszeremonie ist eröffnet.« Larissa schupst ihren Bruder zu den Eltern.

»Schau gut auf dich und schlaf auch genug, wenn du so viel arbeitest.«

»Aber das ist doch Ehrensache, Muddi.«

»Ich trink dann Weihnachten ein Bierchen mit für dich, pass auf dich auf.«

»Mach ich.«

»So, Bruder komm. Sonst bin ich auch weg.«

»Ja, Frau Schwester, ich eile herbei.«

Schon sind sie um die Ecke zwischen den Autos verschwunden.

»Ich versteh nicht, warum er sein Auto auf den anderen Parkplatz gebracht hat, hier ist doch so viel frei.«

»Aber vorhin nicht, das sagte er dir doch.«

Thorsten hält noch kurz an der Tankstelle zum Scheiben putzen, holt sich zwei belegte Brötchen, dann fahren sie wieder auf die Autobahn.

Nach vier Stunden Fahrt klingelt Thorstens Handy. Michael ruft an.

»Na, wie weit seid ihr?«

»Circa 70 Kilometer vor Berlin, warum?«

»Ihr müsstet in circa 30 Kilometer kurz von der Autobahn, ... hier ist ein Unfall, es ist alles gesperrt.«

»Woher weißt du das denn?«

»Larissa hat mich angefunkt, wie sie fahren soll. Sie ist ja immer überfordert mit Fahren und Navi.«

Im Hintergrund ist ein Blaulichtwagen zu hören.

»Was ist denn bei dir los?«

»Sitz bei mir am offenen Fenster.«

»Ja, danke für den Tipp, ich bleib trotzdem auf der A 9. So lang wird der Stau schon nicht sein.«

»Na, dann noch gute Fahrt.«

»Wir haben Winter und er sitzt am offenen Fenster?« Thorsten schüttelt den Kopf.

»Sicher lüftet er kurz.«

Es ist schon dunkel, als Thorsten und Marion in Schwerin ankommen und in die Einfahrt biegen. Die Fenster ihres Reihenhauses sind bereits hell erleuchtet.

»Ich denk, sie ist die Umleitung gefahren?«, wundert sich Marion, »Wann hat sie uns denn überholt? Versteh ich nicht.« Sie überdenkt den Zeitplan.

»Wenn sie von der A 9 runter ist und vor uns wieder raufgefahren, ne Dreiviertelstunde haben wir ja doch im Stau gestanden.«

»Da kannst du recht haben. Egal, Hauptsache, sie ist heil da.«

Thorsten fährt bis vor die Garage zum Ausladen. Larissa öffnet die

Haustür. Morle drängt sich gleich in den Türspalt und bleibt majestätisch auf der oberen Stufe stehen.

»Na, da seid ihr ja endlich. Ich dacht schon, ihr kommt nie an.«

»Wie bist du denn an uns vorbeigeflitzt?«

»Tja, Schleichwege muss man kennen.«

»Oder einen Gehilfen in der Zentrale in Nürnberg sitzen haben, der navigiert. Jaja, wir wissen alles. Der Buschfunk hat funktioniert.«

»Was wisst ihr alles?«, horcht Larissa jetzt auf.

»Michael hat uns auch angerufen, dass Stau ist, so wussten wir, dass du von der A 9 runter bist.«

»Oh, ihr seid ja wirklich bestens informiert, wie konnte ich nur zweifeln. Tratschtasche von Bruder, den knöpf ich mir noch vor.« Sie lacht herzhaft los.

Thorsten reicht Marion die Tasche aus dem Auto.

»Kann euch leider nicht helfen, mach uns gerade schön Abendbrot.«

»Jaja mach mal, wir verhungern.«

Auf einmal ist lautes Grölen und Jubeln aus dem Haus zu hören. Dann stehen Larissa und Michael Arm in Arm bereits in der Haustür und kringeln sich vor Lachen. Überraschung gelungen.

Ein Wort überschlägt das andere. Sie sind beide nicht zu bändigen, völlig aus dem Häuschen.

»Der Blaulichtwagen, das war …?« Thorsten versteht nun gar nichts mehr.

»… auch schon auf der Autobahn, gar nicht bei dir in Nürnberg?«

»Und dein Auto, die Probefahrt, alles geflunkert?« Marion wird einiges klar.

Larissa laufen die Tränen schon vor Lachen.

»Habt ihr nicht mitgekriegt, er hat doch im Auto gesagt, »Hier«, da hab ich ihn erst mal ins Bein gekniffen.«

»Wir haben die ganze Fahrt so abgefeiert.« Michael hebt seine Schwester in die Höhe.

»Hatten nur Bammel, dass ihr uns überholt und …« Schon jubeln sie wieder los.

Das ist Familie.

Marion hält sich die Hände auf die geröteten Wangen. Nach so vielen Weihnachten zu zweit … sie kann es nicht fassen, das sind ihre Kinder. Man, sind die gut geraten.

»Ist die Saat gut, ist die Ernte gut«, würde Tante Wilma dazu sagen.

E D F C Z P – GLASKLAR

»Die Schrift in der Zeitung wird ja immer kleiner«, regt sich Ronja eines Morgens zum wiederholten Male in Hilmars Gegenwart auf und nimmt sogleich im Blickwinkel den schelmisch grinsenden Blick ihres Mannes wahr.

»Nein? Wer hätte es gedacht, bei dir auch.« Hilmar amüsiert sich köstlich und freut sich über seine eingetroffene Voraussage. Für ihn ist die Zeitung schon seit Jahren zu klein geschrieben. Im Gegenteil zu Ronja jedoch rebelliert er nicht. Als seine Augen das glasklare Sehen immer mehr verschleiern, er die Buchstaben und Zahlen doppelt sieht, geht er zum Optiker und holt sich wie selbstverständlich eine Brille.

»Das ist nun mal so, was soll ich dagegen tun?« Er hakt damit die Angelegenheit ab. Seitdem flucht er zwar jeden Tag über das nie am rechten Platz und selten auffindbare Gestell. Die Tatsache an sich jedoch stellt er nicht infrage, schließlich geht es allen so. Etliche Brillen sind seitdem verheizt. Die erste hat er irgendwo unterwegs liegen lassen, auf die zweite hat er sich aus Versehen draufgesetzt. Drei weitere erlagen seiner Ungehaltenheit, haben der Wurfgeschwindigkeit auf den Tisch nicht standgehalten. Seinen Unmut über falsche Rechnungen, defekte Drucker, kein Handyempfang usw. bekommen stets die Brillen ab. Sie befinden sich immer als Erstes in seiner Schusslinie.

Heute Morgen jedoch sitzt er ganz gelassen am Tisch. Man könnte fast denken, er wäre ein wenig schadenfroh, dass er bald nicht mehr allein in der Brillenliga ist.

»Hol dir mal dein erstes Gestell. Siehst bestimmt schick aus damit.«

Ronja erinnert sich noch sehr genau daran, wie entrüstet sie gewesen ist, als Optiker Lasner ihr beim Termin vor einem Jahr prophezeit hat, dass ihre wie auch alle anderen Augen mit den Jahren immer schlechter würden. Das liege in der Natur der Dinge, und am Anfang rebellierten alle. Man gewöhne sich schnell dran. Das waren seine Worte.

Ronja sucht sich an diesem Tag zwar eine Brille aus, empfindet es jedoch als Frechheit und Boshaftigkeit, ihr die Prognose so auf den Kopf vorauszusagen. Ist er Optiker oder Wahrsager? Für ihr Gefühl jedenfalls hat er sich mit seiner Androhung zu weit aus dem Fenster gelehnt. Angst will sie sich nicht machen lassen, im Gegenteil, sie durchforstet Bücher, das Internet und wird recht schnell fündig. Da schreiben Betroffene ihre Erfahrungsberichte. In denen von Augenübungen, Palmieren und von der Sonne (in Maßen) als unterschätzten heilenden Faktor die Rede ist. Das sieht alles zwar nach sehr viel Arbeit, Disziplin und Durchhalten aus, aber immerhin. Es scheint möglich, sich die Sehkraft zurückzuholen. Oder sie sich zumindest zu erhalten. Ronjas Pioniergeist ist erwacht.

Sie beginnt, zu üben. Mehrmals täglich. Der ersehnte Erfolg bleibt aus. Nach drei Monaten resigniert sie, holt die Brille aus der Schublade und reiht sich leidig in die Riege der Brillis, wie man sich im Freundeskreis nennt, ein. Jetzt ist auch sie mit dabei, wenn bei ihren Treffen gemeinschaftlich die Taschen klacken. Alle ihre hübschen Etuis hervorholen, um das klarer zu sehen, was man sich gegenseitig zeigen will. Die Selbstverständlichkeit, mit der es alle tun, kann Ronja trotzdem nicht nachvollziehen, und ist über sich selbst wütend, dass sie sich freiwillig dazugesellt hat. Hab ich nur zu früh aufgegeben? War ich zu ungeduldig mit mir? Hab mein begonnenes Projekt zu zeitig beiseitegelegt? So geht sie mit sich vor Gericht, ihre fehlende Disziplin auf der Anklagebank.

Was sie heimlich bei Hilmar belächelt hat, trifft sie nun selbst. Ständig sucht sie am falschen Ort nach den Lesehilfen. Um dem entgegenzuwirken, lässt sie sich mehrere farbige Gestelle mit ihrer Brillenstärke anfertigen, Kostenpunkt je Kunststoffgestell 14 Euro … nur nicht noch viel Geld ausgeben für die üble Notwendigkeit. Die bunten Exemplare postiert sie an den wichtigsten Plätzen im Haus. Auf dem Schreibtisch, in der Küche zum Zeitunglesen und auf dem Nachttisch sowie eines für die Handtasche.

Die Erste der neuen Brillen fällt im Urlaub in den Müggelsee und sinkt dort unwiederbringlich zu Boden. Die zweite bleibt nach dem Lesen auf dem Fußboden liegen und sie tritt versehentlich mit dem Fuß darauf. Bei Brille Nummer drei bricht erst der eine, dann der andere Bügel ab. Zu guter Letzt fällt bei Brille Nummer vier ein Glas aus dem Rahmen. Ronja wird stutzig.

Als es Hilmar so ergangen war, hat sie es seiner Schusseligkeit und seinem cholerischen Temperament zugeschrieben, bei sich selbst ist die Handhabe von anderer Art. Vielleicht handelt es sich ja doch nicht nur bei allen um ein Missgeschick. Eventuell ist in all dem Schwund die Möglichkeit enthalten, dem Training der Augen noch eine zweite Chance zu geben.

Ein erneuter Besuch beim Optiker ist notwendig. Nachdem er sich in seinen Unterlagen vergewissert hat, wie lange die letzte Brillenverordnung schon zurückliegt, ersieht er es als Notwendigkeit, eine erneute Augenkontrolle durchzuführen.

»Sehen Sie, was hab ich Ihnen gesagt? Schlechter sind sie geworden«, erinnert sich Lasner an seine Prognose.

Ronjas Plan war ursprünglich, ihn beim nächsten Termin durch die erfolgreichen Übungen eines Besseren zu belehren. Daraus ist nun nichts geworden. Wütend auf sich selbst, darüber, dass sie nicht durchgehalten hat, nimmt sie widerwillig den Zettel zum Abholen der neuen Brille entgegen.

»Trösten Sie sich. Es geht allen so.«

Bla, bla, bla, denkt Ronja nur.

Die neue Sehhilfe ist kiwigrün, ein richtig flottes Teil, aber eben wieder eine Krücke für die Augen. Ein weiteres Mal nimmt sie sich die Anweisungen der Augenübungen vor, bemüht sich, diese in den täglichen Tagesrhythmus mit einzubauen. Sie muss wissen, ob es funktionieren kann. Irgendetwas in ihr gibt nicht eher Ruhe, bis das abgeklärt ist. Vielleicht muss ich nur naiv genug sein und als Erstes einmal daran glauben, dass es machbar ist.

Jeden Tag am Stück drei Mal zehn Minuten Zeit aufbringen, sich aufraffen, um mit den Augen zu kreisen. Mal links, mal rechts herum, nach oben und unten zu schauen, wieder zu kreisen usw. erscheint langfristig wieder genauso ermüdend wie beim ersten Versuch und wieder auf Dauer am Ende nicht realisierbar. Sich dann noch dabei zu denken: »Meine Augen sehen glasklar«, das grenzt schon fast an eine Zumutung.

Einige Male stellt Ronja ihr Übungssystem um, bis ihr die Idee kommt, die vorgegebene Zeit in ihren Tagesablauf mit einzubauen. So putzt sie die Zähne, schaut dabei nach rechts, nach links, öffnet die Augen und schließt sie. Sie wartet an der Ampel, rollt die Augen schnell ein paar Mal im Kreis, bevor sie auf Grün schaltet. Sie steht in der Kantine beim Essen an und zoomt Gegenstände dabei dichter heran und wieder weiter weg. Irgendwann dann hat sie es geschafft, das tägliche Pensum ist ihr in Fleisch und Blut übergegangen, extra Zeit muss sie nicht mehr zwingend dafür aufbringen. Hilmar schaut sie oft verdutzt an. Belächelt sie, wenn sie beim Spazieren gehen mit ihren Augen rollt. Sich während der Werbung die Hände zum Palmieren davorhält.

Nach fünf Monaten sind erste Erfolge sichtbar. Bei gutem Licht funktioniert das Lesen schon mal ohne Brille. Das motiviert, dranzubleiben. Die PC-Arbeit beschränkt Ronja auf notwendige Dinge und sie liest wenn möglich nur bei Sonnenlicht. Sie verzweifelt zwischendurch immer wieder, holt wieder die Brille hervor, schmeißt alle Vorsätze über den Haufen, beginnt aufs Neue und hält etwas länger durch. Dann, nach einigen Wochen Durchhalten, die nächste Talsohle, die durchquert werden muss, und wieder ein Neustart. Letztendlich jedoch bleibt sie dran und findet genug Eigenmotivation, um langfristig ihr Ziel im Auge zu behalten. Die Brille nimmt sie nur noch, wenn die Tage düster sind und auf der Arbeit die Schrift ihrer Dokumente allzu klein geschrieben ist.

Ein halbes Jahr später plagen Ronja ab und an Kopfschmerzen. Sie ist sich nicht sicher, hat aber den Eindruck, als wenn sie vermehrt sind, wenn sie doch mal wieder im Büro die Brille einen ganzen Tag trägt. Zum Optiker? Sich wieder sagen lassen, die Augen hätten sich wie erwartet verschlechtert? Darauf hat sie keine Lust.

Wieder holt sie sich Informationen aus dem Internet. Findet die nächste erstaunliche Handhabe. Eine Brille mit Löchern, auch Rasterbrille genannt, wird als Chance, die Sehkraft zu erhalten, angepriesen. Wenn so viele Menschen davon begeistert schreiben, muss zumindest ein Fünkchen Wahrheit drinstecken. Für acht Euro bestellt Ronja ein Exemplar und startet damit in die nächste Phase. In der Öffentlichkeit mit dieser schwarzen Brille voller Löcher zu agieren, damit die Blicke der anderen auf sich lenken, das ist ihr zu gewagt. Sie beschränkt sich auf ein Tragen in den eigenen vier Wänden. Hilmars schiefe Blicke sind ihr trotzdem gewiss.

Ein Dreivierteljahr vergeht. Sie hält durch. Zelebriert die Augenübungen täglich, liest größtenteils mit der Lochbrille und stellt mit einem Gefühl tiefer Zufriedenheit mehr und mehr fest, dass sich erste Erfolge einstellen. Die Buchstaben in der Zeitung sind tatsächlich wie im Internet versprochen wieder besser zu lesen. Ronja ist begeistert.

»Ich muss zu Lasner.«

Bis zum Termin zelebriert sie das gesamte Übungsprogramm noch ausgiebiger. Lässt sich besonders viel Zeit beim Palmieren. Reibt dabei die Handflächen so lange aneinander, bis sie warm sind, um sie dann auf die geöffneten Augen zu legen, ein extra Energieschub.

»Was kann ich für Sie tun?«, begrüßt der Optiker Ronja.

»Ich habe seit einiger Zeit oft Kopfschmerzen und meist, wenn ich die Brille trage. Können Sie bitte meine Sehkraft wieder überprüfen?«

Lasner beginnt mit seiner üblichen Geschäftigkeit. Schaut nach, wann sie die letzte Brille bekommen hat, und ist erstaunt, dass es ja schon wieder so lange her ist.

»Das kann gut sein, dann haben sich die Augen wieder verschlechtert und die alte Brille ist zu schwach.«

»Ich dacht eher an verbessert«, entgegnet Ronja. Ein wenig belächelnd schaut Lasner, sich seiner Vermutung sicher, sie an.

Die Kontrolle ergibt, dass die Werte der Sehstärke gleichgeblieben sind.

»Sehen Sie. Auch wenn sich die Werte nicht verschlechtert haben, haben sie sich aber auch nicht verbessert. Das geht auch gar nicht. Es ist in meiner Praxis jedenfalls noch nicht vorgekommen.«

Entmutigt über das Ergebnis steht Ronja auf und folgt ihm ins Nebenzimmer, um an den Tafeln die verschiedenen Buchstabengrößen zu lesen.

Wozu dann all mein Üben? Wozu eigentlich noch? Sie setzt sich entmutigt auf den Stuhl.

Ein Auge verdeckt liest sie die erste Reihe.

»E, D, F, C, Z, P.«

Dann die zweite Reihe.

»P, L, E, O, P, Z, R.«

Die nächste, die nachfolgende bis unten hin, kann sie alle Buchstaben lesen. Selbst erschrocken über das, was sie da leistet, schaut sie den Optiker fragend an. Der jedoch wirkt souverän, lässt sich nicht aus der Ruhe bringen und bittet sie, das zweite Auge zu testen.

Auch dies steht dem anderen in nichts nach. Bis zur kleinsten Reihe kann sie alles deutlich erkennen und liest es vor.

»Was ist das denn jetzt hier heute?« Der Optiker schaut sie nun mehr als überrascht an.

»Haben Sie Wunderaugen? Eigentlich geht das mit den Werten gar nicht.« Er räuspert sich und kratzt sich hinter dem Ohr.

Noch einmal ermuntert er Ronja, die kleinste Reihe zu lesen. Wieder tut sie es mit Bravour, obwohl auch sie sich in ihrer Haut nicht so ganz wohl fühlt. Sollte es wirklich geholfen haben?

Optiker Lasner macht zum ersten Mal einen ratlosen Eindruck.

»Eigentlich geht es nicht«, wiederholt er.

»Rein technisch gesehen kann die Hummel auch nicht fliegen. Da sie es aber nicht weiß, tut sie es trotzdem«, gibt Ronja zu überlegen und berichtet ihm von ihren Übungen und der Brille.

»Ach«, winkt Lasner ab.

Ronja zuckt mit den Schultern. »Vielleicht doch?«

»Wissen Sie, an Ihrer Stelle würde ich mal zum Augenarzt gehen, den Augenhintergrund untersuchen lassen«, sagt er. Da er alternative Methoden in seinem Behandlungskonzept nicht in Betracht zieht, ist er mit ihr fertig. Er verabschiedet sich mit den Worten: »Lassen Sie von sich hören.«

Ronja verlässt schon ein wenig siegessicher die Filiale, und es fühlt sich nicht geringer an als der Lohn für viele Monate Durchhalten. Sie hat es ihm, auch wenn er es nicht so sieht, vor allem aber sich bewiesen, das Augenlicht geht zu reparieren, und nun will sie erst recht weitermachen.

Das alles ist jetzt schon fünf Jahre her und Ronja hat sich inzwischen so sehr an ihre Rasterbrille gewöhnt, dass die letzte kiwigrüne von Lasner in der Schublade ihr Dasein fristet. Auch wenn sie beim Lesen in der Öffentlichkeit oft angestarrt wird mit der Lochbrille, mittlerweile eine mit rotem Rahmen, ist der Nutzen größer, als belächelt zu werden. Hilmar jedoch konnte sie bis heute nicht davon überzeugen, er wolle sich nicht zum Affen machen, wie er sagt.

ERINNERUNGEN BLEIBEN

Der Wind hat nachgelassen. Den ganzen Tag hat er die Herbstblätter über den Hof gejagt. Manfred und Bettina sitzen in Decken eingehüllt im Wohnzimmer, schauen ins lodernde Kaminfeuer.

Auf dem Tisch vor ihnen liegen viele Familienfotos. Bettina will sie ins Album kleben. Noch einmal zurückschauen zu diesem Tag im letzten Sommer. Manfred hatte wie immer alles organisiert, Marcel kümmerte sich um die Zimmer für die Gäste und Tina hatte das Menü zusammengestellt. All die liebevollen Überraschungen und Freuden gingen ebenfalls auf Tinas Konto.

»So ein schöner Tag …«

Manfred nickt, greift nach Bettinas Hand und drückt sie.

»Fünfzig Jahre, wer hätte das gedacht?«

»Kannst du dich noch an die Dame erinnern, die uns damals in Bulgarien in unserem ersten Urlaub aus der Hand gelesen hat?« Bettina erinnert sich. Sie lächelt.

Wie jung und unbeschwert waren sie damals gewesen, der erste Flug, Urlaub am Schwarzen Meer, zu viel Wein in einer Taverne am Strand. Dann auf dem Heimweg zum Hotel die Dame, die auf einmal wie aus dem Nichts kam. Sie prophezeite ihnen eine lange Beziehung, mindestens drei Kinder.

Geglaubt hatten sie ihr nicht.

Seit Langem schon liegt beiden ein Thema am Herzen. Mit über siebzig ist es Zeit, das Anwesen zu verkaufen. Das Haus, das sie nach der Geburt von Tim gebaut haben, in dem so viele Erinnerungen immer noch wach sind. All die fröhlichen Familienfeiern, die Kinderfeste. Die Zeit, als die Kinder ihren Mittagsschlaf auf dem Rasen gehalten haben, als Marcel seine Rennbahn auf dem Hof aufgebaut und oft die Nacht draußen geschlafen hat. Die vielen Jahre, als Tina ihren eigenen kleinen Garten bewirtschaftet und ihre Kaninchen großgezogen hat, ständig ihren Teddy Roy dabei. Die ersten Tränen, die wegen Liebeskummer unter dem riesigen Kirschbaum geflossen und auch dort getrocknet worden sind.

Doch nun ist es Zeit, sich davon zu trennen. Viel zu groß ist es lange schon, da sind sie sich beide einig.

Tina studiert seit vier Jahren 150 Kilometer entfernt und kommt nur alle paar Wochen nach Hause. Die Großen haben ihre eigenen Familien und reisen sowieso bloß zu Feierlichkeiten und Festtagen an.

Am nächsten Morgen besiegelt ein Anruf beim Immobilienbüro ihren Entschluss.

Noch am selben Tag ruft Manfred die Jungen an und teilt ihnen die Entscheidung mit. Beide begrüßen sie und bieten ihre Hilfe beim Umzug an. Tina wollen die Eltern es persönlich sagen. Sie hat sich zu einem Besuch angekündigt.

»Ich hoffe, sie nimmt es nicht zu schwer«, sagt Bettina.

Obwohl sie sich beide schon lange mit dem Gedanken tragen, eine kleinere Wohnung zu suchen und darüber auch mit ihrer Tochter gesprochen haben, wissen sie, dass Tina sehr an dem Haus hängt und sie bei jedem der Gespräche mit Einwänden vom Verkauf abbringen wollte.

»Wir können es nicht ihr zuliebe behalten«, hat Manfred dann doch einmal gesagt. »Wir müssen zuerst an uns denken, wir werden nicht jünger.«

Freitagabend. Bettina hat Tinas Zimmer gelüftet, das Bett frisch bezogen, den Teddy vor die Zimmertür gesetzt und ihr Leibgericht gekocht, Stampfkartoffeln mit Leber. In einer Stunde soll sie da sein.

Um sich die Zeit zu vertreiben, geht Manfred in die Werkstatt.

»Komm gleich, wenn du ihr Auto hörst«, hat Bettina ihm beim Verlassen des Hauses hinterhergerufen. Das ist drei Stunden her, Manfred kommt in die Küche.

»Wo bleibt sie?«

»Ich ruf sie mal an.« Manfred wählt Tinas Nummer. Doch niemand hebt ab. Kurze Zeit später eine SMS: »Ich hab kein Zuhause mehr.«

Manfred und Bettina sind erschrocken.

»Woher weiß sie es?«

Der Abend hat Manfred und Bettina auch nach erneuten Anrufen und einigen SMS nicht weitergebracht.

In den nächsten Tagen versuchen die beiden mehrmals täglich, sie telefonisch zu erreichen. Tina reagiert nicht. Auch alle Vermittlungsversuche der Brüder scheitern, Marcel fühlt sich schuldig.

»Lasst mich doch alle in Ruhe«, schreibt sie allen drei aufs Handy.

»Dass es für Tina nicht so leicht wird wie für die Jungen, hab ich geahnt, aber dass sie sich so abwendet, hätt ich nicht gedacht.« Bettina ist bekümmert.

Auch Manfred plagen Gewissensbisse.

»Marcel hat sich sicher nichts dabei gedacht, und ich hab es auch nicht ausdrücklich gesagt, die Jungen sollen es noch für sich behalten.«

Manfred und Bettina machen sich trotzdem Vorwürfe. Schlafen schlecht, suchen nach einem Weg, Tina zu erreichen. Zu ihr fahren, so aufs Blaue, dafür ist die Entfernung zu weit. Sie versuchen es weiter per Telefon.

Nach einer weiteren Woche der Anruf vom Immobilienbüro, es gibt drei Interessenten. Vier Tage später die erste Besichtigung. Am Tag darauf ist das Haus verkauft.

»So schnell?«

»Bei der Lage, der Ausstattung und dem Preis, das war zu erwarten«, ist der Makler zufrieden.

Nun drängt die Zeit. Der Umzugstermin rückt näher. In drei Monaten schon soll es so weit sein.

»Mir fällt es ja auch nicht leicht«, gesteht Bettina. »Wie schön wäre es, wenn Tina uns verstehen könnte.«

»Lass uns einfach Geduld mit ihr haben.«

»Manfred, wie lange frag ich dich? Schau auf den Kalender.«

Die Tage und Nächte haben unendlich viele Stunden, das Telefon bleibt stumm, der tägliche Blick aufs Handy ist enttäuschend. Keine Mahlzeit will so richtig schmecken.

Die Jungen sind schon da gewesen, um sich vom Haus zu verabschieden. Haben ihr altes Spielzeug und all ihre Kindheitserinnerungen mitgenommen.

»Wir werden dich immer in guter Erinnerung behalten, altes Haus.«

»Schade, dass Tina nicht da ist.«

»Mit ihr ist nicht zu reden.«

»Hätt nie gedacht, dass es für sie so schwer wird.«

Nur noch vier Tage, dann kommt der Möbelwagen.

Alles ist verpackt. Einzig und allein Tinas Zimmer ist immer noch nicht ausgeräumt. Morgen wollen sie auch ihre Sachen in Kisten verpacken, lange genug gewartet haben sie.

Spät am Abend klingelt es an der Tür. 22.00 Uhr.

»Wer kann das noch sein?« Manfred geht nachschauen.

»Bettina, komm schnell, hier sucht jemand ein Nachtquartier.«

»Tina.«

Mit hängenden Schultern, den Rucksack in der Hand, steht sie vor der Tür.

»Komm rein.« Die Eltern nehmen sie in die Arme.

Sie gehen ins Wohnzimmer, setzen sich gemeinsam auf die Couch.

»Wir dachten schon, du kommst gar nicht mehr.«

»Ich wollt auch eigentlich nicht.«

Tina reicht ihrer Mutter eine Glückwunschkarte. »Hab ich im Tagebuch gefunden.«

»Die ist von deiner Mutter.« Bettina blickt zu Manfred und beginnt, sie laut vorzulesen.

Liebe Tina,

zu deinem 18. Geburtstag möchten wir dir ganz herzlich gratulieren.

Egal, ob du im Leben gewinnst oder verlierst, ob du glücklich bist oder traurig. Ohne deine Familie bleibt dein Herz leer.

Immer da, wo deine Familie ist, bist du zu Hause. Denk daran.

Dein Opa und deine Oma

Den Teddy als liebe Erinnerung an die vielen schönen Ferien, die wir bei euch waren.

»Ich wollte Roy holen und noch mal in meinem Zimmer schlafen.«

KEIN IGEL

Endlich Herbstzeit, die Eisdiele, die Jens und Charlotte führen, ist geschlossen, und so fahren sie seit vier Stunden in Richtung Polen. Nach den langen Sommeröffnungszeiten sind beide jedes Jahr reif für zwei Wochen Kururlaub an der herrlichen Ostseeküste.

Das Navi informiert gerade. »Sie haben in 200 Metern Ihr Ziel erreicht.«

»Lass uns noch schnell im Supermarkt anhalten und Mineralwasser mitnehmen«, bittet Charlotte.

Im selben Moment biegt Jens bereits auf den Parkplatz.

»Na, das nenn ich Timing.«

»Ich ahnte es.« Was nach all den Jahren keine Kunst ist.

Für eine kurze Sekunde verharren beide im Auto, bevor sie aussteigen.

Der Anblick, der sie diesmal vor dem Markt empfängt, ist nicht gerade beglückend. Ein Obdachloser hat mitten in dem Trubel in einer kleinen Ecke gleich neben den Mülltonnen sein Quartier aufgeschlagen.

Mit Sack und Pack sitzt er dort. Sicher ständig in Erwartung, es könne etwas Essbares für ihn dabei abfallen. Er scheint zum täglichen Stadtbild zu gehören. Keiner nimmt Notiz oder schaut erstaunt zu ihm hin.

Er sitzt still da, den Blick auf die Abfalltonne gerichtet. Ab und zu hält er seine Hände den Vorübergehenden bittend entgegen.

»Wenn ich das sehe, ist es schon seltsam, dass wir gleich in einem Fünfsternehotel einchecken und so ein armer Kerl sitzt hier auf der Straße«, sagt Charlotte beklommen.

»Der geht sicher heute Nacht in ein Obdachlosenheim«, schwächt Jens ab.

»Na hoffentlich.«

Da der Getränkemarkt an der Seite des Einkaufsmarktes ist, gehen sie nicht direkt an ihm vorbei, holen das Wasser und fahren ins Hotel.

Die ersten beiden Tage verlaufen nicht wie gedacht, und bei Weitem nicht erholsam.

Nachdem sie die Zimmerschlüssel in Empfang genommen haben und mit dem Fahrstuhl in den vierten Stock gefahren sind, stehen die Koffer bereits im Zimmer. Charlotte genießt am offenen Fenster den herrlichen Blick aufs Wasser. Als sie das Fenster wieder geschlossen hat, jedoch das Rauschen, das sie im Unterbewusstsein wahrgenommen hat, immer noch zu hören ist, dauert es keine halbe Stunde, bis sie registriert, dass direkt neben ihrem Zimmer der große laute Lüftungsschacht ist.

»Da brauche ich mich gar nicht erst ins Bett zu legen, ich kriege bei diesem Lärm kein Auge zu.«

Nach wenigen Minuten stehen beide wieder an der Rezeption und beklagen den Zustand. Jens fordert ein anderes Zimmer, und ohne große Umstände gibt die Dame ihnen einen weiteren Schlüssel.

Für gewöhnlich drückt Charlotte bei Unannehmlichkeiten ein Auge zu. Selbst wenn der Kaffee nicht stark genug ist oder die Eier zu hart gekocht sind. Auch wenn mal eine Spinne ihr Netz irgendwo aufgespannt hat, alles Kleinigkeiten. Nur beim Schlafen, da ist sie komisch und reagiert äußerst empfindlich.

Glücklich, dass sich alles unkompliziert hat regeln lassen und sie nur ein paar Zimmer weiter auf demselben Flur geblieben sind, packen die beiden aus und gehen zum Abendessen. Sie verzichten danach auf ihren allabendlichen Spaziergang und legen sich in die Betten.

Die ersehnte Ruhe können sie leider erst finden, als auch die Allerletzten von der Bar zurück im Zimmer sind und der Fahrstuhl endlich stillsteht. Dieser befindet sich unglücklicherweise direkt neben ihrem Zimmer.

»Das kann doch nicht wahr sein, ich hab Urlaub.« Charlotte ist frustriert.

So steht Jens gleich nach dem Aufstehen erneut an der Rezeption und bittet um Verständnis und eine schnelle Lösung.

Charlotte ist froh, als sie am Morgen die Stöpsel aus den Ohren nehmen kann, endlich am Frühstückstisch sitzt und Jens die Vorkehrungen für den Umzug in ein neues Zimmer schon geregelt hat.

»Danke, Schatz. Noch eine Nacht hätte ich nicht überlebt.«

Auch das dritte Zimmer ist mit einem gravierenden Makel versehen. Schon Charlottes ersten Check übersteht es nicht. Nachdem sie sich auf die Matratze gelegt hat, bohrt sich bereits die erste Feder in ihren Rücken.

»Das kann doch nicht sein! Wir sind doch keine Hoteltester, ich will nach Hause!«

Der skeptische Blick von Jens, ob sie nun nicht doch etwas übertreibt, verändert sich abrupt, als er selbst die Liegeprobe macht.

Und schon stehen beide ein drittes Mal mit gepackten Sachen an der Rezeption.

Die Damen sind leider nicht mehr sehr erfreut über die erneute Reklamation und die Freundlichkeit lässt zu wünschen übrig. Eine der beiden schimpft auf Polnisch, die andere schaut nach neuen Schlüsseln.

Nach einer Weile entspannt sich die mittlerweile peinliche Angelegenheit und sie haben erneut Schlüssel in der Hand.

Jetzt endlich geht der Urlaub los. Hoffentlich.

Jens kann es nicht lassen, auf dem Handy zu surfen und abzuchecken, was das Hotel für eine Bewertung hat.

»Die kann ja nur grottenschlecht sein«, vermutet er.

Er irrt, das Hotel hat fünf Bewertungssterne und volle Punktzahl in allen Kategorien.

»Sind wir zu anspruchsvoll?« Er kann die Zahlen nicht nachvollziehen.

»Sag es doch gleich, du meinst doch damit, ich bin zu anspruchsvoll«, deutet Charlotte den Wink.

Dann endlich stellt sich das Urlaubswohlgefühl ein. Frische Luft beim morgendlichen Spaziergang direkt am Meer, nur 150 Meter vom Hotel. Wassergymnastik, Massagen, Bäder, Moorpackungen, chinesische Akupunktur, Sauna. Essen all inklusive.

Charlotte genießt es, nicht zu kochen, nicht einkaufen zu müssen und von allem zu probieren. Brot und Brötchen nimmt sie gar nicht erst bei dem saftigen Obst und knackigem Gemüse.

Nach dem vollgeplanten Tag und einem nun wirklich fünf Sterne berechtigten Abendessen schlendern sie gut gelaunt die Promenade entlang, Hand in Hand. Charlotte versteckt sich im Dunkeln, Jens sucht sie. Ein lautes Kreischen gilt so viel als entdeckt. In einer kleinen Kneipe noch ein Gläschen Wein und ein Bier als Gutenachttrunk. Schlaftrunken und glücklich, Arm in Arm gehakt, sind sie auf dem Heimweg. Der breite Promenadenweg ist hell beleuchtet. Die leeren Parkbänke werden schon etwas feucht vom abendlichen Nebel. Eine Katze huscht über den Weg und klettert auf einen Baum.

»Da, schau unter den Busch, ein Igel. Sicher baut er sich ein Nest. Komm, sei leise, wir wollen ihn beobachten«, schlägt Charlotte vor.

»Wo siehst du einen Igel?«

»Pst, ich sehe ihn auch nicht, aber ich höre schließlich das Rascheln, und es ist Igelzeit. Sei leise.«

Beide schleichen auf Zehenspitzen an den üppigen Busch, gehen in die Hocke und beobachten den Fleißigen.

»Der ist aber gigantisch für einen stachligen Freund«, kichert Jens in seinen Schal hinein.

»Lach nicht, ich sehe es auch.«

Beide kommen aus der Hocke und gehen ein wenig dichter heran. Die Straßenlaterne reicht mit ihrem Schein nicht bis hierher.

»Komm, Lotte, lass uns ins Hotel gehen, ich will mir noch ein Bierchen an der Bar genehmigen.«

»Nein, komm, bleib hier, wir müssen schauen, wer das ist«, lässt sie sich nicht von ihrem Vorhaben abbringen.

»Hallo …«, Charlotte hockt sich erneut hin, zieht Jens mit hinunter.

Nur ein Brummen oder seltsames Knurren ist zu hören. Dann sehen Jens und Charlotte auf einmal zwei große Augen. Da hat sich ein anscheinend steinalter Mann aus Laub eine Unterlage zusammengetragen, um vermutlich hier die Nacht zu verbringen. Charlotte schaudert es bei dem Gedanken, in der Dunkelheit draußen zu schlafen. Ganz nah drückt sie sich an Jens und flüstert: »Wir müssen ihm helfen.«

»Helfen, wie willst du ihm helfen? Ihn mit ins Hotel nehmen?«, witzelt Jens schon wieder. Beide erheben sich.

Charlotte findet die Angelegenheit alles andere als witzig und schubst Jens zwei Schritte zum Weg zurück.

»Hast du die Autoschlüssel mit?«

»Lotte, bitte komm aus deiner Samariterrolle wieder raus, wir holen ihn nicht ab!«

»Ich will ihm die Decke aus dem Auto holen.«

»Die Braune mit dem roten Herz? Schatz, nur zur Erinnerung, die hab ich dir letztes Weihnachten geschenkt.«

»Ja, ich weiß, aber er friert und braucht sie dringender. Bitte, lass sie uns holen.«

Charlotte kneift Jens in den Arm und drückt seinen Oberkörper in Richtung Parkplatz.

»Du fängst an, zu nerven. Wir haben Urlaub.«

»Dann gib mir die Autoschlüssel, ich geh allein.«

»Du gehst sowieso nicht allein und das weißt du auch ganz genau, du machst dir jetzt schon in die Hosen im Dunklen.«

»Dann komm mit, bitte.«

Sie einigen sich, holen die Decke aus dem Auto, finden noch ein paar dicke Socken von Jens und eine Mütze, die immer im Auto liegt für die Küstenwanderungen.

»So, das bringen wir ihm jetzt. Wie mag er heißen? Ob er Deutsch kann? Egal, er wird sich freuen.«

»Wenn du dann besser schlafen kannst, machen wir das.«

Charlotte hängt sich die Decke um die Schultern.

»Danke für die wunderschöne Decke, Jens. Und weißt du, ich freu mich jetzt noch mehr, dass ich damit etwas Gutes tun kann.«

»Wundere dich nur nicht, wenn du ab jetzt nur noch zehn Tüten Erdnüsse zu Weihnachten bekommst.«

»Muss ich dann wohl in Kauf nehmen.«

»Weißt du, wenn du unbedingt Gutes tun willst, hätten wir etwas für Obdachlose spenden können.«

»Davon hätte Otto aber heute Nacht nichts gehabt.«

»Otto? Wie kommst du auf Otto?«

»Was weiß ich, irgendwie wird er ja heißen, und ich hab ihn halt jetzt Otto genannt. Otto hieß mein Onkel. Der sah auch so räudig aus, wenn er besoffen aus der Kneipe kam und dann in der Bushaltestelle schlief.«

»Otto, na ja, dann mach mal.« Jens schüttelt den Kopf.

Otto sitzt zusammengekauert unter dem Gebüsch, ist kaum zu sehen. Unter dem zusammengetragenen Laub liegt jede Menge Pappe. Charlotte reicht ihm die Decke.

»Hallo, verstehen Sie mich? Können Sie Deutsch? Wir können leider kein Polnisch. Hall…«

»Nun ist gut, Charlotte, übertreib es nicht, leg sie hin und dann gehen wir.«

Jens zieht sie am Ärmel, und wenn er nicht mehr Lotte sagt, dann ist es ihm ernst.

»Komm.«

Charlotte legt die Decke ganz dicht um ihn herum.

»Hier sind auch noch Socken.« Sie berührt seine Füße. Legt ihm die Mütze auf den Kopf. Er riecht fürchterlich, kaum auszuhalten, so aus der Nähe. Wie viele Wochen mag er sich schon nicht gewaschen haben?

Nachdenkend über den Abend, über Otto und sein erbärmliches Leben gehen beide still schweigend den Weg zum Hotel.

»Jens, wir haben es so gut. Und ich beklag mich über die Zimmer, wie engstirnig kann man nur sein?«

Im Bett legt Charlotte sich ganz dicht in Jens Arme und schnuppert, wie überaus erfrischend er duftet. Das ist ihr noch nie so sehr bewusst gewesen, wie herrlich nach Mann und nach einem guten Leben Jens riecht.

»Ob es der Mann ist, den wir am ersten Tag vor dem Einkaufszentrum gesehen haben?«, sind Charlottes letzte Worte, dann schläft sie ein.

Der nächste Tag ist so schnell vorüber und schon ist das Abendbuffet aufgebaut. Charlotte sitzt am Tisch und lächelt, sie beobachtet die anderen Gäste.

»Warum grinst du so?«

»Ist dir eigentlich schon mal aufgefallen, wie viele alte gebrechliche Damen und Herren hier sind? Jens zuckt mit den Schultern.

»Nun schau sie dir an. Alle gehen zum Rheuma-Buffet und tragen volle Teller mit Schweinefleisch, Schinken und Wurst zum Tisch, und dann wundern sie sich, dass die Gelenke steif sind von dem ganzen Zeug.«

Jens schaut argwöhnisch auf seinen Teller, dann ein Blick auf seine Ernährungsberaterin.

»Heißt also, ich ende auch so, wenn ich so weitermache.«

»Das liegt ja an dir.«

»Aber halt stopp mal, was sehe ich denn da auf deinem Teller? Oder täuschen sich meine Augen? Brot, Wurst und Käse. Hörte ich nicht gerade etwas von gefährlichem tierischem Eiweiß?«

»Im Notfall muss man darauf zurückgreifen.«

»Im Notfall?«

Charlotte zeigt keine weitere Reaktion, still schweigend schmiert sie die erste Schnitte. Erst dick mit Butter, dann eine Scheibe Putenbrust, eine Scheibe Käse und zwei Blätter Salat, die zweite Schnitte oben drauf. Dann drückt sie mit der flachen Hand alles platt. Und das Gleiche noch zweimal. Ihre graugrüne Handtasche liegt ungewöhnlicherweise direkt auf dem Tisch vor ihrem Teller. Ganz zufällig geht der Reißverschluss auf und die Schnitten wandern in die Öffnung. Gut vorbereitet ist die Tasche, denn eine offene Plastiktüte nimmt das Brot bereitwillig in Empfang, so als wäre alles geplant.

»Das ist jetzt nicht dein Ernst, was du vorhast, Charlotte.«

Keine Reaktion. Charlotte geht zum Buffet, holt sich einen Teller Kürbissuppe, eine Tomate und ein paar Scheiben Avocado. Dazu ein wenig Naturreis und ein Glas Wein. Entspannt lässt sie sich ihre Kreation schmecken, ignoriert Jens fragenden Blick. Beim Verlassen des Restaurants nimmt sie noch zwei Bananen in die Hand.

»Was hast du nun vor?«

»Na, wie gewohnt unseren Abendspaziergang.«

»Wie gewohnt?«

»Ja.«

»Ich sag dazu nichts mehr.«

Jens ist von Anfang an klar, wo der Weg heute Abend hinführt, und läuft neben Charlotte her. Sie allein im Dunklen gehen zu lassen, nein, das kommt für ihn nicht infrage. Wer weiß, wo dieser gewisse Otto heute liegt, wo sie ihn suchen müssen.

Warum sie sich das Leben immer schwerer macht, als es sein müsste, will ihm trotzdem nicht in den Kopf. Eine Spende zur Beruhigung ihres Gewissens und sie hätten entspannte Kurtage gehabt.

Heute Abend hat Otto sich sein Nachtlager unter der Überdachung des Einkaufszentrums gebaut. Ob er ahnt, dass es regnen soll? Auf jeden Fall ist es dort hell und sie können ihn sehen. Er ist es, der Mann, den sie am ersten Tag gesehen haben.

Der Anblick und der Geruch sind wie beim letzten Zusammentreffen unerträglich. Die Fingernägel haben seit Ewigkeiten keine Schere mehr gesehen.

»Mach schnell«, drängt Jens.

»Hallo, ich hab Brot für Sie und Bananen.«

»Leg es ihm einfach hin, er versteht dich doch nicht.«

Otto bleibt regungslos sitzen, schaut etwas misstrauisch.

Charlotte öffnet ihre Handtasche, breitet eine Serviette vor ihm aus und legt die Schnitten und die Bananen darauf.

»Guten Appetit.«

Otto nickt, greift hastig zu einer der Schnitten, schiebt sie fast zur Hälfte in den Mund. Er stopft so schnell, dass er sich beinahe verschluckt. Dabei schaut er Charlotte an. Jens hat ein wenig Abstand genommen.

Otto schaut auf das Essen vor ihm und lächelt es an. Ja, Tatsache, genauso sieht es aus, als lächle er die Schnitten freundlich an.

Beruhigt hakt sich Charlotte bei Jens unter, als sie ins Hotel zurückgehen.

»Hast du gesehen, wie gierig er gegessen hat? Ich mag mir nicht vorstellen, wie hungern ist.«

Charlotte schmiert nun jeden Abend für Otto die leckersten Schnitten. Jeder Abend wird zu einer kleinen Zeremonie. Am vierten Abend verrät Ottos freudiger und dankbarer Blick, dass er schon gewartet hat. Wärme strahlt aus seinen Augen. Wärme und Zufriedenheit.

Charlotte hat einen Becher gekauft und Tee mitgenommen. Dafür ist sein Blick nicht ganz so dankbar.

»Scheint, als fehlten ihm dabei die Prozente«, kann Jens seine Spitze nicht für sich behalten.

Charlotte schreibt einige Grußkarten nach Hause zur Familie, zu den Geschwistern.

Hallo, ihr Lieben,

herzliche Grüße aus Polen. Uns geht es ganz fantastisch, wir sind viel an der frischen Luft, haben reichlich zu essen und sind so dankbar, dass wir es so gut haben und in einem warmen Bett schlafen können.

Gruß J + C

Der letzte Abend, die letzten Schnitten sind geschmiert.

Beide stehen vor Otto im Park. Immer noch schläft er an derselben Stelle und demselben Busch auf der Herzchendecke. Die eine Nacht im Zentrum scheint die Ausnahme gewesen zu sein.

Jens warme Socken schauen aus den dreckigen Schuhen raus. Die Mütze hat er bis ins Gesicht gezogen. Charlotte hat heute noch Handschuhe, Reiswaffeln, Bitterschokolade und Riegel gekauft und einen langen Rollkragenpullover mitgenommen.

Sie legt das letzte polnische Geld vor seine Füße.

»Wie soll er nur wissen, dass wir nicht mehr kommen?« Charlotte wischt sich eine Träne aus dem Augenwinkel.

Jens deutet mit einer winkenden Handbewegung den Abschied an. Charlotte schaut zu Otto und winkt dann ebenfalls.

Heute ist Vollmond, sie können Otto heute nicht nur riechen, sondern auch wieder sehen. Er lächelt zurück, sagt etwas auf Polnisch und hebt seine Hand, als wolle er ebenfalls winken.

Ein berührender Abschied. Jens und Charlotte haben vierzehn Tage lang einen bedürftigen Menschen ein wenig zufriedener gemacht. Haben abgegeben, wovon sie im Überfluss hatten, und damit ein wenig mehr Würde und Menschlichkeit in sein Leben gebracht. Durch diese recht ungewöhnliche gemeinsame Erfahrung sind auch sie beide ein kleines Stück mehr zusammenrückt, auch wenn die Meinungen auseinandergingen.

Wieder zu Hause kontrolliert Charlotte zwei Wochen später die Kontoauszüge. Eine Abbuchung macht sie stutzig. 250 Euro im Soll? 250 Euro gehen an die Obdachlosenhilfe.

»Jens, du Schatz.« Sie nimmt das Bild auf ihrem Schreibtisch in den Arm. Wie schön, wenn wir alle ein wenig mehr aufeinander achtgeben.

Diejenige, die dieses große Herz hat, ist meine Freundin Gitti, und ich möchte ihr danken, dass ich die Essenz ihrer berührenden Geschichte schreiben darf.

JULIES WUNSCHZETTEL

Meike kommt wie jeden Sonntagabend aus der Sauna. In der Eingangshalle des Freizeitbades gibt es immer etwas Neues zu sehen. So schlendert sie auch heute gemütlich in Richtung Ausgang. Alles ist festlich geschmückt, bald ist Weihnachten. Vor dem riesigen glitzernden Tannenbaum bleibt sie stehen, ihr tiefer Seufzer ist nicht zu überhören. Wehmütig denkt sie an die vielen Weihnachten zu Hause, die Ungeduld der Kinder an Heiligabend, die Kleinigkeit, die es am Nachmittag schon zum Spielen gegeben hat. Das sind rosige Zeiten gewesen, ihre Ehe noch intakt, die Eltern haben noch gelebt, alle sind beisammen gewesen. Wie oft hat sie sich damals im Trubel gewünscht, nur eine halbe Stunde einfach mal für sich zu haben. Das ist nie drin gewesen, alles hat fertig werden müssen. Heute ist die viele Zeit eher bedrückend, allein an Heiligabend, wie soll da Freude aufkommen?

Eine ältere Dame hat sich inzwischen neben sie gestellt.

»Haben Sie sich schon für ein Kind entschieden?«

»Ein Kind?« Meike schreckt aus ihren Gedanken auf.

»Ja, hier am Baum, die kleinen Zettel.«

Kinder von bedürftigen Eltern haben ihre Wünsche aufgeschrieben und die Besucher sind angehalten, sich an der Weihnachtsaktion zu beteiligen. Meike schaut die Frau an, schüttelt kommentarlos den Kopf und geht.

Das Auto ist eisig und nach dem Starten pustet ihr beim Warten auf die freien Scheiben das Gebläse noch dazu den kalten Wind ins Gesicht, sie fröstelt. Zwei, drei Minuten vergehen, sie zieht sich die Handschuhe an, die Zettel fallen ihr ein. Noch ein kurzer Augenblick des Nachsinnens, dann stellt sie den Motor wieder ab, steigt aus, verriegelt, und ohne sich neu einzumummeln, geht sie zurück in die Eingangshalle. Abermals vor dem

Baum stehend sieht sie einen Zettel direkt in Augenhöhe, ein Moment des Zögerns, dann nimmt sie ihn vom Zweig, faltet ihn auseinander und liest.

Lieber Weihnachtsmann, ich bin neun Monate alt und bekomme jetzt mein erstes richtiges Bett. Leider hat mein Zimmer keinen Ofen, und so würde ich mich über kuschelig warme Bettwäsche sehr freuen.
Liebe Grüße von Julie und Mutti Helen.

Meike denkt an ihr kaltes Auto, ihr schaudert. Die Mutter scheint alleinerziehend zu sein, muss sicher jede Mark dreimal umdrehen. Meike ist erleichtert, dass sie zurückgegangen ist. Dieses Geschenk zu kaufen, ist mehr, als einem fremden Kind Bettwäsche einzupacken, das ist helfen dürfen und Not lindern, dieses Geschenk macht sie am Ende auch sich selbst zur Freude. Sie geht zur Rezeption, trägt ihren Namen und ihre Adresse in eine Liste ein. Dazu die Nummer des Zettels.

So verlässt sie zum zweiten Mal die Halle, denkt auf dem Weg zum Auto wieder an ihre eigenen Kinder. Wie gut haben sie es gehabt, durch Randolfs gut bezahlten Job ist immer genug Geld im Haus gewesen. Weihnachten wurden alle Wünsche erfüllt. War es ihnen zu gut gegangen? Statt zu erkennen und zu würdigen, was ist, haben sie gestritten, sich versöhnt, für eine Zeit getrennt gelebt, sind wieder zusammengezogen.

Die kleine Julie wünscht sich Bettwäsche und ich hab nicht einmal meine drei Badezimmer zu schätzen gewusst. Wie auch, wenn immer alles da ist?

Meike sitzt schon eine Weile im Auto. Die Scheiben sind längst abgetaut, der Sitz angewärmt, nur ihre feuchten Augen geben den Weg zum sicheren Fahren noch nicht frei. So sehr sie auch in der Vergangenheit verweilt, es ist zu spät, die Dinge umzukehren, lange schon zu spät.

In ihrer kleinen Zweiraumwohnung kommt Meike heute Abend nicht wirklich zur Ruhe, die vielen vergangenen Weihnachten geistern in ihrem Kopf, sind präsent wie noch nie. Der 1 Meter 90 hohe Tannenbaum mit den elfenbeinfarbenen Kugeln, Zapfen, Glocken und Vögeln, die Kinder laufen um ihn herum. Dann die Bescherung, das Würfeln um die Geschenke, die der Weihnachtsmann unter den Baum gelegt hat. Randolf sitzt am Boden und spielt den ganzen Abend mit ihnen. Meike zuckt zusammen, sich selbst sieht sie ständig in der Küche stehen, beim Vorbereiten, Backen, Kochen, beim Auftischen, Wein holen und Wegräumen. Gehörte ich eigentlich auch zur Familie oder bin ich freiwillig das Dienstmädchen gewesen? Die

Erkenntnis bedrückt sie. Frustriert sinkt Meike vor der Couch zu Boden, schenkt sich ein weiteres Glas Wein ein. Der einzige Freund im Moment, der mit ihr unter einem Dach wohnt. Ihre Hände zittern, als sie das übervolle Glas nimmt. Die vergangenen Bilder laufen weiter, die vielen sinnlosen Streitereien mit Randolf. Irgendwann hat er mit gepackten Koffern im Flur gestanden. Endgültig.

Ich dachte immer, mit Mitte sechzig bin ich umgeben von Enkelkindern in unserem Zuhause und nicht umringt von Weinflaschen. Sie schaut verächtlich auf den kleinen Marmortisch. Den bekam sie von Randolf zum 15. Hochzeitstag. Tränen rollen. Einen Tisch? Wir waren schon komisch beide!

Die Nase geschnäuzt, die Tränen getrocknet, kramt Meike in ihrem gedanklichen Archiv nach ihrem Geschenk. Oh nein, um Himmels willen, ich war ja noch merkwürdiger. Seinen lang ersehnten Aktenkoffer für 299 Euro, den hat er von mir bekommen. Keine Herzensgeschenke, kein Wochenende zu zweit, warum fällt mir das erst jetzt auf? Sicher hab ich zu viel in der Küche gestanden, belächelt Meike sich nun selbst, um den Abend nicht so sentimental ausklingen zu lassen. Wie würde Randolf sagen? »Wenn vorbei, dann vorbei.« Ob er auch noch an uns denkt? Eher wohl nicht, er ist durch und durch Realist.

Das Geschenk für die kleine Julie kommt mit der Post. Schöne rosa Biberbettwäsche mit Mickey-Maus-Motiv, dazu ein rosa Laken und eine kleine Stoffpuppe. Für die Mutti ein Duschbad und eine Schachtel Pralinen. Ein Kärtchen daran: »Ein herzlicher Weihnachtsgruß von Meike Färber.« Fertig.

Zur Weihnachtsfeier ist die Halle des Freizeitbades umgeräumt, Stuhlreihe reiht sich an Stuhlreihe, mitten drin der große Baum, der durch die vielen kleinen Gäste heute noch mächtiger erscheint. Es sind nicht nur die Wunschzettelkinder mit ihren Eltern, sondern auch die Schenkenden eingeladen. Weihnachtsmusik erklingt, es riecht nach Plätzchen. Draußen schleicht der Weihnachtsmann schon durch die Büsche, die Kinder erspähen ihn, einige kreischen, laufen zu den Eltern, andere verstecken sich hinter ihnen. Mit seinem riesigen Sack auf dem Rücken schaut er ab und zu durch die großen Fenster. Wieder sind einige Kinder wie aus dem Häuschen, jubeln, juchzen auf. Welches davon wohl Julie mit der Mama sein mag?
Viele Familien sind gemeinsam gekommen, um etwas zu schenken. Meike

sitzt in der Ecke allein. Ihr Geschenk in Papier mit Schneeflocken und Engelaufdruck verpackt, die Puppe in die Schleife gebunden. Helen bekommt ihr Geschenk in einer blauen Tasche mit goldener Kordel. Meike hat sich fest vorgenommen, Helen und Julie zum Kaffee einzuladen.

Genug Taschentücher hat sie parat und holt sich noch vor Beginn das erste heraus. Wieder kommen Erinnerungen hoch.

Obwohl Meikes Kinder schon erwachsen gewesen sind, hat sie die Trennung sehr getroffen, denn leider haben sie sich nicht gütlich einigen können. Meike musste um alles kämpfen, nichts hat Randolf ihr freiwillig überlassen. Sein Geld, sein Hab und Gut, er pfiff auf Gesetze, kam mit einem Möbelwagen, räumte aus und Meike musste sich einen Anwalt nehmen. Das haben die Kinder ihr nicht verziehen, gegen den Vater zu klagen. Am Ende hat sie zwar ihren Anteil bekommen, jedoch ist der Preis hoch, keines der Kinder hat sich seitdem sehen lassen. Sie weiß nicht einmal genau, wo sie alle stecken. Weihnachten werden sie sicher bei Randolf sein, der schwimmt im Geld und ist vermutlich noch heute sehr großzügig zu ihnen ... der Mistkerl.

Es erklingt das Lied »Horch, was kommt von draußen rein« und dann endlich ist es so weit. Mit einem Schlitten auf Rädern kommt er in den Saal gefahren, vollbepackt mit Geschenken, der Weihnachtsmann. Schlagartig ist es still, eine Stecknadel könnte man fallen hören. Alle Kinder sitzen auf dem Schoß der Mutter oder des Vaters, schmiegen sich dicht an sie. Sicher klopft ihr kleines Herz ganz wild vor Aufregung. Ein paar einleitende Worte vom Veranstalter, dann übergibt er das Mikrofon dem Weihnachtsmann, der nach wenigen Sätzen die Kinder ermutigt, nacheinander ihre Gedichte vorzutragen. Ein mutiger Junge stand schon vor der Begrüßung in den Startlöchern und ist der Erste. Er trägt einen lustigen Vers vor, bekommt jedoch nur ein ganz kleines Geschenk und geht mit gesenktem Kopf enttäuscht auf seinen Platz. Es folgen weitere Kinder. Manchmal gehen Geschwister gemeinsam nach vorne, halten sich zur Verstärkung an den Händen. Dann auf einmal ein Jubelschrei. »Hurra, hurra, ja, juchhu«, der Junge mit dem enttäuschten Blick hat sein Geschenk geöffnet. Wie eine La-Ola-Welle geht ein Lächeln durch die Reihen, alle freuen sich mit. Die nächsten Kinder tragen vor, fast zwanzig Minuten vergehen. Dann erhebt sich eine Mutter, begibt sich mit einem kleinen Mädchen auf dem Arm nach vorne. Die Kleine liegt mit dem Kopf ganz dicht an ihrer Wange. Helen mit Julie? Die Mutter sagt das Gedicht auf:

»Die Weihnachtszeit trägt ein Wunder in die Welt,
schade, dass diese Liebe nie lange hält.
Schön wäre es, wenn Weihnachten wär das ganze Jahr,
dann würde der Weltfrieden wahr.
Doch muss es beginnen im kleinen Kreis,
drum feiert auch mit dem ältesten Familiengreis.«

Die junge Mutti möchte weiter reden, die Kleine zappelt jedoch auf ihrem Arm herum, will ihre kleine Hand ständig der Mutter vor den Mund halten. Die Menschen amüsieren sich. Die Mutter hält die Hand der Kleinen zur Seite, muss selbst schmunzeln, zitiert dann weiter:

»Lasst alle am Weihnachtsabend zusammen sein,
öffnet die Herzen bei Gans und Glühwein.
Und haltet die Liebe vom Weihnachtsfest,
möglichst lange im neuen Jahr auch noch fest.
Danke.«

Die Erwachsenen sind berührt, wischen sich die Augen, einige nehmen sich in den Arm, andere schauen sich einfach an. Das Paar neben Meike drückt sich die Hände. Die Botschaft ist angekommen.

Der Weihnachtsmann ist auf der Suche nach dem Geschenk, kann es nicht finden, murmelt in seinen langen Bart seinem goldenen Engelgehilfen etwas zu. Der zuckt mit den Flügeln und sucht mit den Augen Hilfe.

Meike erschrickt, sie hat das Geschenk nicht abgegeben, es liegt immer noch auf ihrem Schoß. Das sind sie also wirklich. Helen und Julie. Eilig kommt Meike aus ihrer Ecke hervor, der Weihnachtsmann erblickt sie und sichtlich erleichtert zwinkert er dem Engel zu.

»Ah. Da kommt ja dein Geschenk, das hat ein Engel gerade erst auf die Erde gebracht«, verkündet der Bärtige erleichtert.

Dann gerät das Programm ein wenig ins Stocken. Meike übergibt dem Engel das Geschenk und dieser bringt es dem Weihnachtsmann.

Julie wird es nun aber zu eng und sie macht sich durch lautes Schluchzen bemerkbar. Helen steckt ihr schnell den Schnuller in den Mund, streichelt über ihre Wange, nimmt das Geschenk entgegen.

Meike ist vorne an der Seite stehen geblieben. Helen hat sie mit dem

Geschenk kommen sehen und will gerade einen Schritt auf sie zugehen, als Julie den Schnuller aus dem Mund spuckt und erneut quengelt.

Nur noch ein einziges Geschenk liegt im Schlitten, das Letzte der Kinder ist dran. Helen hebt schnell den Schnuller auf und geht wieder auf ihren Platz. Alle Kinder haben ihre Überraschungen erhalten. Sie spielen damit, zerreißen das Papier, der Junge mit dem kleinen Päckchen hat ein Flugzeug gebaut und schießt es durch die Halle. Er wird von den Eltern zurechtgewiesen.

Der Weihnachtsmann räuspert sich, alle horchen auf. Er verabschiedet sich mit entschuldigenden Worten, er habe noch viel zu tun und müsse darum weiterziehen. Wieder erklingt Musik, dann erheben sich die Menschen langsam, verabschieden sich. An der Tür verharrt der Weihnachtsmann doch noch, reicht jedem die Hand. Helen wartet auf Meike, will noch mal Danke sagen: »Das ist sehr freundlich von Ihnen, ich muss nur los, Sie sehen ja. Es wird Zeit für die Kleine, sonst hätte ich gerne noch mit Ihnen geredet.«

»Ja, das ist schade.«

»Mögen Sie uns nicht am letzten Adventssonntag besuchen? Zum Kaffee?«, macht Helen den Vorschlag und beruhigt nebenbei Julie.

»Sehr gerne.« Meike braucht keine Bedenkzeit, schließlich hat sie ja auch die Idee gehabt.

»Mozartgasse 17, bei Jordan, 15.00 Uhr?«

»Das schreib ich mir lieber schnell noch auf. Ich freue mich, und danke für die Einladung.«

Julies Quengeln wird nun richtig jämmerlich. Helen setzt ihr die Mütze auf den Kopf, schenkt Meike noch einen flüchtigen Blick und geht dann im Eilschritt los.

Der Gedanke, an einem Adventssonntag nicht allein zu sitzen, versüßt Meike die gesamten kommenden Arbeitstage.

Mit einer Tüte Kaffee, einem wundervoll dekorierten Weihnachtsstern und ein paar Süßigkeiten steht sie dann am vierten Advent in der Mozartgasse und klingelt bei Jordan. Helen öffnet und bittet nach einem Willkommensgruß, doch abzulegen. Alles ist zwar sehr klein und eng, wirkt jedoch gemütlich und wirklich ordentlich. Vom Wohnzimmer duftet es nach Kaffee und Julie ist schon zu hören.

»Ich hoffe, Sie haben nichts dagegen, dass ich meine Nachbarin mit eingeladen habe, sie ist auch allein mit ihrem kleinen Norman. Die Kinder spielen immer zusammen.«

»Aber nein, das ist schön, dann sind wir ja eine nette kleine Runde«, freut sich Meike.

»Das finde ich auch.«

Durch einen Türspalt sieht Meike die zwei Kleinen auf einer Decke liegen.

»Bitte.« Helen öffnet die Wohnzimmertür ganz. Die Nachbarin liegt auf dem Bauch bei den beiden auf dem Boden. Meike bleibt erst kurz stehen. Danach kniet sie sich nieder, um alle zu begrüßen. Julie verlangt sofort nach ihrer Mama, Norman dagegen schaut ganz keck zu Meike, kuschelt sich dann aber doch lieber an seine Mutter. Als die sich umdreht und mit großen erwartungsvollen Augen die Besucherin anschaut, bekommt Meike weiche Knie. Die Person, die da unten auf dem Boden liegt, ist ihr nicht unbekannt, für einige Sekunden ist sie sprachlos, kann nicht glauben, dass sie es wahrhaftig ist. Die Wangen der jungen Frau sind gerötet, auch sie findet keine Worte. Dann aber steht Reni auf, nimmt ihre Mutter in den Arm.

»Helen kam, um zu fragen, ob ich mit einer Meike Färber verwandt bin.«

Wie anders wäre alles gekommen, hätte Meike nicht den Wunschzettel vom Weihnachtsbaum genommen. Wer weiß denn schon, was hinter kleinen Zetteln, verschlossenen Türen, unbekannten Wegen, verschlüsselten Hinweisen und fremden Bekanntschaften für Überraschungen auf uns warten?

WÜNSCHE

Wenn dein eigenes Kind zum Kaktus mutiert, ist das nicht mehr lustig. Zu dieser Erkenntnis kommen Rainer und Claudia so manchen Abend im Bett, wenn Ruhe im Haus eingekehrt ist und auch Maggie, die pubertierende Tochter, nach mehrmaligem Ermahnen die Musik endlich auf Zimmerlautstärke gedreht hat. Auch die schwarze Strickmütze, die sie den ganzen Tag trägt, beim Essen, selbst in der Badewanne, liegt nun endlich auf dem Nachttisch.

Vor ein paar Wochen ist ihr momentan sowieso schwieriger Zustand noch einmal mehr in eine kritische Phase geraten. Auslöser ist der Film »Eine unbequeme Wahrheit« von Al Gore gewesen, den der Lehrer im Geographieunterricht gezeigt hat, um anschließend mit der Klasse darüber zu diskutieren. Die bitteren Tatsachen über den Zustand der Erde, über das, was die Menschen dem Planeten antun, haben Maggie erschüttert. Ja, sehr viel mehr als nur nachdenklich gestimmt. Die Verzweifelte, jedoch auch die Rebellin in ihr, ist dabei erwacht. Von heute auf morgen ist sie ein anderer Mensch. Wirft sämtliche Anschauungen über den Haufen und stellt das gesicherte, schlaraffenlandartige Leben in Deutschland in allen nur denkbaren Facetten heftig infrage.

»Denkt denn keiner weiter, was langfristig aus uns wird, wenn das arktische Eis schmilzt? Will es denn keiner wahrhaben, dass, wenn die Bienen sterben, auch der Mensch stirbt, weil wir nichts mehr zu essen haben? »Und ihr schaut auch nur zu. Wir müssen etwas tun«, prangert sie seitdem auch das elterliche Verhalten täglich an. Die Ärmel hochkrempeln, sofort selbst tätig sein, so einfach ist das jedoch nicht, stellt sie schnell fest. Fühlt sich bald hilflos und ausgeliefert, da kein begehbarer Weg in Sicht scheint. Auch Rainer und Claudia bekommen sie durch tägliche Gespräche, intensives Zuhören aus dieser sie quälenden Phase nicht heraus, nichts hilft ihr wirklich. Stets holt sie Gegenargumente aus der Tasche und kontert dagegen.

»Versucht nicht, mich von meiner Meinung abzubringen, das ist vertane Mühe, oder wollt ihr mir den vielen Müll, die sinnlosen Plastiktüten schönreden? Keiner hat mehr Respekt vor der Natur«, schimpft sie überzeugt und wütend gegen die Familie. Die Krönung jedoch setzt dem Elend auf der Welt noch die typisch deutsche Unzufriedenheit auf. Die Menschen rauben den Planeten aus, nehmen, was sie kriegen können, und sind trotzdem unzufrieden.

»Sind wir alle blind? Ihr? Und bin ich es auch schon?«

In Frieden leben, immer eine warme Wohnung, genug zu essen, im Überfluss Kleidung, kein Schulgeld zahlen und trotzdem lernen dürfen. Das Thema Arbeitslosigkeit. Nicht arbeiten gehen und dennoch Geld bekommen. Wo gab es das schon mal in dieser Art auf der Welt? Am meisten befürchtet sie, dass sie selbst auch einmal verlernen würde, all die Dinge zu schätzen.

Eines Tages beim gemeinsamen Abendessen dann die Wende. Wieder äußert Maggie in heißer Diskussion ihren tiefsten Unmut, diesmal über eine Mitschülerin.

»Ich kann es nicht mehr mit ansehen. Stefanie schmeißt jeden Tag ihr Pausenbrot in den Müll und kauft sich vom Taschengeld am Kiosk Riegel. In anderen Ländern hungern die Kinder, es kotzt mich an«, wettert sie berechtigt los.

»Ja, du hast ja recht, nur wir können nicht bei Teskes klingeln, um das zu erzählen«, redet die Mutter auf sie ein.

»Wozu seid ihr dann von Nutzen in meinem Leben, wenn ihr nicht mal nen Arsch in der Hose habt, was zu machen?«

»Fräulein, nicht in diesem Ton, nun bleib mal sachlich. Wir reden auch vernünftig mit dir«, herrscht der Vater sie an.

Claudia nickt.

»Ja, Paps, cool, und was soll ich machen, es einfach jeden Tag mit ansehen?«

»Rede mit ihr, erzähl ihr von dem Film.«

»Den hat sie in der achten Klasse auch gesehen, und du siehst, nichts kapiert.«

»Wenn du etwas verändern möchtest, dann tu es einfach, und schau nicht danach, was die anderen machen. Wir leben es dir in unserer Familie ja bereits vor. Wenn dir unser Konzept gefällt, nimmst du es mit in deine Zukunft und machst es in deiner Familie ähnlich. So vergrößert sich der Radius dann immer mehr.« Das ist die Ansicht der Mutter.

»Das dauert ja Jahrzehnte, es muss sich jetzt schnell was tun. Ihr versteht es einfach nicht.«

»Schnell? Wichtig ist doch, dass es überhaupt funktioniert. Sei du doch die Mutige, die sich traut«, macht die Mutter erneut einen Vorschlag.

»Du kannst im Großen nur etwas erreichen und verändern, wenn du im kleinen Kreis beginnst«, fügt der Vater noch hinzu.

Maggies düstere Gesichtszüge sprechen Bände. Mit gesenktem Kopf sitzt sie am Tisch. Es ist Funkstille, ihre Gedanken sind auf der Suche nach Antworten. Antworten, die sie befriedigen, die der Eltern tun es jedenfalls nicht.

Lustlos stochert sie in ihrem Salat herum, nimmt jedoch keinen Bissen in den Mund. Nach einer Weile hebt sie den Kopf und irgendetwas scheint ihre Sinne zu erhellen, denn sie lächelt auf einmal mehr sich selbst zu als den Eltern. Dann setzt sie sich kerzengerade hin und voller Überzeugung, tiefster Zufriedenheit und nach einem kräftigen Stoßseufzer verkündet sie den soeben gefassten Entschluss und damit auch die momentan einzig greifbare Rettung: »Ich möchte mal ganz bescheiden und einfach leben, so wie früher. Vielleicht kann ich dann den Luxus, den ich hier habe, noch mehr genießen, oder ich will ihn danach nicht mehr. Das wird sich zeigen.«

Schweigen am Tisch. Es ist der felsenfesten Bestimmtheit Maggies Worten zu entnehmen, dass sie keine Erlaubnis und Bestätigung von den Eltern will. Sie steht auf, nimmt ihre Schüssel Salat.

»Mutti, alles, was in Plastik verpackt ist, brauchst du für mich nicht mehr kaufen.« Mit diesen Worten verlässt sie die Küche. An diesem Abend findet sie ihre Seelenruhe wieder. Kann ganz normal zur Schule gehen, ohne alles infrage zu stellen und die Welt an einem Tag retten zu wollen. Auf ihre eigene Art hat sie sich selbst das Versprechen gegeben, das Problem zu einem späteren Zeitpunkt zu lösen, und kann es dadurch beruhigt zur Seite legen.

Vier Jahre danach, das Abitur ist geschafft und Maggie hat so gestrichen die Nase voll von der Schule, dass sie die Option Studium oder Ausbildung gar nicht erst in Erwägung zieht.

»Ich muss weg von euch, mich abnabeln, es ist einfach zu schön hier, sonst wohne ich mit dreißig noch zu Hause.«

Rainer und Claudia drängen sie nicht, sie soll ihren eigenen Weg finden, da sind sie sich einig, bieten jedoch wie immer ihre Unterstützung an, egal, in welche Richtung es geht.

Nach einigem Hin und Her, ob es nun eine Farm in Australien oder Neuseeland sein soll, steht die finanzielle Situation ein wenig als Hemmschuh vor ihrer Reiselust. Geld von den Eltern? Nein, das kommt für Maggie nicht infrage.

»Ich bin lang genug abhängig von euch gewesen.«

Irgendwo will sie sich das nötige Geld verdienen. Während eines Gesprächs mit der Mutter rückt Österreich ins Blickfeld. Es scheint am greifbarsten und lukrativsten.

Innerhalb einer Woche schickt Maggie 34 Bewerbungen in Vier- oder Fünfsternehotels nach Vorarlberg, Tirol und in die Steiermark. In den nächsten Wochen kommen nur Absagen. Die meisten stellen ausschließlich gelernte Kräfte ein. Einige bieten ihr einen Ausbildungsplatz an, aber leider keine einzige Zusage für eine normale Stelle als Saisonkraft. Maggie verzagt und ist traurig. Motiviert sich neu. Aufgeben kommt nicht infrage, sie sucht weiter. Sucht andere Regionen, neue Hotels, Pensionen, Ferienbauernhöfe, schreibt weitere Bewerbungen. Checkt fast stündlich ihren E-Mail-Posteingang und sitzt dann bedrückt vor dem PC. Wieder nichts dabei.

Die Erlösung bringt der letzte Augustsonntag. Das Telefon klingelt. Die Mutter hat gerade ihre Hände im Kuchenteig, Maggie nimmt ab. Eines der Hotels ist dran, Maggies Augen leuchten, sie kann ihre Freude kaum bremsen, hüpft von einem Bein auf das andere, beantwortet die Fragen, zwischendurch ein Daumen hoch zur Mutter, die schnell den Teig in die Form gießt, um die Hände frei zu haben.

»Ja, ja … ja, das auch … ja, schaff ich … ja, auf jeden Fall … oh ja … ich freu mich so, danke für die Traumnachricht, ich freu mich so. Danke.«

Sie legt auf. Ein Jubelschrei. Die Mutter möchte Maggie umarmen, doch die tanzt, hüpft und jubelt in der Küche herum, ruft nach dem Vater, nach dem Bruder. Alle eilen herbei. Dann erst nimmt sie ihre Familie in den Arm.

»Ein Fünfsternehotel, die wollen mich. Nächsten Sonntag schon. Ich glaubs nicht. Ihr bringt mich doch? Ich habs geschafft. Ich habs geschafft.« Die Familie liegt sich in den Armen, all die Anspannung der vergangenen Wochen sind vergessen.

»Das ist das beste Hotel von allen, ich bin so happy.«

»Warum wollen sie dich so schnell?«, interessiert es Rainer.

»Irgendwas mit Personalmangel hat sie gesagt, sonst hätten sie mich dort auch nicht … egal. Ich kann kommen. Kommst du auch mit?« Ein Blick geht zum Bruder.

»Na klar, was denkst du denn?«

Nach einem Jahr voller Höhen und Tiefen in der Hotellerie ist es geschafft. Das Konto ist mit den nötigen Finanzen gut gefüllt und die Abnabelung von den Eltern hat begonnen.

»Ich komm wieder und mach meine Ausbildung bei euch.« Das sind Maggies Worte, als sie an ihrem letzten Arbeitstag im Hotel mit reichlich Lob verabschiedet wird.

»Versprochen?«, will sich die amtierende Hausdame vergewissern.

»Ja, versprochen.«

Herauskristallisiert hat sich während dieser Zeit nicht nur Maggies Berufswunsch, der Hotellerie treu zu bleiben, auch Australien ist in ein anderes Licht gerückt. So weit weg von zu Hause. Österreich ist schon hart gewesen und Australien ist noch weiter weg, auch wenn die Finanzen es erlauben würden. Nun die Frage, wohin denn dann? Den Radius auf der Weltkarte rigoros eingeengt packt sie weitere Eckpfeiler dafür hinzu. Englisch soll gesprochen werden, und wenn schon nicht Australien, eine Farm muss es trotzdem sein, unbedingt.

Im ganzen Haus liegen die Auslandskataloge verteilt. Die Pinnwand ist voller Kontaktdaten, Maggies Kopf immer voller mit Plänen und Ideen. Eine Farm, Kost und Logis frei und dafür mitarbeiten, zwischendurch oder danach das Land kennenlernen, das muss doch zu finden sein. Wieder sitzt Maggie nächtelang am PC, meldet sich an, fragt nach, bekommt Absagen, Zusagen mit Einschränkungen ihres Wunsches, die ihr dann nicht behagen. Die Familie fiebert mit. Es vergehen tatsächlich wieder zwei Monate, bis sie fündig wird und es von beiden Seiten passt.

Magret hat in England eine Hühnerfarm und sucht ständig junge Leute als Hilfe in Haus, Hof und Garten. Maggie fragt an und das erhoffte Ja kommt gleich am nächsten Morgen per E-Mail. Geschafft, Maggie ist beflügelt von dem Gedanken, dass es endlich losgeht. Für wie lange? Diese Frage bleibt offen. Voller Elan und Energie erledigt sie die notwendigen Formalitäten. Als letzte Herausforderung steht, den Flug und Anschlusszug in England zu buchen, dann geht es ans Packen.

Winkend fliegt sie im Januar von Hamburg nach Birmingham, anschließend mit dem Zug weiter. Magret vergisst, sie abzuholen, das Abenteuer beginnt. Großartig!

Dann fügt sich alles, Magret kommt zwar fast zwei Stunden später, ihre herzliche Begrüßung übertrifft dafür Maggies gesamte Vorstellung. So landet sie nach weiteren zwei Stunden Fahrt auf einem großen Bauerngehöft in einem riesigen Fachwerkhaus aus dem 16. Jahrhundert. Bezieht anschließend ein kleines, liebevoll eingerichtetes Zimmer mit Blümchentapete, bunten Gardinen, einem Bett mit Blümchenbettwäsche, einem kleinen Schrank, einem bequemen Sessel und einem niedlichen Schminktisch. Maggie ist überglücklich, alle Vorbereitungen haben sich gelohnt.

Wenn das Zimmer nur nicht so einen verdammt kalten Eindruck machen würde, wäre die Überraschung perfekt gewesen. Sie sucht vergebens nach dem, was sie für Selbstverständlichkeit hält, einem Ofen, einer Heizung, egal, jedenfalls etwas zum Wärmen. Nirgends ist etwas zu entdecken, nicht mal versteckt hinter einem Vorhang.

»Wo ist in meinem Zimmer der Ofen oder eine Heizung?«, ist Maggies erste Frage beim Abendessen. Natürlich auf Englisch. Sie ist sich sicher, wenn die Küche so kuschelig warm ist, dann hat sie die Heizung nur übersehen, wo auch immer sie ist. Alle Jugendlichen, die neben Maggie auch hier arbeiten und wohnen, feixen sich eins. Wartend auf Magrets Antwort.

»Maggie, dieses Haus hat nur in der Küche einen Kohleherd, ansonsten gibt es keine Heizkörper.« Wohlgemerkt es ist Januar mit vier Grad Außentemperatur.

Durchgefroren vom Warten auf dem Bahnhof und nun das. Ein eiskaltes

Haus, das kann nur ein schlechter Scherz sein. Häuser ohne Heizungen, das gab es früher mal, doch nicht mehr heute.

»Ich lass dir eine Elektroheizung hochbringen«, verspricht Magret.

Maggie wird damit endlich klar, sie meint es wirklich ernst. Das stand nirgends auf der Website geschrieben, da ist sie sich sicher. Keine Heizung, jedoch Internetzugang, wie passt das zusammen? Noch am Abend die erste verbitterte E-Mail nach Hause:

Hallo,

bin gut angekommen. Bis jetzt ist alles scheiße. Das Haus hat keine Heizung, ich frier mich hier zu Tode. Am liebsten würd ich gleich zurückfliegen. Ich schlaf jetzt erst mal drüber. Gut, dass ihr mich nicht seht. Ich lieg im Bett mit Schlaflose, Jogginghose und zwei dicken Pullover mit Kapuze auf dem Kopf. Scheiße. Hab euch lieb.

Eure beinahe erfrorene Tochter

Ein Haus ohne Heizung, dafür reichlich Ritzen zwischen Balken und Mauerwerk, die den Wind in den unterschiedlichsten Tonlagen durch die Räume pfeifen lassen. Außentemperatur ist gleich Raumtemperatur und der Elektroheizkörper erhöht diese um knapp ein Grad. Schade um das Stromgeld, denkt Maggie sich und sehnt sich nach ihrem warmen Zimmer zu Hause, nach dem Bad mit Fußbodenheizung.

Die Freude am nächsten Morgen auf die warme Küche ist unbeschreiblich. Dort wird gekocht, gegessen, sich ausgetauscht, geplant, die Arbeit eingeteilt, über dem Herd die Wäsche getrocknet und sich vor allem aufgewärmt. All die jungen Leute, die hier ebenfalls arbeiten und wohnen, die aus Ungarn, Frankreich und Australien kommen, haben sich längst eingewöhnt und arrangiert mit dem kalten Haus, waren jedoch am Anfang genauso geschockt wie Maggie.

Maggie bleibt, leidet sich aber nur so von einem Tag zum anderen. Zu allem Übel der Kälte kommt das englische Essen dazu. Denn auch das ist nicht im Geringsten nach ihrem Geschmack. Immer nur Weißbrot, kaum Obst und Gemüse, furchtbar übersüßte Marmelade oder zum Kaffee Baisertorte, die auch nur nach Zucker schmeckt.

Ihre Arbeit besteht darin, Eier auszuzeichnen. Den ganzen langen Tag Eier mit Stempel versehen und nach Größen sortieren, stupide, eintönig und zudem noch im eiskalten Stall.

»Was hab ich mir hier nur eingebrockt?« Mit dieser Frage schläft sie jeden

Abend ein und wacht am Morgen auf. Die E-Mails nach Hause klingen jämmerlich, traurig und verzweifelt. Maggie leidet und die Eltern mit ihr.

Der einzige Lichtblick sind ihre freien Tage, an denen sie dann ab und zu dran ist, Magret beim Eier ausliefern zu begleiten. Ein warmes Auto fast als Geschenk zu sehen, wer erwartet das? Als andere Möglichkeit, der Kälte ein Schnippchen zu schlagen, kümmert sie sich freiwillig um den riesengroßen Garten, ist beim Beschneiden der vielen Sträucher in Bewegung und die Gedanken ans Frieren sind abgelenkt.

Den vor einigen Jahren so kühn und resolut geäußerten Wunsch nach einem einfachen Leben, an den denkt Maggie natürlich nicht mehr.

Als Eltern helfen? Aber wie, wenn das Kind groß und erwachsen werden soll? Dann heißt die Zauberformel: Es ertragen, aushalten und mitansehen, dass es ist, wie es ist, solange keine ernste Gefahr droht. Und das tat es nicht. Als Gesprächspartner da sein, die Tür zu Hause offenlassen, das ist alles, was Eltern im besten Falle tun können. Tee kochen, Bäuchlein kraulen, das war einmal. Das war einfach, das ging schnell und alles war wieder in Ordnung. Die Zeit ist vorbei, jetzt heißt es für Maggie, selbst Verantwortung zu übernehmen und an den Erfahrungen zu reifen. So hüten sich auch Rainer und Claudia, für ihre Tochter eine Entscheidung zu fällen und sie zum Heimkommen zu animieren.

Sie schicken jedoch ein Paket auf die Reise. Mit Wärmflasche, warmer Kleidung, einer Salami und Vollkornbrot. Wenn schon Tee kochen und Bäuchlein kraulen wegfallen, gibt es wenigstens eine Gutenachtgeschichte, so wie früher. Ein kleiner Wink, der ihr helfen soll, zu verstehen. Warum gerade jetzt? Gerade sie? Warum überhaupt alles so ist, wie es ist, und warum es mehr als richtig und wichtig ist. Claudia schreibt:

Gutenachtgeschichte für unsere Maggie im kalten England

Es trug sich zu, dass ein junges Mädchen eines Tages draußen in der Natur traurig an einem Brunnen saß, als eine Fee, aus dem Nebel kommend, plötzlich neben ihr stand.

»Was bedrückt dich?«, erkundigte sich diese.

»Ich habe es zu Hause so sehr gut, es fehlt mir an nichts. Ein warmes Zimmer, Essen, worauf ich Appetit habe, und einen ganzen Schrank voller Kleider.«

»Ja und weiter?«, erkundigte sich die Fee. »Das hört sich doch alles wunderbar an.«

»Ich möchte diesen Luxus schätzen lernen, diese Dinge, die nicht für alle so selbstverständlich sind. Doch wie soll ich es, wenn immer alles da ist?«

Mit den Worten »Ich werde sehen, wie ich dir helfen kann« verabschiedete sich die Fee und verschwand wieder im Nebel.

Das Mädchen vergisst mit der Zeit ihren einst so kühn geäußerten Wunsch. Denkt schon lange nicht mehr an den Tag am Brunnen, als sie nach ein paar Jahren als junges Fräulein in die Welt hinauszieht. Nach einigen Umwegen landet sie in England in einem uralten Haus ohne Heizung. Die Menschen, die dieses Haus bewohnen, haben ganz viel Wärme in ihrem Herzen und spüren die Kälte dadurch nicht so sehr. Das junge Fräulein lernt, hier auf sich achtzugeben. Sie legt am Abend eine Wärmflasche in ihr Bett, bevor sie sich hinlegt. Versorgt sich über den Tag mit heißem Tee. Hält sich so oft als möglich in der warmen Küche auf, und vor allem vertraut sie darauf, dass sie das Richtige zur rechten Zeit entscheiden wird. Dessen ist sich die Fee ganz sicher. Hat sie dem jungen Fräulein doch nur ihren sehnlichsten Wunsch erfüllt. Jetzt, nachdem sie sich sicher ist, dass diese reif genug dafür und der rechte Zeitpunkt gekommen ist, ihr diese Prüfung aufzuerlegen.

Wenn sie diese besteht, wird die Fee das junge Fräulein bald als Hausdame eines großen Hotels glänzen lassen.

Falls nicht, will die Fee den Posten der Hausdame trotzdem mit ihr besetzen. Denn dann möchte sie ihren Mut belohnen.

Egal, wie es kommt, die Eltern sind sehr stolz auf sie und erzählen es überall herum im ganzen Land.

Ende

Papa und ich sind uns sicher, du wirst die richtige Entscheidung treffen. Wir nehmen dich ganz doll in den Arm und sagen dir: Wir haben dich lieb.

Mehr können Rainer und Claudia nicht tun.

Nach neun Wochen hat Maggie die Nase voll. Hat genug gefroren und genug Eier gestempelt. Sie fliegt nach Hause. Immerhin. Neun Wochen durchgehalten und eine wichtige Erfahrung mehr im Lebensgepäck.

England ist für sie als Magnet geblieben. Zum Wandern, zum Antworten finden oder um sich eine Auszeit zu nehmen.

Scheinbar gibt ihr dieses Land immer, was sie gerade benötigt. Egal, wie gestresst sie Deutschland verlässt, in der Natur Englands findet sie von Zeit zu Zeit immer wieder die Ruhe und Einfachheit des Lebens, die sie für ihre Entwicklung benötigt.

Mittlerweile hat sie den South West Coast Path, den längsten Küstenwanderweg Englands, zu Fuß bewältigt, und wer weiß, wann es wieder einmal für sie heißt: England, ich komme.

Danke an meine Tochter Jasmin, dass ich ihre Geschichte, bei der die ganze Familie mitgefiebert, sich mitgefreut und mitgelitten hat, schreiben darf. Wir haben sie als 18-jähriges Mädchen nach dem Abitur aus dem Elternhaus ziehen lassen und sie kam nach ihrem Geldbeschaffungsjahr in Österreich, dem Aufenthalt in England und der Lehre in Österreich als erwachsene Frau zurück. Ihre Wurzeln zu Hause waren tief genug, um mutig ihre Flügel auszubreiten und auszufliegen, um unterwegs dann die wirklichen Reifeprüfungen abzulegen.

GROSSELTERN ZU VERSCHENKEN

Pauline ist mit ihren Eltern zerstritten, sie hat es satt, nicht sie selbst sein zu dürfen, hat es satt, gemeinsam über alle Nachbarn und Verwandten herzuziehen, ohne einen wahren Grund, nur um sich mit den Eltern zu verbünden. In den Augen der Mutter macht sie ständig alles verkehrt, sie denkt, redet und handelt nicht richtig, irgendwann zweifelt Pauline schon an sich selbst.

Als sie Rolf kennenlernt, frisch verliebt und überglücklich mit ihm nach Hause kommt, um ihn vorzustellen, führen die Eltern dasselbe alte eingefahrene Spiel fort. »Du bist nicht so, wie wir dich haben wollen.« Am Abend schon kritisieren sie den Freund, Pauline hält zu ihm, redet dagegen, bis es zu einem heftigen Streit kommt und am Ende der herrischen Mutter rausrutscht: »Dann pack doch deine Sachen und zieh zu ihm.«

Das war der Startschuss für Pauline, nun ist es genug, sie holt die Sachen aus ihrem Zimmer, legt ihren Haustürschlüssel auf die Flurgarderobe und zieht zu Rolf. Seit diesem Tag hat sie das elterliche Zuhause nicht mehr betreten, das ist mittlerweile fast sieben Jahre her, und so gut es sich vermeiden lässt, gehen sie sich in der Stadt aus dem Weg.

Einerseits atmet Pauline auf, angekommen in ihrem eigenen Leben, nach ihren eigenen Maßstäben, ihren eigenen Regeln ihre Zeit zu gestalten. Andererseits vermisst sie natürlich ein harmonisches Familiengefüge, ein Miteinander-reden-Können, sich das Neueste anvertrauen, eine Umarmung. Paulines Bruder hat es da besser, sein Kontakt zu den Eltern besteht immer noch. Wahrscheinlich bekommt er nun alles sonst wohin geblasen, schlussfolgert sie. Er tanzt ja nach ihrer Pfeife, und wie es scheint, sogar freiwillig, überzeugt und gerne. Verstehen kann sie ihn nicht. Obwohl es gegensätzliche Auffassungen gibt, er ist ihr Bruder und der einzig bleibende Kontakt zur Familie. Auf Biegen und Brechen, sie will ihn aufrechterhalten. Soll er machen, was er für richtig hält, jeder hat seine eigenen Baustellen, um die er sich kümmern muss.

Schade nur, dass all die schönen Sonntage mit Sport und Spiel bei den Eltern nicht mehr stattfinden, geht es ihr in nachdenklichen Momenten durch den Kopf. Wiederum, wenn Pauline ehrlich ist, auch dabei konnte die Mutter ihr Lästern nicht lassen, und das nervte. Manchmal wurde es selbst dem Vater zu viel, aber es war wirklich sehr selten, dass er ihr mal Einhalt gebot, meistens hielt er ihre Kante.

Schade nur um all die Zeit, die allen verloren geht, bedauert sie oft am Abend im Bett und hofft auf einen möglichen Frieden in ihrer Familie, irgendwann vielleicht.

Schade nur um diesen breiten Krater, diese tiefe Schlucht, die sich zwischen ihnen aufgetan hat und mit jedem verflossenen Jahr breiter und breiter wird. Im ersten Jahr hätte noch ein Entgegenstrecken der Hände für eine Versöhnung gereicht, so nah lagen sich da die breiten Ufer noch gegenüber. Im zweiten Jahr schon war eine Brücke notwendig. Es ist Pauline, die diese notwendige Brücke baut, indem sie den Eltern eine Einladung zur Hochzeit schickt. Sie wartet auf ein Zeichen, fragt den Bruder. Der hält sich bedeckt, möchte sich nicht dazwischen hängen. Es kommt keine Antwort. Bis zum Polterabend gibt Pauline die Hoffnung nicht auf. Keiner kommt, weder Vater noch Mutter, keine nette Karte, kein herzlicher Glückwunsch. Seitdem ist endgültig Funkstille, noch stiller als zuvor, keine von beiden Seiten macht einen Schritt. Pauline und Roy sind inzwischen stolze Eltern der kleinen Johanna und überglücklich. Darüber, dass alles gut gegangen ist bei der Geburt und ihr Sonnenschein so gesund ist. Ein dunkler Schatten bleibt trotz allen Glücks. Welches Kind wünscht sich nicht, dass Mutti in die Klinik kommt, ihrer Tochter über die Stirn streichelt und sagt: »Mein Mädchen, sie hat deine Augen und die Grübchen. Es ist genau wie damals, als ich dich in den Armen hielt.«

Welches Kind wünscht sich nicht, einmal den sprachlosen Vater zu erleben, Tränen in den Augen, fassungslos vor Rührung das kleine Menschlein bestaunend, während er still ihre Hand drückt und sagt: »Ich bin so unsagbar stolz auf dich und deine kleine Familie.« Welches Kind wünscht sich das nicht? Pauline leidet leise in den schlaflosen Nächten, in ihren bitteren Gedanken und den unerfüllten Träumen. Sie will stark sein, besonders für Johanna, der Oma und Opa fehlen werden. Die Liebe ihres Mannes hilft dabei, seine Fürsorge, all die kleinen Aufmerksamkeiten, die er seinen beiden Mädchen, wie er sie nennt, zukommen lässt.

Erneut den ersten Schritt machen? Nein, irgendwie ist da ein gewisser Stolz, den auch Rolf noch genährt hat, eine innere Genugtuung, dass sie es auch allein schaffen.

Johanna ist mittlerweile fast fünf Jahre alt und geht in den Kindergarten.

»Ich hab keine Oma und Opa nich«, erzählt die Kleine in ihrer Gruppe.

»Warum nicht, Hanna?«, will Freundin Suse wissen.

»Die einen Oma und Opa sind schon im Himmel und die anderen böse.«

»Oh, ich hab dafür drei Omas und drei Opas.« Suse ist jetzt aber richtig stolz auf ihre Familie.

»Oh«, staunt Johanna.

»Willst du welche haben?«

»Nö, ich kenn die doch nich.«

Monika, die Erzieherin, spielt mit den Jungen Autorennen und hat wie immer ein Ohr bei ihren Schützlingen. So entgeht ihr auch nicht, was zwischen den beiden Mädchen gesprochen wird. Beim Zuhören wird sie recht nachdenklich. In der nächsten Woche sucht sie das Gespräch mit Pauline.

»In einigen Wochen ist Oma- und Opatag. Können Ihre Eltern dieses Mal kommen? Für Johanna wäre es schön, sie hat sich einen tollen Beitrag zum Programm ausgesucht«, versucht Monika das Gespräch in die notwendige Richtung zu lenken.

»Nein, mein Mann und ich werden wieder dafür kommen, leider«, versichert Pauline mit gesenktem Kopf.

Monika wertet für sich das ›leider‹ und die spürbare Betroffenheit als eine gewisse Bereitschaft für ein Händereichen. Aus einigen Gesprächen der vergangenen Jahre kennt sie die näheren Hintergründe.

Ganze drei Wochen hadert sie mit sich, ihrem Gewissen und dem Grad ihrer Befugnis. Schließlich bittet sie bei der Leiterin um ein Gespräch unter vier Augen und stellt ihr die Situation vor.

»Ich hab das Gefühl, ich sollte helfen, nur eine kleine Brücke bauen, die beide nutzen können.«

Die Leiterin ist strikt gegen Monikas Vorschlag. »Hat Sie jemand darum gebeten?« Sie warnt Monika vor der möglichen Reaktion.

»Nein, das nicht, aber einer muss doch mal die Initiative ergreifen.«

»Sicher, aber nicht Sie, Monika. Das ist eine Familienangelegenheit, mischen Sie sich da nicht ein. Ich meine es ernst.«

Innerlich zerrissen betrit Monika nun jeden weiteren Tag den Kindergarten, jeden Tag unschlüssiger, was sie tun sollte. Noch mehr schenkt sie dem Spiel von Johanna Beachtung, lauscht ihren kindlichen Äußerungen. Monikas weiches Herz und ihr wacher Verstand arbeiten immer heftiger gegeneinander. Dann bekommt sie eines Tages einen Zettel von ihrer kleinen Enkeltochter, die gerade zur Schule gekommen ist. In kritzliger, noch wackliger Schrift und mit riesigen Buchstaben steht darauf geschrieben: Lea an Oma.

Diese Worte wertet sie als Antwort auf all ihr Hadern und Zweifeln, auf einmal weiß sie genau, was zu tun ist.

Was wär das Leben ohne meine kleine Lea? Großeltern brauchen Enkel und Enkel brauchen Großeltern, so einfach ist die Entscheidung auf einmal.

In den kommenden Tagen fährt Monika mit dem Fahrrad nach Dienstschluss einen Umweg immer am Haus von Johannas Großeltern vorbei. In einer Kleinstadt ist das so, man kennt sich und weiß die Menschen einzuordnen, so wusste Monika auch die Adresse. Zwei Tage steigt sie kurz vom Rad, überlegt zu klingeln, steigt wieder auf und fährt nach Hause, am dritten Tag schafft sie es bis zur Haustür, dreht wieder um und beendet ihre Einladungsversuche. Zwei Tage Pause, dann endlich, sie klingelt. Der Großvater öffnet die Tür, die Großmutter kommt gleich dazu. Monika stellt sich vor und äußert in aller Höflichkeit ihren Wunsch und beschreibt die Freude, die sie ihrer kleinen Enkeltochter machen würden. Die Großeltern sind sehr überrascht, oder besser überrumpelt, und wollen auf keinen Fall gleich zusagen.

»Bitte überlegen Sie es sich, Johanna ist ein so wundervolles Kind, Sie wären stolz auf sie. Entschuldigen Sie die Störung.«

Ganz zittrig vor Anspannung steigt Monika wieder aufs Rad. Hoffentlich war das richtig?

Ruhige Nächte hat Monika seitdem nicht mehr. In den Kindergarten geht sie ebenfalls jeden Tag mit einem mulmigen Gefühl, will der Leiterin am besten gar nicht begegnen.

»Dass du dich auch überall einmischen musst, als wenn du Mutter Monika bist, die freiwillig alle Menschen rettet«, schimpft ihr Mann mit ihr. »Du solltest im nächsten Leben Friedenstaube werden und dann als Streitschlichter umherflattern.« Er schüttelt voller Unverständnis den Kopf.

Dann ist es so weit: Oma- und Opatag.

Monika ist aufgeregter als die Kinder in ihrer Gruppe, hat in Gedanken schon eine Abmahnung in der Hand, stellt sich tausend Fragen.

Kommen sie? Kann ich sie gleich abfangen? Reden sie am Ende wieder miteinander? Ihr Körper ist im Ausnahmezustand, die Gefühle wechseln innerhalb von Minuten, ihr wird heiß und kalt, Übelkeit, Kopfschmerzen, Herzrasen, alles ist dabei.

Dann geht es los, Monika betritt mit den Kindern den gefüllten Saal und lenkt sie in ihrer liebevollen mütterlichen Art durch das einstudierte Programm. Die Kleinen plappern und singen alle ihre Texte munter herunter und sind so fröhlich, so unbeschwert dabei. Schupsen sich gegenseitig an, wenn der Nächste an der Reihe ist. Mit jedem Beifall sind sie mutiger und sicherer, von Lampenfieber keine Spur, als seien sie für die Bühne geboren. Am Schluss rennen alle dann zu ihrer Erzieherin, die in der Hocke sitzt und mit offenen Armen auf die Kinderschar wartet.

Die begeisterten Großeltern schwärmen untereinander vom jeweiligen Nachwuchs und drücken ihren Stolz durch einen nicht endenden Applaus aus.

Dieses Klatschen, der nicht endende Jubel, ist auch Monikas schönste Belohnung und wertvollste Anerkennung für all ihre Aktivitäten und Bemühungen. Das rechnet sie seit über dreißig Jahren zum Verdienst dazu und fühlt sich somit reich entlohnt und gleichzeitig beschenkt. Heute jedoch will trotz allen Gelingens dieses Gefühl nicht in ihr aufkommen, alles ist blockiert, alles in ihr hofft nur, der Tag gehe schnell und vor allem gut zu Ende.

Die Eltern haben am Morgen den selbst gebackenen Kuchen bereits angeliefert. Pauline und Rolf helfen den Erzieherinnen beim Kaffeeausschank, als Pauline zufällig unter den Gästen ihre Eltern entdeckt. Sie stellt sofort die Kanne auf den Tisch, ihre Hand zittert, so einen riesigen Schreck bekommt sie. Aufgeregt stößt sie Rolf an und weist auf den Tisch in der Ecke.

»Schau mal, wie kommen die denn hierher?«

Rolf schaut geradewegs an den Ecktisch.

»Nun schau doch nicht so direkt hin.«

Rolf dreht sich wieder um, zuckt mit den Schultern, schaut fragend zu Pauline. Paulines Herz klopft Sturm und löst im Körper fast Alarm aus.

»Was machen wir jetzt?« Pauline fühlt sich wieder sehr unwohl in ihrer Haut.

»Abwarten, irgendwer muss sie ja eingeladen haben.«

Derweil stirbt Monika gefühlt tausend Tode bei der Frage, in welche Richtung die Situation sich entwickelt und ob sie sich überhaupt entwickelt.

Nicht, dass es noch eskaliert oder jede Partei am Ende wieder ihren eigenen Weg geht. Dann war alles umsonst. Sie resigniert schon, sich selbst anklagend.

»Sie haben uns doch eingeladen?«, spricht eine ältere Frau sie von der Seite an.

Da sind sie also tatsächlich. Johannas Oma und der Opa steht daneben. Monikas moralische Bedenken überrollen sie. Am liebsten nicht mehr hier sein, sie bereut alles.

»Hallo, hören Sie mich? Sie haben uns doch …? Hier sind wir.«

»Oh, ja, bitte entschuldigen Sie, ich war mit meinen Gedanken gerade …« Monika schaut die Frau etwas verunsichert und mit einem knallroten Gesicht an. Dass die Lage Monika so sehr anspannt und überfordert, war nicht eingeplant, dementsprechend klingen ihre Worte sehr kleinlaut, das Gewissen plagt sie.

»Ich bitte um Entschuldigung, es tut mir leid, dass ich … mich eingemischt …«, holpern die Worte heraus.

»Nein, nein, alles gut. Nur, wer ist denn unsere kleine Johanna?«

Aufatmen, Monika fällt ein ganz großer Felsblock vom Herzen, sodass sie endlich wieder normal atmen und reden kann. Jetzt nur nicht weiter nachhaken, nicht wankelmütig werden, einfach nur auf die Frage reagieren.

»Die mit dem orangen Kleidchen und den grünen Hauspuschen.«

Johanna isst zusammen mit Suse Schokokuchen. Geradewegs gehen die Großeltern auf sie zu.

»Hallo, Johanna.«

»Hallo.« Johanna schaut kurz hoch.

»Hallo, ich bin Suse. Wer seid ihr?«, will Suse gleich wissen.

»Wir sind Johannas Oma und Opa.«

Suse schupst die Freundin an, schaut die Großeltern mit ihren braunen Kulleraugen ungläubig an.

»Hanna, sind das die Bösen?«

Johanna mustert das ältere Ehepaar vor sich von oben bis unten. Pauline und Rolf beobachten unschlüssig aus der Ferne die prekäre Situation.

»Ich weiß nich. Ich geh schnell Mama fragen.« Johanna flitzt los und Suse hinterher. Die Großeltern schauen den beiden nach und bleiben stehen.

»Mama, sind das die bösen Oma und Opa?«

Pauline bereut, diesen Ausdruck jemals in Johannas Gegenwart benutzt zu haben. Schwankend und zweifelnd, was sie tun soll, stößt sie Rolf an.

»Hanna hat gefragt, ob das die Bösen sind«, wird jetzt Suse ungeduldig und tritt von einem Beinchen aufs andere.

Die Antwort dauert den beiden Mädchen definitiv zu lange, sie flitzen wieder zu den Großeltern.

»Frag sie.« Suse stupst Johanna an.

Nicht so mutig und frei wie Suse, jedoch schon auch voller Ungeduld traut sich nun Johanna: »Seid ihr immer noch so böse?«

Die Großeltern ahnen, wer ihr den Floh ins Ohr gesetzt hat, und Opa merkt sofort, wie Oma leicht grantige Gesichtszüge bekommt. Schnell stößt er sie mit dem Ellenbogen an und flüstert: »Bleib ruhig, sie hat doch recht.«

»Ja, wir waren mal die Bösen, aber das ist lange her«, reagiert er selbst lieber schnell, bevor Oma Porzellan zerschlägt.

»Wie im Märchen, da ist die böse Fee auch am Ende eine gute«, freut sich Suse.

»Ja, wie im Märchen«, bekräftigt Opa.

Die beiden Mädchen kichern freudig los.

»Dann kannst du deine drei Omas und Opas jetzt doch alle für dich behalten, Suse.« Johanna hüpft vor Freude auf der Stelle.

Monika hat immer noch ein Auge am Tatort und fiebert mit.

Suse läuft wieder los.

»Ich sag deiner Mama und deinem Papa, dass …«, schon ist sie wie ein Wirbelwind davon.

»Ihr könnt kommen, sie sind jetzt lieb«, nimmt sie Pauline und Rolf an die Hände.

Eine andere Wahl, als mitzugehen, bleibt den beiden nicht wirklich. Monika hat die winzige Änderung der Situation auch mitbekommen und glaubt, gleich in Ohnmacht zu fallen.

»Gleich halt ich es nicht mehr aus, meine Nerven liegen blank«, gesteht sie der Leiterin.

»Moooonika, haben Sie etwa doch ...?«

»Ja, ich hab, und ich nehme auch eine Abmahnung in Kauf«, bereut sie abermals.

»Wie konnten Sie nur...?«

Auch die Leiterin wird jetzt ein wenig nervös, verharrt beobachtend mit.

Die Großeltern sind inzwischen an ihren Tisch gegangen und Johanna traut sich, zögerlich zu fragen: »Habt ihr auch Aufgaben gelöst, bevor ihr lieb wart?«

Opa drängt Oma etwas beiseite und tut so, als sei es wie im Märchen, antwortet dementsprechend: »Ja, richtig schwere sogar.«

Suse kommt mit Pauline und Roy im Schlepptau auf sie zu.

Monika dreht gleich ab und wünscht nur noch eines: Sie möge wie im Märchen zu Sternenstaub verglühen.

»Ich könnt mir vorstellen, unsere Suse wird mal eine hervorragende Psychotherapeutin, schau mal«, weist die Leiterin in Richtung auf Johannas Familie.

Suse ist jetzt am Tisch der Großeltern angekommen, hält die Hände der Eltern noch in ihren kleinen und zieht sie ganz nah zu sich heran. Dann lässt sie los.

»Schau mal, Monika, unsere Suse, sie lässt ihnen keine Wahl.«

Opa tritt der Oma unter dem Tisch derweil leicht auf ihren Fuß.

Die bis jetzt verkrampften Gesichter lösen sich ein klein wenig.

Zögerlich und unsicher begrüßen sich die Alten und die Jungen. Gegen so ein Kinderherz scheinen die Erwachsenen machtlos.

»Ich bin so froh, heute Nacht endlich einmal wieder durchzuschlafen«, gesteht Monika der Leiterin.

Suse und Johanna nehmen sich bei den Händen und laufen nun um die beiden Paare herum. Schnell gesellen sich weitere Kinder dazu, bis die gesamte Gruppe um Johannas Familie tanzt und hüpft.

Der Anfang ist gemacht, zufrieden und erleichtert geht Monika an diesem Tag nach Hause. Sie hat getan, was sie konnte, hat den Erwachsenen der Familie den ersten Schritt abgenommen, die Angst oder Bedenken, zurückgewiesen zu werden, auf sich genommen. Nun liegt es an den Angehörigen selbst, wie es weitergehen wird.

Johanna jedenfalls ist eine treibende Kraft, sie will mit Suse bei den neuen Großeltern schlafen, will auch endlich Mittagskind sein, will mit den Kindergartenkindern zu den Großeltern in den Garten wandern und dort picknicken. All das hatte sie sich in den Kindergartenjahren abgeschaut, was man mit Omas und Opas alles tun kann. Das will sie jetzt auskosten, und sie ist so glücklich über echte und vor allem eigene Großeltern.

Johanna berichtet im Kindergarten über ihre Vorhaben. Monika geht das Herz auf, so sehr freut sie sich mit ihr. Im Stillen rechnet sie mit einem kleinen Dankeschön von Pauline, die jedoch sieht sie meist nur kurz, wenn sie Johanna in den Kindergarten bringt. Mehr als ein »guten Morgen« tauschen beide nicht aus.

Erst nach einigen Wochen kommt es zu einem Gespräch. Pauline berichtet zwar etwas verhalten, dennoch deutlich genug, um zu verstehen, dass Johanna die einzig Glückliche ist. Zwar haben sich die Erwachsenen wieder einander angenähert, Johanna zuliebe. Jedoch aus- oder angesprochen sind die eigentlichen Problemthemen nicht. Pauline fühlt sich, wenn sie bei den Eltern ist, immer noch sehr unfrei in ihren Äußerungen und ihrem Verhalten. Dennoch gibt sie die Hoffnung nicht auf. Es braucht eben Zeit, sich wieder neu zu finden.

Monika ist nach dieser Unterredung mehr als zwiegespalten und auch ein wenig niedergedrückt. Sicher ist sie sich nicht mehr, ob es richtig war, so gehandelt zu haben, und ob sie überhaupt das Recht dazu hatte. Aber was ist schon richtig? Ist es nicht Ansichtssache eines jeden und gibt es nicht für jeden ein anderes ›richtig‹? Letztendlich werden es die nächsten Jahre zeigen, ob sich ihr Einmischen in eine andere Familie gelohnt hat, in einer Kleinstadt bekommt man ja vieles mit.

»Wo die Angst ist, da ist der Weg. «
Weisheit der Ureinwohner

THERAPIE AUF CORONAWEGEN

Das Wetter im April 2020 macht seinem Namen ausnahmsweise keine Ehre. Zwar ist es noch kühl und wie immer windig hier an der Ostsee, jedoch strahlt die Sonne, als hätte sie sich im Monat geirrt, von Regen keine Spur.

Saskia ist jeden Tag im Wald anzutreffen, macht ausgiebige Spaziergänge, entdeckt immer wieder neue Wegverbindungen. Die Natur versüßt ihr die freie Zeit, die sie wie viele andere im Moment gratis hat. An ihrem Reisebüro hängt ein Zettel: »Leider im Moment geschlossen. « Ja, leider, denn die Regale sind voll mit Katalogen für die Sommersaison, die in diesem Jahr nicht kommt, es sieht jedenfalls bis jetzt nicht danach aus.

Das Coronavirus hat die Welt lahmgelegt, das Leben fast zum Erliegen gebracht, und Saskia ist mittendrin. Die Krise trifft jeden, und auch Saskia muss sich jeden Tag entscheiden, welchen Weg sie geht. Den der Angst- und Panikmache aus der Zeitung, aus dem Fernsehen. Oder den, der ihr zwar Respekt und Achtung vor der Situation gebietet, aber dennoch die Wahl lässt, gestärkt aus dieser Zeit mit neuem Bewusstsein, neuen Erkenntnissen und Perspektiven hervorzutreten. Und sie hat sich entschieden. Schon in der zweiten Woche der vielen Beschränkungen, denen sich alle unterordnen mussten, ist sie sich sicher. Nachdem sie eine Gehirnhautentzündung überstanden hat, danach wieder neu gehen lernen musste, einige Jahre später Borreliose diagnostiziert wurde und ihr Gehirn ihr deshalb zeitweise den Dienst versagte, sie keinen Plan im Kopf hatte, in welcher Reihenfolge sie Mittag vorbereiten sollte oder wie man Pudding kocht. Nach all diesen gesundheitlichen Einschnitten will sie auch die Coronakrise bis zur Normalität durchstehen. Es ist zu schaffen.

Zu hoffen ist nur für unsere Erde und für jeden einzelnen Menschen, dass diese Normalität dann eine andere ist. Eine neue, eine bessere, eine, die sich gewandelt hat. In der Reife- und Wachstumsprozesse erkennbar sind.

Dass diese Zeit sinnvoll genutzt wird, um zu überdenken, was wir wirklich benötigen und worauf wir verzichten können. Dann hätte die Krise einen Sinn, und wir könnten freudig und motiviert der Zukunft entgegenblicken.

Viele Menschen arbeiten im Moment über ihre Grenzen hinaus und werden dafür hoffentlich angemessen entlohnt. Bei vielen ist Chaos. Unvorbereitet auf die Situation des verordneten Zu-Hause-Bleibens sind oftmals alle Familienmitglieder auf engstem Raum. Wer hatte das für den Ernstfall geprobt? Wohl kaum jemand. Da prallen die verschiedenen Charaktere und Bedürfnisse aufeinander, werden oft verbal und körperlich abreagiert. Schlimme Zeiten für »nur« Bewohner einer kleinen Mietwohnung, die diese nicht verlassen dürfen in vielen Gebieten. Ehekrisen, die im normalen Alltag durch den Gang zur Arbeit vor sich hin schwelten, jetzt brechen sie auf.

Die Haus- und Gartenbesitzer sind im klaren Vorteil. Atmen auf, können ihren Freiraum nutzen, das schafft Chancen, miteinander auszukommen, über Tage und Wochen, die Kinder haben ein Ventil für ihre überschüssige Energie. Sie langweilen sich trotzdem, die Freunde fehlen. Eltern sind gefordert, sich etwas einfallen zu lassen, gemeinsam kochen, backen, spielen, Hausaufgaben machen. Das nervt viele, ist ungewohnt, die Luft geht langsam raus. Arbeit bekommt einen anderen Wert, arbeiten zu dürfen, wird zum Privileg. Auch Saskia fehlt ihre Kundschaft, die Menschen, die oft durch jahrelangen Kontakt zu Freunden geworden sind.

Saskias beste Freundin ist Altenpflegerin. Sie leidet mit den Familien, die ihre Eltern in den Heimen nicht besuchen dürfen. Stellt nur das Essen in die Zimmer der Bewohner, hört das Klagen und Bitten und kann nichts tun. Sie ist so manchen Tag am Limit.

Irma, die nette Nachbarin dagegen, langweilt sich zu Tode. Als Bankangestellte hat sie keine finanzielle Not, aber viel Zeit am Wochenende und nach Feierabend. Vor der Krise ging sie gerne shoppen, auf Reisen, gut essen, irgendwo auf einen Kaffee einkehren, Freunde treffen. Nun sitzt sie fest, wandert von der Couch auf den Sessel, zur Terrasse, vor den Fernseher, ans Telefon und wieder auf die Couch. Was nur anfangen mit der freien Zeit? Sie weiß sich in den eigenen vier Wänden nicht zu beschäftigen, muss umdenken.

So viele verschiedene Lebensmodelle. Bei allen tut sich etwas, egal, in welche Richtung. Am besten sind die dran, die es frühzeitig gelernt haben, die Dinge, die im Moment möglich sind, zu nutzen, und aus der Not eine Tugend machen. Für die meisten jedoch leichter gesagt als getan. Alte eingefahrene Muster wirken, sind stark und blockieren den natürlichen Fluss, da heißt es aussteigen, sich mit neuen Dingen beschäftigen, wie und was auch immer, die Wege sind vielfältig.

Saskia nutzt die freie Zeit, besucht die Mutter öfter als sonst, sie ist fast neunzig, wohnt in einer kleinen Zweiraumwohnung im ersten Stock, die paar Treppen schafft sie nur mit Hilfe. Der Pflegedienst kommt jeden Tag, zieht morgens die Kompressionsstrümpfe an und am Abend wieder aus. Das Gehen am Rollator funktioniert erstaunlich gut, sie kocht sogar noch allein.

»Bring mir mal einen großen Beutel Zwiebel und Knoblauch mit.« Das ist ihre Art, sich zu schützen. Die Impfung hat sie strikt abgelehnt.

»Im Krieg haben wir gegen Diphtherie und Typhus Unmengen davon gegessen, und es hat geholfen. Naja, nicht allen.« Sie hat keine Angst. Ist dankbar, dass es ihr in ihrem Alter noch so gut geht, dass sie zu Hause wohnen kann und sich keinen Bestimmungen im Heim unterordnen muss. Allein im Zimmer den ganzen Tag verbringen, allein essen und Fernsehen schauen. Nicht an die frische Luft, kein Park, keine Tiere, keine Kontakte, schlimmer kann das Ende fast schon nicht sein. Die Mutter ist sich sicher: »Wenn ich da sein müsste und noch halbwegs klar im Kopf, ich würde mir jeden Abend Schlaftabletten geben lassen. Wenn die Hand voll ist, würde ich sie alle auf einmal nehmen.« Saskia ist entsetzt und froh zugleich.

Wie viele von den Heimbewohnern erleben so ihre letzten Lebenswochen. Fern der Familie, sterben auch ohne Corona. Hatten sie eine Wahl, sich zu entscheiden? Nein. Saskia mag sich nicht vorstellen, wie es wäre, wenn sie die Mutter nicht besuchen könnte, es ist auch so schon seltsam genug, sich nicht zu umarmen. Sich nicht die Hände zu halten, nur immer eine winkende Bewegung zur Begrüßung, zum Abschied.

Saskia ist froh über dieses große Waldstück in ihrer Nähe. Jeden Tag trifft sie andere Menschen aus dem Dorf, die sie ausschließlich vom Sehen kennt, jetzt werden sie zu interessanten Gesprächspartnern. Sie tauscht sich mit ihnen aus. Nein, nicht nur über Corona, auch allgemein über das Leben, die Kinder, über Sport, gesundes Essen, Kräuter sammeln, die Zeit nach der Krise, was sich alle wünschen. Bei allem Gerede und trotz der frischen Luft und des Platzes im Wald immer auf Abstand, die meisten haben es angenommen, es ist Normalität. Nie waren die Waldwege so ausgetreten wie in diesem Jahr. »Es sind Coronawege«, meint Herr Rochers vom örtlichen Seniorenklub dazu, den Saskia auch im Wald trifft. Er hat ihr den Tipp mit den Walkingstöcken gegeben.

Der Wald ist ein Gesundbrunnen, sondert Stoffe ab, die Terpene heißen, das ist auch von Herrn Rochers, er war mal Förster. Stoffe, mit denen die Bäume untereinander kommunizieren, sich warnen, sich Nachrichten übermitteln. Auch für uns sind diese Terpene nützlich. Wenn wir im Wald sind, stärken sie unser Immunsystem. Helfen gegen Depression. Saskia fallen die alten Menschen im Heim ein. Was könnte die Natur, der Park, ihnen guttun, wenn andere Menschen ihnen nicht nahe sein dürfen. Schade nur, dass die Verantwortlichen Scheuklappen tragen. Schade um die verlorene Zeit, die die Alten nicht mehr aufholen können. Zu hoffen bleibt nur, dass sie aus ihrem Fenster ins Grüne schauen können. Auch das hilft schon, ergaben Studien. Erspart sogar Schmerzmittel.

Die ersten Tage im Wald sind Horror für Saskia, ein altes leidiges Problem holt sie ein, ihre panische Angst vor Hunden. Bei jedem Bellen schreckt sie auf. Erkennt sie von Weitem Herrchen und Vierbeiner, nimmt sie einen anderen Weg. Vergebens, dort trifft sie auf den nächsten vermeintlichen Feind.

Sie geht gleich nach Sonnenaufgang, aber auch um diese Zeit sind die Ersten unterwegs. Sie flüchtet, bleibt einige Tage daheim, doch der Wald lockt. Das Gefühl danach, neu durchlüftet zu sein, mit Energie aufgetankt, jetzt, wo sie um die Kraft des Waldes weiß. Sie verschiebt den Spaziergang auf den späten Abend. Vergebens. Nicht angeleint kommt ihr ein Hund entgegen, im letzten Moment pfeift der Mann ihn zurück, er gehorcht zum Glück, Saskia atmet auf, bedankt sich beim Vorbeigehen. Auf dem nächsten Weg dann keine Chance, so ein kleiner Dicker mit eingedrückter Schnauze kommt geradewegs auf sie zugerannt, beißt in einen der Stöcke, sie steht wie erstarrt da, schreit hilflos: »Hau ab, hau ab.« Frauchen kommt, schimpft mit ihm, er hört nicht, bis sie ihn am Halsband wegreißt. Sie ist erstaunt. »Das hat er noch nie gemacht.«

Jeden Tag die erneute Wahl, zu Hause zu bleiben oder sich vor Angst in die … zu machen.

Sie sucht nach Infos: Verhalten als Nichthundeliebhaber. Was tun bei Hundeangst? Bei YouTube findet sie Martin Rütter. Er klärt auf, bildlich und verständlich, sie schöpft Mut.

Am nächsten Tag hat sie gerade mal einen Kilometer hinter sich, als die erste Hürde sich anbahnt. Ein Bellen aus der Ferne, nicht genau zu orten aus welcher Richtung, also auch keine Chance, auszuweichen. Dann, nach einigen Minuten, sieht Saskia ihn kommen. Steht steif da. Nicht bewegen, empfiehlt Rütter. Ihr Herz schlägt bis zum Hals, die Luft wird knapp, sie atmet schnell, hat höllische Angst. Der Hund kommt angeprescht, bleibt vor ihr stehen, sie will schreien und kann nicht. Das Herrchen kommt und rettet sie. »Es ist doch nur die Freya, die tut nichts.« Ja, den Spruch kennt Saskia. Der Besitzer des Hundes, der sie vor 19 Jahren in die rechte Wade gebissen hat, war auch dieser Auffassung. Es ist doch nur die Lina, Frieda, der Moritz und wie sie alle heißen. Die tun im Grunde alle nichts.

Saskia und Freya treffen sich jetzt fast jeden Tag auf irgendeinem Weg. Freya ist schon von Weitem zu erkennen, sie prescht jedes Mal los, als ginge es um ihr Leben. Unerhört, dass sie nicht an der Leine ist. Freya ist jedoch erzogen, bleibt jedes Mal vor ihr stehen und schaut sie an. Erst wenn Saskia zuckt, ihre Augen bewegt oder zu ihr spricht, kommt sie näher und leckt ihre Hände. Ein sehr gewöhnungsbedürftiges Ritual, doch besser als anspringen oder sie attackieren.

Also los, am nächsten Tag wieder in den Wald, der erste Hund in Sicht, die Knie schlottern, sie sucht einen Seitenweg. Zu spät, er steht schon da. Schweiß bildet sich im Nacken. So lernt sie Duffner kennen. Saskia kann nicht sagen, zu welcher Rasse er oder sie gehört, aber egal, sehr klein, weiß und echt schnuckelig, kann Bellen und Respekt einflößen wie ein großer Hund. Für den Anfang heute reicht ihr die Größe, sie lässt sich von ihm beschnuppern. Am nächsten Tag trifft sie Duffner wieder, erneut beschnuppert er sie, so geht das jeden Tag. Beim sechsten Treffen traut sie sich, zu fragen, ob sie ihn streicheln dürfe. Natürlich hatte sie sich vorbereitet, eine Episode Rütter, wie man einen Hund richtig streichelt, schien eine gute Voraussetzung. Die Halterin willigt ein, und Saskia hat ein Erfolgserlebnis.

Saskia bleibt dran, trifft Benno, den Mischling, der ihr in die Hose zwickt, als sie im Reflex reagiert und einen Schritt nach hinten geht. Schäferhund Hasso ist an der Leine, attackiert Saskia deshalb nicht weniger beängstigend. Sina, die ungarische Jagdhündin, geht brav neben Frauchen, wird erst wild, als Saskia und sie auf selber Höhe sind. Saskia springt zur Seite, juchzt auf, Sinas Frauchen entschuldigt sich.

Zwei Tage danach muss Saskia erneut ihre Stöcke, diesmal vor Lotti, der Dackelhündin, retten, und schließt als Erfolgserlebnis dann Freundschaft mit zwei Golden Retriever, die es ihr endlich einmal leicht machen.

Trotz aller negativen und zum Teil auch nervenraubenden Erfahrungen, Saskia geht jeden Tag weiter, bis sie dann eines Vormittags einen riesigen Hund sieht. Er ist fast so groß wie ein Kalb und läuft in circa 100 Meter

Entfernung auf dem Hauptweg des Waldes entlang, allein. Weit und breit kein Mensch in Sicht. Saskias Herz pocht lautstark, und die alte Angst ist so übermächtig wie schon lange nicht mehr. Hat er sie gesehen? Umkehren oder weitergehen? Mut oder sich der vertrauten Panik ergeben?

Saskia entscheidet sich zögerlich fürs Weitergehen, Unbehagen macht sich dennoch breit, die Hände werden feucht, das Atmen wird schneller. Sie geht bedächtig und langsam, aber sie geht. Auf einmal verschwindet der Hund im Gebüsch. Saskia gehen dramatische Szenen aus Filmen durch den Kopf. Immer wieder will ihre Angst sie zum Umkehren überreden. Sie bleibt auf dem Weg, den Kopf immer wieder nach allen Seiten gedreht, auf einen Angriff trotzdem nicht vorbereitet. Da liegen zwei dicke Äste, sie nimmt beide und schreitet trotzdem unsicher weiter, ist inzwischen dort angelangt, wo der Hund abgebogen ist. Es ist der Weg zurück ins Dorf. Sie geht ihn langsam weiter, kein Hund in Sicht. Wo ist er nur geblieben? Es knackt im Unterholz, sie zuckt zusammen, dann raschelt es. Zwei Reiher schwingen sich aus einem Tümpel in die Luft. Nach fast einer halben Stunde Angst und Bangen die Erlösung. Der Wald lichtet sich und sie kann den freien Weg überblicken. Da läuft der Hund ganz gemächlich und weit vor ihm eine Familie, die scheinbar zu ihm gehört. Aufatmen. Die restlichen Schritte nach Hause gehen sich wie von selbst.

Nach fünf langen anstrengenden Wochen ist es geschafft. Saskia hört ein Bellen und spürt, dass ihre alte Angst sich meldet, sich allerdings gewandelt hat. Der Schrecken der Vierbeiner ist verflogen. Nicht immer, nicht ganz und vollständig. Jedoch so weit, dass sie vor Hunden nicht mehr wegläuft und ihnen bereits ein klein wenig Sympathie entgegenbringt.

Jeder ist in den Wochen seinen persönlichen Coronaweg gegangen. Der von Saskia im Wald hat sie therapiert und darüber ist sie mehr als froh. Steht doch auf ihrer To-do-Liste noch der Jakobsweg, und da soll es unzählige streunende Hunde geben.

Die Geschäfte sind wieder geöffnet, doch die Urlauber fehlen, dafür gibt es Maskenpflicht, so bleiben auch noch die Einheimischen weg. Wie soll dabei Freude beim Einkauf aufkommen, wenn kein Lächeln im Gesicht zu erkennen ist? Noch im Februar hätte man die Polizei alarmiert, wenn Maskierte so ins Geschäft gekommen wären. Alle machen nur die wichtigsten Besorgungen.

Saskia denkt zurück an die Helmpflicht. Damals ist sie auch ein paar

Wochen kein Moped gefahren, das Freiheitsgefühl war weg. Dann kam die Einsicht, irgendwann war es normal.

So funktioniert es bei den Masken hoffentlich nicht. Auch wenn die Asiaten es vormachen, dass es funktionieren kann, wäre eine eigenverantwortliche Entscheidung in respektvollem Umgang miteinander erstrebenswerter. Könnten wir von Schweden lernen?

Die Reisebüros sind noch geschlossen, bisher ist keine Entwarnung, keiner darf reisen, und ob die meisten nicht in diesem Jahr sowieso lieber im eigenen Land Urlaub machen, bleibt offen. Das Risiko, irgendwo in der Fremde über Wochen festzusitzen, wollen die wenigsten eingehen.

Wir werden uns in nächster Zeit sicher an einiges Neue gewöhnen müssen, und ich hoffe nur, dass die meisten Dinge davon auch Sinn machen, dass es Dinge sind, die längst überfällig sind wie ein überarbeitetes Schulsystem, ein gerechteres Arbeits- und Entlohnungssystem, ein Gesundheitssystem, das die Menschen wieder zu mehr Eigenverantwortung animiert. Mehr Herz und mehr Menschlichkeit, Pflichtbewusstsein für die Natur und für unseren Planeten.

Wir gehen einem neuen Zyklus entgegen und sollten das, was uns ausmacht, wieder zum Leuchten bringen.

Saskia ist inzwischen nun tatsächlich den Camino Portugues, einen der Jakobswege, gepilgert und sie sind wirklich da gewesen, diese streunenden Hunde, von denen in vielen Berichten die Rede ist. Sie laufen größtenteils auf den Straßen, meist in den Ortschaften, jedoch auch auf Feldwegen und einmal ist ihr eine Horde schwarzer Hunde im Wald begegnet. Und ja, Saskias Herz hat laut Alarm geschlagen, jedoch ist ausreichend Vertrauen in ihr gewesen, um sie mutig weitergehen zu lassen. Fast immer haben die Hunde sie ignoriert oder sind einfach ein Stück des Weges an ihrer Seite gelaufen.

Der Haken auf der To-do-Liste ist jedenfalls gesetzt.

HOFFNUNGSWEGE

Veronika ist mitten in den Wechseljahren. Ständig müde, Hitzewallungen, Kopfschmerzen und Schlaflosigkeit zermürben sie täglich, machen ihr das Leben schwerer, als es sowieso schon ist.

Nach über vierzig Jahren läuft auch ihre Ehe mit Enno nur noch mittelmäßig erträglich, jeder übt seine übernommene Funktion so gut es geht aus, kocht still sein eigenes Süppchen vor sich hin. Wirklich miteinander reden können sie nicht, anstehende Probleme werden nicht angesprochen. Schwamm drüber, unter den Teppich gekehrt und irgendwann versiegen sie im Sand. Scheinbar dieses Mal nicht, das Fass ist zum Überlaufen voll. Veronika will nur noch weg. Ausbrechen, alles hinter sich lassen, sie trägt sich ernsthaft mit dem Gedanken an eine endgültige Trennung. Danach ein Neuanfang? Allein?

Was viel zu lange auf eine Lösung gewartet hat, wird an einem Freitag zur Idee. Veronika beschließt, vor einem überstürzten Schritt, erst einmal in die Berge zu fahren. Enno ist es recht, er hat sowieso mit seiner Tischlerei zu tun, Aufträge ohne Ende warten auf ihre Erledigung.

»Hauptsache, du schreibst nächste Woche gleich die Rechnungen«, hört sie ihn am Bahnhof beim Aussteigen aus dem Auto bei einem flüchtigen Winken sagen. Dann ist er weg. Kein Kuss, keine Umarmung, keine guten Wünsche. Vermissen? Unwahrscheinlich.

Nach einigen Stunden Zugfahrt verändert die Landschaft sich langsam. Die ebenen saftigen Wiesen und prachtvollen Wälder weichen allmählich kleinen Anhöhen. Dann stehen sie da, die Riesen, die Mächtigen, die den Himmel unendlich erscheinen lassen, die atemberaubenden majestätischen Berge.

Der Zug hält. Veronika steigt aus und atmet die herrliche kristallklare Luft ein. Bereits im ersten Augenblick fühlen sich alle Sorgen schon nicht mehr ganz so schwer an.

Veronika kennt sich aus. Etliche Male hat sie hier schon aufgetankt. Zu sich gefunden, wenn sie im Chaos zu Hause zu ertrinken drohte. Hier ist ihre Kraftquelle, und viele Kleinigkeiten erledigen sich wie von selbst. Die steilen Hänge und sich schlängelnden Wege verlangsamen das gewohnte Tempo bereits bei den ersten Schritten, zwingen sie dazu, sich die Luft einzuteilen, Pausen einzulegen.

Dass sie morgen in aller Frühe auf den Berg zum Gottesdienst wandert, ist fast schon Tradition, geliebte Pflicht für sie, wenn sie hier verweilt.

Unruhig ist die Nacht, verworren und verschwommen Veronikas Träume. Die Sorgen, die sich beim Ankommen aufzulösen schienen, lassen sich in der Dunkelheit nicht so einfach verdrängen. Schleichen in den engen Gassen der Traumwelt rastlos umher, wollen auf sich aufmerksam machen. Veronika schreckt ein paar Mal auf, liegt eine Weile wach, nimmt eine halbe Schlaftablette, schläft wieder ein. Um drei Uhr schlägt sie die kuschelige Bettdecke zurück, geht duschen, isst eine Honigschnitte zum Kräutertee und wandert pünktlich um vier Uhr los. Das hat seinen Grund. Während einer Wanderung, die schon einige Jahre zurückliegt, gab der erfahrene Bergführer der noch schlaftrunkenen Gruppe einen klugen Rat. Er empfahl allen, eine Wanderung immer zwischen drei und fünf Uhr morgens zu beginnen, und erklärte auch, warum: Im Körper existiert so etwas wie eine innere Uhr der Organe. Demnach hat jedes unserer Organe eine Phase der Höchstleistung und ebenfalls eine wichtige Ruhephase. Die Lunge beispielsweise läuft von drei bis fünf Uhr auf Hochtouren. Nur allzu gut nachvollziehbar ist es für sie alle gewesen, deshalb während dieser Zeit loszuwandern. So hält es Veronika noch heute.

Die Sonne beginnt langsam, den Mond vom Nachtdienst abzulösen. Die dunklen Riesen färben sich rötlich. Eine Ruhe im Dorf, als lebe sie hier ganz allein.

Nach fünf Stunden langsamen Aufstiegs ist sie mit kleinen Schritten und etlichen Verschnaufpausen oben auf dem Plateau angekommen. Recht erschöpft, mit ein wenig Seitenstechen und Schmerzen in den Waden, jedoch mit diesem herrlichen Gefühl, etwas geschafft, etwas erreicht zu haben, steht sie zutiefst zufrieden da.

Der kleine Altar auf der Almhütte wird gerade vorbereitet, ein Keyboard aufgestellt, Teekannen werden bereitgestellt. Eine Servicekraft bietet Veronika einen Becher davon an. Dankend nimmt sie ihn, lässt sich auf einem Stuhl in der zweiten Reihe nieder und umfasst mit den Händen den heißen

Becher. Nach zehn Minuten trifft die erste Gondel, die extra für den Gottesdienst fährt, ein und bringt einen Großteil der gläubigen Gäste und ältere Einheimische mit hoch.

Dann dauert es nicht lange, bis aus allen Himmelsrichtungen die Wanderer herbeiströmen, um dem Pfarrer zu lauschen, was er den Menschen von Gott überbringen möchte. Bis auf den letzten Stuhl sind alle besetzt. Mit warmen Decken und heißem Tee versorgt genießen alle die Sonne, die hier oben schon in der Früh so richtig auf den Wangen brennt.

Der Pfarrer spielt zum Anfang auf dem Keyboard, es folgt ein kurzes Gebet.

»Manchmal ist das Leben wie bei uns im Tal, wo meine Gemeinde ist«, beginnt der Pfarrer danach die Andacht. Die Gäste kommen von der Autobahn, biegen an der Kreuzung ab und merken dann, dass die Straßen immer enger werden. Egal, in welche Richtung sie dann weiterfahren, bei uns im Tal endet alles in einer Sackgasse.« Er blickt auf.

»Ist es nicht auch oft in unserem Leben so?«

Veronika fühlt sich persönlich angesprochen, hat den Eindruck, sein Blick ist nur auf sie gerichtet. Und so nickt sie zustimmend, gespannt auf das Folgende.

»Bei aller Schönheit der Berge und der Landschaft ereilt die Besucher dann recht schnell die Gewissheit, dass es schwierig, ja scheinbar unmöglich ist, hier weiterzukommen. Hier ist erst einmal Schluss. Sind sie nicht auch schon oft im Leben unfreiwillig in so einer Sackgasse gelandet?«

Die Gesichter lassen erkennen, dass ein jeder im Stillen zu seiner eigenen Geschichte Parallelen zieht.

»Die Lage ist so aussichtslos, als ob keine brauchbaren Alternativen in greifbare Nähe rücken, oder?« Der Pfarrer zieht seine Schultern hoch. »Dabei ist nicht das Problem die eigentliche Schwierigkeit im Leben, sondern der Glaube, dass es keinen anderen Weg gibt. Dabei müsste man nur einmal anhalten und aus dem Auto aussteigen.« Er macht eine kleine Pause, Gelegenheit zum Nachdenken.

»Im Leben innehalten, aus dem gewohnten täglichen Trott aussteigen.« Wieder eine kurze gedankliche Unterbrechung. Er geht einige Schritte bis an die Brüstung und blickt ins Tal, dann in die Weite.

»Sich eine Landkarte zu beschaffen, wäre eine geniale Idee. Eine Möglichkeit für einen Überblick, zur Information, anstatt zu verzweifeln.« Er geht zum Keyboard, spielt eine wundervolle Melodie mit freudvollem Inhalt. Die meisten kennen den Text, stimmen mit ein, Veronika auch. Als wären die Berge der Backgroundchor, so klingt die Melodie nach.

Als der letzte Ton verklungen ist, spricht er weiter.

»Sie haben nun die Landkarte vor sich liegen. Beim genaueren Hinschauen entdecken Sie Wanderwege. Sie kommen also zu Fuß weiter von der Stelle, die sie noch zuvor für festgefahren hielten. Schauen Sie sich weiter um, entdecken Sie eine Gondel. In wenigen Minuten haben Sie mit ihr den Gipfel erreicht und von dort aus wieder eine ganz neue Sicht auf bis dahin unlösbare Dinge bekommen. Sie merken, mit Besonnenheit geht es voran. Manchmal hilft es, stehen zu bleiben, sich wie ein Baum tiefe Wurzel wachsen zu lassen und die Früchte gedeihen zu lassen. Diese fallen dann über diese Mauer, über die wir nicht sehen konnten. Dann bekommen wir durch unsere Früchte einen Blick in zuvor verschlossenes Gebiet.«

Veronika haben die Worte erreicht. Als hätte der Pfarrer ihr Leben geschildert, ihr damit sagen wollen: »Ich versteh dich.« Sie senkt den Kopf, legt die Hände in den Schoß.

Wieder erklingt das Keyboard. Fröhlich und heiter ist auch dieses Lied. Es macht Freude, hier oben zu singen. Wie die Lerchen am frühen Morgen, der Himmel zum Greifen nahe. Gefühlte Zeitlosigkeit, nichts ist dringend.

Der Pfarrer spricht weiter: »Wachstumsprozesse sind Reifeprozesse und immer schmerzliche Prozesse, das sollten Sie wissen. Auf all Ihren Wegen ist das so. Aus diesem Grund sind wir hier, um zu lernen und uns zu entwickeln. Jeder an der Aufgabe, die er sich für sein Leben ausgesucht hat.«

Alle beten das Vaterunser.

Abschließend blickt der Pfarrer von Reihe zu Reihe. Jeder Gast hat das Gefühl, als wäre nur er gemeint. Es folgen abschließende Worte:

»Gott sucht uns immer wieder und zu gegebener Zeit auf, und er findet uns. Wenn auch wir ihn suchen«.

Er verabschiedet die Gäste, wünscht allen einen guten Weg zurück ins Tal. Alle singen noch einen letzten melodischen Vers aus dem Gesangsbuch und ein allerletzter Satz rundet den Gottesdienst ab.

»Gott schenke Ihnen Hoffnungswege.«

Der Rucksack mit der Last von daheim ist während des Gottesdienstes leichter geworden, um einiges.

Beim Abstieg wirken all die hoffnungsvollen Worte nach. Zum ersten Mal seit ihrer Abreise denkt Veronika an Enno. Der Mann an ihrer Seite, der sie ständig zur Weißglut bringt. Von ihr verlangt, was sie nicht leisten kann und oft auch einfach nicht will. Die Frau des Tischlermeisters zu sein, hatte ihr noch nie behagt. Es war jedoch die beste Möglichkeit, als die drei Kinder klein waren. Sie konnte alle zu Hause versorgen und die geschäftlichen Dinge abarbeiten, wenn die Kleinen schliefen.

Seit langer Zeit denkt sie erstmals wieder über ihren erlernten Beruf nach. Wie gerne war sie Polsterin gewesen, hatte aus alten Sesseln neue Lieblingsstücke gezaubert. Unter ihren Händen wieder Neues entstehen sehen.

»Das ist doch ein Hungerbrot, was du da verdienst, und ich muss mir für viel Geld eine Sekretärin leisten. Denk doch mal mit Veronika, die Rechnung geht nicht auf.« Enno ist damals böse geworden, als sie anklingen ließ, wieder in ihren Traumberuf zurückkehren zu wollen.

Es gab keine Diskussion darüber und letztendlich hatte Enno das bessere Argument, das auch ihr einleuchtete. Halbherzig.

Mit all den wegweisenden Gedanken aus dem Gottesdienst im Gepäck wandert Veronika noch ein paar Tage allein auf die Berge und durch die Täler. Je mehr sie sich traut, ihren Ideen freien Lauf zu lassen, desto mehr fertige Bilder entstehen. Desto klarer sieht sie, wo ihre Reise hingeht, wenn sie wieder zu Hause ist. Der Leuchtturm, den sie aus ihrem Blickwinkel verloren hat, taucht erneut auf, deutlich und unverkennbar, Tag für Tag etwas schärfer umrissen. Die Gedanken an Trennung sind erst einmal beiseitegeschoben.

Auch wenn Enno nicht begeistert sein wird, sie nimmt sich vor, ihm entschlossen gegenüberzutreten, um ihm ihre Entscheidung mitzuteilen. Auf keinen Fall wieder bitten und betteln. Nein, diesmal nicht. So überdenkt sie beim Wandern ständig, wie sie es sagen wird, sucht die Worte bedacht aus, probt so den Ernstfall.

»Enno, was hältst du davon wenn …« Sie schüttelt den Kopf über den wieder fragenden Satz.

»Enno, ich möchte dich bitten, dass du dir eine neue Sekrä …« Nein Schluss damit, ich will nicht wieder bitten.

»Enno, ich glaube, es ist Zeit …«

Das spielt sie solange durch, bis sie selbst überrascht ist von der Selbstverständlichkeit ihres Vorhabens. Sie will vor ihrem Mann bestehen.

»Enno, ich suche mir zum nächsten Ersten wieder eine Stelle als Polsterin. Bitte schau, dass du jemanden findest, der dir die Rechnungen schreibt.« Ja, der Satz gefällt mir. Sie lehnt sich auf der Rückfahrt im Zug entschlossen zurück.

Etwas zögerlicher steigt sie dann doch aus dem Zug aus. Enno steht mit Blumen auf dem Bahnsteig. Blumen? Veronika hat das Gefühl, eine Station zu früh ausgestiegen zu sein. Enno und Blumen. Zwei Dinge, die sich unpassender gar nicht anfühlen können. Beide gehen aufeinander zu, Veronika bleibt stehen, stellt den Koffer ab, Enno schaut sie an.

»Hab ich viel zu lange schon nicht dran gedacht. Hier, die sind für dich.«

Veronika ist sprachlos, und seit Langem berührt sie Enno einmal wieder, ist ihr nahe, ein merkwürdiges Gefühl.

Vielleicht ist doch nicht alles gestorben zwischen uns, denkt sie sich. Dann nimmt Enno den Koffer, sucht unsicher Veronikas Hand, so ganz ungewohnt gehen sie zum Auto. Schweigend.

Auf der Heimfahrt erzählt Enno nicht von der Firma, nicht von den liegen gebliebenen Rechnungen, den nicht zahlenden Kunden. Er erkundigt sich in allen Einzelheiten nach Veronikas Aufenthalt. Kein Wort von der Arbeit. Wann gab es das zum letzten Mal? Veronika kann sich nicht erinnern.

»Und wie geht es bei dir im Betrieb?«, will sie dann aber doch wissen.

Enno blinkt, tritt auf die Bremse und bleibt am Straßenrand stehen. Dann stellt er den Motor ab, schaltet die Warnblinkanlage ein und dreht seine Scheibe ein wenig herunter.

»Das ist nicht so wichtig, erst bist du dran.«

Veronika hat das Gefühl, in ein falsches Auto zu einem fremden Mann eingestiegen zu sein. Das ist nicht ihr Enno. Hat er etwas genommen, etwas zu beichten, geht es um eine andere Frau?

»Als ich dich zum Bahnhof gebracht hab, ist am Nachmittag etwas Schlimmes passiert, das mir zu denken gegeben hat. Adam rief an, um zu erzählen, dass Stella abgereist wäre. Sie hat die notwendigsten Dinge in zwei Koffer getan, ihm die Haustürschlüssel und die Kinder übergeben und ist fort. Von jetzt auf gleich, und bis heute nicht wieder zu ihm zurückgekommen.

»Nein?«

»Doch.«

»Wer hätte das gedacht, die ruhige Stella«, äußert Veronika ungläubig.

»Mich hat es nach dem Telefonat richtig umgehauen.«

Enno erzählt weiter, dass er so panisch war und sich dann erst einmal so volllaufen lassen hat, dass er erst am nächsten Morgen, als seine Leute zur Arbeit kamen, wieder zu Bewusstsein kam.

Veronika lehnt sich an Ennos Schulter, unsicher und ungewohnt fühlt es sich an.

»All die Tage, die ich allein war, ist mir nichts so richtig gelungen. Zum ersten Mal hatte ich keinen Bock, aufzustehen und zu arbeiten. Ich konnte am Abend kein Holz mehr sehen. Und zum ersten Mal kam mir der Gedanke, es könnte dir auch so gehen.«

Veronika ist nicht imstande, zu antworten. All die zurechtgelegten Sätze passen nicht in die ungewöhnliche Situation. So war das nicht geplant.

»Ständig kam mir dein Wunsch in den Sinn, wieder Möbel zu beziehen. Ich Depp wollte ihn einfach nicht hören, dämmerte es mir.«

»Ich kann nicht glauben, dass du das alles gerade sagst, es kommt mir so unwirklich vor.«

»Das versteh ich.« Enno sucht ihre Hand. Veronika blickt kurz aus dem Fenster, dann zu ihrem Mann zurück. »Ich kann nur hoffen, dass es nicht zu spät ist.«

Veronika verschweigt Enno ihren vorgefassten Plan, ist jedoch auch nicht ganz davon überzeugt, dass er es ernst meint.

»Du glaubst mir nicht?«

Veronika rollt mit den Augen.

»Hab mir zwei Annoncen von Schreibkräften, die Arbeit suchen, ausgeschnitten. Hier.« Er holt sie aus seiner Jackentasche.

Die letzten Bedenken lösen sich auf. Nach über einer Stunde Gesprächsbedarf nimmt Enno seine Veronika unbeholfen in den Arm. Ihre Ehe lebt noch. Alles war nur sehr verfahren.

Unabhängig voneinander sind beide ihren eigenen Weg gegangen, haben sich an einer großen Weggabelung getrennt, sind ausgestiegen aus ihrem Alltag. Beide haben sich jeweils unterschiedliche Landkarten gesucht. Jeder hat sie auf seine Art gelesen und am Ende führen beide Wege wieder auf einen gemeinsamen.

Mit der richtigen Person eine über Jahrzehnte dauernde Beziehung zu führen, wäre perfekt, einfach und wunderschön. Jedoch mit einer, die Ecken und Kanten hat, einen eigenen Kopf, eigene Träume und Wünsche hat, kannst du im Laufe der Zeit lernen, gemeinsam und dennoch frei zu leben. Und dann stellt sich eines Tages echtes, tief empfundenes Glück ein, und es bleibt dir vermutlich erspart, irgendwann zu bereuen, dass du sie an jemand anderen verloren hast.

(K) EIN LAND FÜR KINDER?

Wir befinden uns im Jahr 2013. Tochter Giulia ist in der ersten Klasse und bringt einen blauen Brief von der Schule mit nach Hause.

»So etwas gab es noch nie in unserer Familie, Roberto. Da kommst du aber mit zur Schule. Schließlich ist es unsere Tochter.«

»Buon giorno.« Roberto betritt mit Natalie das Klassenzimmer.

»Buon goir... guten Tag, nehmen Sie bitte Platz.«

Frau Michaelis, sie sitzt Roberto und Natalie mit einem prüfenden Blick gegenüber, erkundigt sich, wie lange sie schon in Deutschland seien, wo sie ursprünglich herkämen, und beginnt dann mit ernster Miene, sich dem eigentlichen Anlass der Vorladung zu widmen.

»Hören Sie, ich muss dringend um Ihre Unterstützung bitten. Das geht so nicht mehr weiter mit Ihrer Giulia. Sie tanzt ständig aus der Reihe, steht auf, wann sie will, bewegt sich, singt einfach los, stört unaufhörlich den Ablauf des Unterrichts. Selten folgt sie meinen Anweisungen.«

Roberto und Natalie schauen sich verdutzt und äußerst überrascht an. Mit so einem sonderbaren Anliegen hatten sie nun gar nicht gerechnet.

»Sie ist ein Kind.« Roberto kann ihre Beweggründe nicht verstehen.

»Ja, das stimmt sicher. Jedoch nicht das einzige.«

»Was machen die anderen Kinder?«, will Natalie wissen, sie ist ganz blass geworden.

»Die anderen empfinden es zwar als lustige Einlage, können sich aber dadurch kaum konzentrieren, und ich komme mit meinem Stoff nicht weiter.«

»Was sollen wir Ihrer Meinung nach tun?«

»Wir Lehrer, die ihre Tochter unterrichten, möchten Sie bitten, doch einen Therapeuten aufzusuchen. Wir denken, es handelt sich um ADHS.«

»Um was?«

Diese Bezeichnung haben die Eltern noch nie gehört, Frau Michaelis klärt sie auf.

»ADHS bedeutet so viel wie Aufmerksamkeits-Defizit-Hyperaktivitäts-Störung.«

Roberto und Natalie sitzen da, als hätte ihnen jemand ein Brett vor den Kopf geschmettert. Eine ratlose Natalie greift zur Hand ihres Mannes und drückt sie, als wolle sie ihn ermutigen, doch endlich ein Machtwort zu sprechen.

»Man kann es glücklicherweise gut behandeln.« Die Lehrerin versteht die Betroffenheit und nickt ihnen Mut machend zu.

Roberto zieht die Lippen ein, rollt mit den Augen, schaut die Lehrerin an, dann nach links zu Natalie. Noch ein Weilchen vergeht auf der Suche nach den passenden Worten. Abermals schaut er zu Natalie, dann der Lehrerin direkt in die Augen.

»Signora, wir können nicht verstehen, was wir hier sollen.«

»Dafür Sorge tragen, dass Giulia sich ruhig verhält und dem Unterricht folgt. Wenn es Ihnen allein nicht gelingt, müssen Sie sich Hilfe holen.«

Irgendwie reden die beiden Parteien aneinander vorbei, denn Roberto und Natalie können Frau Michaelis immer noch nicht folgen.

»Signora«, spricht Roberto nun aus Überzeugung etwas lauter, »wir kommen aus Italien, da sind alle Kinder so, keiner geht damit zum Arzt, sie sind doch nur lebendig. Ich kann nicht verstehen, was wir hier sollen, unsere Tochter ist kerngesund«, fordert er erneut eine einleuchtende Erklärung.

Frau Michaelis kann nicht glauben, was sie gerade hört, und reagiert etwas empört.

»Ja, aber wir sind hier nicht in Italien.«

»Macht nichts, Signora. Kind ist Kind, ob Italien oder Germania. Hauptsache gesund, und wir lieben sie, alles andere findet sich.«

Natalie lässt Robertos Hand endlich los, atmet ein wenig auf.

Roberto ist in seinem Redefluss nicht zu stoppen.

»Sehen Sie, ich tobe ja auch nicht mehr herum. Alles hat seine Zeit. Auch bei uns.« Roberto steht auf, zieht seine Natalie am Arm mit, zwinkert der Lehrerin zu.

»Addio und glauben Sie mir, wenn sie etwas älter ist, hört sie sicher auf, zu toben. Haben Sie Geduld.«

Frau Michaelis bleibt zurück. Ärgerlich, jedoch auch ein klein wenig nachdenklich. Am Ende ist sie es, die sich Hilfe holt und den Rat einer älteren Lehrerin befolgt, mehr Bewegung, mehr spielerisches und bildliches Lernen in den Unterricht einzubauen. Die 61-jährige Kollegin spricht vom Königsweg des Lehrens.

BESONDERS

Alle sind im Raum versammelt, bis auf eine. Helga fehlt noch. Wie immer ist sie die Letzte.

Zwei Minuten, bevor die Veranstaltung beginnt, reißt jemand die Tür auf und zieht sofort alle Blicke auf sich.

Schlicht und einfach gekleidet. Schwarze Hose mit Bügelfalten, weißer Rolli. Der schwarze Wollblazer ist offen und lässt einem Bernsteinanhänger auf ihrem großen Busen den Vortritt, zu glänzen. Die Haare liegen, wie es die Natur heute Morgen entschieden hat. Jede Locke hat sich ihren Platz am Kopf gesucht. Vom letzten Färben schimmert ein wenig rötliche Restfarbe im Licht der Neonleuchten. Kein Make-up, kein Rouge, kein Lidschatten, jedoch diesen dunkelroten Lippenstift, der von dem noch dunkleren Konturenstift umrahmt ist. Dunkelgrüne Handtasche und in derselben Farbe die Halbschuhe.

Helga ist da.

Obwohl eigentlich keine Zeit für Gespräche mehr ist, lässt sie es sich nicht nehmen, ihre Freunde zu begrüßen, zu umarmen und dabei zu reden. Ununterbrochen. Für jeden hat sie ein paar Worte parat. Antworten oder Reaktionen darauf? Die braucht sie nicht. Sie redet einfach nett, freundlich und überzeugend auf jeden ein.

Schwungvoll schmeißt sie dann ihre Jacke auf einen der Stühle und steigt die acht Stufen zur Tribüne hinauf. Mühevoll wollen die 90 Kilo, die auf diese kleine Person verteilt sind, dort hochgetragen werden. Geschafft! Sie atmet einmal tief durch, öffnet ihre Handtasche, holt so etwas wie einen Spickzettel hervor, dann ist sie bereit.

Im Saal knistert es vor Spannung. Die Ersten applaudieren neugierig und fragen sich, mit welchem Leitgedanken Helga heute den Abend füllt.

»Freunde, lasst uns beginnen.« Erneuter Beifall, diesmal unter Jubel und Trampeln der Füße.

»Ein heißes Thema steht heute auf dem Programm«, unterbricht Helga mit energischer Handbewegung den Trubel. So schnell und begeistert wie geklatscht wurde, flaut der Beifall wieder ab, es herrscht Ruhe in der Halle.

»Ich will heute mit euch über Politik sprechen.«

Die Begeisterung schlägt um. Nur noch Gemurmel aus der Menge.

»Genau das habe ich erwartet. Ihr seid es leid, Politik langweilt, ärgert und nervt euch.«

Zustimmung. Beifall.

»Und genau aus diesem Grund ist es notwendig.«

Einige lehnen sich nach hinten, die anderen beginnen, mit dem Nebenmann zu reden, und bekunden so ihr Desinteresse. Helga übersieht es geflissentlich.

»Was haltet ihr davon, wenn ich von Innenpolitik rede und damit die Politik meine, die ihr innerhalb eurer eigenen Familie pflegt? Was meint ihr, wenn ich Außenpolitik anspreche und dabei an das Miteinander mit euren Nachbarn, Verwandten, Freunden und Kollegen denke?«

Raunen im Saal. Verwunderung ...

»Und ich frage weiter. Wie steht es um eure eigene Gesundheitspolitik? Was tut ihr, um fit und gesund, beweglich und entspannt zu sein? Was ist euch euer Körper wert?« Helga schaut in fragende Gesichter, will wieder einmal wachrütteln, sie spricht weiter.

»Finanzpolitik? Wie steht es mit euren Finanzen? Lebt ihr auf Pump, könnt ihr wirtschaften mit dem euch zur Verfügung stehenden Geld? Spielt Neid auf den, der mehr hat, eine Rolle in eurem Leben?«

Kurze Redepause, ein Blick durch die Reihen, nicht fragend, eher herausfordernd oder vielleicht sogar provokant.

»Verkehrspolitik? Wie steht es in eurem Leben mit Paragraf 1 – Vorsicht und gegenseitige Rücksichtnahme? Praktiziert ihr das?«

In der Halle ist es ruhig geworden. Die kurzzeitige Unsicherheit beginnt, sich langsam zu legen. Der anfänglichen Skepsis folgt ein Umdenken und die meisten ziehen dann mit und folgen ihrer Helga wie immer interessiert.

»Was denkt ihr, ist das nicht die einzige Politik, in der ihr wirklich etwas Erkennbares erreichen könnt? Ihr selbst den Vorsitz habt, selbst Ziele stecken und verwirklichen könnt. Ist es das nicht, was ihr euch wünscht von der Politik? Und ist das nicht eine Möglichkeit, euren Beitrag im Kleinen für die große Politik zu leisten?«

Langsam springt auch bei den Letzten der Funke über, und selbst die ständigen Zweifler, ewigen Nörgler und die Selbstzufriedenen können sich Helgas Argumenten nicht verschließen. Auch wenn Helga bei ihren Vorträgen stets die Sympathie ihrer Zuhörerschaft genießt, überrascht sie trotzdem alle immer wieder aufs Neue und stellt alte Strukturen vom einprogrammierten Weltbild auf den Kopf. Der Aha-Effekt wirkt befreiend, der umgelegte Schalter führt zu neuen Denkansätzen.

»Und ich verspreche euch eines, wenn ihr das praktiziert, habt ihr auch ein wenig mehr Respekt und Achtung vor der großen Politik. Ihr erkennt, dass es nicht immer so einfach ist, wie es scheint, den richtigen Weg für ein ganzes Land zu suchen, zu finden und dann auch bereit ist, ihn zu gehen. Gemeinsam selbstverständlich.«

Die Menschen trampeln wieder. Pfiffe gellen durch den Saal. Alle sind hellwach und haben sich den neuen Denkanstößen geöffnet.

Die ersten Wortmeldungen sind da, laute Rufe bereits zwischendrin.

Helga setzt sich auf ihren Stuhl und nimmt einen Schluck Wasser aus dem bereitstehenden Glas.

»Eines noch, bevor wir in die Diskussion gehen. Bereits das Nachdenken heute ist ein toller Anfang für euch. Wenn ihr eure eigene Arbeit getan, den Fingerzeig auf alles zurückgenommen habt, was ihr ständig an der großen Politik kritisiert, erst dann dürft ihr euch zurücklehnen und ein Glas Wein einschenken.« Helga lacht mit einem Blick auf ihr Glas Wasser und hält es in die Höhe.

Die Menschen erheben sich und applaudieren.

Sie hat es wieder einmal geschafft, die Massen für ein heißes und eher unliebsames Thema zu begeistern, unsere Helga. Sie ist schon besonders.

MACHT DER GEWOHNHEIT

Franka ist ärgerlich, schon wieder klingelt das Handy. Eigentlich müssten mittlerweile alle wissen, dass sie nicht mehr gewillt ist, sich den Strahlungen dieses Gerätes auszusetzen. Es ist nur für den Notfall gedacht. Oder für eine kurze wichtige Mitteilung, eine SMS. Mehr nicht.

Dabei war Franka am Anfang so begeistert von der neuen Möglichkeit, schnell und unkompliziert erreichbar zu sein, sich sicherer zu fühlen. Besonders wenn sie in die nächste Stadt zur Arbeit fuhr, die Kinder im Kindergarten und in der Schule waren. Tolle Sache, so klein, handlich, schick dazu. Keine Angst mehr, allein unterwegs zu sein. Die genialen neuen Kommunikationshelfer konnten von Modell zu Modell mehr Dinge tun. Franka vergab ihre Nummer gerne weiter, freute sich, bekam Fotos von Urlaubsreisen, einsamen Stränden, von leckeren Menüs und den Enkeln ihrer Freunde geschickt. Zu den Festtagen kleine Filme mit lustigen Anekdoten und Geschichten, mit Sprüchen und Wünschen.

Doch all die Annehmlichkeiten zeigten recht schnell auch ihre Schattenseite. Beim Einkaufen an der Kasse klingelte es. Auf dem WC im Kaufhaus, während des Sonntagsspazierganges, Samstagabend im Restaurant und so weiter. Franka hatte das Handy ständig am Ohr. Es war nicht mehr wegzudenken aus ihrem Alltag, sogar die Firma löschte ihre Festnetznummer, klingelte nur auf dem Handy durch, wenn es um Absprachen ging. Dauernd zeigte das Display irgendwelche Nachrichten und Anrufe in Abwesenheit an, es begann, zu nerven. Die sowieso schon knappe Zeit wurde noch knapper, alle warteten auf ihre Antwort, ihre Reaktion auf die Grüße und Fragen.

Nach einiger Zeit litt Franka fortwährend unter Kopfschmerzen, schlief schlecht und nahm des Öfteren ein seltsames Gefühl wahr, so als fließe Strom durch ihren Körper. Sie beschreibt es so, da es dem Stromschlag, den sie beim Tapezieren in ihrer ersten WG bekam, gleichkommt. Dieses Kribbeln machte ihr am meisten zu schaffen. Es fühlte sich an, als krieche Elektrizität die Gliedmaßen hinunter und wieder hinauf, nur durch Duschen am Abend bekam sie es weg. Nein, doch nicht vom Handy, darauf kam sie erst gar nicht. Aber genau das war der Grund, wie sich im Urlaub herausstellte. Das Handy blieb aus, die Kopfschmerzen waren weg, das Kribbeln wie abgeschaltet. Franka las nach, nein, nicht auf den Seiten der Handyverkäufer, da stand nur das Positive. Sie suchte die Seiten der Skeptiker, die dem Elektrosmog in seinem ganzen Ausmaß immer schon misstrauisch gegenüber waren.

Es ist äußerst erschreckend und sehr ernüchternd, was man dort erfährt. Unter anderem von den Auswirkungen auf unsere Zellen, die DNA, das Gesamtbefinden, die Fortpflanzungsorgane, gerade bei Jugendlichen. Und wie bei allen Dingen macht die Dosis das Gift, das Gefährliche aus. Ein Glas Alkohol hat noch keinen umgebracht, viel davon und jeden Tag, und man ist auf dem besten Weg zum Alkoholiker.

Franka stieg aus, beharrlich und sich vollkommen darüber im Klaren, dass es seinen Preis haben wird, all die Freunde und Verwandten vor den Kopf zu stoßen. Ihnen zu sagen, wenn ihr mich sprechen wollt, bitte übers Festnetz oder in Form einer E-Mail. Oh, das gab ein böses Erwachen, Freundschaften wurden infrage gestellt, Spitzen und Sticheleien von allen Seiten musste sie sich gefallen lassen. Franka zog es durch, allen zum Trotz und sich selbst zuliebe ging sie den eingeschlagenen Weg weiter. Ihre Kinder und ihr Mann zeigten Verständnis, dachten ebenfalls über das prekäre Thema nach.

Nun klingelt es heute wieder, Grit, eine Freundin aus der Lehrzeit. Gerade Grit, mehr als einmal hat Franka ihr das Problem mit dem Handy erklärt, ihren Standpunkt klargemacht, um Verständnis gebeten. Franka nimmt das Handy vom Dielenschrank.

»Hallo, Grit, schön, dass du dich meldest, bis du zu Hause?«

»Ja, ich bin noch krank …«, will Grit ihr sogleich erzählen und wird im selbigen Moment von Franka unterbrochen.

»Ich ruf dich vom Festnetz zurück. Du weißt, ich telefoniere ungern mit dem Handy.«

»Okay.«

Beide legen auf, Franka geht ins Wohnzimmer zum Telefon, macht es sich im Sessel bequem und wählt von Festnetz zu Festnetz. Beide haben lange nichts voneinander gehört, plauschen fast eine halbe Stunde, da klingelt das Handy von Grit.

»Du, ich muss kurz auflegen, es ist der Hausmeister, ich warte schon auf den Anruf.«

»Kein Problem, ruf mich zurück, wenn du fertig bist.« Franka hat Verständnis.

Es dauert nicht lange, Grit hat scheinbar alles geklärt und ruft zurück. Wieder klingelt Frankas Handy.

Sie drückt Grit weg und ruft sie erneut vom Festnetz an. Besetzt. Franka wählt noch einmal, jetzt ist die Leitung frei. Grit nimmt den Hörer ab und ist ganz perplex:

»Was jetzt, ich hab dich doch von meinem Festnetz angerufen.«

»Ja, aber wieder auf mein Handy!«

»Franka, du bist aber auch echt kompliziert.«

Will sie es nicht verstehen? Oder ist es die Macht der Gewohnheit? Franka schüttelt nur mit dem Kopf und führt dann das Gespräch mit ihrer Freundin fort.

KEIN HANDY FÜR CHRISTOPH

Als die vierjährige Emma mit ihrem Papa das Krankenzimmer betritt und den kleinen Bruder zum ersten Mal sieht, schaut sie doch etwas skeptisch. Dieses kleine Bündel in Mamas Arm, mit dem soll sie spielen können. Da haben ihr die Eltern aber echt zu viel versprochen.

»Ja, später, jetzt muss er erst einmal wachsen.« Die sonst so lebhafte Emma legt sich zögerlich zu Mama ins Krankenbett, dicht neben den kleinen Christoph. Ganz ohne sich zu regen, schaut sie ihn an, ist erstaunt, spricht sehr leise: »Der hat ja alles wie ich, sogar schon die Löcher in der Nase«, freut sie sich und streichelt behutsam sein kleines Händchen. Sophia und Carsten schauen sich an.

Wie schön, dass Emma nicht weiß, was wir wissen, nicht sieht, was wir sehen, so könnte man ihre Blicke deuten.

Obwohl der Arzt wirklich sehr bemüht ist, ihnen die Nachricht schonend beizubringen, ist die Diagnose im ersten Augenblick niederschmetternd, und beiden fällt es unsagbar schwer, der Wahrheit ins Auge zu schauen.

»Ich will Ihnen nicht alle Hoffnung nehmen, denn die geistige Entwicklung Ihres Sohnes hängt auch stark von Ihrer Förderung, Ihren Bemühungen ab.«

Mit den Worten hat er sie allein gelassen, hat nicht gesehen, wie innerhalb von Minuten ihre ganze Vorfreude auf die kommende Zeit wie eine Seifenblase zerplatzt ist.

Heute kann man ein ungeborenes Baby schon in der Schwangerschaft auf Trisomie 21 testen lassen, das gab es noch nicht, als Christoph auf die Welt kam. Und selbst wenn sie es gewusst hätten. Sie sind sich nicht sicher, ob sie eine Schwangerschaftsunterbrechung ins Auge gefasst hätten.

Emma sieht nur den kleinen Bruder, ahnt nichts von dem, was auf die Familie zukommt.

Ihn so normal wie möglich aufwachsen lassen, das haben sich Sophia und Carsten fest vorgenommen, auch wenn es nicht immer einfach sein wird.

Einfach macht es ihnen Emma von Anfang an. Jeden Morgen nach dem Aufwachen läuft sie als Erstes an sein Bettchen: »Chrisi, Emmi ist da.« Sie kaspert mit ihm herum und kitzelt ihn, bis er lächelt.

Die erste Herausforderung für die Eltern beginnt schon beim Trinken.

Christoph hat eine zu große Zunge, dazu der hohe spitze Gaumen, das führt bei ihm zu Schwierigkeiten bei der Flüssigkeitsaufnahme. Laufen lernt er erst mit circa 23 Monaten und das Sprechen erfolgt zeitverzögert und auch eher in Form von Lauten und Wortgruppen.

Trotz aller Beschränkungen entwickelt sich Christoph zu einem wundervollen Jungen. Für ihn stehen Berührungen und Zärtlichkeiten an erster Stelle. Wenn er im Arm eines Elternteils auf der Couch liegen kann, ab und zu einen Kuss auf die Stirn bekommt, seine Wange gestreichelt wird, oder er mit Emma Bilderbücher oder Kinderfilme anschauen kann, dann ist seine Welt in Ordnung. Er ist so leicht zufriedenzustellen. Christophs warmherzige Art, sein liebevolles, zartes Wesen, dieses ständige Bedürfnis nach Körperkontakt auch in den noch so unpassenden Momenten zeigen neue Wege auf. Sich gegenseitig zu streicheln und zu liebkosen, das hat schon fast ein wenig im Alltag gefehlt. Jetzt erst spüren Carsten und Sophia, wie gut es ihnen allen tut, wie entspannt und positiv sich das auf die ganze Familie auswirkt. Auch die quirlige Emma beginnt die gemeinsame Kuschelzeit zu genießen, unterbricht oft dafür sogar ihr rastloses Treiben im Kinderzimmer.

Emma ist die perfekte Spielpartnerin und auf irgendeine Art und Weise beteiligt sie ihren Bruder an allem. Ob Kaufmannsladen, Doktor oder beim Spiel mit den Puppen, sie findet stets einen Weg, ihn mit einzubeziehen. Und wenn es auch nur so ist, dass sie ihn schickt, ihr Dinge zu holen. Christoph geht dann mit seinem etwas wackligen und unbeholfenen Gang los und bringt ihr das Gewünschte. Emma ist beglückt, öffnet ihre Arme, wenn er zu ihr kommt, gibt ihm einen Belohnungskuss. Seine Sprachlaute sind für sie scheinbar immer verständlich.

Wenn Carsten am Abend von der Arbeit heimkommt und Christoph ihm die Hausschuhe bringt, geht das alles sehr langsam und macht einen unsicheren Eindruck. Jedoch, die Freude, die er dabei hat, ist ansteckend, und Emma hüpft dann vor Begeisterung im Flur hin und her. Der Vater nimmt ihn auf den Arm, wirft ihn in die Höhe und fängt ihn wieder auf. Kleinigkeiten, die zu täglichen Höhepunkten werden.

Sosehr sich die Eltern darüber Gedanken machen, dass ihr Sohn mit vielen Defiziten groß werden wird, dass er vieles von dem, was Emma kann, nicht erreichen wird, dass er eventuell auf der Straße mitleidig angesehen, ausgelacht und angepöbelt wird. Sosehr sie sich die bestürzenden Fragen stellen: »Kann er in eine Schule gehen? Wird er später eine Partnerin haben können, die ihn nimmt, wie er ist, will er es überhaupt? Kann er mit ihr eine eigene Wohnung oder in einer behindertengerechten Wohngemeinschaft leben, gibt es solche Einrichtungen? Wird er Freunde haben?«

So sehr wie Sophia und Carsten die Ungewissheit quält und niederdrückt, so liebevoll hat Emma die Antworten mit ihrem Verhalten für sie.

Denn Emma hat einen großen Vorteil. Sie sieht nicht mit ihren Augen die Krankheit, sie sieht mit einem großen Schwesterherz in ein kleines Bruderherz.

Als Emma zur Schule kommt, beschließt sie, nicht mehr in ihrem Zimmer allein wohnen zu wollen.

»Ich ziehe zu Chrisi ins Zimmer«, verkündet sie.

»Wie denkst du dir das?«, war die berechtigte Frage der Eltern.

»Na so, als ob wir eine Wohnung haben. Mein Zimmer ist unser Spielzimmer und Chrisis Zimmer ist unser Schlafzimmer. Die Hausaufgaben mach ich sowieso in der Küche bei dir.« Sie schaut Sophia fragend an.

Carsten und Sophia stimmen zu und es funktioniert. Stolz erzählen sie es im Freundeskreis. Mit sorgenvoller Miene äußern die Freunde ihre Bedenken. »Denkt ihr auch an Emma dabei?«

Carsten und Sophie ahnen nicht, worauf die Freunde hinauswollen.

»Passt auf, dass sie ihr Leben nicht für Christoph aufgibt und all ihre Wünsche hintenanstellt.«

Carsten und Sophia sind froh, als alle endlich gegangen sind, sie sitzen wieder mit neuen Fragen allein da, blicken zurück auf schon frühere Situationen.

»Gibt sie sich auf, was denkst du?« Sophia schaut bedrückt zu Carsten.

»Ich weiß es nicht. Ich hab mir auch noch keine Gedanken darüber gemacht.«

»Sie macht doch immer einen so glücklichen Eindruck.«

»Vielleicht haben sie ja recht?«

»Lass uns die Sache im Auge behalten.«

Und wieder einmal ist es Emma selbst, die ihnen die Antwort liefert, denn bereits in den folgenden Tagen entsteht eine beispielhafte Situation.

Christoph liegt auf der Erde und gibt Emma mit seinen Lauten zu verstehen, sie solle mit ihm spielen.

»Jetzt musst du erst allein spielen, ich mach jetzt was, was du nicht kannst. Hör auf zu jammern.«

Augenblicklich gibt Christoph Ruhe.

Es dauert fast eine halbe Stunde, und nachdem Emma ihrem Spiel nachgegangen ist, setzt sie sich wieder zu ihrem Bruder.

»So, da bin ich wieder, ich guck mal, ob es Abendbrot gibt. Und jaul nicht gleich wieder los, ich bin gleich wieder da«, gibt sie ihm unmissverständlich zu verstehen.

»Nein, um Emma brauchen wir uns nicht zu sorgen. Die passt auch auf sich auf.« Die Eltern atmen zufrieden der Situation lauschend auf. Die große Portion Eigenverantwortung, die sie in sich trägt, sorgt dafür, dass sie auf ihrem Weg bleibt.

Es kommt immer wieder zu Rückschlägen in Christophs Entwicklung und einiges bleibt ihm definitiv versagt. Die Kinder aus der Nachbarschaft, die anfangs zum Spielen kommen, bleiben fern, als Christoph sich nicht in ihrem Tempo mitentwickelt, nicht die neuesten PC-Spiele hat, nicht mit zum Fußball kommt, nicht mit ihnen Fahrrad fährt. Emma ist nicht nur Schwester, sie ist gleichzeitig Freund und Freundin für ihn.

Auch wenn Christoph einiges versagt bleibt, die Liebe zueinander, ohne Bedingungen, ohne Forderungen, die hat auch er in seiner Familie gefunden.

Sabine, die zwanzig Jahre jüngere Nachbarin, wohnt vier Häuser weiter, kennt Sophia seit vielen Jahren, bewundert ihre Stärke, die Willenskraft und das Durchhaltevermögen, die Geduld und Zuversicht, mit der sie sich um Christoph kümmert, ohne Emma etwas wegzunehmen, sie zu benachteiligen. Wie sie das schafft, ist ihr jedoch ein Rätsel, in ihren Augen fühlt sich die Situation einfach nur sehr schwer an. Wie nur kann man das Leben mit einem behinderten Kind überhaupt meistern? Für sie ist es unvorstellbar.

Was sie durchmacht, möchte Sabine nicht erleben, Sophia tut ihr oft leid. Sie hat Mitgefühl und ahnt, dass Sophia privat und beruflich auf so vieles verzichten muss, immer für Christoph da sein muss, ihr Leben lang.

Als außenstehende Beobachterin sind ihr tiefere Einblicke jedoch verwehrt, deshalb geht es über ihr Vorstellungsvermögen hinaus, dass in Sophias Leben irgendwo Platz für eigene Interessen, Pläne und Ziele bleibt und dass Christophs Behinderung auch eine gute Seite hat. Für Sabine undenkbar.

Doch eines Abends im Juni soll sich dann ihre enge Denkweise grundlegend ändern. Sabine klingelt bei Sophia an der Tür.

»Die Post hat bei mir ein Päckchen abgegeben.«

Die beiden Frauen stehen sich gegenüber und stellen fest, dass sie doch in all den Jahren außer einem »guten Tag« und einigen Worten der Höflichkeit kaum miteinander geredet haben. Sophia bedankt sich und nutzt die Gelegenheit, dies heute zu ändern, sie bittet Sabine ins Haus.

Nach einem allgemeinen Wortwechsel erkundigt sich Sabine nach Christoph und Emma.

Christoph ist mittlerweile neunzehn Jahre, ist am Tag in einer Behindertenwerkstatt tätig, und auch wenn er lange Zeit zum Einarbeiten benötigte und langsam ist, bringt er dort gute Ergebnisse. Carsten und Sophia überlegen, ob sie einen weiteren Schritt wagen und ihn in ein Arbeitsfeld mit gesunden Menschen bringen, wenigsten ihm die Chance geben, zurück kann er immer noch. Er schläft an diesem Abend schon. Emma ist bereits ausgezogen.

»Wie Sie das die ganzen Jahre alles schafften, Hut ab«, will Sabine ihre Hochachtung bekunden.

Sophia schaut sie an, als ob sie nicht verstehe, wie Sabine das meint.

»Es ist mein Kind.«

Sabine bekommt Gänsehaut und schämt sich für ihre Aussage. Sophia ergänzt: »Da ist die Behinderung zweitrangig, wenn Sie das meinen.«

Sie korrigiert in den nächsten Minuten Sabines vorgefasste Gedanken.

»Mütter lieben ihre Kinder doch immer bedingungslos. Egal, was sie machen, wie sie sind, was sie anstellen. Wir verzeihen ihnen alles, auch wenn sie gesund sind. Oder?«

Wie eng hat Sabine nur gedacht, sie nickt und kommt sich gleichzeitig mehr als dumm vor.

»Christoph ist nie wütend oder sauer, jammert nicht, beklagt sich nicht, ich kenne kein so zufriedenes Kind. Wenn seine Kassetten spielen, er Musik hören kann, Filme schauen, mit den Matchboxautos spielen kann, ist seine Welt in Ordnung.«

Sophia lehnt sich zurück, lächelt die Nachbarin an.

»Wir haben nie eine Playstation kaufen müssen, kein Handy, kein Moped. Nie musste ich mich sorgen, dass er in der Schule nicht mitkommt, die Hausaufgaben kontrollieren, für Prüfungen und Tests mit ihm lernen. Nie nicht schlafen können aus Sorge, dass er von der Disco betrunken heimfährt, nie mich ängstigen, dass er Drogen nimmt.«

Auf diese Gedanken wäre Sabine von allein nie und nimmer gekommen.

»Christoph hat nur einen Lieblingspulli. Damit er sich den jeden Tag wieder aussuchen kann, liegen davon vier Stück im Schrank und auf Vorrat noch zwei Stück eine Nummer größer. So einfach ist mit ihm Mode. Er liebt viele Menschen im Haus, freut sich über jeden Besucher und würde am liebsten am Abend alle mit in sein Bett nehmen.« Sophia lächelt. Sie hat Sabine durch ihr ehrliches Erzählen mit auf eine Reise genommen, auf die ihre Nachbarin allein nie gegangen wäre, und Sophia holt noch weiter aus.

»Ja sicher, wir machen keine riesigen Urlaubsreisen, sind auch beruflich immer eingeschränkt. Doch ich büßte ein Stück Freiheit ein, wenn ich mich nur darauf konzentrieren würde. Carsten und ich haben nur am Anfang eine Zeit der Hilflosigkeit gehabt und es dann recht schnell als unsere gemeinsame Aufgabe gesehen. Wir haben gemerkt, dass wir mit dem nötigen Rüstzeug dafür ausgestattet sind, um Christoph die Familie zu sein, die er benötigt und verdient. Unsere positive Grundeinstellung zum Leben ist ein stabiles Fundament, wir stärken uns gegenseitig den Rücken und haben die Situation nie infrage gestellt. Wir lieben unseren Sohn und er beschenkt uns jeden Tag aufs Neue.«

Sabine ist berührt von den Worten und immer wieder aufs Neue beschämt über ihre eigene Sicht, und das, obwohl sie auch Mutter ist.

»Auch wenn wir zwischendurch immer mal wieder an unsere Grenzen gekommen sind, ich denke, das kommen andere Eltern auch.« Sophia schaut sie fragend an. Sabine kann nur zustimmend nicken. Sie ist mehr als froh über das Gespräch und dass sie endlich die Nachbarn wirklich kennenlernt.

Sophia ist noch nicht ganz fertig. Sie nimmt Sabine erneut ein kleines Stück mit in ihr sehr privates Leben.

»Wir haben uns oft gefragt, ob wir ohne Christophs Behinderung glücklicher wären, und sind uns doch einig gewesen: Ja, die meisten Dinge wären einfacher, nur ob wir dadurch auch glücklicher wären, wagen wir zu bezweifeln. Die Welt mit Christophs Augen zu sehen, ist ein Geschenk. Alles, was wir für ihn tun, bekommen wir tausendfach zurück, er hat uns wieder mit in eine Welt der Gefühle und Wahrnehmung genommen, die uns schon fast versagt schien. Was für ihn selbstverständlich ist, mussten wir erst wieder zulassen.«

Für einen Augenblick ist es still zwischen den beiden Frauen. Sabine sucht nach Worten, nach einer angemessenen Reaktion auf so viel Offenheit und Vertrauen.

»Ich schäme mich für meine enge Ansicht, mit der ich herkam.«

»Das müssen Sie nicht.«

»Mir fehlen trotzdem die richtigen Worte. Diese Sichtweise habe ich so nicht erwartet. Ich bin überwältigt, fassungslos, ich weiß es nicht. Es berührt mein Herz wirklich sehr, was Sie erzählt haben.«

Sophia streichelt Sabine verständnisvoll mit der Hand am Arm.

»Ich fand es mutig, dass Sie sich getraut haben, unsere persönlichen Umstände anzusprechen. Die meisten scheuen sich davor.«

»Was denken Sie, wie froh ich erst bin, dass ich gefragt habe. Ich hätte es viel früher tun sollen. Danke für Ihre Ehrlichkeit.«

Nach einem kurzen Moment der Stille fallen noch ein paar Worte über das bevorstehende Straßenfest, dann bringt Sophia Sabine zur Tür und sie verabschieden sich voneinander.

Bereichert durch eine ganz neue Sichtweise geht Sabine das Gesagte an diesem Abend noch lange durch den Kopf. Macht sie nachdenklich und zugleich sehr dankbar, dass Sophia ihr die Augen geöffnet hat. Sie in ihre Welt mitgenommen hat, in die ihr der Zugang verwehrt gewesen war. Durch Berührungsängste und enge vorgefasste Ansichten, die auf Unwissen beruhen.

Bei Sabine geht dieser Abend jedoch noch viel tiefer. Sie unterbreitet in der nächsten Elternversammlung den Vorschlag, als Patenklasse für die jetzigen Erstklässler eine Klasse mit behinderten Kindern zu wählen und erhält viel Unterstützung von den anderen Eltern.

HAUSHALTSAUFLÖSUNG MAL ANDERS

Mathilde steht in ihrer grün karierten Kittelschürze in der Küche, die langen grauen Haare zu einem Bauernzopf geflochten. An den Seiten hängen noch ein paar Strähnen heraus, es musste schnell gehen heute Morgen. Der Tag ist durchgeplant, Mathilde hat Geburtstag und erwartet Gäste. Harry hat den Tisch noch gestern Abend im Wohnzimmer gedeckt, als sie schon schlief. Der farbenprächtige Blumenstrauß versprüht seinen Duft im Raum, auf der Karte erstrahlt die 72 in goldenen Ziffern.

Mathilde genießt die morgendliche Ruhe, schaut zurück, über siebzig Jahre Erinnerungen, Familienmomente, gerade am Geburtstag sind sie präsenter als sonst. Ihre Kindheit, die Zeit in der Stadt, die vielen Jahre mit den Eltern im Ausland, dann das Landleben in diesem riesengroßen alten Bauernhaus. Eine wundervolle Zeit, zwar ohne Geschwister, dennoch ist sie nie allein gewesen, immer von Freunden umgeben.

Am Ende ist dieses herrliche Anwesen mitsamt dem kostbaren Inventar, all den Raritäten aus dem Ausland, unter den Hammer gekommen. Mathilde hat zu der Zeit in einer Zweiraumwohnung mit Harry gelebt, der Platz ist begrenzt. Sie ist im achten Monat schwanger. Freunde, Verwandte und Nachbarn, alle hat sie auf der Beerdigung gebeten, doch zu kommen und sich etwas mitzunehmen. Niemand ist gekommen. Es hat wehgetan, all die Kostbarkeiten auf dem Sperrmüll zu sehen.

Sie liest den Spruch auf dem abgerissenen Kalenderblatt: Wenn du nur noch einen Tag zur Verfügung hast, um all die Dinge zu tun, die du gerne tun möchtest, was würdest du heute tun?

Interessant. Jetzt allerdings wirbeln andere Dinge durch ihren Kopf, als dem nachzuphilosophieren. Die Tortenböden belegen und verzieren, schauen, dass Harry später mit dem Braten zurechtkommt. Das Gemüse putzen und an den Zitronenpudding denken, zum Mittag treffen die Kinder ein.

Hannes mit Freundin Leila und Klein-Torben, Holly mit Volkmar und den siebenjährigen Zwillingen Heidi und Peter und Sebastian mit Magdalena.

So war es damals: Mathilde spricht gleich bei ihrer dritten Verabredung mit Harry Klartext, unverblümt offenbart sie ihm ihre Bedingung. »Wenn es dir ernst mit mir ist, dann musst du eines wissen. Ich will mindestens drei Kinder.«

Harry, der verliebt über beide Ohren ist, schaut Mathilde daraufhin mit großen leuchtenden Augen an. »Das passt ja wie die Faust aufs Auge, ich auch.«

So sehr sie sich damals auch darüber amüsiert haben, es war ihnen grundsätzlich schon ernst damit, und im Laufe ihrer ersten Ehejahre ist es Wirklichkeit geworden, drei Kinder, die sich auch heute als Erwachsene noch streiten, vertragen und zusammenhalten.

Heute Vormittag läuft alles wie am Schnürchen. Mit ihrem Harry ist sie ein eingespieltes Team, alles geht Hand in Hand. Wenn alles fertig ist und beide auf die Ankunft der Kinder warten, dreht Harry die Musik auf und es wird getanzt in der Küche. Vom Walzer über Discofox und bis hin zu einem flotten Jive. Das volle Programm.

Irgendwann einmal sind sie beide so in Tanzlaune gewesen, dass sie nicht gemerkt haben, dass die Kinder schon angekommen sind, sich heimlich ins Haus geschlichen und in der Küchentür stehend zugeschaut haben, um dann heftig zu applaudieren.

So peilt Harry auch heute nach getaner Arbeit den Rekorder an, zwinkert Mathilde zu und los ... geht es heute nicht.

»Was ist?«, schaut Harry etwas verunsichert über Mathildes offensichtliche Blockade bezüglich der Tanzeinlage.

»Du bringst mich ganz durcheinander mit deinem Tanzen.«

»Warum?«

»Gerade denke ich darüber nach, was ich noch an wichtigen Dingen zu tun habe.«

Harry schaut sich in der Küche um. »Wir haben alles fertig.«

»Das meine ich nicht. Ich denke an die großen Dinge im Leben.«

»Komm, verdirb uns nicht unseren Spaß, heute ist dein Geburtstag.«

»Ja, gerade deshalb. Weiß ich, wie viele Geburtstage ich noch feiern kann?«

»Mathilde, nicht gerade heute.«

Mathilde wendet sich ab, geht zur Spüle. Schnell merkt Harry, dass es heute mit dem flotten Tänzchen nichts wird, und lenkt mit gesenktem Kopf seine Schritte in Richtung Tisch. So gut kennt er seine Frau nun, dass er weiß, es hat keinen Zweck, sie von etwas abzubringen, was sie sich in den Kopf gesetzt hat.

»Was willst du denn noch gerne tun?« Mit Blick auf den Bratofen setzt er sich wieder.

Mathilde berichtet von dem Kalenderblatt.

»Etwas Sinnvolles will ich tun.«

Mathildes Prozess der Sinnfindung wird jäh unterbrochen. Lautes Hupen auf dem Hof, Kinderkreischen und Lachen hört man durch das offene Fenster.

»Oma, Oma, wir sind da, mach auf, Oma.«

In das Haus zieht Leben ein, Glückwünsche, Überraschungen, aufgesagte Gedichte, es wird gedrückt und geherzt. Die Familienparty steigt.

»Gibt es Zitronencreme?«

Eine Frage dazwischen: »Wie alt bist du, Oma?«

Mathilde kann gar nicht so schnell antworten, da singt schon Heidi ein Ständchen. Opa hat sie auf einen der Küchenstühle gestellt.

Nach einer halben Stunde hat sich dann der Ansturm auf das Geburtstagskind gelegt. Holly hat die Blumen in Vasen gestellt und Magdalena die Geschenke auf den Geburtstagstisch gebracht. Mathilde bittet nun alle zu Tisch. Harry hält eine Rede, in der er wieder einmal in den allerhöchsten Tönen schwärmt. Der Abschlusssatz krönt seine Worte: »Eure Mutter ist das Beste, was mir je auf den Teller gekommen ist. Guten Appetit.«

»Schön, dass ihr alle kommen konntet«, fügt Mathilde hinzu. »Und danke für all eure Mühe, besonders an euch, meine kleinen Mäuse.«

Alle genießen die Tatsache, dass es nirgends köstlicher als zu Hause schmeckt, und loben das Festmahl über alle Maßen.

Eine große Familie und doch fast immer in Eintracht miteinander.

Ein Geheimrezept dafür? Ja, das gibt es. Mathildes Vater ist Bürgermeister seiner Gemeinde gewesen. Er hat ständig verschiedene Gemüter besänftigen, Kompromisse eingehen und auf die Menschen zugehen müssen, um sie als

Gemeinschaft zusammenzuhalten und gesteckte Ziele zu erreichen. Das ist sein Vermächtnis.

»Redet miteinander, redet, solange bis es ein Ergebnis gibt, mit dem alle umgehen können und zufrieden sind. Solange das nicht der Fall ist, verlässt keiner den Raum.« Das ist seine Strategie gewesen, sein Grundsatz. Keiner hat sich dem widersetzt, wenn der Weg bis zu einer Einigung mitunter auch lang gewesen ist.

Und Mathilde hat diese Taktik in ihre Familie eingebracht.

So wird auch heute Nachmittag bei all dem Spaß, dem Spielen mit den Kindern, dem Geschenke auspacken, einfach viel und über alles geredet. Mathilde hält sich heute ein wenig mehr als üblich zurück, wirkt nachdenklicher als sonst, schaut lieber den Enkelkindern beim Spielen zu.

Den Kaufmannsladen haben sie sich heute aus dem Spielzimmer geholt. Heidi spielt die Verkäuferin, Torben und Peter sind die Kunden.

»Zu schön anzusehen.« Mathilde lächelt kurz zu Holly rüber. Dann blickt sie wieder zu dem emsigen Spielen. Nach einer Weile steht sie auf, geht im Wohnzimmer auf und ab, schaut sich um, öffnet die eine Schranktür, dann die nächste, rückt die Bücher in der Borte zurecht und geht wieder auf ihren Platz, setzt sich aber nicht wieder. Alle folgen Mathildes Tun. Die Familie weiß, jetzt kommt eine Ansage. Außer den Kleinen regt sich keiner. Binnen weniger Sekunden tritt Stille ein. Hannes steht auf, nimmt seine Mutter in den Arm.

»Mutsch, machs nicht so spannend, wir kennen dich. Was gibt es?«

»Ja, sag an, Schwiegermutti, wir sind neugierig, spann uns nicht so lange auf die Folter«, klinkt sich Volkmar ein.

»Tildchen, setz dich doch wieder zu mir und lass uns wissen, was dich beschäftigt.«

»Na, ihr seid mir ja ein paar Schlaumeier. Ihr kennt mich? Wenn ich euch erzähle, auf welch geniale Idee mich eure Kinder gebracht haben, werdet ihr euch wundern.«

Oh, oh, ich ahne es, fällt Harry der Kalenderspruch vom Morgen ein. Oh, oh, das kann heiter werden. Harry hat in der Ehe gelernt, wann es besser ist, den Mund zu halten und den Dingen erst mal ihren Lauf zu lassen, bevor er sich zu Wort meldet. Und was seine Frau heute im Schilde führt, ist ihm sowieso noch schleierhaft.

»Mutsch, nun los, lass uns nicht schmoren.«

Mittlerweile sind auch die Kleinen hellhörig geworden und unterbrechen ihr Spiel. Mathilde hat sich wieder gesetzt und alle drei stehen neben ihr und warten brav auf ihre Aufklärung.

Immer noch beseelt von ihrem gerade gefassten Beschluss äußert Mathilde schmunzelnd eine Bitte: »Wollt ihr mir nicht alle heute noch einen zusätzlichen Geburtstagswunsch erfüllen?«

»Aber ja doch, nur welchen?« Alle nicken und bekunden ihre Bereitschaft.

»Oma, du machst es aber auch aufregend«, flüstert Heidi ihr ins Ohr.

»Na, Tildchen, dann lass uns wissen, welchen.«

»Ja, meine Lieben, nur ein kleiner Wunsch. Seid doch bitte alle so lieb und sucht euch zwei oder drei Dinge aus, die ihr einmal von uns erben wollt.«

Oh, oh, denkt Harry wieder lieber nur leise und für sich. Jetzt will er Mathilde mal lieber machen lassen, das Regiebuch hält sie jetzt in den Händen. Da funk ich lieber nicht dazwischen, schlussfolgert er insgeheim.

Die bis vor wenigen Minuten recht lebhafte Geburtstagsrunde verhält sich nun abwartend. Fragende Blicke richten sich jetzt auch auf Harry. Doch der schweigt.

»Wir auch, Oma?«, will Peter wissen.

»Ja, ihr auch.«

Der zweijährige Torben ist noch zu klein, aber Heidi und Peter haben die Botschaft klar verstanden und flitzen los.

Holly geht zur Mutter, nimmt sie in den Arm.

»Du, wir wollen dich doch noch lange behalten, wie kommst du am Geburtstag auf solche Ideen?«

»Ganz einfach, damit es am Ende leicht wird, mein Mädchen.« Dabei drückt Mathilde ihrer Tochter die Hände.

»Tildchen, das musst du uns erklären, wir können dir nicht folgen.« Harry schaut mit hochgezogenen Augenbrauen seine Frau an.

»Ja, Mutsch, was soll das?«

»Oma, hast du zwei oder drei Teile gesagt?«, hallt es aus der Küche.

»Was machen die denn da?« Holly läuft los, doch Heidi kommt ihr schon entgegen.

»Ja, drei Teile, sagte ich.«

»Oma, das hab ich Peter gleich gesagt. Ich such für Torben auch drei aus, ja?«

»Ja, mach das.«

»Du bist ja lustig, die beiden räumen dir den ganzen Küchenschrank aus«, verkündet Holly, die aus der Küche zurück ist.

»Ach i wo, die suchen sich sicher nur ihr Lieblingsgeschirr aus«, beruhigt Mathilde. »Lass sie nur.«

Mathilde erzählt dann von ihrem Kalenderblatt, erzählt zum ersten Mal vom traurigen Ende des elterlichen Anwesens. Dem großen Wegschmeißen all der kostbaren Sachen auf die Deponie. Wie sehr ihr das ans Herz gegangen ist. Schildert all ihre Gedanken, die sie heute übermannt haben, und die Idee, die ihr in dem Moment gekommen ist, als die Kleinen mit dem Kaufmannsladen gespielt haben.

»Bei meinem gedanklichen Mitspielen kam mir die Idee, alles Entbehrliche vorher selbst zu verkaufen, zu verschenken oder zu entsorgen. Schaut, was soll ich jetzt, wo wir vollzählig sind, mit weiteren unzähligen Sammeltassen oder den vielen zusätzlichen Tischdecken für den einen Wohnzimmertisch?«

Verblüfft schauen alle zu Mathilde.

»Tildchen, wie soll das denn ablaufen?«

Erwartungsvoll ausschauende Gesichter, fragende Blicke, Achselzucken und ein Tuscheln im Wohnzimmer.

»Nun stellt euch doch nicht so an, meine Güte, ich will euch doch nicht enterben. Schaut, ihr sucht euch heute alle ein paar für euch wichtige Dinge aus, die euch am Herzen liegen oder euch mit schönen Kindheitserinnerungen verbinden. Möbel, Bilder, Geschirr, was auch immer. Ich klebe einen Zettel mit eurem Namen darauf, dann ist es schon mal für euch reserviert. Die kleineren Dinge schreibe ich in eine Liste. Wenn wir dann eines Tages nicht mehr sind, ist alles geregelt und besprochen, und die Taler, die wir übrig lassen, teilt ihr euch.«

»Tildchen, du redest doch aber nicht von meiner Werkstatt?«

Die Frage lockert endlich den Rahmen wieder auf und alles lacht erst einmal wieder. Mathilde schüttelt nur mit verdrehten Augen den Kopf und lächelt ihren Mann schelmisch an.

»Außerdem dachte ich, wir beide wollen das Erbe vorher verprassen?«

Mathilde nimmt Harry in den Arm und gibt ihm einen Kuss auf den Mund.

»Machen wir auch, aber glaub mir, es bleibt noch was übrig.«

»Mutsch, wie willst du das Übrige denn verkaufen?«

Mathilde zeigt auf den Kaufmannsladen.

»Genau so. Ich packe alles ein und stell mich auf den Flohmarkt.«

Nachdem die Anwesenden begriffen haben, dass es Mathilde Ernst zu sein scheint, ist damit die Toleranzschwelle der Kinder allerdings überschritten und es fängt heftig an, zu knistern.

»Mutti, das ist nicht dein Ernst. Du kannst dich doch nicht mit deinem BMW auf den Flohmarkt stellen, als wenn du es nötig hast«, sagt Holly empört.

»Mutsch, echt, du machst dich voll zum Hans und uns auch.« Hannes schüttelt den Kopf.

»Oma, ich bin fertig, hab alles gefunden.« Peter stürmt voll beladen ins Wohnzimmer. Unter dem Arm das große Brett mit dem bunten Gemüsemuster drauf, um das sich alle immer streiten. Eine Schüssel mit Erdbeeren am Rand verziert und den Tortenheber mit dem schicken durchsichtigen Griff und dem Kleeblatt.

»Toll, dann hol mir mal einen Stift und einen Zettel. Oma schreibt dann die drei Sachen in eine Liste und dahinter deinen Namen.«

Peter strahlt und ist sichtlich zufrieden.

»Das bekomm ich dann, wenn du tot bist, Oma?«

»Ja, Peter.«

»Aber weißt du, Oma, ich kann auch noch lange darauf warten, du brauchst deswegen noch nicht so schnell tot zu sein, vielleicht erst, wenn ich groß bin. Wegen dem Zelten im Sommer bei dir im Garten.« Peter schaut erst zur Oma, dann zum Opa und dann zu seinen Eltern.

»Des Zeltens«, verbessert Volkmar.

Volkmar nimmt seinen kleinen Burschen auf den Arm und Holly streichelt ihm über den Kopf. Diese kindliche Offenheit und berührende Ehrlichkeit macht sie sprachlos und stolz zugleich. Oma und Holly bekommen feuchte Augen.

»Wir waren beim Zum-Hans-Machen, stehen geblieben«, greift Sebastian den letzten Gedanken noch einmal auf.

Harry schmeckt es nicht, welche Richtung die Angelegenheit jetzt einschlägt. Am Ende bestimmen die Kinder noch über ihre Mutter, was sie darf und was nicht. Jetzt ist höchste Achtsamkeit geboten. Harry steht in den Startlöchern, um notfalls einzugreifen.

»Mutti, das solltest du dir noch einmal durch den Kopf gehen lassen.«

»Ja, Mutsch, echt, das klingt ein bisschen abgefahren und aus der Spur.«

»Ihr Lieben, nun seid doch nicht kindisch. Ich hab mir das in den Kopf gesetzt und so mach ich es auch. Ihr meidet den Flohmarkt an den Samstagen, und wenn euch die Leute ansprechen auf die peinliche Mutter, dann …

»Halt, Tildchen, du uns peinlich, das kommt gar nicht infrage. Wenn du deinen Spaß dabei hast, dann machst du es, Punkt. Ihr alle haltet euch da raus. Ich helf dir beim Packen, fahr dich hin, bau dir den Stand auf und hol dich am Abend mit deinem vollen Geldbeutel ab.« Harry ist aufgestanden, umarmt Mathilde von hinten auf dem Stuhl. Sie schaut zu ihm auf, lächelt ihn zwinkernd an.

»Tja, dann, Mutsch, ist ja alles gesagt. Ich schau dann, was mir gefällt.«

»Oma, ich hab Torben gefragt, was ihm gefällt, und er zeigt immer nur auf die Waschmaschine. Geht die auch?«

»Heidi, ja sicher geht die auch, die Frage ist nur, ob sie dann noch heil ist. Ich denke, wenn Torben größer ist, frag ich ihn selbst noch mal.«

»Wenn du dann noch lebst«, klinkt sich Peter von hinten ins Gespräch.

»Ich denk schon, ich trinke ja morgens immer meinen grünen Smoothie und geh walken, das hält mich sicher noch lange fit.«

»Oma, da bin ich beruhigt.« Heidi lehnt sich an Omas Arm und kuschelt sich an sie.

Mathilde hat in den darauffolgenden Jahren ihr Versprechen, dass sie sich selbst gegeben hat, eingelöst. An zwei Samstagen im Monat steht sie auf dem Flohmarkt. Sie hat Freude daran, und der Erlös kann sich am Ende des Tages sehen lassen. Er kommt in drei farbige Sparschweinchen, die sie für die Enkelkinder gekauft hat.

»Oma, kannst du das für mich verkaufen?« Heidi bringt eines Tages die Spielsachen mit, für die sie sich zu groß fühlt.

»Aber auf jeden Fall, das bringt sicher ein paar Taler.«

Von allen noch folgenden Geburtstagen ist und bleibt Mathildes 72ster ein ganz besonderer, ein nachhaltiger, ein Tag mit einer Botschaft: von der Kunst, loszulassen und miteinander zu reden, solange noch Zeit ist.

VERABREDET

Ganz zart streichelt der leichte Wind die Haut der jungen 26-jährigen zierlichen Frau mit ihren tiefbraunen Augen, den hellblonden zum Zopf geflochtenen Haaren. Emilia ist im Alltag als Chefsekretärin eines riesigen Unternehmens der Pharmaindustrie tägig. Sie hat lange darauf hingearbeitet, auf das, was sie jetzt hier seit fünf Tagen auf Fuerteventura genießen kann. Den Beginn eines Sabbatjahres.

Emilia hat die entschuldigenden Sprüche ihrer älteren Kollegen noch nie leiden können, denn sie haben immer mit, wenn begonnen und mit irgendwann geendet. »Wenn ich erst einmal im Ruhestand bin, dann will ich eine Kreuzfahrt machen, auf die Malediven fliegen, auf einen Vulkan wandern, Spanisch lernen und so weiter. Auf jeden Fall noch dies, das oder jenes tun. Irgendwann. Dann hab ich Geld, dann sind die Kinder aus dem Haus, dann passt es endlich.« Wenn aber nach diesem hinterhältigen Wort »Wenn« nichts mehr kommt, was ist dann? Dann platzen all die gehegten und aufgesparten Träume wie eine riesige Seifenblase. Was bleibt, ist ein »Wenn« und eine beklemmende Leere, die sich später meistens schwer auffüllen lässt.

Auf dieses »Irgendwann« will Emilia sich nicht einlassen und sucht Jahre nach einer anderen Möglichkeit. Eine Möglichkeit, die es ihr gestattet, das vage »Wenn« in ein mutiges »Jetzt« oder in erreichbare Nähe zu rücken. Alt werden? Ja, das möchte Emilia, aber nicht alles bis dahin aufschieben, und schon gar nicht das Reisen.

Einige Zeit vergeht dennoch, bis ihr individueller Zukunftsplan so geschmiedet ist, dass er auf vier festen Pfeilern steht. Zielstrebig steuert sie ihr Lebensschiff auf ein Sabbatjahr zu. Wie gewohnt arbeitet sie ganztags weiter, bezieht jedoch ein gekürztes Gehalt. Jetzt, während ihrer Auszeit, kommt es dafür weiterhin monatlich auf ihr Konto, sie kann reisen, ohne sich um die Finanzen zu sorgen.

»Ciao, ich geh in meinen Ruhestand auf Probe«, mit diesen Worten ist sie am letzten Arbeitstag von Abteilung zu Abteilung gegangen, um sich von ihren Teamkollegen zu verabschieden, hat all die lieb gemeinten Worte gespeichert und mit ins Gepäck gelegt.

»Du hast es gut. Pass auf dich auf.«

»Gib nicht so viel Geld aus!«

»Quatsch, hör nicht hin, hau ordentlich was auf den Kopf.«

»Schick uns eine Karte.«

»Melde dich mal.«

»Nur so ein kleines Lebenszeichen, Emilia, irgendwann mal.«

Alle haben sich mit Emilia gefreut. Auch oder gerade die, die immer das Wörtchen »Wenn« benutzen.

Abendliche Stimmung im Hotel. Die Aussichtsplattform bietet einen grandiosen Ausblick direkt auf das Meer, nur ein paar Pinien wanken hin und her und versperren ab und zu die Sicht. Wie mit einem Schneebesen aufgeschlagen spritzen die schäumenden Wellen an die großen Steine der kleinen Landzunge. Die Natur präsentiert sich in ihrer Urgewalt. Die Sonne ist schon eine ganze Weile untergegangen, nur am Horizont glüht sie noch rotorange nach. Dieses Naturschauspiel vermag kein Foto, nicht einmal eine Kinoleinwand so prachtvoll wiederzugeben.

Die Halbpensionsgäste sind vom Abendessen zurück und haben es sich gemütlich gemacht. Mit einem Glas Wein, einem Cocktail oder einem Bier lassen sie den Tag ausklingen, tauschen die Erlebnisse während der Ausflüge aus, geben Anregungen und Tipps weiter. Am Pool ist die Beleuchtung angeschaltet, einige Kinder spielen Tischtennis.

Bei dem Gedanken, dass dies im Moment ihr Leben ist, bekommt Emilia Gänsehaut, so unbeschreiblich leicht hat sie sich lange nicht gefühlt. Ein noch nie in dieser Art da gewesenes Empfinden von grenzenloser Freiheit verschafft ihr dieses wohlige Gefühl. Solange hat sie darauf hingearbeitet und dann, von einem auf den anderen Tag in ein neues Leben umsteigen, das fühlt sich einfach nur genial an. Hier zu sitzen, ohne einen genauen Plan für die nächsten Monate, nehmen, wie es kommt. Schauen, was sich anbietet. Dem allen sieht sie nur freudig entgegen.

»Emilia ist nicht vom Storch gebracht worden, sondern wurde uns in einem Reisekoffer inmitten Hunderter Landkarten vor die Tür gestellt«, hatte der Vater an ihrem 18. Geburtstag in seiner Rede gescherzt und ihr dann den Gutschein für drei Wochen Thailand überreicht. Emilia ist ihm um den Hals gefallen.

In der weiten Welt, egal, wo, Emilia ist immer und überall gleich zu Hause, nur in der Heimat, da fühlt sie sich als Gast. Bereits in der Schulzeit haben nur die Ferien gezählt, auf die hat sie hin gelernt. Dann ist es in den Sommerferien ab zu den Großeltern in die Niederlande gegangen und im nächsten Jahr zu der Tante nach England, im Herbst und Frühjahr mit den Eltern auf Reisen.

Im Arbeitsleben ist es nicht mehr so ganz einfach gewesen, aber mit der jetzigen Lösung kommt Emilia ihren Vorstellungen vom Leben schon ziemlich nahe.

Wie mag es den anderen Gästen ergehen? Was hat sie hergeführt? Die meisten sicher der jährliche Urlaub. Die Gästeklientel könnte nicht unterschiedlicher sein. Ein sehr betagtes Paar liegt auf zwei dicht nebeneinander gestellten Liegen. Sie hat schulterlange graue Haare, der Wind spielt mit ihnen und sie streicht sie sich ab und an aus dem Gesicht. Er hat so gut wie keines mehr auf dem Kopf, hält die Finger ihrer Hand, schaut sie von Zeit zu Zeit an. Ihre Blicke treffen sich, sie nicken sich beide zu, lächeln einander an. Stilles Verstehen, nur sie beide wissen, was und wie es gemeint ist. Ihre Anwesenheit verleiht dem Abend etwas Feierliches, etwas, das Wert hat, das viel überdauert und erlebt hat. Demütig könnte man sich vor den beiden verneigen, vor ihrer vermutlichen Lebensleistung. In ihren Gedanken tut Emilia es, auch gegenüber all den anderen älteren Paaren, die hier Urlaub machen, einige über Monate.

Daneben liegt ein junges, sehr verliebtes Paar gemeinsam auf einer Liege. Dicht aneinander gekuschelt schmusen sie, knabbern an den Lippen, streicheln sich gegenseitig das Gesicht. Er krabbelt heimlich unter ihre Bluse, tastet sich behutsam an sie heran. Der Kanal »Was sollen die anderen denken?« ist abgeschaltet. In ihrer momentanen Welt existieren nur sie beide, kein anderer. Herrlich mitanzusehen, wenn die Liebe Menschen so erblühen lässt, dass sie den Rest um sich herum vergessen, alles einfach ausblenden, als gebe es nur sie. Und ja, es ist auch so, in ihrer Welt gibt es nur sie. Da geht einem das Herz auf, und der, dessen erste Liebe schon in einer längeren Vergangenheit liegt, erinnert sich daran. Emilia schaut sehnsüchtig hinüber, die ganz große Liebe ist ihr noch nicht begegnet.

Vor zwei Tagen ist eine ältere Dame gemeinsam mit Tochter und Schwiegersohn angereist. Sie sitzen heute Abend an einem der runden Tische, den Blick direkt aufs Meer und unterhalten sich etwas lauter.

Schwer zu sagen, wie alt die Dame ist, schon durch ihr modernes türkisblaues Kleid wirkt sie um einiges jünger als viele andere. Ihrem Redefluss nach zu urteilen ist sie dazu noch ziemlich munter und fidel. Alt werden und immer noch reisen können. Wie herrlich.

Die vielen Eindrücke des Tages lassen Emilia zufrieden ins Bett sinken. Ein kleines Apartment mit einer Kochzeile ist für die nächsten drei Wochen ihr Zuhause, dann geht es weiter. Wohin? Das wird sich ergeben, nichts ist vorgebucht, gerne auch die Option, länger zu bleiben.

Am nächsten Morgen sieht Emilia die Seniorin wieder, die ihr am Vorabend mit dem türkisblauen Kleid aufgefallen ist. Sie sitzt im Schatten auf einer Liege unter den kleinen Palmen am Pool. Und wieder ist es ihre Kleidung, die sie strahlen lässt, ein kiwigrünes Strandkleid mit Spitzeneinsatz. Sie ist schon irgendwie extravagant und sie weiß sich zu beschäftigen. Mal liest sie in einem Buch, trinkt einen Schluck Wasser, blättert hin und wieder in einer Klatschzeitung, hält ein Schwätzchen mit der Animateurin, isst von ihrem Obstteller oder schaut in die Ferne. Sie macht einen sehr zufriedenen Eindruck und hat immer ein Lächeln im Gesicht.

Ihre schlohweißen Haare sind zu einem riesigen Dutt kunstvoll hochgesteckt. An der Seite glänzt eine Spange mit einem bunten Schmetterling. Das Brillengestell ist regenbogenfarben und hat auffallend große Gläser.

Die langsamen Bewegungen sind sicher auf die Hitze zurückzuführen, folgen jedoch einer gewissen eigenen Choreografie, als wären sie fließend aufeinander abgestimmt.

»Darf ich mich kurz zu Ihnen setzen?«, spricht Emilia sie an, nachdem sie langsam zu ihr hingehumpelt ist.

»Bitte.«

»Emilia, und sagen Sie bitte du«, stellt sie sich vor und reicht ihr die Hand.

Doch etwas erstaunt über die forsche Art der jungen Frau kann Dolores ein Lächeln und Augenzwinkern nicht unterdrücken.

»Dann sagen Sie bitte auch Dolores zu mir, und Sie müssen etwas lauter sprechen.« Sie schmunzelt erneut und setzt ihre Brille auf.

»Danke, das mach ich gerne.« Emilia freut sich über den schnell geknüpften Kontakt.

»Sie humpeln, was ist mit Ihrem Fuß passiert?«

»Wir sind schon beim Du gewesen.«

»Ach, das habe ich doch schon wieder vergessen, ich bin wohl doch schon leicht tüttelig.«

Emilia berichtet von ihrem abendlichen Spaziergang am dritten Tag nach ihrer Ankunft, von der scharfen Kante am Stein, über den sie barfuß geklettert und abgerutscht ist. Erzählt von der großen Wunde, der starken Blutung, die erst beim Arzt gestillt werden konnte, und ihrem dadurch verordneten Stillsitzen. Sie trauert ihren vorgebuchten Ausflügen nach und gesteht, dass sie sich durch das Rumsitzen und Humpeln in den vergangenen Tagen wie ins hohe Alter versetzt fühlt.

Emilia erzählt von ihrem Vorhaben, vom Sabbatjahr, von der Freiheit, alles auf sich zukommen zu lassen. Berichtet von der Spaßbremse »Wenn« und dass sie nicht auf die Rente warten will, um sich die Welt anzuschauen.

»Und wie ist es nun in der anderen Lebensphase des Alters?«, hakt Dolores noch mal nach.

»Genau wie ich es ständig befürchte, man kann nicht mehr alles tun.«

»Ist das so neu?«

»Nein, nein, mein Verstand weiß es schon, aber es bewusst zu erfahren, ist noch mal etwas anderes und fühlt sich echter an.«

»Dann seien Sie froh, dass es noch viele Jahre dauert und Sie langsam dorthin gelangen.«

»Du.«

»Ach ja.«

Dolores nimmt einen Schluck aus ihrer Wasserflasche, zeigt auf den Obstteller.

»Möchten … möchtest du?«

»Danke, nein, das Frühstück ist mal wieder viel zu üppig gewesen.«

»Wo sind wir stehen geblieben?«

»Meine Verletzung bekommt einen tieferen Sinn für mich. Sie macht mich auf eine gewisse Weise sehr dankbar dafür, dass ich in ein paar Tagen wieder normal gehen kann, noch jung bin und viel Zeit habe zum Reisen.«

»Das ist wohl eine weise Erkenntnis.«

Die beiden reden noch eine ganze Zeit miteinander, bis gegen Mittag die Tochter vom Strand kommt.

»So, Mama, wir sind wieder da und können zum Essen gehen.«

»Darf ich dir Emilia vorstellen? Sie hat mir den Vormittag versüßt.«

Emilia stützt sich auf der Liege ab und steht langsam auf, reicht der Tochter die Hand, wechselt ein paar Worte mit ihr und verabschiedet sich dann, um nicht zu stören,

»Ciao, wir sehen uns sicher noch«, verabschiedet sie sich auch von Dolores.

»Ja, das hoffe ich doch.«

Tochter Gerda hakt die Mutter unter, und beide gehen gemächlichen Schrittes ins Restaurant.

Ein ausgiebiges Mittagsschläfchen gehört fest in Dolores Tagesablauf, und so ist sie erst am späten Nachmittag wieder am Pool zu sehen. Gerda bringt sie, damit sie unter Aufsicht an der Stunde Wassergymnastik teilnehmen kann. Emilia schaut von der Bar aus zu und amüsiert sich über den Animateur und seine coolen Sprüche.

»Und nicht so viel Wasser schlucken, meine Damen und Herren, sonst rosten ihre Gelenke noch schneller.« Der Spaß kommt bei diesem jungen enthusiastischen Burschen nicht zu kurz. Alles lacht über und mit ihm.

Die Stunde ist beendet. Gerda und ihr Mann helfen Dolores aus dem Wasser und machen es sich dann bis zum Abendessen am Pool gemütlich. Emilia bleibt für sich, trifft Dolores am folgenden Vormittag zum Glück wieder allein an. Sie braucht am Pool nicht lange zu suchen, der fliederfarbene Strandumhang ist nicht zu übersehen. So schlendert sie langsam dorthin.

Dolores müht sich gerade, die Liege in eine andere Position zu stellen, als Emilia neben ihr steht.

»Warte, ich mach das.«

Mit ein paar Handgriffen, ihr Gewicht immer auf den heilen Fuß stützend, hat Emilia es für Dolores bequem gemacht, das Kopfende der Liege höhergestellt und sie ein wenig mehr in den Schatten gerückt. Dann schiebt sie ihre eigene Liege ein Stück weiter in die Sonne, cremt sich ein und holt ein Buch aus ihrer Tasche.

»So ist das Leben im Alter, man ist immer auf Hilfe angewiesen.«

Emilia legt sogleich das Buch beiseite, froh darüber, den Austausch vom Vortag fortzusetzen.

»Viel sitzen und schauen, nachdenken, vielleicht lesen, erzählen und rumdösen.«

»Immerhin, du kannst noch reisen, das bewundere ich«, setzt Emilia dagegen.

»Da bewundere lieber als Erstes meine Kinder. Sie nehmen es immer wieder auf sich, mich mitzuschleppen.«

»Ja, sicher, auch das.«

Die Hochbetagten sind für Emilia, seit sie denken kann, wie ein Magnet, ein Aussichtsturm auf einem riesigen Berg, den sie erklimmen möchte. Bei jedem alten Menschen, der noch halbwegs einen mobilen Eindruck vermittelt, steigt in ihr der brennende Wunsch erneut auf, auch richtig alt zu werden, um ihre Wunschliste abzuarbeiten.

Sie liest, nein, sie verschlingt Bücher über alte Menschen, ist begeistert von ihren Lebensgeschichten. Johannes Heesters, Titanic-Star Gloria Stuart gehören zu denen, die sie seit frühester Jugend verehrt.

Eine Weile sagt keiner etwas, Emilia liest in ihrem Buch, und als sie nach einem Moment kurz zu Dolores aufschaut, ist diese eingenickt. Der Kopf hängt ein wenig auf der linken Schulter, die Hände sind auf dem Schoß gefaltet.

Einige Minuten verstreichen, bis zu hören ist, dass Dolores tief und fest schläft. Als Emilia die missliche Kopflage sieht, steht sie auf und schiebt ganz vorsichtig das kleine Kissen ein wenig zum Abstützen unter ihren Kopf. Dolores schnarcht wie ein Seebär und bekommt nichts davon mit. So vergeht dieser Vormittag leider ohne viel zu reden, und als Gerda kommt, ist Dolores gerade aufgewacht.

Am Nachmittag sehen sich Emilia und Dolores kurz beim Eisessen auf der großen Terrasse, die Kinder sind wieder bei ihr.

»Komm, nimm diese mit Blick aufs Meer«, empfiehlt der Schwiegersohn am nächsten Morgen und ist Dolores behilflich, es sich auf der Liege gemütlich zu machen. Die Kinder haben sie mit Getränken und Obst für den Vormittag eingedeckt und wollen dann mit dem Mietauto weg.

»Mama, bis heute Abend. Pass auf beim Gehen oder lass dir helfen.«

»Mach ich und habt viel Spaß.« Beide bekommen einen Kuss auf den Mund. Das macht sie immer noch, zum Leidwesen der Kinder.

»Wir müssen es ihr doch einfach nur sagen«, hat der Schwiegersohn schon vor Jahren eine Korrektur ihrer abscheulichen Gewohnheit, wie er es nennt, verlangt.

»Nein, das tun wir nicht. Die paar Jahre, die sie noch hat, lass sie es doch noch machen.« Der Satz ist jetzt fünf Jahre her und nun ist es, wie es ist.

Emilia setzt sich gleich nach dem Frühstück für Langschläfer wieder zu Dolores.

»Na, ausgeschlafen?«

»Oh, was denkst du? Ich bin heute Morgen schon das erste Mal wieder zum Strand gehumpelt und ins Meer. Ich kann das Gefühl gar nicht beschreiben.«

»Wie Auferstehung, wie neu geboren?«

»Ja, genau das trifft es.«

»Ist dein Fuß wieder ganz okay?«

»Ich denk schon. Wenn ich nicht so gerne mit dir erzählen würde, wäre ich sicher schon wieder unterwegs.«

»Hast du nicht Lust, mich am späten Nachmittag, wenn es kühler wird, einmal mit runter zum Strand zu nehmen?«

»Bist du noch nie unten gewesen?«

»Nein, meine Kinder meinen, es sei zu gewagt, und es scheint auch mir zu weit und ich zu wacklig. Aber wenn ich es so recht überdenke und du mich unterhakst, dann schaff ich es vielleicht doch.«

Emilia ist ganz aus dem Häuschen, dass Dolores sich das zutraut und sie diejenige sein darf, die sie dabei unterstützt.

»Oh, Dolores, und wie gerne ich das mache.«

»Wer weiß, ob ich es nächstes Jahr noch kann?«

»Ja, genau, dann machen wir es heute nach deinem Mittagsschlaf. Ich hole dich aus deinem Zimmer ab.«

»Das ist gut, dann kann ich das Zimmermädchen abbestellen.«

»Wie ist deine Zimmernummer?«

»125, gleich neben der Rezeption den Gang entlang.«

»Wollen wir reden oder hast du Nachholbedarf im Schlafen?«, möchte sich Emilia ernsthaft vergewissern und schaut doch mit einem schelmischen Blick zu Dolores.

Die Antwort darauf erübrigt sich, denn Dolores hat neuen Gesprächsstoff parat.

Sie erzählt von ihrer Annahme, dass sie es früher als langes erfülltes Leben empfunden hat, wenn jemand mit Mitte achtzig das Zeitliche gesegnet hat. Erst als sie selbst in diesem Alter war, hat sich ihre vorgefasste Meinung geändert.

»Die meisten sind aber dann schon wirklich kränklich und pflegebedürftig oder aber erleben ihn nicht einmal mehr«, wirft Emilia ein.

»Das ist wohl wahr. Nur ich habe mich im Spiegel betrachtet und realisiert, mein Körper ist noch ganz gut in Schuss und auch mein Kopf funktioniert. Ich kann an den allermeisten Dingen noch teilhaben und will auch meine Wünsche noch nicht auf Eis legen. Mein Lebensgefühl will noch gerne ein paar bunte Sommer erleben und hierbleiben. Es ist mir noch zu früh, wenn ich jetzt dran bin. So hat mich die eigene Erfahrung eines Besseren belehrt.«

»Ja super, dann ist es jetzt auch noch zu früh und wir schaffen das heute mit dem Strand noch«, scherzt Emilia.

»Hast du denn auch nichts Besseres vor, als mit einer alten Frau an den Strand zu gehen?«

»Doch, ehrlich gesagt, ja. Ich will mit einer alten sehr netten Dame an den Strand gehen.« Beide schmunzeln.

Die 93-Jährige ist bis vor fünf Jahren immer noch allein verreist. Das gehütete Rezept fürs lange gesunde Altern ist ganz simpel und sie gibt es gerne preis und weiter. Immer nur wenig essen, dann hat der Körper alles, was er braucht, der Rest ist nur Ballast. Unbedingt täglich zwei Gläschen selbst gemachten Kräuterlikör am Morgen und am Abend ist einer ihrer Geheimtipps. Viel Arbeiten und viel Faulenzen. Beides sollte sich immer die Waage halten. Die persönlichen Grenzen entschlossen und möglichst früh im Leben abstecken. Darauf schwört sie und hat das auch Emilia gegenüber bereits angedeutet.

Kurze Gespräche, kleines Nickerchen, lesen und schauen und schon ist es Mittagszeit. Heute wollen sie beide gemeinsam zu Mittag essen. Emilia ist eingeladen. Arm in Arm und sehr langsam gehen sie den mit Hibiskus umsäumten Weg entlang. Lachend, scherzend, guter Dinge und beglückt über die Idee mit dem Strandspaziergang.

Um 16.00 Uhr klopft Emilia an Dolores Zimmertür.

»Komm nur herein, es ist offen.«

»Und, bist du bereit?«

»Mein Geist ist mehr als bereit, nur mein Fleisch ist matt und müde. Tut mir leid. Aber so ist das mit mir alten Frau. Ich lobe den Tag immer schon vor dem Abend.«

»Schade«, kann Emilia im ersten Moment die Enttäuschung nicht verbergen.

»Ich weiß, du hast dich gefreut. Ich mich auch.«

»Na ja, dann machen wir es uns am Pool wieder gemütlich«, entscheidet sich Emilia im zweiten Moment jedoch dafür, auf keinen Fall Trübsal zu blasen.

Dolores zwinkert ihr zu.

»Wir machen es spontan, so wie dir ist.«

Dolores schweigt dazu.

»Nur kein Wort zu meiner Tochter über unser Vorhaben.«

»Ehrensache.«

Dolores hat all inklusive und bittet Emilia, ihr doch zwei Stück Kuchen, zwei Portionen Eis und zwei Tassen Kaffee zu holen.

Mit fragendem Blick schaut Emilia sie an.

»Zwei?«

»Ja, du hast richtig gehört.«

»Eines für mich?«, will Emilia sich lieber noch einmal vergewissern.

»Na, aber sicher. Meine Kinder sind nicht da, da müssen wir kein schlechtes Gewissen haben.«

Mit einem voll beladenen Tablett kommt Emilia zurück. Den Zitronenkuchen mit einer übersüßen Glasur oben drauf, sündig köstlich im Mund zergehend genießen beide das Kaffeekränzchen am Pool.

»Magst du dich noch weiter mit mir über die Grenzen, von denen du gesprochen hast, unterhalten?«

Dolores setzt sich erst einmal auf ihrer Liege zurecht, bittet Emilia, das Rückenteil etwas höherzustellen und den Schirm etwas zu verrücken.

»Grenzen ziehen heißt gleichzeitig auch, dass man Respekt bekommt, Emilia«, beginnt sie.

»Du meinst, dass ich mir nicht jeden Tag ständig Überstunden aufbrummen lassen soll?«

»Zum Beispiel auch das. Sofern es dir ein ungutes Gefühl im Bauch beschert, ist es nicht richtig für dich, davon kannst du ausgehen. Wenn du dann JA sagst, ist es immer ein NEIN zu dir. Du solltest für dich der wichtigste Mensch auf der Welt sein.«

»Das hört sich sehr egoistisch an.«

»Mag sein, aber nur im ersten Moment. Im zweiten, wenn du darüber nachdenkst, ist es dein Recht, nein eigentlich deine Pflicht, du bist es dir schuldig, für dich als Erstes zu sorgen. Dafür kannst du niemanden anders verantwortlich machen. Wenn jeder auf sich selbst gut schaut, dann ist an alle gedacht. Erst dann kannst du für andere da sein.«

Für eine Weile schauen sich beide in die Augen, als würden sie das soeben Gesagte überdenken.

»Ebenso ist es mit deiner Meinung. Sag immer gleich, was gesagt werden muss. Die passende Gelegenheit ergibt sich nie, und es wird nicht leichter. Nach einigem Lehrgeld hab ich mir angewöhnt, in einem angemessenen Ton meinen Standpunkt zu vertreten, das hat mich viel Mut gekostet. «

»... und du bist sicher so manchem auf die Füße getreten, vermute ich. «

»Aber gewaltig. Der Vorteil ist dabei, jeder weiß, wo er bei dir dran ist. Klare Ansagen schaffen immer klare Verhältnisse. «

»Also auch weniger dicke Luft, wie so oft bei uns im Büro. «

Eine Kellnerin geht um den Pool herum, um das schmutzige Kaffeegeschirr einzusammeln. Schnell trinkt Emilia den letzten Schluck aus ihrer Tasse.

»Warst du eigentlich immer gesund? «, setzt Emilia die Fragerunde fort. Zwischendurch muss sie immer wieder die Lautstärke ihrer Stimme anpassen, wenn sie merkt, dass Dolores sie angestrengt ansieht.

»Du quetscht mich ganz schön aus heute. «

»Ja. Was weiß ich, wie lange ich dich habe? «

»Lange genug. «

»Lange genug ist wie lange? «

»Lange genug. « Dolores schwenkt um. »Ach nein, was denkst du? Ich war nie eine robuste Natur. «

»Nicht? «

»Nein, nie ein besonders vitales Exemplar, ich bin immer viel krank gewesen, und vielleicht gerade deshalb hab ich mir nie zu viel zugemutet und immer auf mich achtgegeben. «

»Da hat dir das Leben eine perfekte Hilfestellung zum Altwerden gegeben, oder? «

»Das kann man wohl sagen, genauso empfinde ich es auch. « Dolores nickt. »Zu viel Essen, davon ist mir übel geworden und mein Magen hat gestreikt. Zu viel Alkohol, dann hat sich mein Kopf noch tagelang wie betäubt angefühlt. Also kannst du dir denken, nachdem ich mich in meiner Jugend ausgetobt habe, bin ich bereit gewesen, meine gesamte Lebensweise zu ändern und praktiziere seitdem statt Fülle Bescheidenheit. Ich denke, jeder von uns ist anders, jeder hat seine eigene interne Gebrauchsanweisung. Wenn man sie eines Tages entziffert hat und den Körper danach behandelt, hat er die besten Chancen, gesund zu altern.

»Das hört sich gut an, das will ich mir merken, wenn ich meine Gebrauchsanweisung mal begreife. «

»Dafür habe ich nie Schlafprobleme gehabt «, spricht Dolores weiter.

»Mein Mann hat immer zu mir gesagt, wir brauchen nur ein Bett. Er legt mich erst zum Einschlafen hin und bevor er ins Bett geht, stellt er mich an die Wand, so tief und fest schlafe ich.« Sie lacht verschmitzt los.

»Das glaub ich dir aufs Wort.« Emilia muss grinsen.

»Und ich bin immer sehr gerne zur Arbeit gegangen, auch wenn es oft zu viel und zu schwer für mich gewesen ist. Draußen in der Natur, in einer Gärtnerei. Die Pflanzen sind mein Ein und Alles. Immer schon. Meine ganz große Liebe. Sie trösten, wenn du traurig bist, beruhigen, wenn du wütend bist, und pflegen dich gesund, wenn es dir schlecht geht. Mutter Natur hilft immer, hat gegen und für alles ein Kräutlein. Und wir haben immer auf dem Feld im Sommer ein Mittagsschläfchen gehalten. Herrlich. Allerdings haben mir meine Knochen und Gelenke die Jahre ein bisschen übel genommen, wie du siehst. Gartenarbeit ist auch Knochenarbeit. Sie haben keine rechte Lust mehr, zu laufen. Nur noch kurze Strecken. Aber immerhin, ich bin zufrieden.«

»Was ist mit deinem Mann?«

»Auf den bin ich heut noch sauer.«

»Oh.« Hätt ich es nur nicht angesprochen, ärgert sich Emilia über ihre Neugier.

»Ja, oh. Der hat mich viel zu früh allein gelassen.« Dolores sinkt bei den Worten ein wenig in sich zusammen. »Wir haben so viele Träume, Pläne und Wünsche gehabt. Nochmal ein kleineres Haus bauen, dafür jedoch einen größeren Garten anlegen, eine Schiffsreise machen, uns die Outer Banks ansehen. All das, wenn mal weniger Arbeit ist, wenn wir das Geld haben, wenn die Kinder groß sind. Ich hab immer darauf gewartet, dass es erst so richtig anfängt mit uns, und dann ist es schon zu Ende gewesen.« Dolores schließt für einen Moment die Augen, holt einmal tief Luft, um sich dann wieder gerade aufzurichten. »Ich bin Mitte dreißig gewesen mit drei kleinen Kindern. Gerda ist die jüngste der drei Mädchen.«

»Das tut mir so leid, Dolores.«

»Dennoch, die Zeit hat mich hart gemacht, meinen Willen stark.«

Kurzes Schweigen.

»Seitdem ist meine Philosophie: Schlimmer kann es nicht kommen, jetzt schaffst du alles – und ich habe alles geschafft, mir alle wesentlichen Herzenswünsche erfüllt.«

Emilia fehlen die Worte, so viel Stärke ist in einem Menschen, wenn sie gebraucht wird.

»Und ich hab dadurch schnell gelernt, ja zu sagen zu meinem Leben und zu akzeptieren, was mir widerfährt. Sonst wär ich vor die Hunde gegangen. Es ist, wie es ist.«

»Glaubst du daran, dass du deinen Mann irgendwann im Himmel wiedersiehst?«

»Glauben? Ich weiß es und ich hoffe nur, dass er sich in all den Jahren keine andere gesucht hat.« Dolores lacht aus tiefstem Herzen und Emilia mit ihr.

Unendlicher Gesprächsstoff, dieser Nachmittag gehört Dolores und Emilia ganz allein. Sie reden über die erste Liebe, den ersten Kuss, über Sex, über die Weltpolitik und über Geld. Über Nächstenliebe, über Ausländer und den Schmetterling im Haar. Dolores hat zu allem einen festen Standpunkt, eine Meinung und eine Geschichte aus ihrem Leben.

Emilia hat immer die passenden Fragen und lustigen Anekdoten aus ihrer Kindheit parat. So vergeht die Zeit, ohne dass sie auch nur einmal auf die Uhr schauen.

»So viel wie heute hab ich lange nicht gelernt und gelacht«, freut sich Emilia.

»Humor ist ein kostbares Lebenselixier. Alles Schwere macht er ein klein wenig leichter«, erzählt Dolores und holt ein wenig aus bis in die Zeit nach dem Tod ihres Mannes. Und dass sie doch nicht jeden Tag vor den Mädchen weinen konnte, sondern es als ihre Aufgabe angesehen hat, dafür zu sorgen, dass diese eine schöne Kindheit haben. Und zu einer schönen Kindheit gehört eben auch viel Spaß und Freude, da ist sie sich sicher.

»Bei mir zu Hause gibt es auch immer einen Grund zum Lachen und meistens über meine Eltern. Sie erzählen ständig gemeinsam Witze, immer dieselben alten Kamellen. Wir amüsieren uns schon lange nicht mehr über die Witze, sondern über ihre verrückte Art, wie sie diese jedes Mal anders erzählen.«

Zum Abendessen sind Gerda und Franz wieder da und berichten der Mutter von ihrem erlebnisreichen Tag.

Emilia sinkt derweil glücklich mit einem Buch ins Bett. An ihren Fuß hat sie heute den ganzen Tag gar nicht gedacht.

Der nächste Morgen beginnt wie gewohnt mit herrlichstem Sonnenschein. Emilia kommt gerade vom Strand, als sie Dolores schon beim Frühstück entdeckt, wie immer fällt sie auf. Heute im altrosa Kleid. Emilia geht in ihr Zimmer, duscht schnell, zieht salonfähige Kleidung an und ist auf dem Weg ins Restaurant, als ihr Gerda und Franz mit Koffern entgegenkommen.

»Reisen Sie heute ab?« Emilia traut ihren Augen nicht.

»Hat Mutter Ihnen nichts davon gesagt?« Gerda spürt Emilias Betroffenheit. Kopfschüttelnd schaut sie zu Franz.

»Das ist wieder typisch für sie«, kommentiert er kurz.

»Nein, nicht ein Wort.« Emilia versteht es immer noch nicht ganz.

Auf einmal zupft jemand Emilia behutsam am Arm. Dolores ist leise dazugekommen, eingehakt von einem der Zimmermädchen.

»Danke.« Dolores steckt ihr ein wenig Geld zu.

Emilia steht stumm, immer noch geschockt und wie angewurzelt zwischen Dolores' Familie. Sie ist sich nicht sicher, ob sie stinksauer ist, enttäuscht oder was auch immer ihren Frust über die ungeplante Situation ausmacht.

»Komm, Emilia, wir haben noch eine Dreiviertelstunde Zeit bis zum Transfer. Die gehört dir und mir.«

»Was soll ich mit einer Dreiviertelstunde? Auf die kann ich auch pfeifen.«

Emilia fühlt sich so vor den Kopf geschlagen, dass sie doch wahrlich ihren guten Ton vergisst und sich Luft macht. Wie nur kann ein fremder Mensch ihr in so kurzer Zeit so ans Herz wachsen und sie letztendlich so enttäuschen?

Dolores hakt sie stumm unter und lenkt die Schritte in Richtung Empfangshalle auf eine Ecksitzgruppe zu, die große Wanduhr im Blickfeld.

»Entschuldige bitte, aber ich bin echt sauer.«

»Das glaub ich dir.«

»Warum hast du mir das gestern nicht …? Wir waren den ganzen Tag zusammen und du hast nicht ein Wort von Abreise gesagt.«

»Was hätte es gebracht?«

Emilia überlegt kurz. »Nichts.«

»Siehst du, genauso ist es. So unbeschwert, als hätten wir alle Zeit der Welt, wäre der Tag nie geworden. Es ist gut, wie es ist.«

Emilia schaut zur Uhr.

»Außerdem ist es für dich eine gute Möglichkeit zum Üben.«

»Zum Üben? Was bitte soll ich denn daran üben?«

»Dass du nie wissen kannst, was morgen ist, und deshalb jeden Tag so wie er ist, genießen musst.«

»So, als wär es der letzte. Na besten Dank.« Emilias Worte haben immer noch einen unwirschen Unterton.

»Ja, so als wär es der letzte, und nun beruhige dich, lass uns die Zeit nutzen.«

Dolores streichelt Emilia übers Haar, die versucht gerade, ihre Tränen zurückzuhalten.

»Ich will nicht abreisen, ohne dir noch einen letzten guten Rat zu geben.«

Wieder schaut Emilia auf die Uhr, wie viel Zeit noch bleibt.

»Schaffst du das noch?«

»Aber ja doch. Hilf nie oder gib deinen Rat ungebeten an jemanden, der krank ist oder Probleme hat.«

Also dies nun als letzten, dazu auch noch gut gemeinten Rat zu sehen, erschreckt Emilia sehr. So kaltherzig hat sie Dolores nicht eingeschätzt, und jetzt entpuppt sie sich am Schluss noch so unerwartet.

»Du erschreckst mich.«

»Tust du es ungebeten ...«

»Das tue ich ständig«, spricht Emilia dazwischen. »Dolores, in unseren letzten Minuten so ein miserabler Rat.«

»Tust du es ungebeten«, beginnt Dolores mit fester Stimme erneut ihren Satz, »dann nimmst du der Person das Leiden, das Problem ungewollt ab.«

Emilia schüttelt voller Unverständnis den Kopf. Unbeirrt davon redet Dolores weiter: »Die Person hat es dann zwar in deinen Augen scheinbar leichter ...«

»Das ist mir echt zu hoch«, will Emilia nicht folgen, den Blick ständig auf die Uhr fixiert.

»Du nimmst ihr die Chance auf Wachstum und Entwicklung.«

»Das muss ich mir erst mal in Ruhe durch den Kopf gehen lassen. Da kann ich jetzt gar nichts zu sagen«, will Emilia den Rat immer noch nicht ganz annehmen.

»Probiere es aus, mach deine Erfahrung selbst und dann bilde dir deine eigene Meinung.«

Gerda und Franz kommen die Halle entlang. Es ist so weit, der Bus ist vorgefahren, es heißt, Abschied zu nehmen.

»Wir haben nicht einmal ein Foto mit uns beiden gemacht, Dolores.«
Emilia holt schnell noch ihr Handy aus der kleinen Bauchtasche.

»Lass es stecken. Du hast alle Bilder von dir und mir in deinem Kopf. Und wann immer du sie sehen willst, kannst du es tun. Mach einfach die Augen zu und schau.«

Dolores hat in Emilias Augen schon eigenartige Ansichten über die Dinge im Leben, nicht mal ein Foto darf sie machen.

»Denk dran, morgen ist der erste Tag vom Rest deines Lebens.« Dolores nimmt Emilia so liebevoll in den Arm, als sei sie ihr Kind.

»Komm gut heim und bleib gesund. Ich vermisse dich jetzt schon.«

»Was heißt hier vermissen? Du schuldest mir noch den Strandspaziergang.«

»Ja, ich weiß. Wann immer du willst.« Emilia drückt mit einem Lächeln die Tränen beiseite.

»Besuch mich, wenn deine Reise zu Ende ist und du wieder zu Hause bist.«

Gerda reicht Emilia eine Visitenkarte mit den Kontaktdaten. Dolores scheint sie eingeweiht zu haben, was es mit dem Strandspaziergang auf sich hat.

»Oh, Dolores, das mach ich so gerne, glaub mir.«

Noch einmal liegen sich die beiden in den Armen. Dann helfen Gerda und Franz der Mutter in den Bus, ergattern sogar einen Fensterplatz für sie.

Emilia bleibt winkend zurück. Winkend und dankbar. Für diesen wundervollen Menschen, den sie in Dolores gefunden hat.

Als Emilia nach ihrem Sabbatjahr wieder nach Deutschland zurückkehrt, hat sich einiges in der Firma verändert. Auch zu Hause ist viel Liegengebliebenes zu klären, etliches muss abgearbeitet werden. Die Uhren ticken wieder schneller und es vergeht fast ein Vierteljahr, als sie endlich dazu kommt, sich bei Gerda zu melden. Voller Vorfreude auf den ausstehenden Spaziergang und ein Wiedersehen mit Dolores klingelt sie durch.

Gerda jedoch hat keine guten Nachrichten. Mit Dolores ist es nach dem Urlaub rapide bergab gegangen. Sie ist mittlerweile zu schwach, um das Bett zu verlassen. Emilia ist schockiert.

»Bitte kommen Sie aber trotzdem, sie freut sich sicher riesig über Ihren Besuch«, bittet Gerda inständig. Emilia hat ein ungutes Gefühl. Ihr fallen Dolores Worte ein: »Du kannst nie wissen, was morgen ist.« So macht sie sich gleich am nächsten Wochenende auf den Weg an die Nordsee.

Gerda erwartet sie bereits an der Haustür, begleitet sie zum Zimmer der Mutter. Im Flur vor Dolores Zimmer steht ein wunderschöner Blumenstrauß. Aufgeregt betritt Emilia den Raum. Dolores liegt geschwächt im Bett, sie hat sehr abgenommen, die Hände fühlen sich zerbrechlich an, als Emilia diese vorsichtig in ihre Hand nimmt. Ihre Augen sind trübe und fallen immer wieder zu, und doch umhüllt eine gewisse Art von Schönheit ihr Gesicht.

Emilia hält Dolores Hände lange fest, kein Wort fällt, es ist so still im Raum, beängstigend still, und irgendwie flößt die Situation Emilia Angst ein.

»Dolores, ich bin es Emilia. Fuerteventura, erinnerst du dich?«

»Ah, hm«, stöhnt diese nur leise. »Ah, hm.«

Emilia laufen die Tränen die von der Aufregung geröteten Wangen hinunter. Hatte sie sich das Wiedersehen doch ganz anders gewünscht. Und der ausstehende Spaziergang? Den gibt es nun nicht mehr. Wieder einer der aufgeschobenen Wünsche mit dem leidigen Wort …

Gerda und Franz betreten das Zimmer, haben Kaffee und Kuchen mitgebracht. Emilia lehnt dankend ab. Sie kann jetzt weder essen noch trinken, die Situation verlangt ihr mehr ab, als sie sich zugesteht, ist kaum auszuhalten, so angespannt, so ungewiss, so aussichtslos. So sehr hat sie sich auf ein Gespräch mit der alten Dame gefreut, hat so viele Fragen im Gepäck. Wollte ihr berichten von all den Ländern, die sie in ihrem freien Jahr noch bereist hat. Wollte Dolores gestehen, dass sie nun auf eine Erfahrung mit dem ungebetenen Rat zurückgreifen kann und ihr doch zustimmt. Dolores sollte die Erste sein, die erfährt, dass Emilia den Arbeitsplatz wechselt und überaus glücklich darüber ist, die Firma jetzt im Ausland präsentieren zu dürfen. Und nun sitzt sie hier und Dolores kann nicht mehr mit ihr erzählen, kein Wort kommt über ihre Lippen.

»Seien Sie nicht traurig.« Gerda nimmt Emilia in den Arm. »Sie hat Ihnen alles gesagt, was wichtig ist.« Emilia nickt, sitzt regungslos mit traurigem Blick da. Draußen beginnt es, dunkel zu werden, Franz zieht die Vorhänge zu.

Die bedrückende Stille ist fast nicht auszuhalten, wird nur durch das Ticken der Uhr unterbrochen. Dolores atmet eine ganze Zeit immer ruhig und gleichmäßig weiter, eine Minute fühlt sich für Emilia wie eine Stunde an. Dann von einem auf den anderen Moment beginnt sie, hastiger zu atmen, so, als bekomme sie keine Luft. Emilia erschrickt, weicht ein wenig zur Seite. Gerda beugt sich zu ihr, streicht ihr über die Stirn, die Wangen, gibt ihr einen Kuss auf die Stirn, als ahne sie es. Es folgt ein langer Atemzug, und dann geht Dolores ihren Weg in eine andere Welt allein weiter.

Emilia schluchzt lauthals auf, als sie an den Gesichtsausdrücken der Kinder erkennt, dass es wahr ist, was sie denkt.

»Sie hat nur noch auf Sie gewartet. Der Arzt hatte schon vor Tagen zu uns gesagt, dass der Tod ums Haus schleicht.« Gerda nimmt Emilia in ihre Arme.

Noch eine ganze Stunde sitzen die drei in dem Zimmer, ohne miteinander zu reden. Auf einmal ist die Stille so heilsam, es tut unsagbar gut, den eigenen Emotionen freien Lauf zu lassen. Gerda ist zwischendurch kurz aufgestanden, hat über Dolores Augen gestrichen, ihre Hände zusammengefaltet, das Fenster geöffnet, die Vase mit Blumen aus dem Flur geholt. Sie legt Dolores Brille neben die Bibel auf den Nachtisch, setzt sich dann auch wieder.

»Emilia, wir wollen Mutter jetzt waschen«, unterbricht Gerda nach weiteren dreißig Minuten das Schweigen und steht auf.

»Lassen Sie sie heute noch abholen?«, will Emilia wissen.

»Nein, ich rufe nur den Arzt an. Sie bleibt die Nacht noch hier, damit ihre Seele Zeit hat, den Körper zu verlassen.«

»Deshalb das offene Fenster?«

»Ja, deshalb.«

»Ich verstehe und werde dann auch fahren.« Emilia schaut noch ein letztes Mal zu Dolores.

Gerda geht zu dem alten Schrank, öffnet eine der quietschenden Türen und holt etwas heraus.

»Hier bitte, für Sie.« Sie reicht Emilia eine grüne Schachtel.

»Für mich?« Emilia ist in dem Moment ein wenig damit überfordert, sich in dieser Situation gebührend zu bedanken.

»Mutter hat alles bis aufs kleinste Detail schriftlich geregelt.«

Emilia schaut Gerda fragend an.

»Ich weiß auch nicht, was drin ist. Schauen Sie nach.«

Zaghaft und unsicher öffnet Emilia den Deckel, ein paar Tränen fließen.

»Die Haarspange. Der Schmetterling? Für mich?« Die Tränen sind nicht mehr zu halten.

Gerda nimmt sie erneut in den Arm, weint auch.

»Danke«, bekommt Emilia nur ganz leise heraus.

Dann verabschieden sie sich, Franz bringt Emilia zur Tür, macht die Hofbeleuchtung an, damit sie gut zum Auto gelangt.

Froh, da gewesen zu sein, unsagbar traurig über den Verlust, zutiefst berührt von der stillen Art, wie Dolores gegangen ist, und mit gemischten Gefühlen fährt Emilia heim. Erst langsam begreift sie, dass sie einen ganz besonderen Menschen hier auf Erden nicht mehr wiedersehen wird. Sie ist jedoch zutiefst dankbar und glücklich, dass sie all die Momente mit Dolores in ihrem Herzen hat und sie auch ohne Foto zu jeder Zeit ansehen kann, wenn sie die Augen schließt.

Ihr fällt eines dieser tiefsinnigen Gespräche auf Fuerteventura ein und sie erinnert sich an das, was ihr Dolores über ihre Haarspange erzählt hat.

»Der Schmetterling ist mir immer ein wertvolles Krafttier gewesen. Wie kein anderes symbolisiert er die totale Wandlung, die auch dir möglich ist, wenn du furchtlos und mutig deinen Weg gehst. Außerdem verleiht er deinem Leben die nötige Leichtigkeit, um all deine Verletzungen zu überwinden und an ihnen zu wachsen.«

Zwei Wochen später fährt Emilia noch einmal an die Nordsee. Diesmal in trauriger Gewissheit, Dolores die letzte Ehre zu erweisen.

Dolores Sarg ist in der Kirche aufgebahrt und mit einer herrlichen Blumenpracht versehen. Dicht daneben steht ein wundervolles in Gold gerahmtes Bild. Das Porträt spiegelt alles wieder, was Dolores ausgemacht hat, ihr typisches sanftes Lächeln, die Farbe in ihrem Leben, diese demütigen Gesichtszüge, ihre Weisheit.

Daneben steht noch ein Rahmen mit den folgenden Worten:

Welch ein Segen, dass ich meinen langen Lebensweg mit euch an meiner Seite gehen durfte. Eure Dolores

Emilia legt ihr Blumenarrangement mit schwarzer Schleife davor. Auf dieser steht in silbernen Buchstaben:

Bis zu unserem gemeinsamen Spaziergang irgendwann. In Dankbarkeit, Emilia.

DIE HAUSORDNUNG

Außer meiner Familie begegnete ich in meinem Leben so vielen Menschen, die mich faszinierten, begeisterten und durch ihre Ansichten inspirierten. Auch ohne nur eine einzige ihrer Erfahrungen selbst zu erleben, nahm ich einige Überzeugungen mit in mein Wertesystem auf, und davon will ich erzählen.

Mit den flüchtigen Bekanntschaften fuhr ich oft nur zwei Stunden im Zugabteil, saß mit ihnen eine halbe Stunde beim Arzt im Wartezimmer oder stand mit ihnen zehn Minuten an der Kasse für einen kurzen Plausch. Mit einigen war ich drei Wochen im Ferienlager. Mit anderen drückte ich zehn Jahre gemeinsam die Schulbank, lernte den Wert einer Freundschaft schätzen, kämpfte mich mit ihnen durch die Pubertät und probierte den ersten Alkohol. Tauschte die frischen Erfahrungen des Verliebtsein aus.

Während dieser Zeit übernahm ich häufig andere Ansichten, wechselte ständig meine Standpunkte, tat Dinge aus dem Bedürfnis der Zugehörigkeit, jedoch noch ohne darüber bewusster nachzudenken.

Wissen und Weisheit begegneten mir in meinem Arbeitsalltag. Durch Kollegen und meine Vorgesetzten. Oft waren es nur Momente, kurze Aussagen, ein Lob, eine Meinungsäußerung, eine Mahnung, ein Hinweis, eine Begebenheit, die mich aufhorchen und darüber nachsinnen ließen. Ich hörte zu, nahm wahr, machte mir mein eigenes Bild dazu. Speicherte es ab und ließ es ruhen. Einiges stieß mich ab und anderes begeisterte mich so nachhaltig, dass es noch heute in mir nachklingt.

Als Außendienstmitarbeiterin einer Baufirma hörte ich morgens nach dem Meeting, wenn ich startklar zu meinen Kundenterminen wollte, den Satz: »Wenn Sie merken, dass Sie auf einem toten Pferd sitzen, steigen Sie ab.«

Noch heute überdenke ich nach einigem Zeitaufwand, den ich einer Sache widme, diese Worte und entscheide, ob es sich lohnt, weiterzumachen oder abzubrechen. Es erspart mir oft Wege, die in den Sand gesetzte Zeit gewesen wären.

Während ich als Sekretärin einer großen Firma mit einem mittelmäßigen Einkommen meinen Lebensunterhalt verdiente und der Arbeitsaufwand dort nie enden wollte, hätte ich mein Bettzeug eigentlich schon mit ins Büro nehmen können, so viele Stunden verbrachte ich dort. Nachdem der Chef die geleisteten Überstunden einige Male einfach strich, schrieb sie keiner von den Angestellten mehr auf, so auch ich nicht. Jeder wollte seine Arbeit behalten. Das Wort Freizeit wurde zum Fremdwort. Bis ich Gudrun traf. Sie wurde zu meiner Unterstützung neu eingestellt. Hatte vom ersten Tag an eine klare, unmissverständliche Sprache, sodass sich schon nach kurzer Zeit keiner traute, ihr zu viel aufzubürden. Wenn sie am Abend ihre Sachen packte und von mir nur die Augen über meinen Stapel Akten zu sehen waren, schaute sie mich jedes Mal sehr mitleidig an, und ihr schien es nach Lehrermanier eine Genugtuung zu sein, mir eine Lektion zu erteilen: »Ich«, betonte sie, »arbeite, um zu leben, und nicht umgekehrt.« Die ersten Hinweise glitten noch an mir ab, jedoch jeden Abend diesen Satz im Büro zu hören …, das machte etwas mit mir. Nach einem Monat hatte sie mich gekriegt. Ihr war es gelungen, dass ich diesen Satz schon träumte, morgens als Erstes an ihn dachte und am Abend damit schlafen ging. Eine neue Denkweise hatte sich in mir entwickelt, und ich machte gemeinsam mit Gudrun Feierabend. Ich hatte etwas gelernt und verstanden, was sich äußerst positiv auswirken sollte, egal, was ich tat, und gleichgültig, ob beruflich oder privat. Ich bemühe mich, die Dinge im Gleichgewicht zu halten.

Ein sehr freundschaftliches Verhältnis entwickelte sich zu meinem Versicherungsvertreter. Er betreute mich schon seit neun Jahren in meiner Selbstständigkeit. Es blieb während unserer abendlichen Haustermine nicht nur bei Gesprächen über bestehende oder zu ändernde Policen. Wir besprachen alles Mögliche, und so kannte er auch den Ärger über eine meiner Angestellten. Sie verschlief andauernd, hatte die genialsten Ausreden, bat ständig um einen Vorschuss und vergriff sich mir gegenüber oft im Ton. Keine der Aussprachen und Bemühungen meinerseits fruchteten. Ich haderte seit einem Dreivierteljahr damit, sie zu entlassen.

»Von Menschen, die Ihnen nicht guttun, müssen Sie sich trennen.« Das war der Satz, den er bei einem Termin einbrachte und mir damit die Tür öffnete, endlich zu reagieren.

Heute warte ich nicht mehr so lange. Schon wenn ich in eine Unterhaltung verwickelt bin, die mir Energie raubt, erlaube ich mir, mich daraus schnellstmöglich zu lösen.

»Manchmal ist eine Banane auch nur eine Banane«, die Geschichte ist schnell erzählt. Den Satz verordnete mir mein Heilpraktiker oft, wenn ich ihn mit bestimmten Krankheitssymptomen aufsuchte. Dann die Ursachen hinterfragen wollte, warum mir das geschehe und was die Botschaft der Befindlichkeiten sei. Und oft ist eine Banane wirklich nur eine Banane.

Zu guter Letzt fällt mir die erste Wohnung ein.

Mit meinem damaligen Freund, der auch heute noch mein Mann ist, bezog ich eine Zweiraumwohnung am Stadtrand mit einem goldgelben Kachelofen im Wohnzimmer. Ein Bad hatten wir nicht. In der kleinen Küche befanden sich dafür außer den Küchenschränken auch die Waschmaschine, eine kleine Dusche, unser Waschbecken, die Spüle, die Nähmaschine und ein Gasherd, der auch am Morgen für etwas Wärme sorgte. Das WC war nur einen Quadratmeter groß und im Flur eine Etage tiefer. Wir teilten es mit einer 81-jährigen Dame.

Gleich am ersten Tag nach unserem Einzug nahm uns unser Hausobmann beide im Treppenhaus beiseite.

»Habt ihr euch die Hausordnung durchgelesen?« Obwohl wir sie natürlich nicht gelesen hatten, uns jedoch sicher waren, dass wir schon wussten, was wir tun und lassen mussten, bejahten wir.

»Das ist gut, dann kommt mal mit auf den Hof. Ich will euch noch gleich erzählen, was da nicht geschrieben steht, jedoch äußerst wichtig ist.«, forderte er uns auf, ohne nachzufragen, ob wir Zeit hätten. Wir waren Anfang zwanzig, er über siebzig Jahre alt. Aus Achtung und Respekt kam für uns eine Gegenrede gar nicht in Betracht. So saßen wir dann nach einigen Minuten alle drei auf der Bank im Hof.

»Nun zu den drei wichtigsten Regeln.«

Mit einer weisen, jedoch auch fordernden und keinen Widerspruch zulassenden Stimme begann er, uns davon zu erzählen, was wichtig sei und doch nirgends geschrieben stehe. Wir waren gespannt.

Hinter Regel Nr. 1 verbarg sich der Hinweis, es möge uns von Anfang an klar sein, dass sich hier im Haus jeder nur um seine eigenen Angelegenheiten kümmere. Frei nach seiner Strategie: »Jeder fege vor seinem Tor. Es liegt genug Dreck davor.« Das kannten wir ähnlich von zu Hause und so konnten wir ihm leicht folgen.

In Regel Nr. 2 ging es um Kritik. Die bitte schön in diesem Hause unter den Mietern von Angesicht zu Angesicht geäußert werde.

»Es wird hier nicht hinterm Rücken getratscht oder gemeckert. Ist euch das klar?«

Was sollten wir dagegen sagen? Es musste uns klar sein. Wir wollten hier schließlich wohnen.

Regel Nr. 3 war die schwierigste und damit auch größte Herausforderung für uns. Sie lautete: »Man kann mit jedem Menschen auskommen.« Da hatten wir erheblich andere Erfahrungen und schauten ihn dementsprechend ungläubig an.

»Es ist ganz einfach«, kam er uns ein Stück entgegen. »Ihr nehmt jeden so, wie er ist.« Das könnte schwierig werden, da waren wir uns beide einig. Die ersten Herausforderungen ließen auch nicht lange auf sich warten.

Die Dachwohnung bewohnte ein junger Mann mit einem Raben und einer Ratte. Die junge Frau neben uns hatte einen großen Schäferhund. Das schwarze Federvieh flog einem im Flur oft um den Kopf, kleckerte hinten alles heraus, was vorne in den Schnabel kam. Kam dann noch der Hund aus der Wohnung dazu, war es gänzlich zu spät und es klang nach Mord und Totschlag. Das waren schon sehr gewöhnungsbedürftige Zustände für uns. Wir kamen vom Lande und da lebten die Tiere im Stall oder auf dem Hof.

Alle vier Wochen zeigte der Hauskalender an:

1. Der Flur musste gefegt, gebohnert und poliert werden.

2. Im Vorgarten musste das Unkraut gejätet, eventuell die Hecke geschnitten werden.

3. Wir waren endlich wieder dran, die Waschküche zu nutzen. Aus dieser Zeit stammte mein riesiger Vorrat an Unterwäsche und Socken. Unsere Kinder wurden später oft im Ferienlager bestaunt, dass sie zu Hause noch mehr an Socken und Schlüpfern hatten, als im Koffer lagen. Bei den anderen war die Schublade geleert.

Hilfsbereitschaft war selbstverständlich. Hatte ich Wäsche auf den Hof gehängt, war jedoch zur Arbeit und es regnete plötzlich, brauchte ich mich nicht zu sorgen. Oder doch? Einer der beiden allein stehenden älteren Herren im Haus nahm sie ab. Kam deswegen extra aus dem Garten, legte alles schön in meinen Wäschekorb und freute sich, wenn ich heimkam, mir schon an der Haustür davon zu berichten. Vor lauter Eile hatte der Rentner jedoch vergessen, sich zuvor die erdigen Hände zu waschen. Ich war pappensatt.

»Er meint es nur gut«, befand der Hausobmann, als ich ihm davon erzählte. »Du wolltest dich doch nicht etwa darüber beschweren?«

»Neieiein …« Wie hätte ich es auch nur in Erwägung ziehen können? Unter den geltenden drei goldenen Regeln lebend, sollte mir das doch gar nicht erst in den Sinn kommen. Ich war so wütend darüber, dass ich alles noch mal waschen musste. Noch oft habe ich später, nachdem wir in ein eigenes Haus gezogen sind, daran gedacht und es sehr genossen, dass ich waschen konnte, wann immer ich wollte.

Die gemeinsame Nutzung des WC mit der 81-jährigen Dame hat uns oft überfordert und wirklich an unsere Grenzen gebracht. Ich verzichte auf nähere Einzelheiten. Jahre später zwei WC im eigenen Hause, das war wie ein Sechser im Lotto.

Wir waren die jüngere Generation und ordneten uns bereitwillig und selbstverständlich der alten unter und es funktionierte. Na ja, zugegeben, oft auch Zähne knirschend, aber dennoch taten wir es.

Durch die Anwesenheit der Krähe, der Ratte, das strenge Regiment unseres Hausobmanns, den hilfsbereiten Nachbarn lernten wir im Alltag gegenseitige Rücksichtnahme, Hilfsbereitschaft und sehr viel Toleranz, und es hat uns nicht geschadet, im Gegenteil. Acht, mal mehr, mal weniger angenehme Jahre wohnten wir in diesem Mehrfamilienhaus und bekamen auch noch unser erstes Kind während dieser Zeit.

Zurückblickend frage ich mich, ob das heute noch so funktionieren würde. Ordnet sich die junge Generation ebenfalls genauso bereitwillig unter, wie wir es taten? Sollte sich überhaupt eine erwachsene Generation der anderen unterordnen müssen? Mit Achtung, Wertschätzung und Respekt dem Anderen gegenüber kann es doch auch auf Augenhöhe funktionieren? Oder?

Uns prägte diese Zeit jedenfalls im Umgang mit unseren Mitmenschen. Auch in unserer jetzigen netten Nachbarschaft lebt es sich sehr angenehm.

Als ich genau davon meiner alten Tante vorschwärmte, schaute sie mich freundlich an und meinte:

»Ihr seid die netten Nachbarn, es kommt nur alles zurück.«

IMMER NOCH DU

Britta, Chefin eines Lebensmitteldiscounters, ist von einem Kurzurlaub zurückgekehrt. Sieben Tage ohne Handy, eine eigene Höchstleistung, die sie auch noch überlebt hat. Gut sogar. Doch kaum zu Hause schleicht sich der gewohnte Alltag schnell wieder ein. Die E-Mails checken, die Post sortieren und hoffentlich die Hälfte gleich entsorgen. Der erste Blick jedoch gilt dem Handy. Acht Anrufe in Abwesenheit. Drei davon enge Freundinnen.

Die wussten doch genau, dass ich das Ding nicht mitnehme, sicher ein Test, sie haben mir nicht geglaubt. Dann die Nummer der Stadtwerke, mit denen debattiert Britta schon seit Wochen wegen einer Rückzahlung. Drei Anrufe ohne Anzeige der Nummer, dann Jochen, ein Mitarbeiter aus dem Markt, den muss sie zuerst zurückrufen.

Hm, und eine SMS ohne Text, die Nummer kenne ich gar nicht, überlegt sie.

Unwichtig, zuerst Jochen. Die Klimaanlage ist ausgefallen und er hat die zuständige Firma angerufen, will nur eine Rückversicherung wegen der Kosten. Britta ist beruhigt, es läuft, auch wenn sie ein paar Tage weg ist. Das ist der Lohn für die jahrelange Zusammenarbeit, sie kann sich auf ihre Mitarbeiter verlassen.

Dann die unvollständige SMS.

Britta schreibt: »Habe Ihre Nummer auf meinem Handy.«

Die Antwort lässt nicht lange auf sich warten.

»Tut mir leid, das war ein Versehen. Lisa.«

Lisa? Hm. Eine Lisa ist zwei Jahre mit ihrem Sohn zusammen gewesen. Britta schaut im Telefonverzeichnis nach. Genau. Es ist ihre Handynummer unter Meckel gespeichert. Es ist die Lisa von damals.

Warum ist die Nummer eigentlich noch nicht gestrichen?, fragt sie sich.

Ein kurzer Blick zurück. Ein sehr angenehmes Mädchen mit kurzer roter Bubikopf Frisur. Sie passt optisch super zu ihrem großen blonden Henning.

Britta und sie haben von Anfang an den gewissen Draht zueinander. Ja, und Henning blüht förmlich auf während seiner ersten großen Liebe, schwebt über den Wolken. Er zeigt eine ganz neue Seite seines Mannwerdens, verwöhnt sein Mädchen, wo und wie es auch immer sich ergibt. Und sie? Sie schwärmt von ihm. »Noch nie hat jemand so wunderschöne Dinge für mich getan«, gesteht sie Britta beim Abwasch.

Sie ist im Herbst beim Pilzesammeln dabei, kennt sogar noch etliche Sorten mehr. Lisa kommt mit in den Wanderurlaub, ihr zuliebe wandert auch Henning mit. Britta und sie stricken jeden Abend an ihren bunten Socken. Sie sucht in dem Jahr mit Henning den Weihnachtsbaum aus und sie schmücken ihn gemeinsam. Sie hat gut in die Familie gepasst.

Doch nach den rosaroten Wolken ziehen auch die ersten Unwetter auf. Lisas Großeltern sterben kurz hintereinander, Henning kämpft sich durch das Studium. Jeder hat seine eigenen Probleme, fühlt sich vom anderen unverstanden. Sie streiten, gehen für ein paar Wochen getrennte Wege, versöhnen sich und fangen neu an.

Bis Lisa eines Sonntags bei ihnen am Mittagstisch sitzt und ihre Augen dieses Funkeln nicht mehr haben. Sie starrt mit leerem Blick aus dem Fenster und spricht mit niemandem ein einziges Wort. Britta ahnt es schon, dass das der letzte gemeinsame Sonntag ist.

»Schön, mal wieder von dir zu hören. Wie geht es dir Lisa? Gruß von Britta.«, schreibt sie zurück.

»Danke, mir geht es gut, bin gerade im Praktikum. Ich hoffe, Ihnen geht es auch gut.«

Britta stutzt. Sie?

Da hat es doch diesen besonderen Tag gegeben, Henning und Lisa sind genau ein Jahr zusammen. Britta hängt ein großes Herz aus Krepppapier an Hennings Zimmertür.

Beim Frühstück stoßen sie alle vier mit Sekt auf das Jubiläum an. Britta und René nutzen die Gelegenheit, bieten Lisa an diesem Morgen das Du an. Jetzt ein Sie?

»Danke, mir geht es auch gut. Sag, wir beide sind doch schon mal beim Du gewesen, erinnerst du dich?«, tippt Britta zurück.

Die Antwort dauert ein wenig.

»Ja, ich erinnere mich an den Morgen, weiß nur nicht, ob das Du noch Bestand hat, da wir ja nicht mehr zusammen sind.«

Britta wird ganz warm ums Herz. Ach Lisa, genau deshalb hab dich so gemocht. Einen Moment braucht Britta, um sich zu sammeln.

»Liebe Lisa, das Du behält für alle Zeiten seine Gültigkeit. Diese besondere Zeit mit dir wird nie gelöscht. Alles Gute für dich und bis irgendwann einmal wieder.«

Es kommt keine Antwort zurück. Ist da ein alter Liebesschmerz hochgekommen? Oder will sie einfach abschließen und die Sache nicht mehr aufwirbeln? Wie auch immer. Schön ist es trotzdem, von ihr noch mal zu hören, und irgendwie auch für Britta die Chance, zu sagen, was damals nicht mehr möglich gewesen ist.

Warum Zeiten leugnen, die einen kleinen Traum von Familienidylle in unser Leben gebracht haben? Warum Menschen auf ewig meiden, nur weil sich die Meinungen und Ansichten geändert haben? Warum nicht einfach in Achtung und Respekt zu der Vergangenheit stehen? Zu dem, was uns miteinander verbunden hat, was wir miteinander geteilt und voneinander gelernt haben? Was geschehen ist, gehört zum Leben dazu. Alles.

Auch wenn es auseinandergebrochen und in alle Winde verstreut ist. In uns lebt es weiter und behält seinen Platz.

Auf ewig Du zu dem, was gewesen ist und in uns immer bleiben wird.

DER MOND ALS ZEUGE

Endlich eine eigene Wohnung. Ein Bettgestell aus schwarzem Metall, eine Couch vom Sperrmüll, gepflegt in olivgrünem Biedermeiermuster, zwei rosa Kissen von Tante Mia, eine Kiste Rotwein von Onkel Hugo, das Brotmesser von zu Hause, mehr haben sie nicht gebraucht. Der noch freie Raum ist bis an die Decke ausgefüllt von Leni und Steffen, von Liebe, Glück, von Träumen, von Plänen und Schmetterlingen. Leni, die ruhige Bibliothekarin mit dem kurzen blonden Haarschnitt, ist bis über beide Ohren in diesen schlaksigen rothaarigen Lockenkopf Steffen verknallt, der keine seiner drei angefangenen Ausbildungen beendet hat und als Kraftfahrer arbeitet. Steffen tut das, was er schon als kleiner Junge auf dem Sandhaufen geliebt hat: Auto fahren. Oder er schnitzt alle möglichen Gegenstände aus Holz. Alles aus diesem Werkstoff scheint sich in seinen Händen selbst zu formen. Ein begnadetes, jedoch brachliegendes Talent.

»Ein Leben lang nur wir beide«, das haben sie sich auch ohne Trauschein auf der alten Brücke unten am See versprochen. Nur der Mond ist ihr Zeuge gewesen, hat den Schwur besiegelt und alle Sterne haben im besonderen Glanz dieser Liebe gefunkelt.

»Ich schwöre, dass du der einzige Mann bist, den ich je lieben werde.«

»Na, das will ich doch hoffen.« Steffen tut sich ein wenig schwer mit Gefühlsaufwallungen.

»Sei nicht so cool, bitte sag mir auch, dass du an uns glaubst.«

»Das tue ich.« Steffen drückt sie so fest an sich, dass sie um Luft ringt. »Leni, nur du auf immer«, bekräftigt er und behält sie in seinen Armen.

Doch dann kommt alles ganz anders.

Leni bekommt von ihren Eltern den Auslandsaufenthalt in Irland geschenkt, der jahrelang auf ihrer Wunschliste ganz oben gestanden hat.

»Aber doch jetzt nicht mehr«, beklagt sie den viel zu späten Zeitpunkt.

Vor Steffen ja, da wäre sie unendlich gerne gereist, doch jetzt? Ausschlagen, das wagt sie nicht, dann kann sie den Eltern nicht mehr in die Augen schauen.

Haben sie es mit Bedacht getan? Schließlich ist Steffen nicht gerade die erste Wahl des erhofften Schwiegersohnes, und Lobeshymnen singen die Eltern nicht, wenn sie am Wochenende vorbeischauen.

Schon optisch passt er ihnen nicht. Wenn der Vater Steffen mit seiner grauen schlabbrigen Baumwollhose, dem weiten lindgrünen Hemd, an dem viel zu viele Knöpfe offen sind, kommen sieht, mustert er ihn bereits von Weitem. Missbilligend wandert sein Blick von den Jesuslatschen, die er ohne Socken trägt, bis zu dem alten Rucksack aus der Hippizeit.

»Mit dem willst du dein Leben teilen?« Er verdreht die Augen.

Auch Steffens breites charmantes Lächeln kann über die bemängelten Äußerlichkeiten nicht hinwegtäuschen.

»Na ja, aus den Hobelspänen könnt ihr ja dann den Ofen wenigstens warm bekommen«, spöttelt der Vater am Abend, ohne zu ahnen, wie tief er Leni damit trifft.

Leni reist also nach Irland und schwört ihrem Steffen abermals die Treue bis in alle Ewigkeiten. Ein Dreivierteljahr, das wird schon vergehen, ist sie sich sicher.

Sie wohnt auf einem herrlichen großen Landgut in einer gut situierten Familie. Dafür haben die Eltern schon im Vorfeld gesorgt. Sie muss auf nichts verzichten. Mit drei weiteren jungen Leuten teilt sie sich eine kleine Ferienwohnung. Alle machen sich im Haus und auf dem Hof nützlich, frischen ihre Sprachkenntnisse auf und fühlen sich recht schnell zugehörig und wohl in der Gastfamilie.

»Hast du Lust, mit mir auszureiten?«, fragt der etwas dürre Bankkaufmann Fred sie eines Tages. Reiten in Irland ist der Himmel. Er lebt schon seit vier Monaten hier, spricht dementsprechend von allen am besten die Sprache.

Mit den Gedanken ist Leni bei Steffen, wartet täglich sehnsüchtig auf Post, das Angebot der Reitstunden nimmt sie aber gerne an. Erst vorsichtig, dann mutiger, bis sie schließlich ganz begeistert ist vom Pferdesport.

»Wenn du mich nur sehen könntest, mein Schatz, es geht mir so gut, nur, mit dir wäre alles schöner«, schreibt sie in ihren Briefen nach Deutschland.

Leni glaubt immer noch, über beide Ohren in Steffen verliebt zu sein, und registriert nicht, dass sie in letzter Zeit schon viel weniger an ihn denkt. Sie blendet den Zustand, dass sie Fred nähergekommen ist, vollständig aus. Bis zu dem Tag, als auf dem Hof ein großes Familienfest stattfindet.

Aus allen Teilen des Landes ist die Verwandtschaft angereist, alle müssen für die Nacht untergebracht werden und Leni bietet der zusätzlich angereisten Nichte ihr Zimmer an, will die Nacht bei ihrer finnischen Mitbewohnerin auf einer Luftmatratze schlafen.

In ausgelassener Stimmung tanzt Leni an diesem wundervollen lauen Sommerabend, genießt die Glücksgefühle, die ihr der Alkohol verschafft und schläft am frühen Morgen nicht wie geplant auf ihrer Luftmatratze ein.

Freds hagere Arme umschlingen ihren nackten Oberkörper. Ein paar Tränen rollen über ihre Wange, sie denkt an Onkel Hugos Kiste Wein.

Wir haben sie nicht einmal mehr angebrochen. Alles ging auf einmal so schnell. Viel zu schnell, schleicht sich ein wehmütiger Gedanke ein.

Nun liegt sie hier mit Fred im Bett und alles fühlt sich so falsch an. Ihr ist, als ob sie irrtümlich die verkehrte Abbiegung genommen hat.

Wie konnte ich mich nur so von meinem Weg abbringen lassen? Sie erschrickt vor sich selbst und hadert zum ersten Mal mit ihrem Aufenthalt hier. Noch fünf Monate, dann ist es geschafft. Abbrechen, nein, das kann sie den Eltern nicht antun. Wie hat Mutter doch noch zu Leni gesagt? »Lenchen, dass von euch beiden Mädchen nur du überlebt hast, ist eine tiefe Narbe für uns beide, nur du kannst uns darüber hinwegtrösten.« Den Satz darf sie nie und nimmer vergessen.

Steffen, ich schaff das hier. Für uns!, beruhigt sie ihre aufkommenden Gewissensbisse.

Auch Steffens Leben geht weiter. Ein verlockendes Angebot als Fernfahrer. Abenteuer gratis, er schlägt es nicht aus und rollt seit zwei Wochen über die Transitstraßen Europas. Leni hat er sicherheitshalber nichts davon geschrieben. Wenn sie zu Hause ist, höre ich wieder auf. Als Fahrer kriege ich überall Arbeit, verspricht er sich und ihr.

Die Zeit vergeht, die Briefe werden weniger. Leni vertraut sich mehr und mehr Fred an. Seine körperliche Nähe, die Gespräche mit ihm, es tut alles so gut hier in der Fremde, ein wenig Halt und Vertrautheit zu spüren.

Steffen ist unterwegs, mal hier, mal dort, nimmt das Leben, wie es ist.

Dann kann Leni es nicht mehr verbergen. Die Übelkeit beim Ausreiten, die Hose, die ein wenig eng ist, der Busen, der strammt. Sie trägt ein Kind unter ihrem Herzen, ist rat- und fassungslos. Und todunglücklich.

War Fred nur ein Trostpflaster gewesen?

Sie schreibt Steffen nicht mehr, was soll sie ihm auch schreiben? So versiegt allmählich der Briefwechsel. Auch Steffen spürt, dass es nicht mehr dasselbe ist zwischen ihnen, etwas stimmt nicht. Die Zeit hat verändert, was so nicht gedacht gewesen ist. Er stürzt sich in seine Arbeit.

Steffen fährt gerade durch Spanien, als Leni und Fred in München aus dem Flugzeug die Gangway hinuntersteigen, Hand in Hand. Fred überzeugt vom ersten Moment an die Eltern. Gebildet, korrektes Auftreten, makelloses Äußeres, redegewandt, zuvorkommend, und das Wichtigste, er ist der Vater ihres Enkelkindes. Dass er acht Jahre älter ist, spielt keine Rolle. Mit offenen Armen nehmen ihn die Eltern auf.

Zwischen Steffen und Leni gibt es kein Treffen mehr, die Eltern regeln das. Leni soll sich ganz dem Nachwuchs widmen, das hat jetzt Vorrang. Widersprechen? Nein, die Eltern haben schon genug durchgemacht, und außerdem sieht Leni es ein. Steffen noch mal in die Augen zu schauen, das kann sie nicht.

Es wird geheiratet. Ein Haus mit Garten, Schaukel und Sandkasten. Fred hat sich als Immobilienmakler selbstständig gemacht, Leni kümmert sich um die Büroarbeit, ist ein Jahr später wieder schwanger.

»Dich als meine Frau, unsere Bilderbuchehe, meinen kleinen Burschen, ein gesichertes Auskommen, schöne Urlaube, ein brillantes Verhältnis zu deinen Eltern. Sag, Leni, was soll ich mir mehr wünschen? Ich hab alles.«

Leni nickt. »Ja, ich weiß.«

Henrik ist Lenis ganzer Stolz. Rica wäre seine kleine Schwester gewesen, wenn sie noch leben würde. Sie starb zwei Wochen nach der Geburt. Bewusst entscheidet sich Leni, es anders zu handhaben, als ihre Eltern. Nicht besser. Nein, damit würde sie sich über die Eltern stellen. Einfach anders will sie es machen. Dankbar sein, dass es Henrik gibt, und Rica im Himmel gut aufgehoben wissen. Henrik soll nicht mit dieser Bürde aufwachsen müssen, die sie ein Leben lang im Rucksack hat.

Dann, zu ihrem 20. Hochzeitstag, bekommt Leni von Fred ein besonderes Geschenk:

»Für dich, etwas Außergewöhnliches. Für eine außergewöhnliche Frau. Nein, was sag ich, für die außergewöhnlichste.«

In Seidenpapier mit Rosenaufdruck liebevoll verpackt überreicht er es ihr. Wieder einmal das Kostbarste erwartend öffnet Leni es.

Eine Holzschnitzarbeit mit der Aufschrift »Ein Leben lang wir beide.«

Leni schnürt es augenblicklich die Kehle zu. Sie ringt nach Luft und atmet tief durch den offenen Mund. Ein eiskalter Schauer schüttelt ihren Körper.

Steffen, braucht sie nicht lange zu überlegen, das ist seine Schnitzkunst.

»Gefällt es dir nicht?« Fred ist erstaunt über die seltsame Reaktion.

»Doch, doch, sicher«, stammelt sie heraus.

Schnell erlangt sie wieder die Beherrschung. Nimmt das Holz an sich, drückt es ganz fest an ihre Brust und bedankt sich dann bei ihrem Mann.

»Der Spruch kann nur für uns beide sein«, gesteht Fred.

»Ja, er ist wundervoll, ich danke dir. So habe ich es mir immer gewünscht.« Nur mit Steffen, gehen ihre Gedanken ganz andere Wege.

Eine tiefe Wunde öffnet sich, doch schon geht das Leben weiter, die Vernunft siegt, und so soll es auch bleiben. Jahr für Jahr.

Die Eltern besucht sie mittlerweile auf dem Friedhof. Bei jedem Besuch dankt sie ihnen für alles, was sie bekommen hat. Heimlich aber hegt sie tief eingemeißelt bitteren Groll und am meisten gegen sich selbst.

Wie anders wäre mein Leben gelaufen, hätte ich den Mut gehabt, nicht den Flieger nach Irland zu besteigen, wie viel mehr Leben hätte ich mit Steffen gehabt? Vielleicht!

Sie selbst jedoch hat sich entschieden für dieses Leben, Tag für Tag aufs Neue. Mittlerweile Henrik zuliebe. Keinem kann sie dafür Vorwürfe machen. Sie hat sich ihr Leben selbst aus der Hand nehmen lassen.

Die Silberhochzeit steht vor der Tür und Henrik geht zeitgleich zum Studium nach Frankreich in die Modebranche. Die Zeit zieht ihre Bahnen, Schiffsreisen, Gartenarbeit, Freunde zu Besuch. Ein exakt durchgeplantes abgesichertes Leben, mit einem Luxus, von dem Leni nicht mal im Entferntesten geträumt hat.

Fred hat es herbeigesehnt. Endlich in vorzeitige Pension. Ums Geld geht es auch jetzt nicht, davon ist genug da. Die Wünsche auf der Reiseliste sind lange noch nicht abgearbeitet. Jetzt steht das ganze Jahr dafür zur Verfügung. Dann erkrankt Fred an Krebs, hat nur noch wenig Zeit, die beide gemeinsam nutzen können.

Seine Traueranzeige ist in allen Zeitungen zu lesen. Die Berge an Trauerpost sind eine Würdigung all seiner Leistungen. Leni liest:

Mein herzlichstes Beileid. Ich kann nachempfinden, was du gerade durchmachst. Ich verlor vor vielen Jahren auch einen Menschen, mit dem ich mein Leben teilen wollte. Nur ein Satz blieb übrig. Ein Leben lang wir beide. Ich schnitze ihn seitdem ins Holz. Ich wünsche dir viel Kraft und Zuversicht für die kommende Zeit der Trauer.

Mit stillem Gruß Steffen

Leni liest mit zittrigen Lippen die Zeilen und ihr ist, als wäre alles erst gestern gewesen, die kleine Wohnung, die großen Träume, ihre endlose Liebe.

Wochen der Trauer, Leni reflektiert, kann den Tag nicht finden, an dem sie noch genau gewusst hat, wo ihr Leben hingehen soll. Stößt nur immer wieder auf Erwartungen und Forderungen, denen sie nachgegangen ist, erkennt ihre ständigen Befürchtungen, die sie gehindert haben. Und immer wieder trifft sie dabei sich als Hauptperson ihrer Lebensbühne als diejenige, die freiwillig an allem teilgenommen hat. So erübrigt sich die Schuldfrage abermals.

Zum ersten Mal in ihrem Leben weiß sie genau, was zu tun ist. Ängstlich schaut sie auf den Umschlag nach einem Absender. Ja, zum Glück. Also will auch Steffen vielleicht endlich gefunden werden, schließt sie daraus. Viel zu lange hat sie alles einfach laufen lassen. Anderen ihr Leben überlassen. Sie will nur noch zu ihm. Sie will endlich das erträumte Leben mit ihm.

Die Zugfahrt ist lang, die Aufregung groß. Ein Taxi, und dann ist es geschafft. Leni steht vor einer Wohnblocksiedlung, sie klingelt, niemand öffnet.

»Der ist noch auf Achse, den trifft man fast nie an, ich muss mich ständig um seine Katze kümmern.«

»Wenn er kommt, geben Sie ihm doch bitte den Brief.«

Es vergehen zwei Wochen, Leni kann es sich leisten, wohnt im Hotel. Dann eines Nachmittags klingelt das Telefon.

»Hier ist die Rezeption. Sie haben Besuch im Empfangsbereich.«

Leni rennt nicht mehr ins Bad, macht sich nicht zurecht, schaut nicht in den Spiegel. Sie läuft so schnell es ihr möglich ist zum Fahrstuhl. Nur noch Zeit, um zu überdenken, was sie auf den Zettel geschrieben hat:

Steffen, ich danke dir, dass du versucht hast, mich zu trösten. Glaub mir, dieser Abschied ist nicht zu vergleichen mit dem, den auch ich als junges unreifes Mädchen aus Treue zu meinen Eltern auf mich genommen habe. In meinem Herzen jedoch bin ich nur einem Satz und einem Menschen treu geblieben: Ein Leben lang wir beide. Bin im Sonnenhof. Leni

Die Fahrstuhltür öffnet sich, Lenis Herz pocht wie beim ersten Rendezvous. Noch ein paar wenige Schritte, dann kann sie die breite Empfangshalle überblicken, ihn in die Arme nehmen, nach all den Jahren, endlich gehören sie wieder zusammen.

Dann endlich sieht sie ihn, da steht er, steht fast vor ihr, und Leni ist wie erstarrt, kann nicht einen winzigen Schritt weitergehen. Er ist nicht allein gekommen. Er hat sie bereits gesehen und kommt ihr entgegen.

»Leni, lass dich umarmen.«

»Hallo, Steffen.«

»Darf ich dir meine Frau vorstellen? Das ist Lorell.«

Lorell sitzt im Rollstuhl und reicht ihr freundschaftlich die Hand, sie hat, ohne zu übertreiben, wirklich etwas Kätzchenhaftes im Gesicht.

»Steffen hat mir schon so sehr viel von dir erzählt. Ich darf doch Du sagen? Schön, dich endlich kennenzulernen. Tut mir leid, dass ich nicht aufstehe, eine Virusinfektion hat vor drei Jahren meine Beine gelähmt.« Lorell ist gleich sehr gesprächig.

Leni hat alles erwartet, alles, nur das nicht.

Wie oft hat sie sich heimlich nach ihm verzehrt, ihn herbeigesehnt, sich jedoch nicht getraut, den Wohlstand für ihn aufzugeben? Nur heimlich hat sie all ihre Liebe für diesen ersehnten Tag aufbewahrt. Alles vergebens. Das eine kleine Fünkchen Hoffnung, das sie über all die Jahre, über all die Zeiten hinweggetragen hat, stirbt jetzt.

Eine Stunde sitzen sie im Hotelrestaurant an einem Tisch. Steffen berichtet von all den Ländern, die er gesehen hat. Es ist zu spüren, er steht wie immer mitten im Leben. Für Leni ist es wieder nur ein Aushalten, wie schon so oft in ihrem Leben, kaum zu ertragen.

»Ich muss dann auch fahren, mein Zug geht in einer Stunde.« Leni will endlich den Schmerz beenden, der sie mehr und mehr durchbohrt.

Beim Verabschieden legt Steffen Leni heimlich einen Zettel in die Hand.

»Du kannst uns ja mal wieder besuchen«, bietet er an.

»Ja, das ist eine schöne Idee, mich würde es auch freuen.« Lorell reicht ihr die Hand.

Leni nickt nur schweigend und geht.

Im Zugabteil ganz für sich allein liest sie den Zettel, darauf steht:

Ein Leben lang wir beide. Ich kann es nicht. Steffen.

LOSLASSEN

Ein junger, noch dazu gut aussehender Mann betritt am frühen Morgen als erster Kunde mein Geschäft. Jemanden in Businesskleidung mit schwarzen nach hinten gegelten Haaren, korrekt gebundenem Schlips und Aktenkoffer bediene ich eher selten. Meine übliche Kundschaft erscheint in Baumwoll-, Leinen- oder Bambuskleidung, will in meinem »Naturladen« schauen, schnökern, kaufen und sich austauschen.

Aber gut, warum nicht?

»Hallo«, grüßt er ganz locker.

»Hallo«, sag ich zurück.

Sein fester Blick und die schnurgeraden Schritte, mit denen er auf meinen Tresen zukommt, lassen mich ahnen, dass er mit einem bestimmten Anliegen kommt.

»Wie kann ich Ihnen behilflich sein?«

»Ich bin auf der Suche nach einem Loslassgeschenk und dachte mir, hier könnte ich richtig sein.«

Im ersten Moment bin ich irritiert, muss im Innern schmunzeln, dann jedoch finde ich Gefallen an dem Wort »Loslassgeschenk«.

»Ein Loslassgeschenk?«, hake ich nach.

»Ja.« Er lässt sich nicht von meiner Nachfrage beirren und steht zu der Bezeichnung seines Wunsches.

Meine Arme vor mir ausbreitend und das ganze Ladeninventar mit dieser Gestik umfassend gebe ich ihm zu verstehen, dass hier die Regale voller Loslassgeschenke sind.

Er lässt seinen Blick kurz in die Runde schweifen, lächelt dann zufrieden und ich lächle ebenfalls. Ungewöhnliche Situation, was daraus wohl am Ende wird?, frage ich mich im Stillen.

»Perfekt, dann hab ich richtig gedacht. Wäre schön, wenn Sie mir behilflich sind.«

»Gerne.« Er hat mich inzwischen durch seine Idee inspiriert und ich bin bereit, mich auf die etwas andere Art eines Kundenwunsches einzulassen.

»Eine Frage hätte ich jedoch. Wer will wen oder was loslassen? Das Warum ist für mich unwichtig.«

Für ihn jedoch ist die Relevanz genau umgekehrt, und so beginnt er sofort, mir von dem Warum zu berichten. Mit einer kleinen Handbewegung will ich ihn stoppen, schnell wird mir aber klar, das ist vertane Mühe, er will es erzählen. So höre ich zu.

In nüchterner Tonlage, teils bitteren, zornigen und traurigen Zügen erzählt er von seiner Liebesgeschichte, die nach acht Jahren in die Brüche gegangen ist.

»Nachdem ich alle negativen Dinge, die uns schließlich trennten, an ihr ausgelassen habe, möchte ich die Beziehung doch letztlich in Würde und Dankbarkeit beenden«, gesteht er abschließend.

Das ist eine reife Leistung, muss ich anerkennen, und eine gute und notwendige Grundlage für jede weitere Beziehung, bin ich mir insgeheim sicher. Ich will ihm gerade für seine Offenheit danken, doch er ist noch nicht fertig.

»Jetzt erst sehe ich all das Gute und Wundervolle an unserer Beziehung, wir sind quasi in den Jahren gemeinsam erwachsen geworden. Das waren riesige Entwicklungsschritte.«

Es drängt sich mir beim Zuhören nun unweigerlich eine Frage auf und genauso scheine ich zu schauen.

»Nein, nein, ich bedauere unseren Schritt trotzdem nicht. Falls Sie das gerade fragen wollten.« Er geht auf meinen irritierten Blick ein.

Gänsehautfeeling in meinem Geschäft. Wie immer, wenn ich so besondere Kundschaft habe, kommt kein neuer Kunde dazu. Die Tür scheint dann wie verschlossen, damit so etwas Emotionales hier ab und zu geschehen kann.

Wir gehen gemeinsam auf die Suche. Ich zeige ihm ein Glas mit der Inschrift: »Dankbarkeit.« Er nickt zustimmend, den Blick jedoch sofort weiterschweifend.

»Eine schöne Fliese mit einem treffenden Lebensspruch dazu?«
Zögerlich nickt er.
Um die Suche etwas einzugrenzen, erkundige ich mich zwischendurch, wie viel er ausgeben möchte.
»15 € hätt ich bar in der Tasche.«
Wir gehen zum nächsten Regal.

»Es soll auch nichts Verpflichtendes sein, dass sie tragen oder hinstellen muss «, kristallisiert sich heraus.

Wir finden ein kleines Büchlein: »Spuren hinterlassen.«

»Jaaa ...?«, kommt ganz lang gezogen und gleichzeitig hinterfragend. Auch das ist es nicht, gibt er mir zu verstehen.

Ohne Worte gehen wir weiter. Nehmen dieses oder jenes in die Hand. Nachdem ich ihm mittlerweile so an die elf Angebote unterbreitet habe, beschleicht mich heimlich das Gefühl, dass ich mich zurücknehmen sollte.

Er muss sein besonderes Geschenk allein finden. Da bin ich mir sicher. Und so ist es dann auch.

Vor den Aufklebern bleibt er stehen. Er nimmt ein goldfarbenes Blatt in die Hand.

»Was bedeutet das noch mal?«, will er wissen.

»Das Ginkgoblatt steht symbolisch für Freundschaft, Hoffnung, Gesundheit und ein langes Leben«, erkläre ich ihm.

Irgendetwas an diesem Blatt scheint ihn zu berühren. An einer Stelle, die in diesem Moment allein ihm selbst zugänglich ist. Vielleicht eine Erinnerung an etwas ganz Wertvolles in der Beziehung, eine glückliche Minute, ein magischer Tag, ich ahne es nur. Jegliche Worte sind jetzt fehl am Platze, ich schweige, gehe einige Schritte zurück, tu so, als ob ich nach weiteren Angeboten suche, und warte ab, will ihm den nötigen Raum geben, seinen Gedanken zu folgen.

»Finden wir das Blatt noch in anderen Dingen? Als Aufkleber ist es mir zu wenig.«

»Ich schau gerne nach.« Die Spur scheint richtig.

Kurz durchkämme ich gedanklich mein Ladeninventar. Finde in einer Schublade noch ein letztes Set Ohrringe und Anhänger mit diesem kraftvollen Symbol.

Schnell ist es herausgeholt und auf dem weinroten Schmuckplaid präsentiert. Durch den Strahler an der Decke direkt darüber kommt es so richtig zur Geltung.

»Es ist beides aus Silber.« Ich will den Preis erst einmal umgehen und im Vorfeld gleichzeitig rechtfertigen.

Der junge Mann ist ganz angetan, sichtlich erleichtert und seine Gedanken schweben glückselig auf irgendwelchen Erinnerungswolken im Laden umher. Er hat sein Loslassgeschenk gefunden.

»Warum bin ich nicht gleich daraufgekommen?« Er schüttelt den Kopf.

»Das ist quasi unser Zeichen.« Er atmet tief durch. »Wie konnte ich das nur vergessen?«

Für einen kleinen Moment ist Stille, er nimmt die Schmuckstücke nacheinander in die Hand und begutachtet sie von allen Seiten.

»... die zweigeteilten Blätter, die im Wind wehen und nur an einer Stelle verbunden sind ...« Er wird jetzt ein wenig sentimental. Mir geht das Herz auf. Wenn sie ihn doch nur sehen könnte, denke ich.

»Wenn es möglich ist, möchte ich nur den Anhänger nehmen.«

»Ja, gerne.«

Aus meinem Sortiment an Schmuckschachteln hole ich eine rubinrote Samtschachtel heraus, lege zwei kleine Ginkgoblattaufkleber unter den Schaumstoff und dann den Anhänger darauf. Er schaut mir ganz vertieft dabei zu, lächelt, als ich die Aufkleber gratis mit hineintue.

Dann zieht er seine Geldbörse aus der Hosentasche.

»Was macht das?«

»Ich bekomme 49,95 €.«

»Kann ich mit Karte zahlen?«

»Aber ja doch, gerne.«

Sichtlich zufrieden hebt er seinen Aktenkoffer auf den Tresen, klackt die beiden Scharniere auf und legt das Geschenk behutsam und sicher zwischen die Ordner.

»Danke, dass Sie mir behilflich waren.«

»Ich danke Ihnen für Ihren Einkauf. Es war mir eine Freude, und letztendlich haben Sie es doch selbst gefunden.«

Das Ginkgoblatt als Loslassgeschenk. Welch kluge und weise Entscheidung.

Als er weg ist, sinne ich kurz über den Verkauf nach. Ohne es zu ahnen, hat der junge Mann auch mir eine große Freude bereitet. Sicher wäre er mit seinem Anliegen nicht in ein Kaufhaus gegangen und hätte am Tresen nach einem Loslassgeschenk verlangt. Durch seinen speziellen Wunsch durfte ich erfahren, dass mein Geschäft diese Ausstrahlung nach außen trägt. Genauso habe ich es mir gewünscht, ein wenig speziell zu sein, für spezielle Kunden.

Die Türklingel schellt, in blauer Leinenhose und Tunika in Regenbogenfarben betritt die nächste Kundin mein Geschäft.

ENDSTATION

Da liegt er nun. Blass und weiß wie ein Leichentuch, Rebeccas Schwiegervater Alfons. Nicht geliebt, nicht aufgehoben in der Familie, nicht einmal vermisst, angekommen an der letzten Haltestelle seines Lebens. Nur noch wartend, dass er heimgeholt wird, sind alle lebenserhaltenden Maßnahmen bereits eingestellt.

Er hat es tatsächlich geschafft, es sich mit allen Menschen seines Umfeldes zu verscherzen, sie in irgendeiner Weise zu verärgern.

Nichts, rein gar nichts konnte auch Schwiegertochter Rebecca ihm recht machen. Wie bei allen anderen hat er ständig ihr Verhalten kritisiert.

»Ach, kann man denn nicht mal kurz reinkommen und guten Tag sagen?«, stichelte Alfons, wenn Rebecca von der Arbeit heimkam und ausnahmsweise nicht bei ihm und Edith hereinschaute, sondern gleich eine Straße weiter in Geralds und ihre kleine Wohnung ging.

Weglaufen!, wie oft hat sie sich das gewünscht.

Kleinigkeiten, es sind immer nur Kleinigkeiten gewesen, die nicht passten. Rebecca kennt so harte laute Worte von zu Hause nicht, ist schockiert, schreckt jedes Mal zusammen, wenn er aufbraust, lauthals loswettert, ohne Vorankündigung, ohne erkennbaren Grund, ein schrecklicher Zustand. All diese Erinnerungen haben bis heute einen äußerst bitteren Beigeschmack hinterlassen.

»Dachte, mein Herz bleibt stehen, derart bin ich zusammengefahren«, gesteht sie Gerald. Der lässt es an sich abgleiten, ist damit aufgewachsen, ihn traktiere es nicht mehr, sagt er. Ob es stimmt, bezweifelt Rebecca.

Die Familie hatte sich im Laufe der Jahre angepasst, alle funktionierten so, wie er sie wollte, tanzten nach seiner Pfeife, entschuldigten sich ständig für Nichtigkeiten, gingen immer wieder auf ihn zu. Tochter Heike war die

Einzige, die ihm entgegentrat, sich nicht alles gefallen ließ. Aber auch sie konnte ihn nur halbwegs besänftigen.

Nur um des häuslichen Friedens, nur der Mutter zuliebe gaben alle klein bei, unterwarfen sich demütig seinen Stimmungsschwankungen und spielten ihre Rollen. Es gelang ihm, mit seinen Nörgeleien jede Feier zu vermiesen, jedes nette Beisammensein zu verderben, er kannte keine Grenzen.

Besonders Edith, seine Frau, durfte während ihres jahrzehntelangen Zusammenlebens nie sie selbst sein.

Wie nur konnte sie das ertragen und aushalten? Rebecca begreift es auch im Nachhinein noch nicht. Edith ist die Einzige gewesen, die ihm bis zuletzt ständig und immer wieder verzeihen und vergeben konnte. Es hat an ihrem großen Herzen gelegen.

Der Krebs nun in seiner Bösartigkeit wandelt nicht nur seinen fast 200 Kilogramm schweren Körper, auch sein ruppiges und aggressives Wesen unterliegt diesem letzten Wandel. Aus diesen ständig tadelnden Augen erstrahlt auf einmal nie gekannte Güte und Wärme. Aus dieser widerlichen Häme, diesem ständigen Auslachen ist ein ehrliches Lächeln geworden. Manchmal wirkt es kindlich verschmitzt. Wie kann das sein?

Warum sitze ich jetzt hier an seinem Bett? Ich, die nie die richtige Schwiegertochter sein konnte, egal, was ich auf die Beine stellte, philosophiert Rebecca im Pflegeheim.

Ihn aufzusuchen, ist mehr als Herausforderung für sie. All die Wunden, all die Beleidigungen haben tief sitzende Narben hinterlassen, das schmerzt, als wäre es gestern gewesen. Alles geht ihr noch einmal durch den Sinn, tut weh, heftig sogar. Lässt sie aufschrecken und sich ängstigen.

Tagelang wehrt sich innerlich alles dagegen, zu ihm zu fahren. Immer noch dieselbe alte Angst im Nacken, er könnte gleich aufbrausen. Er hat ihr das Leben schon sehr schwer gemacht, manchmal zur Hölle, 34 Jahre ziehen im Zeitraffer an ihr vorbei. Bereits ein Gedanke an seine Nähe lässt sie erschaudern und zusammenzucken.

Und dennoch befällt sie jetzt, da er im Sterben liegt, eine unerklärliche Unruhe. Sie muss zu ihm. Obwohl sie tief in sich spürt, dass ihr die Situation schon im Vorfeld viel abverlangt, sie bereits aus der Ferne überfordert und hilflos macht, ist da wiederum eine so starke Gewissheit, sie muss zu ihm, warum auch immer.

Die üblichen Fragen und Floskeln, um beim Krankenbesuch ein Gespräch in Gang zu bringen, fallen weg, sind unnötig.

>Na, wie geht es dir, sind die Beschwerden schon besser? Was sagt der Arzt, kann er dich bald mit gutem Gewissen entlassen?<

Alle diese Fragen sind zu spät, sind fehl am Platze. Das macht es nicht gerade leichter.

Alfons liegt im Sterben, und er weiß es auch. Weiß, dass er nicht mehr nach Hause kommt. Rebecca sitzt in dem kleinen hellen Zimmer im Sessel neben seinem Bett. Unter ihm eine breite Krankenunterlage. Nichts funktioniert mehr richtig. Es wurde höchste Zeit, dass er herkam, das hätte zu Hause keiner bewältigen können. Wer auch? Nach Ediths Tod vor elf Jahren hat ihm keiner etwas vorgeworfen. Obwohl alle gewusst haben, wie sehr die Mutter unter seinen Ausbrüchen gelitten hat, besuchten ihn alle. Alle bezogen ihn wieder mit ins Familienleben ein, und auch ein letztes Mal schmetterte er gegen alle, wusste das nicht zu schätzen. Selbst als die Enkelkinder es versuchten, warf er ihnen vor, sie kämen nur des Geldes wegen.

Heike hielt den Kontakt am längsten aufrecht, bis er sie dann auch nicht mehr in sein Haus ließ. Er warf ihr vor, sie räume heimlich die Schränke aus. So lebte er über zwei Jahre ohne jeglichen Kontakt.

Erst seine wirren Anrufe bei Heike machten die Familie auf seinen dramatischen Zustand aufmerksam, und so hat Alfons es am Ende seines Lebens auch ein letztes Mal geschafft, dass alle, aber wirklich alle, wieder zu ihm kamen.

Rebecca schaut zu ihm, steht dann auf, Alfons liegt mit offenen Augen da, starrt an die Decke. Auf dem Fensterbrett stehen zwei Bilder von Alfons und Edith. Lächelnd sieht Edith ihn an, wenigstens fürs Foto. Ein kleiner Blumenstrauß daneben, sicher von Heike oder der Schwägerin. Alle sind wieder zur Stelle. Vergessen, was war, sehen die Notwendigkeit, und Hilfe ist Selbstverständlichkeit. Es ist schließlich immer noch der Vater, nur das zählt jetzt. In der Ecke ein großes Flachbildschirmfernsehgerät, wozu? Schaut er noch in wachen Momenten fern? Eine Weile steht Rebecca still da, schaut betroffen ihren todkranken Schwiegervater an.

Warum nur war das Zusammensein mit dir so schwierig?, fragt sie sich und eigentlich doch ihn. Dann setzt sie sich wieder zu ihm ans Bett.

Zitternd versucht sie, seine Hand zu nehmen, Alfons zieht sie reflexartig weg, schaut zur Seite. Ein fragender Blick. Erkennt er mich?

»Ich bins, Rebecca. Ist dir meine Hand zu kalt?« Er schüttelt den Kopf und legt sie zurück. Umfasst mit seiner Hand die der Schwiegertochter. Zum ersten Mal. Rebecca empfindet Unbehagen.

Leichten Schrittes betritt ein Pfleger den Raum. Freundlich schaut er zu Alfons.

»Na, Alfons, was willst du morgen zum Frühstück? Wieder ein Brötchen?«

»Joooa, mach ma Maa...lade rauf.«

Rebecca erschrickt, ihr Schwiegervater kann nicht mehr richtig sprechen, alles kommt nur noch in Bruchstückchen heraus.

»Ich kann dir auch ein Ei kochen oder Rühreier, musst nur sagen.«

»Nee.« Er atmet ganz tief und röchelt seltsam dabei.

»Ähhh, Ma...ma...lade mach rauf«, bekräftigt er noch einmal.

Hier werden alle Wünsche erfüllt. Es soll ihm an nichts mangeln, er soll es in seinen letzten Tagen gut haben, nicht leiden müssen. Das steht nicht nur auf der Webseite, es bestätigt sich überall hier im Hause. Nicht nur in der Nachfrage des Essenswunsches, alles ist selbstverständlich und angepasst auf seine Bedürfnisse. Sanft und mildtätig verrichten die Menschen hier ihre Arbeit, öffnen täglich ihr Herz für fremde Not.

Dann sind Rebecca und Alfons wieder allein. Die Sonne scheint ins Fenster, als gebe es keinen schöneren Tag.

»Wa...häää wat ihr schon in der Woo...nung?«

»Ja, am Samstag. Wir haben ein bisschen aufgeräumt und ...« Er unterbricht sie. »Nich daaas Auto«, schüttelt er heftig den Kopf, »Ver...auft nich m...mei... Auto, das is noch ssssso gut.«

»Nein, nein, das machen wir nicht.«

»Wenn ein ... ka...putt is, da kö... äh kö...nnt ihr das nehm.«

Die nächste halbe Stunde beschäftigt ihn sein Auto. Rebecca bleibt nichts anderes übrig, als auf das Thema einzugehen.

»Erinnerst du dich noch an deinen Mercedes?« Sie schaut ihm in die Augen.

Als sie neu in die Familie kam, weil sie sich in Gerald, den ältesten der beiden Söhne, verliebt hatte, fuhr Alfons einen labradorblauen Mercedes. Ganz stolz war er darauf, da er in dieser Farbe nur kurze Zeit produziert und dadurch begehrt und als Liebhaberstück gehandelt wurde.

Die Frage, ein glatter Volltreffer. Alfons lächelt übers ganze Gesicht, drückt fest Rebeccas Hand.

»Dääär Cedes, kenns du ...?«

»Ja, ich bin sogar noch einmal mitgefahren, bevor du ihn verkauft hast.«
Seine Augen strahlen. Das scheint eine schöne Erinnerung zu sein.

»Ach, däääär schöööne Cedes.«

»Ja, ich fand ihn auch schön.«

Zehn Minuten sprechen sie über den Mercedes. Rebecca müht sich ständig, seine Worte zu entschlüsseln.

Alfons ist in den holprigen Sätzen, die er spricht, so voller Stolz. Aber nicht nur auf das Auto. Noch viel mehr auf seine beiden Söhne, die ihn fahren durften.

»Die Jungens, die köööönnn...nnne fahrn, wann sie wollten. Hartmut u deee Mächen ... oh, oh.«

Hartmut ist der Jüngste, hat scheinbar immer mit dem Auto vor den Mädchen angegeben?

Jetzt lacht Alfons sich so richtig eines ins Fäustchen. Unbeschwert wie ein kleiner Junge macht er sich lustig. Scheinbar ist ihm eine Situation ins Gedächtnis gekommen, die ihn fröhlich stimmt.

»Heiiiike, Schupp kaaapuuut.«

Aaah, Rebecca kann ihm folgen. Heike ist bei ihren ersten Fahrversuchen in den Fahrradschuppen gefahren. Damit hat er sie ständig aufgezogen und sie beim Fahren belächelt. »Fruens und Autos«, lachte er oft los, wenn sie angefahren kam.

Warum nur konnte es nicht immer so einfach und unbeschwert mit dir sein?, geht es Rebecca durch den Kopf und sie lächelt ihren Schwiegervater an. Er lächelt zurück.

»Ver...auft nich ... ei...n Auto, as is noch sssss so ut. Die Jung...ss.«

Rebecca will ihn vom Autothema weglotsen. Alfons jedoch scheint geschafft vom Erzählen, dreht den Kopf ein wenig zur Seite und nickt für ein Viertelstündchen ein. Rebeccas Hand ist immer noch in seiner fest umfasst.

Weshalb bin ich hier? Die Gewissensfrage steht immer noch im Raum. Unbeantwortet.

Trauer? Nein.

Mitgefühl? Schon ein wenig.

Schuldzuweisung? Ich hoffe, ich kann mich davor bewahren.

Dann kommt ihr ein Wort in den Sinn, das in ihrem Leben bis jetzt bedeutungslos schien: Vergebung.

Vergebung? Ja, vergeben. Bin ich deshalb hier? Ist es das?

Rebecca ist ergriffen, die ungewöhnliche Eingebung stimmt sie nachdenklich.

Ist jetzt der Zeitpunkt, dass alte Wunden heilen können? Machen es die bitterernsten Umstände möglich? Ihre Wangen werden feucht und das Herz beginnt vor Aufregung schneller zu schlagen. Sie bekommt schweißnasse Hände, blickt zu ihrem Schwiegervater. Ein emotionaler Moment, der jedoch ihren ganzen Körper stresst.

Ich muss ihm vergeben. Ja, das ist es. Vergeben, dass er mich die ganzen Jahre so schikaniert und beschimpft hat, für nichts und wieder nichts. Ja, das will ich ihm vergeben. Nicht um mich größer zu fühlen, nein, um frei zu sein. Frei von meiner Angst vor ihm, endet der stille Dialog.

Das will sie letztendlich auch für sich selbst tun. Um ihm nicht noch nach seinem Tod all die verletzenden Worte nachzutragen. Wie das Wort schon in sich birgt. Nachtragende Menschen tragen jemanden ewig etwas nach und haben somit ihren Rucksack des Lebens voll. Genau das will Rebecca vermeiden.

»Schwiegervater, ich vergebe dir. Ich vergebe dir, weil du nicht so warst, wie ich dich gern haben wollte. Ich vergebe dir und gebe dich frei und befreie somit auch mich selbst. Befreie mich von all meiner Wut, meinem Hass auf dich. Nur so kann ich dich in Ruhe ziehen lassen, und das möchte ich. Auch wenn es mir schwerfällt«, spricht sie leise vor sich hin. Ein-, zwei-, dreimal sagt sie den Text auf. Zwischendurch sucht sie erneut nach den passenden Worten, weil immer wieder eine Träne dazwischenkommt, immer wieder die gestaute Wut hochkocht und den Redefluss lähmt und unterbricht.

Alfons holt ganz tief Luft, öffnet kurz die Augen, als wolle er schauen, ob Rebecca noch da sei. Sie nickt ihm zu. Und er, als wäre dies eine Zustimmung, nur ruhig weiterzuschlafen, tut dies auch. Rebecca zieht ihre Hand aus der seinen und lockert sie erst einmal in alle Richtungen. Ganz lahm und taub ist sie von der immer gleichen Haltung.

Sollte ich mir auch vergeben? Aber warum? Die Gedanken irren in der Vergangenheit umher, fliegen von Ort zu Ort, zu all den Momenten, in denen er sie so beschämt, sie sich wie ein hilfloses Kind gefühlt hat.

Eine Schwester schaut kurz ins Zimmer.

Alfons spricht derweil im Schlaf unverständliche Worte.

Abermals stellt sie sich die Frage: Will ich mir vergeben? Sollte ich mir wirklich vergeben?

Erst zögerlich, jedoch dann, als sich keine Zweifel dazwischendrängen, gewinnen die Worte an Klarheit, bekommen Inhalt und machen Sinn.

Kein Wenn und Aber mischt sich dazwischen, und Rebecca begreift, was ihre Aufgabe als Schwiegertochter gewesen wäre. Ihre Aufgabe, die sie versäumt hat, zu lösen, aus Angst, Feigheit, einem geringen Selbstwertgefühl geschuldet.

Wäre ihr Bewusstsein so gereift wie heute, hätte sie erkennen können, dass er nicht der Prototyp eines allseits bösen Schwiegervaters gewesen ist.

An ihm hätte sie reifen können, lernen, sich zu verteidigen, zu sich zu stehen, in Opposition zu gehen, statt immer kleinlaut zu folgen und heimlich hilflos zu heulen. Was Rebecca versteckt hat, hat er aus- und ihr eigentlich vorgelebt.

Die Erkenntnis überwältigt. Rebecca weint, versucht, das Schluchzen zu unterdrücken. Alte Wut, der seelische Schmerz und ihre geheime Furcht beginnen sich zu lösen, behutsam, Stück für Stück. Jetzt so kurz vor dem Ende doch noch.

Alfons gibt erneut einige undefinierbare Laute von sich, streckt den rechten Arm, schaut Rebecca an. Sie streicht über seine Hand, lächelt ihn an.

Grübelnd schleichen sich weitere Fragen an. Sie weiß, solch Familientragödien sollte man immer von mehreren Seiten betrachten, das war nur ein Aspekt.

Warum aber ist er so geworden? Wer ist mit Alfons so umgesprungen, wie er es dann mit allen anderen gemacht hat? In wessen Fußstapfen ist er getreten, ohne es zu ahnen?

Was war in seinem Leben los? Wann der Zeitpunkt und die Situationen, die ihn überfordert haben, mit denen er nicht umgehen konnte, die ihn so werden ließen? Was hat er in seiner Kindheit nicht aushalten können? Wann sich nicht wehren können?

Auch wenn Rebecca ihn nun als ihre Herausforderung verstanden hat, ist sie sich sicher: Ohne Grund wird ein Mensch nicht so unausstehlich.

Sie kennt aus Erzählungen ihres Mannes auch eine andere Seite. Eine, die Alfons als gerne gesehenen Menschen in der Stadt beschreibt, beliebt als Taxifahrer. Immer angefordert, Hochzeiten zu fahren. Man wollte nur ihn haben, auch die Kollegen schätzten ihn. Während Rebeccas Schulzeit fuhr er oft ihre Mutter und Großmutter aus der Stadt mit seinem Taxi nach Hause, da haben sich die Wege schon das erste Mal gekreuzt.

Schwierige Lebensumstände verändern Menschen, und wenn sie selbst es nicht merken, ist Hilfe von außen schwierig. Warum ist dieser wunderbare Mensch, von dem Gerald erzählt, so geworden? So hart gegen sich und alle anderen und so unberechenbar. Was ist geschehen? Was hat ihn nicht sein lassen, der er im tiefsten Herzen ist, einfach ein guter Mensch.

Zurückgelehnt sitzt Rebecca immer noch im Sessel. Die Schwester kommt erneut und schaut, ob alles in Ordnung ist.

»Sie sind ja noch hier, da freut er sich sicher über Gesellschaft, er ist so ein lieber Patient.«

Hat sie wirklich lieb gesagt? Und ja, recht hat sie, er ist jetzt wirklich einfach nur lieb und angenehm. Wenigstens jetzt.

Alfons will sich bewegen, öffnet die Augen.

»Na, hast du ein Nickerchen gemacht?«

»Hm.« Er versucht, sich ein wenig zu drehen. Rebecca steht auf, ist ihm behilflich.

»Schau mal, Mutti guckt zu dir.«

Er winkt ab, was immer es bedeuten soll.

»Die Jung...ss. Ver...auft nich ei...n Auto, as is noch sssss so ut.«

Wieder das Auto. Das scheint ein großes Thema zu sein. Fleißig arbeiten und sich dann einen tollen Wagen leisten, sein Traum?

»Kannst du dich noch an deine Eltern erinnern?«

»Diiii staden unter eim Daaach, Schlepp... daaach.«

»Unter einem Schleppdach?«

»Da wa es immr trooockn, wänn wr los farn wo...n.«

Rebecca versteht schnell, dass er nicht auf ihre Gesprächsstoff- Änderung eingestiegen ist und wieder einmal sein Auto meint.

»Pferde, zwei un ein Wagn.«

»Ihr hattet Pferde, die vor einem Wagen gespannt waren?«

Alfons freut sich und nickt zufrieden.

»Manchmal auch vor ... Schlitten.«

Oh, ein richtig ordentlicher Satz, freut Rebecca sich und nickt ihm lächelnd zu. Alfons sucht ihre Hand. Mittlerweile ist sie zwar warm, aber bereitwillig legt sie sie trotzdem in seine große.

Seine Augen suchen im Zimmer nach Worten, um etwas zu erzählen.

Er findet sie nicht. »Weiß nich«, schaut hilflos, »weiß nich.«

Mit Bruchstücken von Sätzen, mit viel Nachfragen und Zustimmen oder Kopfschütteln ergibt dann doch alles Zusammengetragene einen Sinn. Es muss in seiner Kindheit einen Ziegenbock gegeben haben, den sein Bruder so dressiert hat, dass er mit dem Schafbock kämpfte. Als sie die Geschichte gemeinsam entschlüsseln, lacht Alfons richtig prustend los. Rebecca traut sich nicht so wirklich, einzustimmen. Schließlich liegt er im Sterben und dann so lustig hier am Bett sitzen? Am Schluss aber bleibt ihr keine andere Wahl, er stößt sie an. »Ziege…buck Schoops buck.« Er lacht wieder laut und überaus fröhlich los.

Rebecca gibt sich einen Ruck, schmunzelt mit. Mehr geht nicht.

Nur für zehn Minuten wollte Rebecca kurz reinschauen. Daraus sind anderthalb Stunden geworden. Anderthalb wertvolle Stunden.

»Sehe ich dich noch einmal wieder? Am Wochenende?«, hätte sie am liebsten gefragt. So drückt sie ihrem Schwiegervater nur noch fest die Hände.

»Ich besuch dich wieder.«

Zustimmend lächelt er.

»Äss wa nich so laaaang eilig heut.«

Es war heute nicht so langweilig. Rebecca nickt ihm lächelnd zu.

Ja, ich fand es auch schön bei dir heute, denkt sie.

›Gute Besserung und werde bald gesund. Auf dass du bald nach Hause kommst‹, das alles braucht nicht mehr gesagt zu werden. Das ist schon ein merkwürdiges Gefühl, diese nahende Endlichkeit, die auf ihn zukommt.

Drei Wochen liegt Alfons in diesem privaten Pflegeheim, die Familie erwartet jeden Tag sein Ableben. Dann eines Tages steht er auf, zieht seine Sachen an und verlässt das Gebäude. Obwohl er nach einer halben Stunde bereits völlig entkräftet ist, wehrt er sich mit Händen und Füßen, als das Personal ihn zurückholen will.

Das im Grunde Unfassbare geschieht einige Male, bis das Pflegeheim sich weigert, ihn weiterhin zu betreuen.

»Das überfordert unsere Kapazität hier.« Verständlicherweise unterschreiben die Kinder die Entlassung und kümmern sich um eine weitere Unterbringung.

»Darauf sind wir nicht eingestellt. Tut uns leid.«

Man verlegt Alfons in ein anderes Pflegeheim, das eine geschlossene Station hat, in dem er allen zum Trotz noch zwei Monate lebt. Manchmal blüht er auf, will mit nach Hause, dann wieder ist er nicht ansprechbar. Von wirr im Kopf bis zu glasklaren Gedanken und verständlichen Worten wechselt ständig und unvorhersehbar die Situation.

Hat der jüngere Bruder ihn am Vormittag noch fast sterbend vorgefunden, so freut er sich wie ein kleiner Junge, als Rebecca mit Gerald ihn am Nachmittag besuchen kommen und Grieß mit Rhabarber bringen. Hastig und gierig, als habe er tagelang nichts gegessen, löffelt er das Glas leer. Mit zufriedenem Gesicht schaut er zu Rebecca.

»Daaaanke, wie … ääääh bei Muttern.« Er leckt den Löffel von allen Seiten ab.

Ein anderes Mal sitzt er im Aufenthaltsraum mit den anderen zusammen, steht auf, geht in die Gemeinschaftsküche und holt Saft für seine Besucher. Ganz allein, ohne etwas zu verschütten, kommt er damit zum Tisch. Unglaublich.

Dann wieder Tage, an denen er sich fast gar nicht im Bett rührt, der Atem kaum hörbar ist, Heike den ganzen Tag bei ihm bleibt.

Rebecca sitzt bei einem der nächsten Besuche auf seiner Bettkante. Ganz unverhofft nimmt er mit seinen beiden riesigen Händen ihr Gesicht, rubbelt und reibt es.

»Ach, dass du kommst. Dass du kommst. Wer ist er?« Er zeigt auf Gerald.

Im Oktober schläft er friedlich ein. Außer dem Personal ist niemand bei ihm. Abschied genommen hat die Familie bei dem sich abwechselnden Auf und Ab des Zustandes mehr als einmal in den verstrichenen Monaten. Nun aber, im letzten Moment, ist er ganz allein.

Als alle Kinder mit dem Redner in Vorbereitung der Trauerfeier zusammensitzen, erfährt Rebecca die Stationen seines Lebens, Meilensteine seines Weges, die ihr bis dahin unbekannt waren.

Er war siebzehn, als der Krieg ausbricht, die drei älteren Brüder eingezogen werden. Seine Mutter kann es regeln, dass er daheimbleiben darf.

Das Leid bleibt ihm trotzdem nicht erspart, er verliert zwei seiner Brüder und eine seiner beiden Schwestern stirbt an Diphtherie.

Hat damals irgendeiner danach gefragt, wie Alfons damit fertig wurde? Sicher nicht. Wichtig war, dass der übrig gebliebene Rest der Familie in Sicherheit kam. Es war schließlich Krieg, da war keine Zeit für Gefühle, für Schmerz und Trauer. Es musste einfach nur weitergehen.

Gerade als die Familie nach dem Krieg Fuß gefasst hat, stirbt der Vater. Auch viel zu früh, viel zu jung, Alfons ist Mitte zwanzig. Die Mutter heiratet nach drei Jahren wieder. Der Stiefvater wirft Alfons ständig vor, er habe sich vor dem Krieg gedrückt, das Verhältnis ist von Anfang an schwierig.

Wie wäre Alfons geworden, wenn all diese Schicksalsschläge nicht in sein Leben gekommen wären? Sie haben ihn geprägt. Sicher sind sie keine Entschuldigung für seine Übergriffe in der Familie, eine Erklärung, ihn zu verstehen, aber dennoch. Das sind wir ihm alle letztendlich schuldig.

»Ich achte und ehre dich als meinen Schwiegervater, Alfons. Deine Rebecca.«

»Das Geld, das man besitzt, ist das Mittel zur Freiheit,
dasjenige, dem man nachjagt, das Mittel zur Knechtschaft.«
Jean-Jacques Rousseau

ZEIT IST GELD

Marcus ist als Außendienstmitarbeiter bei einer renommierten Baufirma tätig und beginnt den heutigen Tag wie jeden anderen gewöhnlichen Arbeitstag auch.

Iris und Sohn Mika sitzen am Frühstückstisch, während Marcus durch die Wohnung hastend die Akten sucht, über das ungeladene Handy flucht, dabei über den Teppichrand stolpert und wettert: »Der Tag fängt ja gut an.«

Kaffeeduft dringt in seine Nase.

»Trinkst du mit uns …?«, will Iris wissen und wird sogleich genervt unterbrochen.

»Bitte, Iris! Nicht heute, du weißt …«

Eigentlich kann Iris sich die Nachfrage schenken, denn das »Nicht heute« ist mehr als übertrieben. Höchst selten bleibt Zeit dafür.

Ein großer Schritt in die Küche, ein flüchtiger Kuss auf die Wange seiner Frau, die etwas von tropfenden Wasserhahn und defektem Scharnier erwähnt.

»Papa, denkst du an dein Versprechen?« Mika verzieht das Gesicht, als ihn Papas abwesender Blick kurz streift.

»… sags lieber Mutti«, murrt Marcus kurz, schaut zu Iris und streicht seinem Sohn flüchtig über den Kopf.

Er greift sein Lunchpaket vom Tisch, dreht sich noch einmal kurz um, schmeißt sich im Flur den Mantel über die Schulter und schon steht er im Treppenhaus. Eilig läuft er die Treppen herunter, schließt die Haustür auf und steht auch schon mitten im Lärm der Stadt. Bereit für diesen wichtigen Tag.

Ein Privatleben? Ja, schon, jedoch nicht im Vordergrund. Iris regelt alles, denkt für ihn mit. Seine Gedanken kreisen um den Job, um die fehlende Zeit, um die Erfolge.

Heute nur nicht zu spät kommen, hämmert es in seinem Kopf.

Einige Schritte, bevor er den Kiosk erreicht, ruft er bereits: »Mach schnell, Phil, du weißt, Zeit ist Geld.«

Wie immer in Eile. Phil schüttelt den Kopf, reicht ihm den Kaffee und nimmt das Geld entgegen. Zeit für ein Danke? Meistens eher nicht. Alles läuft ab wie ein Film, jeden Tag dieselbe Routine. Mit Achtsamkeit könnte es jeden Morgen ein Ritual sein. Doch wer will das heute schon? Marcus jedenfalls nicht.

Hastig nimmt Marcus den ersten Schluck, verbrennt sich den Mund dabei und flucht. »Viel zu heiß, wie immer.« Er dreht sich beim Gehen noch einmal kurz zu Phil um. Der nächste Schluck schwappt über den Becherrand und landet auf seinem Mantel.

»Dann eben nicht!« Er wirft den Rest Kaffee in den Mülleimer.

Weiter gehts im Laufschritt. Den Blick auf die nahende S-Bahn gerichtet übersieht er einen gemächlich dahinschlurfenden Passanten in Dienstkleidung.

»He, he, langsam«, macht dieser auf sich aufmerksam, als Marcus in an der Seite streift.

»Hab dich nicht gesehen. Beamte!«

Der geübte Sprung in die S-Bahn ist geschafft, als auch schon die nächste Herausforderung in sein Blickfeld gerät.

»Die Fahrkarten bitte.«

Die Wochenkarte steckt im blauen Jackett von gestern.

Noch bevor Marcus sich ausweisen muss, hält die Bahn und er kann flüchten, muss dafür im Eiltempo weiter.

Zeit ist Geld, hämmert es in seinem Kopf.

Endlich angekommen, der Fahrstuhl ist noch geöffnet und Marcus rennt erneut. Heftig haut er auf Etage drei.

Die nicht auch noch! Er räuspert sich, verdreht die Augen und schaut geflissentlich an der nahenden Kollegin vorbei.

Melanie aus der Rezeption hat schnell die Gelegenheit ergriffen. Sie sucht ständig seine Nähe und ein Gespräch mit ihm. Sie steht so dicht neben ihm, dass er ihr Parfüm riecht.

»Melanie, bitte! Ich bin glücklich verheiratet.«

»Ja, ich auch, Marcus«, haucht sie.

Der Fahrstuhl hält, es dauert eine gefühlte Ewigkeit, bis die Tür sich öffnet, dann endlich die Erlösung aus der unerwünschten Situation.

Noch zehn Sekunden bis zur Dienstberatung.

Was nimmt eigentlich Iris für Parfüm? Ist nur ein kurzer Blitzgedanke, bevor er als Letzter die Seminarraumtür schließt.

Alle Mitarbeiter sitzen konzentriert auf ihren Plätzen.

Mit einem zackigen »Morgen allesamt« begrüßt der Chef sein Team. In der Kürze liegt bei ihm die Würze, so, wie er auch seine Firma führt. Klare kurze Ansagen, kein Gelaber. Alle ständig überzogenen Anforderungen in eine halbe Stunde gedrückt.

»Also, meine Herren, Sie kennen meinen Slogan: Zeit ist Geld! Ich erwarte für diese Woche Ihre beste Leistung, geben Sie alles, ich will am Freitag die optimalen Zahlen sehen. Viel Erfolg.«

Schon ist er aus der Tür. Melanie wartet davor, um die nächsten Termine auszuhändigen und ihm einen Kaffee anzubieten.

Die Belegschaft runzelt gemeinschaftlich die Stirn, das Pensum ist kaum zu schaffen, allgemeine Unsicherheit.

»Los, Leute, dann mal ran, die Arbeit macht uns keiner fertig. Man sieht sich.« Marcus ist der Erste, der aufspringt.

Wie er die Termine heute schaffen soll, darüber denkt er nicht nach. Es ist im Grunde nicht machbar und muss doch gepackt werden. Während des Gehens überfliegt er seine Kundenliste schnell noch einmal.

Da bleibt keine Zeit, sich auf den Kunden einzustellen, sich ein wenig kennenzulernen, Vertrauen aufzubauen, wie er es gelernt hat. Nur der Vertrag zählt. Die schwarzen Zahlen geben Auskunft darüber, wie gut er ist.

Ob Dachreparatur, das Fliesen des Bads, der Kamineinbau, das Haus zu verputzen oder zu verklinkern. Der Kunde braucht das alles. Er weiß nur noch nicht, dass er es bei uns in bester Qualität bekommt. Das ist Ihre Aufgabe, hallt die Dienstberatung hinterher.

Weiter geht es wieder mit der Bahn, heute auch noch vorher ein Ticket lösen. Bis zum Dienstauto hat er es bisher nicht geschafft, die Verkaufszahlen stimmen noch nicht. Für den schwarzen Audi, sein Traum eines Dienstwagens, muss er weiterhin ordentlich ranklotzen, dann wird es leichter. Da will er hin.

Die Bahn hält. Zu Fuß, den schweren Aktenkoffer unter dem Arm, von Termin zu Termin. Der Magen knurrt. Frühstück? Luxus. Wann auch?

»Bestes Vorbild für Mika«, hat Iris gerade in der letzten Woche geschimpft. Zack, zack, noch fix im Eilschritt um die Ecke, da wohnt bereits der erste Kunde.

Plötzlich ein lauter Aufschrei. Marcus stolpert über einen Fuß, schwankt, strauchelt, taumelt nach rechts, nach links, will sich halten, dann passiert es, er stürzt der Länge nach auf den Boden.

»Scheiße.«

Sein Koffer ist aufgesprungen, der gesamte Inhalt auf dem Gehweg gelandet. Ordner, Hefter und Akten, sämtliche Präsentationsfolien aufgeblättert und durcheinander. Direkt vor seiner Nase die offene Brieftasche, ein Bild von Iris. Lang her, dass er sie so nah vor Augen gehabt hat.

»He, Alter, was weckst du mich so früh?«, krächzt es aus der dunklen Eingangsecke.

Hubert, einer der Obdachlosen dieser Gegend, hat die Nacht im geräumigen Eingangsbereich einer riesigen Tür verbracht. Stadtbekannt ist er dafür, dass er sich Hauszugänge zum Nächtigen sucht. Oft jagen die Bewohner ihn fort, des Öfteren haben sie aber auch Mitleid und bringen ihm Essen und Kleidung. Wie letzten Monat den warmen Mantel. Er hat ihn gut gebrauchen können heute Nacht. Kalt ist es wieder gewesen.

»Du Scheißpenner liegst hier mitten im Weg rum. Steh auf, du faule Socke, und hilf mir beim Einsammeln.«

Marcus' Sorge gilt ausschließlich seinen Akten. Dass seine Handflächen abgeschürft sind und bluten, dass seine Wange schmerzt und ebenfalls ein wenig blutet, ist ihm noch nicht bewusst.

»Eh, Alter, nenn mich nicht noch mal Penner, wer hat denn von uns beiden hier gepennt? Außerdem sagt man erst mal guten Morgen.«

»Nun bring du mir noch gutes Benehmen bei. Wo hast du das denn gelernt? Steh jetzt auf und hilf mir.«

Hubert dreht sich langsam und gemächlich auf die Seite, reckt erst das eine Bein, dann das andere. Marcus, verärgert über diese betonte Behäbigkeit, registriert, dass sein weißes Hemd am unteren Ärmel blutverschmiert ist.

»Toll, da kann ich den Termin wohl sausen lassen, ich sehe aus wie ein Schwein. Nur wegen dir, du faule Socke«, wettert er wieder.

Das Handy klingelt. Er ahnt, dass es die Firma ist, und greift in die Hosentasche.

»Leck mich ...«

Trotzdem drückt er die grüne Taste.

»Marcus, der Kunde wartet, wo bleiben Sie?«, fragt Melanie am anderen Ende nach.

Der barsche Tonfall, eben noch Zeichen seiner Verärgerung, schlägt sofort um. »Es ist mir sehr unangenehm, ich hatte einen kleinen Wegeunfall, ich muss mich unbedingt erst umziehen, so möchte ich nicht beim Kunden erscheinen«, klärt er Melanie auf.

»Melden Sie sich, ich sage die nächsten beiden Termine vorerst ab und versuche, sie auf morgen zu verlegen. Soll ich beim Umziehen helfen?« Marcus schmeißt das Handy auf die Akten.

»Blödes Weibsstück.«

Hubert hat sich inzwischen aufgerappelt, sitzt auf einer zerlumpten Decke, hat ein Bier aus seinem Rucksack geholt und will es öffnen.

»Halt, halt, mein Lieber, du wirst mir gefälligst erst …« Marcus reißt ihm die Dose aus der Hand.

Doch dann bleibt Marcus die Sprache weg. Er schluckt erst, schaut einmal, schaut zweimal hin, räuspert sich, reibt sich die Augen … Das darf nicht wahr sein ….

»Hubert, sag mir nicht, dass du es bist. Sag, dass ich träume, das darf nicht wirklich sein, nicht du.« Sichtlich betroffen setzt er sich neben seinen ehemaligen Klassenkameraden auf die Erde, reicht ihm seine blutige Hand. »Oh, entschuldige, die ist ja noch ganz blutig.«

»Kein Problem, meine ist dafür dreckig.«

Mit ungläubigem Blick schaut er seinen früheren Banknachbarn an, den Streber der Klasse, den, der ganz groß rauskommen wollte im Leben. Den coolsten Burschen, der als Erster ein Mädchen an der Angel gehabt hat, der Sonnyboy.

Hubert senkt den Kopf. Seit Langem ist ihm sein Leben nicht mehr so peinlich gewesen. Nie hat er sich erbärmlicher gefühlt als jetzt hier vor Marcus, den er immer hat überholen wollen, immer besser sein wollen.

»Wie konnte das mit dir passieren?« Marcus schaut ihn sichtlich betroffen an.

Die Haustür wird knarrend aufgerissen.

»He ihr beiden faulen Säcke, macht euch vom Acker, sonst hol ich die Bullen.«

Das war mehr als deutlich.

»Komm, gib mir deine Hand.« Marcus hilft dem gebrechlichen Hubert auf die Beine. »Wir setzen uns auf die Bank, ich hol uns einen Kaffee.«

Schnell sammelt Marcus die Akten zusammen und steckt sie wahllos in den Koffer. Hubert sortiert die wenigen Habseligkeiten in seinen blauen Müllsack, schleudert ihn auf den Rücken und kippt dabei fast selbst zur

Seite. Dann geht er mit schlurfenden, humpelnden Schritten zur nahestehenden Bank und lässt sich darauf nieder.

Während Marcus am Kiosk auf den Kaffee wartet, sieht er, immer noch fassungslos, zu seinem ehemaligen Mitschüler hinüber.

Seine blutigen Hände hat er sich an der Hose abgewischt. Mit dem Kaffee und zwei Brötchen geht er zurück zu Hubert.

Über dreißig Jahre ist es her, dass sie die Schulbank gemeinsam gedrückt haben, jetzt sitzen sie hier.

»Mir ging es blendend«, beginnt Hubert nach seinem ersten Schluck.

Marcus schaut ihn an, will es immer noch nicht begreifen.

Hubert umfasst mit beiden Händen den Kaffeebecher. »Richtig heißer Kaffee«, schwärmt er und atmet tief durch.

Marcus läuft bei dem Satz ein eiskalter Schauer über den Rücken.

»Tolles Haus, tolle Frau, super Job, leitende Position in der Bank, ich hatte es geschafft. Dann eines Tages passte mein Haustürschlüssel nicht mehr ...« Hubert holt abermals tief Luft, senkt den Kopf sichtlich verzweifelt über seine Situation. »... als ich eines Nachts ... wieder mal ... ach, was sag ich ... wie immer ... spät von der Arbeit gekommen bin. Tja, was soll ich dir sagen? Der Neue hat mehr Zeit gehabt und mit Daddy eine Kanzlei. Da ist sie in beste Hände gekommen, und meine Hände sind am Ende leer gewesen. Die Scheidung. Für sie Unterhalt zahlen, puh ... Hab nie den Überblick über unsere Finanzen gehabt.«

Marcus kann immer noch nicht glauben, dass das, was hier gerade abläuft, Wirklichkeit ist. Alles ist fernab eines jeglichen normalen Tages.

»Der Strick hat schon so oft um meinen Hals gelegen.«

»Hubert?« Marcus legt seinen Arm erschüttert um ihn.

»Dann hab ich immer die Kinder in Gedanken rufen hören und es gelassen.« Dabei rinnen Hubert Tränen über die Wangen. Er wischt sie mit dem Ärmel des dicken Mantels weg und ringt um Fassung.

Minuten verstreichen, in denen kein weiteres Wort fällt. Minuten, die Marcus noch nachdenklicher stimmen und ein nie gekanntes Hilfebedürfnis hervorrufen.

»Hast du überhaupt Zeit, Marcus?«

Marcus sitzt weit zurückgelehnt auf der Bank, hat seine Brieftasche geöffnet, schaut seine Frau an.

»Ja, Hubert, ich hab Zeit«, spricht er ganz leise und verhalten. »Tut mir leid, dass ich dich vorhin so angebrüllt hab.«

»Ach, das ist normal für mich, lass nur.«

»Wie lange lebst du schon so?«

»Ich glaub, es wird das vierte Weihnachten.«

Zögernd greift Marcus zum Handy, steckt es dann doch wieder in die Tasche. Das restliche, noch nicht abgewischte verschmierte Blut in den Handflächen ist mittlerweile hart getrocknet, die Wange fühlt sich wie nach einer Zahn-OP an.

Arnika würde Iris ... hm. Egal.

Marcus verharrt für eine Sekunde, schaut Hubert an, nickt ihm zu, klopft ihm auf die Schulter, holt das Handy abermals heraus, drückt diesmal entschlossen ›Kontakte, Firma‹ – es klingelt.

»Melanie«, er atmet kurz durch, »Melanie, streichen Sie für diese Woche alle Termine.«

»Alle?«, Melanie fällt aus allen Wolken.

»Alle«, bekräftigt er.

»Was ist passiert, was um Himmels willen? Und was soll ich dem Chef sagen?«

Keine Antwort.

»Marcus?« Sie wartet auf eine Erklärung.

»Ein Notfall, Melanie, trotz aller Termine.« Er beendet abrupt das Gespräch.

Zeit ist Geld, aber am Ende kann man sich für Geld keine Zeit kaufen, keine einzige Minute. Ein Gedanke an seine Frau. Wie konnte ich dich nur so vernachlässigen, Iris? Für was am Ende?

Marcus erhebt sich, geht den einen Meter zum Straßenrand, winkt das nahende Taxi heran. Der Fahrer hält vor ihm an, dreht die Scheibe herunter. Marcus weist mit der Hand zur Bank.

»Wir möchten in die Südstadt.«

»Mit dem? Den nehme ich nicht mit.« Der Fahrer schaut zu Hubert. »Oder denkst du, ich will das Taxi danach entsorgen müssen?«

»Dann verpiss dich!« Marcus ist ungehalten und selbst erstaunt über seinen Jargon und geht zurück.

»Dann laufen wir.«

»Wohin?«

»Zu mir.«

Hubert fühlt sich mehr als unwohl in der Situation. Unwohler als in seiner misslichen Lage auf der Straße. Immer noch beschämt, dass sein Klassenkamerad ihn so vorgefunden hat.

»Lass mal, das ist gut gemeint. Außerdem laufen, du siehst doch.«

Marcus schaut auf die längst ausgedienten Wanderschuhe. Fragend.

»Taube Zehen«, erklärt Hubert.

»Hubert, ich kann dich hier nicht zurücklassen.«

»Doch, kannst du. Du musst.« Seine Augen sind feucht geworden, er senkt den Blick.

»Hubert, du hast heute mein Leben gerettet, und jetzt lass mich dir bitte helfen. Bitte.«

MEINE GEDANKEN FINDEN DICH

Magarete verlor durch den Zweiten Weltkrieg ihre Heimat. Gemeinsam mit ihrer Familie musste sie Haus und Hof verlassen und mit dem Treck nach Westen ziehen. Nach vielen Irrwegen und familiären Verlusten waren sie kurz vor Kriegsende in Sicherheit, hatten endlich ein neues Obdach gefunden.

Nur einer der Brüder war noch an der Front, und es gab kein Lebenszeichen von ihm.

Eines Nachts wurde Margarete aus dem Schlaf gerissen. Eine laute Stimme rief nach ihr, immer und immer wieder hallte ihr Name durchs Haus.

»Margarete, Margarete!«

Das hatte sie klar und deutlich gehört. Das konnte nicht im Traum geschehen sein, dessen war sie sich sicher. Es musste jemand da sein, die Rufe klangen nah und verdammt echt.

Sie lief die knarrenden Treppen hinunter bis in die Küche, niemand war dort. Schlaftrunken schaute sie in die übrigen Zimmer der unteren Etage des Hauses. Auch hier war keine Menschenseele. Aufgewühlt stieg sie die Treppen wieder hinauf, ging den langen Korridor der oberen Etage entlang, schlich in die anderen Zimmer, alles schlief friedlich. Unsicher und zweifelnd lag sie wieder in ihrem Bett, hellhörig, ob die Stimme sich noch einmal melden würde. Es blieb ruhig, irgendwann schlief sie ein. Am Morgen dann ihr erster Gedanke: Wer ist hier gewesen?

Keiner der Familie hatte während der Nacht auch nur einen Laut gehört, und obwohl die nächtlichen Rufe unaufgeklärt blieben und nicht mehr erwähnt wurden, blieben sie dennoch im Raum stehen. Als ein Rätsel, das nicht gelöst wurde.

Es vergingen noch mehrere Wochen des bangen Wartens, dann endlich kam der vermisste Bruder aus dem Krieg heim. Seelisch gebrochen, verzweifelt und mit dem Verlust eines Beines. Das war der Preis des Krieges.

»Wofür?« Hans stellte sich immer und immer wieder die Frage nach dem Sinn des Krieges, eine Antwort fand er nicht. Er litt still vor sich hin und konnte lange Zeit nicht über die dramatischen Erlebnisse sprechen. Sein Gedächtnis wollte alles Erlebte verdrängen, den Krieg im Kopf auslöschen. Es ging nicht.

Margarete war die einzige Bezugsperson, deren seelische Nähe er zuließ. Sie verbrachte die meiste Zeit mit ihm und half, seinen Zustand langsam Stück für Stück zu verbessern.

Etliche Monate vergingen. Noch immer hatte er nicht über jene Nacht gesprochen, in der er sein Bein verloren hatte. Noch immer litt seine Seele viel zu sehr, um über die furchtbaren Erlebnisse berichten zu können. Die Familie ließ ihm alle Zeit, die er benötigte.

An einem trüben Herbstabend saß er mit Margarete vor dem Haus auf der Bank, wie so oft. Sie schauten zu, wie der Tag zur Neige ging und Ruhe auf dem Bauernhof unter den Tieren einkehrte. Alles fühlte sich so friedlich an.

»Das Gefühl von Frieden in mir kenn ich erst seit dem Krieg so wirklich«, sprach Margarete sehr leise und bedrückt. »In meinen Träumen höre ich immer noch die Bomben über meinem Kopf irgendwo in der Nähe einschlagen, es geht einfach nicht weg.«

»Ich weiß, was du meinst, Margarete.« Dabei lehnte sich Hans an ihre Schulter.

»Ich höre dich oft in der Nacht laut schreien Hans.«

»Ich weiß, ich werde selbst von meinen Schreien wach.«

Beide senkten den Blick. Schweigen eine ganze Weile. Redeten trotzdem miteinander, auch ohne Worte.

Seit Kindheitstagen waren sie wie Pech und Schwefel, ein untrennbares Geschwisterpaar. Hatten in ihrem Leben schon so unendlich viele gemeinsame Erfahrungen gemacht. Den Spaß bei der Heuernte, die kleinen Mutproben, von denen die Eltern nichts wussten. Das Verziehen der Rüben, das Rupfen der Gänse, das jährliche Schlachten, das erste Mal ausreiten. Später tanzten sie gemeinsam auf den Dorffesten. Das erste Mal verliebt sein, dem anderen heimlich davon berichten. All das verband sie auf eine wundervolle Art. Nun aber gehörte auch der Schrecken des Krieges dazu. Nie zuvor gekannte Todesangst, Schmerzen und Verletzungen der schlimmsten Art verbanden sie jetzt noch mehr denn je.

»Der Angriff auf unser Lager … Hinterhältiger ging es nicht«, brach Hans endlich das Schweigen und begann leise mit bebenden Lippen zu erzählen. Zwischendurch kamen seine Worte immer wieder ins Stocken, er schluckte hastig die Tränen herunter. Margarete nahm ihr Taschentuch und reichte es ihm. Er konnte es nicht nehmen. Saß wie erstarrt neben ihr. Regungslos und versteinert und immer noch gedanklich gefangen in der allerschlimmsten Situation seines Lebens. So bitterlich, so jämmerlich weinen hatte sie ihren Bruder noch nie miterleben müssen. Es zerriss ihr das Herz. Sie litt mit ihm.

Alle aufgestauten Emotionen, all das furchtbare Leid, die Aussichtslosigkeit, die Hoffnungslosigkeit, das Ausgeliefertsein. Ein ganzer Krieg mit seinen schlimmsten seelischen Schmerzen brach in diesem Moment aus ihm heraus.

Er schilderte den Zusammenhalt in seinem Trupp. Wie einer den anderen geschützt habe, der Kommandant selbst als Erster getroffen worden und zu Boden gesunken sei. Dann das Chaos, als sie von allen Seiten gekommen seien und einfach drauf losgeschossen hätten, wie ihn eine Granate getroffen habe und er ohnmächtig geworden sei. Die Angreifer hätten ihn für tot gehalten, das sei letztendlich seine Rettung gewesen.

Fast bis Mitternacht saßen beide auf der Bank. Mal redeten sie, mal weinten sie, dann dazwischen wieder Stillschweigen.

Es dauerte lange, bis Hans sich alles von der Seele geredet hatte.

»Wann genau passierte das? Weißt du das noch?«, fragte ihn Margarete.

Noch ganz genau konnte sich Hans an den Tag erinnern und nannte das Datum des Angriffs.

Margarete lief ein eisiger Schauer vom Kopf abwärts über den gesamten Körper. Wie eingemeißelt war das Datum noch in ihrem Gedächtnis. Jene Nacht mit den seltsamen Rufen im Haus.

Sie nahm den Bruder auf einmal so fest in ihren Arm, weinte laut los. Es dauerte eine Weile, bis sie sich wieder gefasst hatte und reden konnte.

Dann erzählte sie ihm von den nächtlichen Rufen, die sie in jener Nacht aus dem Schlaf geholt hatten. Erzählt, dass sie ganz klar und deutlich ihren Namen gehört habe.

Ihr fiel ein, dass auch in dieser Nacht die große Wanduhr im Wohnzimmer stehen geblieben war, obwohl der Vater sie wie jeden Morgen aufgezogen hatte.

»Margarete, ich hab in dieser Nacht so sehr an dich und euch alle gedacht und nicht gewusst, ob ich euch jemals wiedersehe«, rang Hans verzweifelt nach Worten. »Ich glaubte, sterben zu müssen.«

»Hans, wir auch. Wir auch.«

Beide nahmen sich in den Arm, ganz fest, weinten gemeinsam. Endlich war es raus, war ausgesprochen. Das furchtbarste Geschehen in seinem Leben, und vielleicht konnte seine leidende Seele nun endlich heilen.

DER SCHAL

Es ist früher Morgen und Britt ist heute etwas zeitiger im Geschäft, um den nötigen Montagsputz zu verrichten. Nachdem das erledigt ist, sie die Kleiderständer und ein kleines Standregal vor die Tür gestellt hat, macht sie sich daran, das Schaufenster neu zu dekorieren. Es ist schließlich ihr Aushängeschild. Durch die Scheibe beobachtet sie eine Dame in einer pinkfarbenen Jacke, die ihrem Mann Richtung Stadtzentrum hinterherhetzt. Er scheint auf der Flucht zu sein, so tobt er den Gehweg entlang. Nur kurz bleibt die Dame vor Britts Geschäft stehen, greift nach einem Schal, hört ihn rufen: »Komm, oder willst du Wurzeln schlagen?« Sie legt den Schal zurück und rennt weiter hinter ihm her.

Der Tag vergeht und irgendwann ist es auch heute wieder 16.00 Uhr. Die Passanten kommen aus der Stadt zurück und müssen alle abermals an Britts Geschäft vorbei. Egal, ob sie zum Bus, zur Bahn, zum Parkplatz oder zum Dampfer wollen, das ist ihr Verkaufsglück so manches Mal. Und da ist sie auch wieder, die Dame in Pink. Sie hat sich draußen einen grünen Schal aus dem Regal genommen und betritt mit nur einem Fuß das Geschäft. Bleibt dort stehen. Nur den Kopf schiebt sie ein wenig nach vorne, schaut sich um, sieht Britt und hält ihr den Schal entgegen.

»Gibt es den auch in anderen Farben?«

»Ja, sicher.«

Da sie so auf halb acht in der Tür steht, traut Britt sich nicht, sie in ein Verkaufsgespräch zu verwickeln und fügt nur kurz hinzu: »Wenn Sie schauen möchten, hier im Geschäft sind die anderen Farben.«

Noch immer ist sie nicht einen Schritt weitergekommen, sie dreht sich um, richtet den Blick auf die gegenüberliegende Straßenseite, ruft dann mit fester Stimme: »Hans ... Hans-Peter, hier bin ich.« Eine Reaktion erwartend verharrt sie einen Moment. Er scheint sie nicht zu hören, sie schüttelt nur den Kopf. »Männer und Motorräder« und wendet sich wieder Britt zu. Für Britt ist das Motorradgeschäft schräg gegenüber ein extra Bonus. Der einzige Ort in der Straße, an dem die Männer gerne verweilen, während die Frauen bei ihr shoppen.

»Er hört mich nicht. Was war noch jetzt mit einem anderen Schal?«

Britt ist währenddessen etwas näher zu ihr gegangen und erzählt ihr noch einmal dasselbe. Kommt jedoch nicht zum Ende, da die Frau sich mitten in ihrer Rede ein weiteres Mal umdreht und ruft: »Hans-Peter, hier bin ich.«

Wieder zu Britt gewandt: »Ich will nur nicht, dass er mich sucht«, rechtfertigt sie sich. Britt bietet ihr an, den Schal doch einmal umzulegen, und zeigt auf den Spiegel hinter dem Vorhang.

»Können Sie mir bitte einen gelben zeigen?«, gibt sie Britt klar zu verstehen, dass sie nicht weiter ins Geschäft kommen möchte.

»Ja, sicher.« Britt holt den gelben Schal und reicht ihn ihr.

Sie nimmt ihn ihr ab, will ihn umlegen, dreht sich dann jedoch erneut um. Wirft einen Blick über die Straße und ruft wieder: »Hans-Peter«, die Stimme krächzt mittlerweile genervt, als würden sich ihre Stimmbänder überdehnen. Und nun endlich hat Hans-Peter sie gesehen und winkt zurück. Die Welt scheint wieder in Ordnung für sie. Erleichtert atmet sie auf.

»Er hat mich gesehen. Ich geh doch mal schnell in die Garderobe zum Spiegel.«

»Bitte.« Britt freut sich, dass endlich Bewegung in den Verkauf kommt.

»Die Farbe gefällt mir sehr«, sagt sie, legt den Schal um und dreht sich einmal vor dem Spiegel. »Er ist aber wirklich angenehm, das muss ich schon sagen.« Sie schaut Britt an, die zustimmend freundlich antwortet. »Der steht Ihnen so gut, damit könnte ich Sie geradewegs ins Schaufenster stellen.« Das nett verpackte Kompliment geht an ihr vorbei. Null Reaktion. Als Britt ihr den Schal abnehmen will, hält die Dame ihn jedoch zurück.

»Moment noch«, stoppt sie die Verkaufsaktion. »Ich gehe noch mal kurz ...« Sie begibt sich in Richtung Ausgang, stellt sich auf Zehenspitzen und hält das begehrte Stück in die Höhe. Abermals ruft sie, nur diesmal fragend: »Hans-Peter?« Sie dreht den Schal in der Höhe nach allen Seiten, damit er scheinbar aus der Ferne ein Urteil abgeben soll. So deutet Britt die Aktion. Noch an der Tür stehend legt sie den Schal zusammen und kommt zurück. Britt holt derweil schon die »Danke für Ihren Einkauf«-Tüte mit den bunten Blumen hervor. Die Dame steht vor dem Verkaufstresen, reicht Britt den Schal und sagt: »Er hat Nein gesagt.«

»Nein???« Britt steht auf dem Schlauch, kann sie weder verstehen noch ihr folgen. Was geht denn bei den beiden ab?, denkt sie nur. »Und deshalb nehmen Sie ihn auch nicht?«, kann sie sich die Nachfrage nicht verkneifen.

»Nein«, kommt eine klare Antwort ohne Wenn und Aber.

Britt macht indessen scheinbar einen so verständnislosen Gesichtsausdruck, dass die Kundin sie missbilligend anschaut.

»Was ist daran nicht zu verstehen?«

Mit dieser Antwort verlässt sie ohne ein auf Wiedersehen das Geschäft.

Das wirkliche Problem mit dieser Aktion hat scheinbar nur Britt. Für die Kundin scheint die Situation normal. Britt dagegen hinterfragt noch den ganzen Abend kritisch den Hergang. Hat die Dame womöglich schon hundert Schals im Schrank und der arme Hans-Peter muss das Geld zusammenhalten, weil sie keinen Überblick hat? Oder aber, ist sie so unter dem Pantoffel, dass sie nichts alleine entscheiden darf? Andernfalls könnte Hans-Peter auch nur ein Freund sein und gar nicht ihr Mann?

Warum geschieht diese Geschichte gerade in ihrem Geschäft und was hat sie mit ihr zu tun? Britt ist sich sicher, hätte sie nichts mit ihr zu tun, wäre sie ihr egal. Wer ist sie selbst in der Geschichte? Ist sie auch so unter den Fittichen ihres Mannes, dass er alles absegnen muss, was sie möchte? Oder noch viel schlimmer. Ist sie diejenige, die zu Hause alles kontrollieren will, wer sich was warum und wofür kaufen will? Schlummert in ihr etwa auch ein Hans-Peter? Oder ist es nur einmal mehr wieder ein Beweis, wie schnell sie mit dem Bewerten ist? Ohne zu wissen, warum die Situation so abläuft, benotet sie das Verhalten der beiden. Mit welchem Recht?

Ihre Aufgabe bestand doch heute einfach nur darin, die Dame freundlich zu bedienen. Und wie viele andere auch probierte sie, ohne es am Ende zu kaufen.

Die Auflösung erfolgt zwei Monate später. Ein Paar betritt das Geschäft und fragt gezielt nach Schals. Ein paar Griffe in das Regal und schon kann Britt ihnen ihre ganze Farbpalette auf dem Verkaufstisch präsentieren.

Die Dame sortiert kurz in dem Angebot herum, scheint jedoch genau zu wissen, was sie möchte.

»Haben Sie einen Spiegel?«

»Bitte.« Britt deutet auf die Ecke hinter dem Vorhang. Die Kundin greift nach dem gelben und dem orangen Schal und geht in die Kabine, legt sich einen nach dem anderen um.

»Was meinst du?«, kommt sie fragend heraus.

Der Mann zuckt mit den Schultern: »Ich war mir schon mit Inka nicht sicher, welcher dir gefällt.«

»Mit deiner Schwester warst du hier?«

»Du weißt, wie hilflos ich mit Geschenken bin.«

»Ich nehme den gelben, der passt zu den meisten meiner Sachen.«

»Ich fasse es nicht, hat sie doch recht gehabt«, ist der Mann erstaunt.

»Na ja, sie kennt meinen Kleiderschrank besser als du.«

Britt, mit dem Gedächtnis einer Geschäftsfrau indessen dämmert es so allmählich. Obwohl sie ihn nie gesehen hat, vermutet sie, dass das doch nur Hans-Peter sein kann.

Sie packt den Schal in eine Tüte, wünscht der Dame viel Freude an ihrem neu erworbenen Teil und tippt dann den Betrag in die Kasse ein. Der Mann holt die Brieftasche heraus, bezahlt und bewegt sich dann in Richtung Ausgang, als die Dame ihn aufhält.

»Hans-Peter.«

Er dreht sich zu ihr um. »Ja?«

»Danke.« Sie lächelt ihn an.

»Auf Wiedersehen«, verabschieden sie sich und verlassen das Geschäft. Draußen legt er seinen Arm um ihre Schultern und sie schlendern weiter in Richtung Hafen.

Britt ist so froh, als sie raus sind, damit sie endlich schallend loslachen kann. Über wen? Na ja, in erster Linie über sich selbst und ihre Vermutungen, die noch gar nicht so lange zurückliegen.

VERTRAUEN HABEN

Ein Blick aus meinem Bürofenster macht wenig Lust auf Feierabend, grau, neblig und ekliger Nieselregen, den ganzen Nachmittag schon. Dementsprechend unmotiviert plane ich nichts für den Feierabend, sondern will einfach nur gleich nach Hause. Im besten Fall ins Badezimmer, die Wanne voll bis oben hin, unter der Schaumhaube entspannen. Mir dabei einen Film auf dem Laptop ansehen. Ein paar Scheiben Brot mit Ei und Käse stehen in Gedanken bereits im Kerzenschein auf dem Wannenrand, ich schnuppere schon förmlich den Duft meines Lieblingstees. Die Vorfreude treibt mich an, doch endlich das Büro zu verlassen.

Rasch durch den Regen ins Auto. Starten, die Sitzheizung und den CD-Player einschalten und Roland Kaiser auf Lautstärke sieben stellen. Schnell wird es kuschelig im Auto. Ich lege den ersten Gang rein und trete aufs Gaspedal.

Wie so oft, wenn keine Besorgungen anliegen, fahre ich die schnelle Strecke über die zweispurige Bundesstraße, singe im Auto aus voller Kehle gemeinsam mit Roland und dann? Dann werden meine Pläne vom Leben durchkreuzt, wie so oft schon.

Mit 50 km/h fahre ich schon eine ganze Weile hinter einem weißen Audi A3 her. Er fährt auf der rechten Spur, und da unser Abstand gleich bleibt, hat er auch kein größeres Tempo drauf. Die meisten fahren mit angemessener Geschwindigkeit, nur ein paar Unvernünftige müssen wie wild überholen. Sollen sie doch, denke ich.

Mit einem Blick nach rechts auf die Autobahnabfahrt sehe ich einen roten Flitzer kommen. Flitzen ist noch geschmeichelt, sein Tempo ist für die Wetterlage äußerst rasant. Die Fahrerin verkennt scheinbar die Gefahr der nassen Fahrbahn, und als sie abbremsen will, kommt sie natürlich ins Rutschen.

Bist du verrückt?... Bei der Geschwindigkeit?, denke ich und schüttele den Kopf.

Ein Blitzgedanke und den Blick auf den Audi vor mir, der gerade auf die linke Spur gewechselt hat.

»Gib doch Gas.« Ich schreie laut los und schalte die Musik aus.

Als Beobachter sehe ich das Unglück kommen. Ob die Audi-Fahrerin das nahende Fahrzeug ebenfalls sieht? Ich weiß es nicht. Jedoch, selbst wenn. Sie ahnt sicher nicht im Entferntesten, dass der rote Fiat zu ihr hinüberrutschen könnte. Eigentlich ist es auch ein Ding der Unmöglichkeit. Er müsste dafür schließlich vom Einfädelungsstreifen noch über die rechte Fahrspur rutschen. Trotzdem kann ich den Gedanken nicht ausschalten.

»Fahr doch schneller. Gib Gas!«, würde ich dem Audi am liebsten von hinten einen kleinen Schubs geben, damit er aus der Schusslinie fährt. Zu spät, das Unheil ist nicht aufzuhalten, ich behalte Recht. Scheiße.

Die Fahrerin des roten Fiat verliert die Gewalt über das Auto, rutscht wirklich über alle Fahrbahnen. Mir stockt der Atem. Ich würde am liebsten die Augen schließen und nichts sehen von dem, was kommt.

Wer hegt nicht heimlich den Gedanken, genau diese Situation möge nie eintreffen? Zu spät für diesen Wunsch. Heute bin ich zur falschen Zeit am falschen Ort. Oder? Doch richtig?

Hätte ich nur den langen Weg über die Dörfer genommen, ärgere ich mich.

Der Audi bekommt einen ordentlichen Schubs geradewegs in das rechte Hinterrad und dreht sich auf der Fahrbahn um die eigene Achse. Ich gehe vom Gas, schaue mich kurz um. Die Straße ist leer. Um diese Uhrzeit? Es ist

Nachmittag, Feierabendverkehr. Ein Ding der Unmöglichkeit. Kein Auto in Sicht. Das geht eigentlich gar nicht. Ich fahre die Strecke wirklich oft, ich weiß, was hier ansonsten los ist. Alle Schutzengel scheinen genau zu diesem Zeitpunkt hier im Einsatz zu sein. Wie sonst könnte so etwas möglich sein? Der rote Fiat rutscht weiter bis in die linke Leitplanke, der Audi dreht sich immer noch, bis ihn die rechte Leitplanke stoppt. Es sind nur Sekunden, alles geht blitzschnell. Ich zittere vor Anspannung und kann mein Lenkrad kaum mehr richtig festhalten.

Zögerlich trete ich ganz kurz auf die Bremse. Obwohl ich weiß, dass es rechtlich meine Pflicht ist, anzuhalten, bin ich moralisch mehr als zwiegespalten. Irgendetwas in mir möchte am liebsten wegschauen, so tun, als sehe ich das Unglück nicht. Feigheit? Angst? Ein bisschen von beidem, vor allem aber die hilflose Suche nach meiner eigenen Courage. Courage, zu helfen, richtig zu helfen, zumindest das tun, was jetzt dringend notwendig ist. Aber was nur ist notwendig? In Sekunden läuft der letzte Erste-Hilfe-Kurs an mir vorbei. Nichts brauchbar Helfendes auffindbar. Erschreckend, nichts ist griffbereit von all dem Gelernten. Alles in die Kiste »Hoffentlich passiert mir das nicht« gelegt. Und nun bin aber gerade ich es, der es passiert.

Hoffentlich keine Verletzten oder gar Tote, denke ich wie erstarrt. Dann merke ich auf einmal, dass etwas in mir umschaltet. Umschaltet auf »einfach nur funktionieren.«

Immer noch zögernd trete ich ein weiteres Mal auf die Bremse, diesmal etwas kräftiger. Es nieselt weiter, tiefgraue Wolken bedecken den düsteren Himmel. Gleich bin ich am Unfallgeschehen.

Die Fahrerin des roten Fiat steigt aus, sie scheint unverletzt, macht aber einen äußerst aufgeregten Eindruck, sucht nach ihrem Handy, wählt eine Nummer und telefoniert. So steht sie eine Weile, wählt immer wieder, redet und schimpft. Sicher mit sich selbst. Was mag in ihr vorgehen? Zusätzlich zum Unfall- und Personenschaden noch die Gewissheit, dass sie die Verursacherin und schuld ist an dem Unglück, das kann sie sich nicht schönreden, zu spät!

Christin sitzt regungslos in ihrem Audi, kann weder fassen noch begreifen, dass es Realität ist, was sie am liebsten verdrängen möchte. Am liebsten den Tag noch mal beginnen und einfach an einem anderen Ort sein. Ein Blick aus dem Fenster, einmal die linke Seite an der Leitplanke entlang, lässt jedoch keinen Zweifel mehr ...

Kaputt ist das einzig greifbare Wort, das sie finden kann.

Panik, Angst und den emotionalen Stress hat das Überlebenssystem scheinbar gut verdrängt, jedoch der ganze Körper zittert. Sie hyperventiliert und ist dennoch Herr ihrer Lage.

»Okay, Christin, beruhige dich und tu was!« Spricht sie zu sich selbst.

Geistesgegenwärtig hält sie sich beide Hände vor den Mund und so pegelt sich die Atmung wieder ein.

Sie greift nach ihrem Handy, stoppt die Navigation. Als sie danach die Nummer des Vaters wählt, klopft die Fiat-Fahrerin an die Scheibe.

»Die Leitstelle will wissen, ob es Ihnen gut geht.«

Christin bekommt keinen Laut heraus.

Der Vater ist 120 Kilometer weit entfernt, keine Unterstützung möglich, nur am Telefon die Auskunft, was zu tun ist. Es ist der erste Unfall der 25-Jährigen. Was weiß sie schon von Unfallbericht, Abschleppdienst, Pannenhilfe usw.? Wie und in welcher Reihenfolge wer anzurufen ist. Der Kopf hat das nicht als Vorlage gespeichert für den Ernstfall. Auf die Schnelle lässt sie sich erklären, was sie tun muss.

Dann erst kümmert sie sich um sich, schaut, ob noch alles funktioniert. Bewegt die Hände, die Beine, kontrolliert die Füße. Alles geht noch, kein Nerv scheint eingeklemmt, kein Blut zu sehen.

Es schleichen Bilder und Gedanken an brennende Autos aus dem Fernsehen durch ihren Kopf.

»Ich muss raus. Ich muss raus.« Sie gerät in Panik.

Im Normalzustand würde sie die Armlehne hochklappen und über den Beifahrersitz das Auto verlassen.

Jetzt lässt sie die Armlehne in ihrer Position in der Voraussicht, nur nichts zu verändern wegen des Polizeiberichtes. Quält sich über die Lehne und zieht die Beine immer Stück für Stück nach.

»Wie bescheuert war ich denn?«, erinnert sie sich später.

Endlich ist sie raus, kreidebleich und zittrig, steht auf ihren Beinen, sieht nun erst das vollständige böse Ausmaß des Zusammenstoßes. Alle Ecken sind demoliert und eingedellt. Alle Tapferkeit ist dahin und die zurückgehaltenen Tränen fließen im Sturzbach.

Die Fiat-Fahrerin kommt zu Christin gelaufen, nimmt sie in den Arm.

Christin schiebt sie heftig beiseite, kann die Umarmung nicht ertragen und brüllt sie an: »Bist du bescheuert? Das ist mein erstes Auto«, bekommt sie mit bibbernden Lippen gerade noch heraus, dann weint und schluchzt sie lauthals weiter.

Die Fiat-Fahrerin entschuldigt sich. Christin ist so aufgebracht, dass sie keine Erklärung hören will, überhaupt nichts von ihr hören will.

»Du Pissnelke, in meinem Auto ist fast mein ganzes Geld …«, wettert sie wütend weiter. Die Fiat-Fahrerin flüchtet, ihre Nerven liegen selbst blank. Sie geht zu ihrem Mann, der indessen dazugekommen ist.

Christin legt ihre zitternden Hände auf ihr Auto.

Alles ist so unwirklich. Über dem linken Radkasten hinten ist eine riesige eierförmige Delle, als hätte jemand mit einer großen Hand reingedrückt und nicht, als wenn das Auto an eine gerade Leitplanke geknallt wäre. Als Erklärung die Leitplanke zu nehmen, ist jedenfalls nicht logisch.

Ich habe längst angehalten, meine Decke aus dem Kofferraum geholt und bin bei Christin, der Audi-Fahrerin, erkundige mich nach ihrem Zustand. Ob ihr schwindelig sei. Schaue, ob Verletzungen am Kopf oder anderswo zu sehen sind. Sie hat sich geistesgegenwärtig ihre Warnweste über ihren dünnen Pullover gezogen.

»Die Leitstelle ist informiert«, versichert sie mir.

Behutsam lege ich ihr die Decke um die Schultern und ganz vorsichtig meinen Arm um sie.

»Das Warndreieck? Wir müssen das Warndreieck aufstellen«, ist Christins nächster Gedanke. Es ist unglaublich, sie ist mit ihren Gedanken viel präsenter als alle anderen.

Ich will los und ein Warndreieck holen, da kommt die Fiat-Fahrerin bereits damit zu uns. Christin geht auf sie zu, reißt es ihr aus der Hand und stellt es auf. Die Fiat-Fahrerin sucht schnell wieder das Weite.

»Jack«, seufzt Christin leise wimmernd.

Von Weitem sind schon die Sirenen zu hören, erleichtert atme ich auf. Zum Glück. Mir fällt ein Stein vom Herzen, ich brauchte nur zu trösten und zu beruhigen.

»Haben Sie irgendwo Schmerzen? Der Notarzt ich gleich da«, versichere ich ihr.

»Nein, nein, mir tut nichts weh, aber mein Jack ist hin«, trauert sie und die Tränen beginnen erneut heftig zu fließen.

Sie steht vollkommen neben sich, ist mit den Gedanken nur bei ihrem Auto. Realisiert nicht, dass sie doch aber am Leben und unverletzt ist.

»Sie haben aber alle Schutzengel bei sich gehabt, dass es so ausgegangen ist«, will ich die Zeit bis zur nahenden Hilfe überbrücken.

»Jack ist mein Schutzengel. Wie kann das sonst sein? Ich hab im Auto rein gar nichts gemacht. Weder gebremst noch gelenkt, nicht einmal Angst gehabt. Ich habe einfach nur ganz still dagesessen und war mir so sehr sicher, Jack macht das schon, der passt auf mich auf. Ich wusste es irgendwie, dass ich mich auf ihn verlassen kann.?«

Damit hat sie jetzt auch noch auf meine Tränendrüsen gedrückt und mich daran erinnert, wie wichtig es ist, Vertrauen zu haben, auch wenn die ganze Welt um mich herum zusammenbricht.

Die Polizei ist eingetroffen. Ich übergebe. Mit ein wenig Stolz, dass ich angehalten und geholfen habe. Auch wenn ich nur da war.

Es dauert alles eine Weile, bis auch ich zum Unfallgeschehen befragt werde und von den Polizisten so ganz nebenbei die Worte höre: »Das hätte aber ganz bös ausgehen können.«

»Nur Blechschaden, keine Verletzten, eigentlich unmöglich«, so unterhalten sie sich.

Gibt es sie nun wirklich, diese sogenannten Schutzengel? Ich glaube schon. Das ist heute nicht von dieser Welt geregelt worden, dessen bin ich mir sicher. Nicht mit diesem Ausgang. Da war höhere Macht im Spiel, auch wenn ich nicht spirituell angehaucht bin.

Ein unvorhergesehenes Ereignis hat heute meinen Weg durchkreuzt. Hilflos mit ansehen zu müssen, wie ein dramatischer, nicht mehr zu stoppender Crash auf zwei Menschen zukommt, hat mir wieder einmal ganz nah vor Augen geführt, wie klein und machtlos ich eigentlich bin und wie kostbar jede Stunde Lebenszeit ist.

Die junge Frau mit dem außergewöhnlichen Verhältnis zu ihrem Auto bleibt mir im Gedächtnis und ich bin mir ganz sicher, dass sie das Vertrauen zu ihrem Jack wirklich gerettet hat.

Die Situation an sich hat jedoch noch etwas viel Größeres offenbart. Etwas, das zwischen den Zeilen des Unglücks geschrieben steht.

Diese junge Audi-Fahrerin hat durch ihr Elternhaus scheinbar ein so sehr großes Potenzial an Urvertrauen mit ins Lebensgepäck bekommen, dass sie daraus heute schöpfen konnte und dieses Geschenk »Für mich ist gesorgt« aus tiefstem Herzen gelebt hat. Das ist die wertvollste Police, die sie im dicken Ordner Versicherungen bei sich abgeheftet hat. Heute, morgen und für alle Zeiten griffbereit.

Es sind immer die Erfahrungen der ersten Lebensjahre, die uns prägen und auf die wir in Notsituationen im späteren Leben zugreifen.

Ist da viel Gutes gewesen, fällt es uns leichter, auch als Erwachsene das

Gute zu erwarten. Ist viel Negatives geschehen, sehen wir immer schon das Schlimmste auf uns zukommen.

Ich wünsche uns allen diese gute Grundabsicherung im Versicherungsordner.

Christin hat einige Zeit gebraucht, bis alles wieder in den gewohnten Bahnen läuft. Bis ihre körperlichen und seelischen Symptome, die sich im Nachhinein gezeigt haben, kaum noch spürbar sind. Bis sie ein neues Auto hat, wieder einen Audi A3.

Bis alle Versicherungsangelegenheiten vom Anwalt geklärt sind, vergehen fast zwei Jahre. Ausreichend Zeit, sich bewusst zu machen, dass es durchaus hätte auch anders ausgehen können.

Jedoch bereits auf den Tag genau ein Jahr später wird ihr auch die letzte Frage zum Unfallgeschehen beantwortet, und damit das letzte Rätsel gelöst.

Sie fährt mit ihrem neuen Auto von zu Hause wie gewohnt am Morgen los. Dichte Nebelschwaden hängen an diesem Tag gespenstisch in den Bäumen zwischen den Ästen. Als wenn sich düster etwas auf der Erde zusammenbraut. An der nächsten Ampel muss sie halten. Sie sieht etwas äußerst Merkwürdiges und Unwirkliches.

Es ist, als wenn sich aus dem Nebelschleier, der in den Bäumen hängt, vor ihren Augen ein menschliches Wesen formt. Ja, genau so könnte man es umschreiben. Ein Nebelwesen mit menschlichen Konturen steigt aus den Ästen auf das Dach eines der vor ihr an der Ampel wartenden Autos.

Was um Himmels willen ist das? Christin kann nicht recht einordnen, was sie sieht, schaltet den Scheibenwischer an und wischt ein paar Mal hin und her. Jedoch das Bild bleibt. Ein Wesen aus Nebel steht auf dem Auto. Es löst sich erst dann langsam wieder auf, als die Ampel auf Grün schaltet und die Kolonne weiterfährt.

Eine richtig plausible Erklärung? Nein. Ein vager Gedankenblitz? Ja. Der ist jedoch mehr als unheimlich. Der Fahrer des Autos braucht heute auch einen himmlischen Schutzengel.

Noch im selben Moment schüttelt sich Christins Körper. Kalt und heiß ist ihr, sie ringt nach Luft. Vor einem Jahr ihr Unfall? Auf einmal ist alles so klar und verständlich. Die Oma, kommt ihr in den Sinn.

Oma Agate vom Tannenhof? Die hat doch immer auf mich aufgepasst, als ich klein war.

Sie war da..., und ich dacht mein Jack ...

DAS REGIEBUCH IST GESCHRIEBEN

Benno, ein gestandener Mann Ende fünfzig, steht in keinem guten Verhältnis zu seinem 86-jährigen Vater.

»Du meinst also, ich soll den Alten wirklich zu meinem Geburtstag einladen?« Er lacht laut los und schüttelt dabei verständnislos den Kopf.

»Ja, er ist dein Vater und ... einer muss endlich den Anfang machen«, bekommt er von seiner Frau Mechthild die energische Antwort. Seit Jahren schon redet sie auf ihn ein, ohne Gehör zu finden. »Wer weiß, wie lange du noch Gelegenheit dazu hast. Du hast ihn nach seiner Bypass-Operation auch schon nicht besucht«, kritisiert sie erneut sein Verhalten.

Dass der Versuch, ihm den Weg zum Vater mit Vorwürfen zu pflastern, in die falsche Richtung geht, ist Mechthild schon klar. Sie kann es jedoch einfach nicht verstehen, wie er so wenig Verständnis haben kann.

Auseinandersetzungen, die gab es immer schon zwischen Vater und Sohn. »Ihr seid beide vom selben Kaliber. Vertragt euch wieder«, ordnete Mutter dann an. Ihrem strengen Regiment ergaben sie sich und reichten sich ihr zuliebe immer und immer wieder die Hand. Nun gab es sie an jenem schwarzen Tag nicht mehr, als es nach einer kleinen falsch verstandenen Situation wieder einmal krachte. Keiner, der die Wogen glättete, keiner, der die Familie zusammenhielt. Das tat immer nur sie. Sie vereinte Strenge und Liebe in einem ausgeglichenen Maß in sich. So erzog sie die Kinder, so lief auch ihre Ehe mit dem Vater. Bei ihr traute er sich nicht zu widersprechen, denn sie ließ ihn gegebenenfalls einfach links liegen, kochte ihm kein Essen und brachte sein Bettzeug in die Besucherkammer.

»Basta, zum Teufel mit dir«, schalt sie dann.

Nun sind nur noch die beiden Sturköpfe übrig, und kein anderer hat die Qualitäten wie Mutter, mit ihnen umzugehen.

Schade, auf einen Schlag lag alles in Scherben, all die fröhlichen Zeiten miteinander.

Benno wird sechzig. Endlich ein erneuter Anlass, eine Chance zur überfälligen Versöhnung.

»Nun, was ist damit?«

Benno lehnt sich zurück.

»Nein, ich werde ihn nicht einladen, den Tag lass ich mir nicht von ihm verderben. Es ging bis jetzt auch ohne ihn ganz gut. Nein, es ging besser, mein Leben ist friedlicher ohne seine Nörgeleien.«

Mechthild wendet sich ab. »Wenn du nur einmal erkennen könntest, wie sehr du ihm ähnelst. Was du ihm vorwirfst, bist du selbst jeden Tag aufs Neue. Du brauchtest nur ein einziges Mal in den Spiegel zu schauen.«

»Das hab ich mal schnell überhört.«

»Wie immer.«

Bennos überdimensionales Ego ist nicht zu übersehen. Auch die Nachbarschaft hat schon bald erkannt, es ist vorteilhafter, ihn zum Freund als zum Feind zu haben. Der gute Kumpel, der in ihm steckt, seine selbstlose Hilfsbereitschaft und seine Witze, die er nur so aus dem Ärmel schüttelt, auf die will keiner verzichten. Er ist überall gern gesehen und bringt jede Feier in Schwung. Das schätzt man so sehr an ihm, dass im Notfall dann jeder zurücksteckt, wenn ihm mal wieder etwas nicht in den Kram passt und sein dicker Kopf eine Wand rammen will. Auch Mechthild hat er mit seinem Humor und seiner Männlichkeit angezogen. Wenn er wieder ein paar Tage verrücktspielt, flüchtet sie im Sommer in den Garten und im Winter in ihr Atelier. Die gehegte Hoffnung, dass das Leben ihn irgendwann zur Räson bringt, hat sie jedoch noch nicht aufgegeben.

Der große Tag rückt näher, die Vorbereitungen laufen, die ganze Familie ist eingespannt. Alle, die ihm am Herzen liegen, werden eingeladen. Ein Fest vom Besten soll es werden, mit Übernachtung, mit Unterhaltungsprogramm. An alles ist gedacht. Auch Bennos großer Bruder Dieter ist involviert, hat sich freiwillig bereit erklärt, die musikalische Unterhaltung zu übernehmen. Quasi als sein Geburtstagsgeschenk.

»Kenn doch schließlich den Musikgeschmack meines Bruders am besten«, hat er versichert.

Bei einem gemeinsamen Bierchen im Garten nimmt Dieter dann den kleinen Bruder zur Seite, redet ihm ernsthaft ins Gewissen.

»Denk an Vater, lad ihn ein, manchmal ist die Zeit knapper, als du ahnst, gib dir einen Ruck, Kleiner.«

»Du nicht auch noch. Oder hat meine Fürsorgerin dich geschickt?«

»Wenn du Mechthild meinst, nein, obwohl sie recht hat. Ich sehe es genau wie sie.«

»Schade um deine Zeit, Großer.«

Kein Rankommen an Benno. Stur und starrköpfig wie schon früher, als sie zusammen die Eisenbahn aufbauten und sich dabei stritten, dass die Schienen im Zimmer umherflogen, bis Mutter alles auf den Boden brachte. Dieter musste immer nachgeben, damit die Geschwisterbeziehung letztendlich funktionierte. Und er hat damit auch nie ein Problem gehabt.

Heute befindet sich jedoch ein Joker in seinem Ärmel, ihn zu überzeugen. Ausspielen oder nicht, das ist nur die Frage. Ist heute der passende Zeitpunkt? Oder noch abwarten? Nachdenklich schaut er auf sein Glas Bier. Ist es halb voll oder halb leer? Wie immer Ansichtssache, wie alles. Es kommt darauf an, wie man Dinge betrachtet. Holt er seinen Joker raus, kann er eventuell den Kleinen umstimmen, bricht aber ein Versprechen. Was ist richtig? Wer weiß das schon?, kreisen seine Gedanken.

»Nun schau nicht wie saure Gurken aus dem Glas, oder was ist dir für 'ne Laus über die Leber gelaufen? Das geht nur den Alten und mich was an, halt du dich da raus. Damit hast du nichts zu tun.«

Beide schauen sich an, dann eine Weile zu Mechthild hinüber, die sich in einem großen Blumenbeet zu schaffen macht. Dieter rutscht unruhig auf dem Gartenstuhl hin und her. Steht kurz auf, geht ein paar Schritte, kommt zurück, nimmt einen Schluck Bier, geht wieder, kratzt sich am Kopf. Er runzelt die Stirn, spuckt einmal auf den Rasen, dann ist der Entschluss gefallen.

»Pass auf, Bruderherz, ich erzähl dir jetzt was, dass du eigentlich gar nicht wissen sollst, und glaub mir, ich kann danach sicher keine Nacht mehr ruhig schlafen. So sehr wird mich mein Gewissen plagen. Ich tue es für uns, für unsere Familie.«

»Warum nimmst du denn so viel auf dich? Lass es einfach, behalt es für dich und schlaf lieber ruhig.« Benno prostet ihm zu.

Dieter hat wieder Platz genommen. Sein Gesicht ist angespannt, er lehnt sich nach vorne, schaut seinen Bruder mit ernster Miene an. Dann haut er mit der Faust auf den Tisch. Nicht kräftig genug, dass Benno zusammenfährt, aber immerhin schreckt Mechthild im Beet auf und schaut zu den beiden rüber.

»Vater rechnet damit, dass er eingeladen wird. Er hat mich beauftragt, zwei Tage vor deinem Geburtstag Geld von der Bank zu holen. Er will dir die Hand reichen. Du musst ihn einladen.«

Benno ist nicht gerührt, nicht sprachlos, er ist erbost und fühlt sich hintergangen.

»Willst du mich unter Druck setzen? Dann kann ich dir nur sagen, nicht mit mir.«

»Du kannst nicht anders, lad ihn ein, glaub nicht, dass dir das Leben noch viele Gelegenheiten gibt, mit Vater ins Reine zu kommen. Bevor er geht.«

Mechthild sitzt inzwischen neben ihrem Mann, hat seine Hand genommen, legt sie an ihr Gesicht und küsst sie.

»Tu es für mich. Bitte.« Sie schaut ihn an. Fast wie die sanfte Seite von Mutter, dieser Blick, dem man sich nicht entziehen kann.

»Steckt ihr beide also doch unter einer Decke?«

»Ach komm, und wenn schon, du bist ja auch 'ne harte Nuss«, geht Mechthild in Verteidigung.

»Du solltest jetzt lieber nach Hause gehen.« Benno ist anzumerken, dass es ihm so allmählich reicht. »Glaub nicht, dass mir deine Art gefällt.« trifft Dieter sein grimmiger Blick.

»Wie kann man nur so engstirnig sein?« Dieter haut sich mit seiner rechten Hand vor die Stirn. »Sinnlos.«

»Mit dir ist es wirklich zwecklos.« Mechthild ist ebenfalls erbost.

Mit gesenktem Kopf bringt sie ihren Schwager zum Gartentor.

Dieter wälzt sich während der Nacht in Unbehagen von einer Seite auf die andere. Hätt ich nur meine Klappe gehalten, wie kann man so starrköpfig sein? Nicht auszudenken, wenn er ihn wirklich nicht einlädt, dann war sein ganzer Verrat für die Katz und er hat Vaters Vertrauen missbraucht. Sein schlechtes Gewissen macht ihm in den kommenden Tagen heftig zu schaffen, ständig meldet sich wieder ein Gedanke an Benno und Vater. Nicht mal das Bier will so wirklich schmecken, und das ist schon ein ganz miserables Zeichen.

Mechthild fängt in den nächsten Tag immer wieder vom Thema Einladung an. Benno lässt sie abblitzen, sie gibt nicht auf, redet weiter auf ihn ein.

Einige Tage später klingelt am Vormittag bei Dieter das Telefon. Mechthild ist dran.

»Wir haben heute Morgen die Einladungen rausgeschickt«, macht sie es spannend. Dann der entscheidende Satz: »Jetzt halt dich fest.«

»Nein, sag nicht, dass er ihn wirklich …«

»Ja, ja, die für Vater war auch dabei.«

Beide atmen am Telefon erleichtert auf. Endlich Aussicht auf Frieden. Nach 15 Jahren.

»Ich kann es nicht fassen, er hat es wirklich getan.«

»Danke, Dieter, das ist das Größte, das du je für deinen Bruder, nein, für unsere Familie getan hast, auf ewig Danke.«

»Na, ich vermute, du hast ihm auch noch ordentlich auf die Füße getreten.« Dieter kennt seine Schwägerin. »Hoffentlich macht er keinen Rückzieher, zutrauen täte ich es ihm«, folgt seine Befürchtung.

»Mal nur nicht den Teufel an die Wand.«

Ein so großer Stein fällt von Dieter, dass man es hätte aufprallen hören können. Wird es also wieder diese schönen gemeinsamen Feiern geben, an denen alle an einem Tisch sitzen, miteinander scherzen, sich auf Kosten anderer amüsieren und Skat spielen geht es ihm durch den Kopf. Sein schlechtes Gewissen dem Vater gegenüber hat einen Sinn bekommen, das macht es leichter, auszuhalten.

Zwei Tage später hat der Vater die Einladung im Briefkasten. Alle über Jahre aufgestaute Wut und der still gehegte Groll gegen Benno sind innerhalb der Minuten, die er liest, verflogen. Dachte ich es mir doch, dass du mich einlädst. Er liest ein zweites und drittes Mal die Karte.

»Wenn der wüsste, was ich für eine Überraschung hab.«

Schließlich liegen die 5000 Euro noch brach auf dem Konto, das er mit Mutter für jeden der beiden Jungen angelegt hat.

Die Geburtstagsvorbereitungen sind in vollem Gange. Mechthild schreibt an ihrer Rede, die sie mit Witzen und Insiderwissen gespickt vortragen will. Benno organisiert Sitzgelegenheiten aus der Nachbarschaft und bleibt dabei überall auf ein Bierchen sitzen.

Dieter ist heute schon den dritten Tag eifrig dabei, die passende Musik zusammenzustellen. Neue Hits und alte Kulttitel aus der Jugendzeit, nach denen sie geschwoft haben, als spät am Abend das Telefon noch klingelt. Kopfschüttelnd blickt er zur Uhr. 23.00 Uhr, so spät noch. Als Erstes kommt ihm der Vater in den Kopf.

Ah, die Einladung, er will es stolz berichten. In dieser Erwartung nimmt er den Hörer ab.

»Na, Vater, was gibts so Wichtiges?«

»Dieter, ich bin es«, spricht Mechthild im ersten Moment noch ziemlich gefasst.

»Oh, Mechthild, ich dachte, Vater wär es. Was gibt es?« Sicher noch eine notwendige Absprache für den Geburtstag, die Benno nicht hören soll, deshalb so spät, ist Dieters Vermutung. »Na schieß los, wo brauchst du noch Hilfe, Schwägerin?«

Als am anderen Ende nur noch von Mechthild ein leises Schluchzen zu vernehmen ist, wird ihm schnell klar, dass etwas nicht stimmt. Kneift Benno doch? Mechthild kann nicht sofort reden, die Kehle ist wie zugeschnürt. Sie klagt nur leise vor sich hin.

»Mechthild, soll ich kommen?«

»Dieter, es kann nicht sein. Sag mir, es kann nicht sein.«

»Ja, was denn Mechthild? Was kann nicht sein? Ist was mit Vater?«

»Benno. Nein, ich will es nicht glauben«, spricht sie leise, kaum zu verstehen für Dieter.

»Mit Benno? Soll ich doch lieber kommen?«

»Beim Abendbrot auf einmal … Es ging alles so schnell, er hat keine Luft gekriegt. Es brannte ihm in der Brust und er hatte so panische Angst.« Mechthild schnäuzt sich die Nase. Wieder ein Klagen und Weinen, bis sie die nächsten Worte findet: »Dann ist sein Kopf einfach auf den Tisch gefallen.«

Dieter sitzt wie gebannt am anderen Ende der Leitung.

»Ist er im Krankenhaus?«

»Dieieieter! Nein, nein. Dieter, es darf nicht sein. Warum nur jetzt?«

»Mechthild? Was ist mit ihm?«

»Er ist tot.«

»Hast du keinen Notarzt gerufen?«

»Doch, doch. Der kam zu spät. Herzinfarkt, keine Rettung mehr.« Von Mechthild ist nur noch ein leises Wimmern zu hören. »Dieter, in vier Tagen wäre sein Geburtstag ... und Vater ... Er wäre dabei. Ich wills nicht glauben. Warum jetzt?«

»Mechthild, soll ich nicht doch kommen?«

»Nein, nein, Dieter, fahr du zu Vater.«

Das Regiebuch ist geschrieben und manchmal ist die Zeit knapper, als man denkt.

EIN KLEINES STÜCK WELTFRIEDEN

Nach den vielen Wochen Regen motiviert mich heute bereits beim Erwachen der strahlend blaue Himmel, aufzustehen, auch wenn es noch zu früh ist. Die Sonne lacht schon so kräftig durch das Fenster, dass es eine wahre Freude ist aus den Federn zu kriechen. Bei dem schönen Wetter wie üblich mit dem Auto zur Arbeit fahren? Das kommt gar nicht in Frage.

Nach einem ausgiebigen Frühstück hole ich das Fahrrad aus dem Keller, zwei Minuten später bin ich auch bereits auf dem Weg. Einfach so durch die Stadt fahren, herrlich. Heute mal keine Parkplatzsuche, welch ein Zeitgewinn. In der Fußgängerzone steige ich ab. Von Weitem höre ich durch die kleinen Straßen fröhliche Musik und Gesang klingen. Kann jedoch nirgends jemanden sehen. Ich folge meinem Gehör. Nach einigen weiteren Schritten erblicke ich dann die Auflösung.

Direkt vor dem großen Kaufhaus musiziert eine ausländische Familie.

Vater, Mutter und ein erwachsener Junge singen in ihrer Muttersprache. Ich kann an der Sprache nicht erkennen, aus welchem Land sie kommen. Auch die landestypische Kleidung hilft mir nicht weiter. Es ist eine wunderschöne, eine beschwingte Melodie. Sie animiert mich zum Stehenbleiben. Ich stelle ich mich zu den anderen Zuhörenden.

Die zwei kleineren Kinder des Paares fassen sich bei den Händen und tanzen vor ihrer Familie. Von links nach rechts, von rechts nach links. Und sie lachen so laut, frei und fröhlich dabei, dass die meisten Zuschauer sich mitreißen lassen und lächeln. Welch ein Morgen.

Was in Berlin und Hamburg schon lange Alltag ist, ist für mich hier in meiner Heimatstadt immer noch ein ungewohntes und fremdes Bild. Die vielen ausländischen Mitbewohner, die wir jetzt nach der großen Flüchtlingswelle bei uns auch haben. Die mitten unter uns leben.

Eine Mutter kommt mit ihrem kleinen Sohn die Straße entlang. Sie bleiben ebenfalls stehen und schauen wie alle anderen zu der Darbietung, als der Kleine sie am Arm zupft. Scheinbar signalisiert er ihr damit: Da will ich hin.

Er zieht stärker an ihrem Arm, dann löst er sich von ihrer Hand und geht ein paar Schritte. Die Mutter geht mit. Wie offen und unvoreingenommen Kinder doch sind.

Wir anderen Passanten stehen immer noch in einiger Entfernung und schauen zu. Klatschen, wenn ein Lied zu Ende ist.

Eines der ausländischen Mädchen, ich schätze, dass sie vier Jahre alt ist, lässt ihre Schwester los und schickt dem kommenden Jungen einen Handkuss entgegen. Mit ihren beiden kleinen Händchen pustet sie ihn hinüber. Weitere Küsschen folgen.

Sie geht ein paar Schritte auf ihn zu, er tut dasselbe, und so stehen sie nach ein paar Schritten, circa einen Meter voneinander entfernt, und schauen sich verschmitzt an. Das andere Mädchen ist vielleicht ein Jahr älter und ergreift nun die Initiative, geht zu den Beiden und nimmt sie an ihre Hände. Weiter geht es mit dem Tanzen. Der Junge scheint damit nicht gerechnet zu haben und schaut etwas schüchtern zu seiner Mutter. Sie nickt.

Gemeinsam tanzen alle drei jetzt zu der beschwingten Musik. Mal rechts herum, mal links herum. Sprache ist nicht notwendig. Hände, die einander berühren. Augen, die strahlen, und ein Lachen genügen fürs Kennenlernen. Das Ganze dauert so fünf Minuten, dann ruft die Mutter: »Bastian, der Kindergarten wartet.«

Völlig in Tanztrance schaut er zuerst zu ihr hinüber, dann die Mädchen unschlüssig an. Freiwillig geht er zu seiner Mutter, dreht sich immer mal wieder um und winkt. Die Mädchen tun es ihm gleich.

Wie viele andere lege ich Geld in den bereitstehenden Korb, bevor ich meinen Weg fortsetze.

Ein kleines Stück Weltfrieden mitten in meiner Stadt. Das Gefühl hatte ich heute.

Wie friedlich könnte unsere Welt sein, wenn auch wir Erwachsenen unsere

Herzen öffneten, uns die Hände reichten und den Tanz des Lebens miteinander tanzten. Offen und unvoreingenommen.

DER PLATZ NEBEN DIR

Ida lebt seit sieben Monaten im Pflegeheim. Zu vergesslich, zu durcheinander und zu wirr im Kopf, das hat Egon eines Tages nicht mehr allein geschafft. Er kann sie nicht mehr halten, dauernd läuft sie ihm weg. Stunden sucht er sie in der Umgebung, ständig das Schlimmste erwartend, sie ist wie vom Erdboden verschluckt. Meist findet er sie auf einer Bank sitzend, ganz allein. Sie schaut den Passanten zu, redet zu ihnen, als wenn sie alle kennen würde, und winkt ihnen.

In den viel zu langen Nächten geistert sie in der Wohnung umher. Kein Zeitgefühl mehr, sie sucht Dinge in den Schubladen, findet sie nicht, wird ärgerlich und wütend. Eigenschaften, die man nie vorher von ihr gekannt hat. Jetzt kommt alles aus ihr heraus. Als wenn sie es jahrelang zurückgehalten hat. In hellen Momenten registriert sie, was mit ihr geschieht. Weint, fleht Egon um Hilfe an, er soll gute Ärzte für sie suchen, die ihren Kopf wieder in Ordnung bringen. In der nächsten Minute ist alles weg, alle Gedankengänge ausgelöscht, alle Wünsche nicht mehr wahr. Ständig fragt sie nach. Egon muss alles zwei, drei Mal wiederholen. Er ist geduldig mit seiner Ida, bringt alles ihm Mögliche an Verständnis auf, beruhigt sie, lässt es über sich ergehen, wenn sie mit ihm schimpft. Still leidet er mit ihr, mit seiner großen Liebe.

Dabei hat alles so harmlos angefangen. Gerade erst vor acht Jahren sind beide in Rente gegangen, die Zeit danach ohne Verpflichtungen ist vorgeplant, Geld genug zurückgelegt, die erwachsene Tochter versorgt. Die Vorfreude auf diese Zeit hält nicht lange an. Bereits im dritten Jahr ihres

Rentnerdaseins hat Ida während einer Schiffsreise kleine Aussetzer, bringt unwesentliche Dinge durcheinander, nichts Dramatisches, doch ungewohnt für die stets korrekte Ida. Sie vergisst die Karten für den Ausflug und ist wütend auf sich selbst.

»Das hätte mir auch passieren können«, tröstet Egon sie und denkt sich nichts dabei.

Zu Hause häuft sich ihre Vergesslichkeit.

Sie haben am Abend kein Brot im Haus. Ida streitet mit Egon, dass er daran denken wollte. Egon nimmt es auf sich und sie essen Tomatensuppe. Ida streut sich Zimt und Zucker darüber. Egon schweigt, doch sie merkt selbst, dass es nicht schmeckt.

Stets sind es nur Kleinigkeiten, die ihr entfallen, die sie verlegt und dann sucht. Alltägliches, das sie auf einmal anders handhabt. Egon verdrängt, schiebt vor sich her, was er immer besorgter wahrnimmt.

Auf der nächsten Schiffsreise sucht sie eine nie gekannte Angst des Nachts heim. Angst, in der Kabine ohne Fenster keine Luft zu bekommen. Dabei haben sie wegen des Preises immer Innenkabine gebucht. Manchmal verwechselt sie die Städte, in denen sie anlegen. Gutgemeint berichtigt Egon sie. Ida fühlt sich bevormundet. Unglücklich über den Verlauf der Reise kehren beide nach zehn Tagen heim. Seit diesem Jahr machen sie nur noch kleine Wochenendausflüge. Als Ida beginnt, wegzulaufen, will Egon keine Koffer mehr packen.

»Papa, du schaffst das nicht mehr«, hat Tochter Anna eines Tages den Mut aufgebracht, die ausweglose Situation anzusprechen.

»Ich weiß.« Egon ist erschüttert, dass sie es längst mitbekommen hat, obwohl sie doch wegen der neuen Arbeitsstelle in letzter Zeit so selten da gewesen ist.

Monatelang hadert Egon mit dem Schritt, seine Ida fremden Händen anzuvertrauen, hält durch, kann bald selbst nicht mehr. Dann nimmt er sich eine Pflegekraft. Nur am Vormittag, damit er notwendige Dinge erledigen kann und zum Luft holen kommt.

»Wann kommst du wieder?«, fragt Ida bestimmt zehn Mal, bevor er geht. Er antwortet jedes Mal in derselben ruhigen und freundlichen Art, während draußen seine Tränen fließen.

Seit Ida in sein Leben getreten ist, gibt es nur noch ein Wir. Aber wie lange noch?

Er sucht nach Auswegen, telefoniert mit anderen Ärzten, geht zu Beratungsstellen. Die Aussichten auf Heilung sind und bleiben hoffnungslos.

Nicht ahnend, dass es ihr letztes Weihnachtsfest daheim ist, hat Ida wie all die Jahre den Baum geschmückt. Wenn der Grund nicht so traurig wäre und so eine endgültige Entscheidung in sich bergen würde, hätte man über den geschmückten Baum herzhaft lachen können. So aber nicht. Drei Glocken hängen an einem Zweig, dicht daneben unzählige kleine Engel und haufenweise Lametta, dann eine ganze Seite des Baumes leer. Anschließend hängen wieder viele Dinge auf ein paar einzelnen Ästen. Dann wieder nichts. Egon will nicht glauben, was er sieht. Erschüttert und verzweifelt nimmt er Ida in den Arm. Gibt sich Mühe, sich mit ihr zu freuen über das Werk.

Schweren Herzens gibt er sie dann im Frühjahr nach diesem Weihnachten in ein Heim. Dabei weint er so bitterlich, als er ihre Sachen in den kleinen Schrank einräumt.

Im Schlafzimmer daheim bleiben ihre Fächer und Schubladen nun leer. Für immer. Nicht nur dort, Leere überall und ein schlechtes Gewissen noch dazu.

»Wozu lebe ich überhaupt noch? Ich sehe keinen Sinn mehr«, gesteht er seinem besten Nachbarn.

»Egon«, Hannes klopft ihm auf die Schulter, »du musst für Ida da sein, die braucht dich mehr als je zuvor.« Stumm nickt Egon und lässt den Tränen freien Lauf. Hannes greift seine Hand.

»Wir sind da. Komm rüber, wann immer du willst.«

Männerfreundschaft. Das bedeutet, jahrelang die Grenzen auszutesten, sich unverblümt die Meinung zu sagen, zusammen zu bauen und zu werkeln, sich auf ein Bier am Gartenzaun zu treffen. Das heißt aber auch Vertrauen in die Verlässlichkeit des anderen.

Ida ist gut versorgt, liebevoll betreut, aber eben nicht mehr zu Hause. Nicht bei Egon in der gewohnten Umgebung. Ihre geliebten Wellensittiche können ihr nicht mehr um den Kopf flattern, sie sitzen wartend im Käfig.

Ida lebt jetzt in ihrer ganz eigenen Welt, oft ohne Orientierung. Einen unzufriedenen Eindruck macht sie jedoch nicht. Sie lächelt, wenn jemand zur Tür hineinkommt. Hat noch viele kurze lichte Momente. Dazwischen aber auch rabenschwarze Tage.

Die Verwandten besuchen sie. Freuen sich, wenn sie einen von ihnen erkennt. Ziehen aber oft betroffen wieder von dannen, wenn sie merken, dass

Idas Kopf eine eigene Realität lebt, auf eine Reise geht, an der sie nicht teilhaben können.

»Ich möchte heute keinen Unterricht, sagen Sie das dem Lehrer bitte«, mit diesen Worten bittet Ida die Pflegeschwester um Hilfe, als ihr Bruder sie besucht.

»Ach, Idalein, komm doch wieder zurück, Schwester, ich bin es doch, dein Bruder.« Betrübt verlässt Berthold das Heim.

»Ich kann da nicht mehr hinfahren, es bricht mir das Herz, Egon. Versteh mich nicht falsch, aber ich kann es nicht. Es ist meine Schwester. Halt mich auf dem Laufenden.« Er legt den Hörer auf und haut vor Wut und Hilflosigkeit auf den Tisch.

Egon versteht den Schwager nicht. »Es ist ebenso dein Fleisch und Blut, ist doch unsere Ida ... Ich halte doch auch zu ihr«, murrt er vor sich hin.

Auch wenn sich immer weniger Besucher sehen lassen, Egon fährt jeden Tag ins Heim. Freut sich über jeden Lichtblick von Ida, erzählt ihr von früher, als sie sich kennengelernt haben. Manchmal darf er ihre Hand halten. Oft aber wehrt sie ab, entzieht sich seiner Nähe.

Die Vergangenheit, ihre Kindheit, ihre Jugend in der Großstadt bei den Großeltern, das alles ist für sie greifbarer und präsenter als das Heute. Manchmal hat Egon den Eindruck, früher, das ist jetzt für sie.

Sie fragt nach dem ersten Kuss, nach dem gelben Kleid mit den Schleifen, das die Großmutter ihr fürs erste Ausgehen genäht hat.

Wie gerne erinnert sich Egon, nutzt diese Momente, ihr nahe zu sein, bis sich an einem Sonntag alles ändert.

Noch schnell Idas Lieblingsblumen am Bahnhof gekauft fährt er wieder zu ihr, was auch wäre wichtiger? Ida war immer das Wichtigste in seinem Leben. Mit dem kleinen Strauß Alpenveilchen in der Hand schreitet er den Gang entlang, Ida kommt ihm entgegen. Er lächelt ihr von Weitem zu. Sie verzieht keine Miene, schaut geradeaus. Als beide auf einer Höhe sind, geht sie direkt an ihm vorbei. Wie eine Fremde, keine Reaktion, kein Blick, nichts. Egon erstarrt in dem Moment, will nicht begreifen, was gerade geschehen ist. Dann dreht er sich um, geht ihr hinterher, zieht an ihrem Ärmel. Sie haut nach ihm, schiebt ihn weg und ruft nach der Schwester.

»Hilfe, helfen Sie mir, er lässt mich nicht los.«

Dies Kapitel hat Egon in den vielen Büchern immer schnell überblättert. Nun ist es da, direkt vor ihm. Sie erkennt ihren eigenen Mann nicht mehr. Völlig überfordert von dieser neuen Tatsache sinkt er auf einem Stuhl zusammen. Eine andere Schwester tröstet: »Das kann morgen schon wieder anders sein, beruhigen Sie sich, es muss nicht so bleiben.«

Eine schwere Zeit beginnt. Sie zu lieben und nicht helfen zu können, das ist täglich eine Zerreißprobe und die härteste Herausforderung, der er sich je hat stellen müssen.

Egon besucht sie weiter. Tag für Tag. Nur noch sehr selten schaut sie ihn wirklich an. Das ist hart, befremdlich und löst in Egon Trauer und Verzweiflung aus. Was hatte er ihren Blick geliebt, der seit dem Aufstecken der Ringe jedes Mal wieder aufs Neue versprach: Ich gehöre zu dir. Für immer.

Wieder muss er lernen, sich der neuen Situation, dem Fortschreiten der Krankheit zu stellen. Sich mit ihr arrangieren, wenn er Ida halten will, solange sie sich auf der Erde noch halten lässt.

Auch wenn er spürbar selten in ihrer Nähe sein kann, schaut er von Weitem nach ihr. Sitzt auf einem Stuhl irgendwo im Raum, von dem aus er sie sehen kann.

Meist sitzt sie in einem Sessel am Fenster, schaut in den Garten. Und wo auch immer sie in ihren Gedanken ist, oft lächelt sie dabei. Das ist der bescheidene Trost, den Egon dann mit nach Hause nimmt.

So vergehen wieder einige Wochen. Immer sitzt sie in diesem einen gewissen braun-goldenen Sessel, macht richtig Ärger, wenn er besetzt ist. Früher hätte sie sich problemlos auf einen anderen gesetzt, jetzt kämpft sie um das, was sie will. Eine Seite, die Egon fremd ist.

An einem Freitag sitzt ein Mann neben ihr, spricht zu ihr mit Händen und Füßen. Alles bewegt sich bei ihm. Ida lacht, schaut ihn freundlich an.

Egon sitzt nur drei Meter von ihnen entfernt. Möchte am liebsten hingehen, sich dazwischensetzen, den Mann davonschieben, dann wieder lieber weglaufen und eine volle Dose Tabletten einnehmen. Er bleibt. Stumm und starr schaut er jeder Bewegung seiner Ida zu.

Am Samstag sitzt dieser Mann wieder an ihrer Seite. Ida redet eine Weile mit ihm, zeigt mit dem Finger in den Park. Er nickt. Sie scheinen sich zu verstehen. Egon müht sich, einen verständnisvollen Gedanken in dieser Situation aufzubringen. Vergebens, es bleibt nur tiefe Trauer, und so verlässt er wieder mit gesenktem Kopf das Heim.

»Ist das jetzt ein Freund meiner Frau?«, erkundigt er sich beim nächsten Besuch bei der Betreuerin.

»Es scheint so, und es tut ihr gut, sie erzählt wieder mehr.«

Die neue Situation wird zur Gewohnheit, die Wochen ziehen dahin. Ida und der fremde Mann sitzen täglich beieinander, reden auf ihre eigene, ihnen verständliche Art miteinander. Meist sind es nur viele einzelne Worte oder Wortgruppen, die sie sprechen, die oft entstellt klingen, Sätze, die für einen Außenstehenden mitunter keinen Sinn ergeben. Zeitweise redet auch nur einer von beiden und der andere hört einfach zu. Egon jedoch kommt nicht mehr an sie heran. Sooft er es auch versucht, sie weicht ihm aus, fühlt sich belästigt.

Ihn überfordert das Ganze mehr als die Zeit zu Hause. Alles Gemeinsame scheint sich vor seinen Augen aufzulösen, selbst all die kleinen Vertrautheiten entgleiten ihm. Die grausame Wahrheit lässt ihn den Glauben an das Gute verlieren.

Jeden Tag überstehen, das verbraucht Egons Kraftreserven. Ruiniert den Rest seiner angeschlagenen Nerven. Ständig kreisen die Gedanken darum, wie er Ida helfen kann, das zermürbt ihn. Nach Leben fühlt sich das nicht mehr an, und er ist kurz vor dem Aufgeben. Ich kann nicht mehr, darf ich das überhaupt denken? Darf ich das sagen? Ich bin doch ihr Mann, so geht es ihm vor dem Einschlafen durch den Kopf.

Anna besucht die Mutter jeden Samstag, fährt anschließend tiefbetrübt zum Vater, sieht wie auch er leidet. Sie besorgt ihm einen Termin beim Neurologen. Der verschreibt ihm Tabletten. Sie schlagen schnell an und Egon verspürt endlich wieder mehr Freude am Leben, hat mehr Zuversicht, glaubt an sein sinnvolles Dasein für Ida. Auch wenn es nur von Weitem ist, er hält es besser aus, sie zu sehen und nicht spüren zu dürfen. Immer noch ist sie seine Frau, und das soll auch so bleiben, bis zum Ende. Er will da sein.

Es ist wieder Sonntag. Wieder hat Egon etwas für Ida in der Hand, als er das Heim betritt. Seine Augen erblicken das gleiche Bild: Ida mit diesem Mann auf dem braun-goldenen Sessel am Fenster. Mal schweigen sie, dann reden sie. Mehr oder weniger gestenreich. Ida ist mal freundlich, winkt der Schwester, dann wieder schaut sie grimmig, weil ihr irgendetwas nicht passt, will den Stuhl des Mannes wegschieben. Es entsteht eine ständige Unruhe zwischen den beiden.

Egon setzt sich so hin, dass er Ida gut von der Seite anschauen kann. Nach einer Stunde verlässt er mit seinem Geschenk den Raum, betrübt, aber dankbar, sie wenigstens wieder gesehen zu haben.

Bevor er zum Auto geht, spaziert er dieses Mal noch durch den Park, fühlt sich ihr hier näher als in der leeren Wohnung. Es ist schon wieder Herbst und viel zu warm für diese Jahreszeit. Ida hat es immer geliebt, die

Blätter vor ihrem Wohnblock zusammenzuharken. Nicht einmal böse ist sie gewesen, wenn die Kinder aus dem Haus am nächsten Tag in dem Blätterhaufen getobt und alles wieder verstreut haben. Immer wieder holen ihn die Erinnerungen ein. Sie sind mittlerweile lebenserhaltend für ihn. Aus ihnen schöpft er Kraft für sich und den Tag, den es zu überstehen gilt.

Mit diesen vergangenen Bildern geht er einmal um das ganze Heimgebäude herum, bis er an das Fenster kommt, hinter dem Ida sitzt.

Warum haben wir uns so verloren, mein Liebling?, fragt er sich verzweifelt. Er kann und er will die Situation immer noch nicht ganz annehmen, will sich das kleine Fünkchen Hoffnung bewahren.

Der Sessel neben Ida ist leer, sie schaut hinaus, nur zwei Meter trennen Egon von ihr. So nahe ist er ihr lange nicht gewesen, er geht noch ein Stück dichter ans Fenster heran. Als Ida ihn sieht, winkt sie ihm zu. Die Freundlichkeit, die sie ein Leben lang in Worte gefasst hat, ist oft nur noch Gestik. Egon ist von einer Sekunde auf die andere einfach nur glücklich, schnell winkt er zurück, schnell, bevor der Moment wieder vorbei ist. Er kann es nicht fassen, sein Herz jubelt, sein Verstand will nichts verstehen, jetzt nicht. Sie winkt wieder, so geht es eine ganze Weile. Da stehen diese beiden alten Menschen, ein altes Ehepaar, das sie immer noch sind, die außer ihrer gemeinsamen Vergangenheit im Moment nicht mehr haben als ein Winken. Dennoch verbindet es sie so sehr miteinander. Mehr als alles, was sie je geteilt haben. Nur das ist jetzt wichtig.

Dann läuft Egon los. Keine Ahnung, was ihn packt, er überlegt nicht, er denkt nicht, er weiß nur eines, er will zu ihr. Gleichgültig, ob sie ihn überhaupt erkannt hat. Egal, wie sie reagiert, er will es versuchen, auch wenn sie ihn wegschiebt, die Schwestern ruft. Er muss hin. Jetzt.

Außer Puste schmeißt er seine Jacke auf einen Stuhl, bekommt kaum Luft, als er schon fast neben Idas Sessel steht. Ganz behutsam setzt er sich neben sie. Ängstlich auf ihre Reaktion wartend blickt er auch aus dem Fenster, atmet immer noch schnell.

»Ich freue mich, sind Sie bei mir.« Ida schaut ihn an.

Auch wenn der Satz seltsam klingt, Egon ist fassungslos und überwältigt von ihrer Stimme, die er so lange vermisst hat, dass er kein Wort über seine Lippen bekommt. Er keucht immer noch ein wenig und ist aufgeregt. Aufgeregter als damals. Als er sie das erste Mal zum Tanzen abgeholt hat und sie mit diesem wundervollen Kleid voller Schleifen die Treppe heruntergekommen ist.

Egon atmet einmal tief durch. Dann nimmt er seinen ganzen Mut zusammen und holt den Beutel aus seiner Westentasche, reicht ihr sein Mitbringsel.

»Ich hab ein Geschenk für Sie, wenn Sie mögen?«

Aus Angst, Ida könne sich wieder belästigt fühlen, spricht Egon sie nicht mit dem vertrauten Du an.

»Für mich?« Ida freut sich, breitet ihre Arme aus. »Oh. Sie haben Geburtstag..« Sie schenkt ihm ein so unglaublich zartes Lächeln, das Egon fast zu weinen anfängt.

Beherrsch dich, rüttelt er sich selbst zurecht. Nur jetzt nicht sentimental werden, sonst ist schnell wieder alles kaputt.

Ida wickelt aus. Nicht wie früher, wo sie alles sorgfältig mit der Schere geöffnet hat, um das Papier nicht zu beschädigen. Nein, sie reißt es auf und hält es hoch.

»Hallo alle. Schaut her, ein Geschenk für den Mann.«

Dann legt sie die Arme wieder auf den Schoß und öffnet den Buchdeckel. Egon hat von all den Jahren aus den Alben die Bilder herausgelöst, auf denen sie mit ihren Wellensittichen zu sehen ist. Hat alle in ein kleines Buch geklebt. Mal sitzen sie auf ihrer Schulter, dann auf der Lampe oder in der offenen Käfigtür. Auf einem Bild schnäbelt Ida mit ihnen, auf einem anderen repariert sie die winzige Schaukel im Vogelzuhause.

Egon sitzt still und regungslos auf dem Stuhl, wartet aufgeregt auf ihre Reaktion. Innerlich zittert und bangt er. Mag aus Angst keine Miene verziehen, fürchtet etwas falsch zu machen, den Moment zu verderben.

Ida blättert, Seite für Seite, schaut sie sich an. Egon wagt einen Blick zu ihr. Ihr laufen die Tränen und sie blättert weiter.

»Meine Sittiche, die Freunde sind zurück. Wo wart ihr?«

Egon traut sich nicht, ein wenig näher an sie heranzurücken. Am liebsten möchte er Sie jetzt umarmen, einfach an sich drücken, die Vernunft siegt.

Obwohl es nur 30 Minuten sind, sitzen die beiden an diesem Nachmittag gefühlt ein halbes Leben zusammen. Ida blättert das Buch immer wieder von vorne durch. Freut sich über jedes einzelne Bild. Streichelt über die Fotos. Manchmal küsst sie eines, lacht laut los, spricht mit den Wellensittichen.

Liebes, könnte ich nur in deine Gedanken schauen. Erkennst du mich, oder denkst du, ich bin der andere Mann? Wie auch immer. Danke, dass du mich in deiner Nähe sein lässt.

Dann kommt die Schwester auf sie zu und holt Ida zum Abendessen ab. Egon verabschiedet sich ganz höflich und förmlich.

Jeder der vergangenen Monate hat seine eigene besondere Qualität gehabt. Nachdem Egon in den letzten Wochen immer nur als stiller Beobachter bei Ida gewesen ist, hat sich nun das Blatt gewendet. Sofern der andere Mann nicht da ist, setzt Egon sich zu ihr und Ida lässt es zu. Oft freut sie sich, nimmt sogar seine Hand, und er genießt es, die ihre zu halten. Wenn auch nur auf einen Moment. Immerhin Berührung. Immer mal wieder treffen sich beide in ihrer Vergangenheit auf ein kurzes Stelldichein. Verweilen gemeinsam an den Orten, an denen sie glücklich und sich nahe gewesen sind. Auch wenn Egon große Mühe hat, das, was Ida ihm mitteilen will, zu entschlüsseln. Die Gegenwart jedoch ist beinahe wie ausgelöscht.

Egon nimmt die Tage, wie sie kommen. Passt sich an. Geht wieder, wenn er spürt, dass Ida einen schlechten Tag hat. Setzt sich und Ida keinem Zwang mehr aus.

So verrinnen die Wochen. Irgendwann erscheint der andere Mann nicht mehr, der Platz neben Ida bleibt leer. Egon nimmt ihn ein, ganz selbstverständlich. Wenn er geht, streichelt er ihr manchmal das Gesicht, die Ohren, wie sie es immer so gern gehabt hat. Ist sie in keiner guten Verfassung, sitzt er einfach nur da und schaut auch aus dem Fenster. Hauptsache zusammen, egal, wie.

Keine Bitterkeit mehr. Nur Dankbarkeit, dass es Ida noch gibt. Dass es sie beide wieder gibt.

Der Abend einer großen Liebe. Erfüllt von der tiefen Gewissheit, dass zwei Menschen von Anfang an für einander bestimmt gewesen sind. Wie sonst, ist es möglich, dass sie sich ein zweites Mal finden und so ihre Liebe zueinander erneut bejahen konnten.

Ida lebt noch fast zwei Jahre in diesem Heim. Als sie stirbt, macht auch Egon drei Wochen später die Augen zu.

»Das Schönste im Leben ist,
dass unsere Seelen nicht aufhören,
an jenen Orten zu verweilen,
wo wir einmal glücklich waren.«
Khalil Gibran

DIE QUELLE SEINER KRAFT

Alles hat seinen Sinn, und irgendwann wirst du erkennen, welchen.

Erika hat ein halbes Jahr im Krankenhaus gelegen. Endlich wieder in den heimatlichen Gefilden muss sie nur einmal in der Woche dorthin, um durch Infusionen den Zustand stabilzuhalten. Mit ihrer bemerkenswerten Lebenseinstellung »Ich bin gesund«, dem kämpferischen Willen und der beispielhaften Disziplin, die sie an den Tag legt, hat sie sich wieder einigermaßen erholt. Jeden Tag macht sie sich selbst eine Freude, indem sie sich kleine Dinge wie Handarbeiten, Briefeschreiben und wie seit Jahrzehnten Tagebuchführen vornimmt. Sie telefoniert, verfolgt interessiert im Fernsehen, was Politik und Sport betrifft, oder genießt es einfach nur im Garten zu verweilen. Das mit dem Genießen ist schnell so daher gesagt. Denn es kribbelt schon in ihren Fingern, wenn sie das viele Unkraut sieht, das nur darauf wartet, wie all die Jahre gejätet zu werden. Dies aber kann Erika nicht mehr.

Sie, die vierzig Jahre lang das gesamte Ackerland mit bewirtschaftet hat, alles aus dem Garten eingeweckt, eingekocht, entsaftet hat, sich um die Kinder, die schulischen Dinge gekümmert hat, ist dazu jetzt nicht mehr in der Lage. Die Zeit, als sie große Bäume ausgerissen hat, ist definitiv vorbei. Da ist Gernot jetzt gefragt.

Es ist Sonntagnachmittag. Erika und Gernot sitzen nach ihrem ausgiebigen Mittagsschlaf auf der blauen Bank vor dem Haus. Über ihnen rankt der üppig wachsende Blauregen in herrlichster Blütenpracht an der Hauswand.

Tochter Greta und Schwiegersohn Bernd fahren wie immer sonntags mit frisch gebackenem Kuchen im Gepäck mit ihrem Transporter auf den Hof.

Greta spürt schon bei der Begrüßung, dass etwas in der Luft liegt, die Eltern machen einen bedrückten Eindruck. Der Papageienkuchen mundet, und es werden zwar alle Neuigkeiten kundgetan, und wesentliche Dinge besprochen, jedoch alles mit gezogener Handbremse.

»Ich müsste euch nicht kennen, um zu merken, dass etwas nicht stimmt. Was ist los?«, fragt Greta dann direkt.

Als hätten sie nur auf die Frage gewartet, schauen sich die Eltern an, beginnen, zu beichten.

»Wir können schon seit ein paar Nächten nicht mehr schlafen«, klagt Erika, »nicht mal Vater.«

Mittlerweile schon zum dritten Mal haben sich die beiden von einem Vertreter einen neuen Telefonanbieter aufschwatzen lassen.

»Könnt ihr den wieder kündigen?«, bittet Erika. »Stornieren oder wie das auch heißt?«, verbessert sie sich sogleich.

»Jedenfalls irgendwie rückgängig machen?«, bringt Gernot es auf den Punkt. »Wir wollen ihn nur wieder loswerden.«

Mehr als einmal haben die Kinder eindringlich mit ihnen darüber geredet. Sie sollen nicht jeden auf den Hof lassen, und wozu überhaupt der Hund, wenn doch jeder kommen und gehen kann?

»Ich versteh es nicht, dass ihr euch immer wieder einwickeln lasst.«

»Der Vertreter hat so rumgejammert, dass er sich mit so wenigen Abschlüssen gar nicht bei seinem Chef blicken lassen kann«, argumentiert Gernot.

»Da kündigt der ihm gleich. Das ist doch schlimm für ihn. Wir haben es nicht übers Herz gebracht, ihn ohne einen Erfolg fortzuschicken. Er hat uns leidgetan«, bekräftigt Erika.

Bernd, der mit seinem Schwiegervater lieber noch über das letzte Fußballspiel reden will, beendet die Diskussion. »Komm, Greta, pack die Unterlagen ein, wir kümmern uns.«

Erika holt vom vorherigen Anbieter noch schnell die letzte Abrechnung aus dem Schrank. »Falls ihr die alte Kundennummer benötigt.« Dann ist das Problem erst mal vom Tisch. Noch ein Stündchen sitzen die vier beisammen, die übliche Sonntagsstimmung kommt jedoch heute nicht mehr auf.

Was für die Eltern eine Riesenherausforderung ist, haben die Kinder schnell erledigt, ein Anruf, die schriftliche Kündigung, schon ist alles beim Alten. So liegen die Formulare dann bis zum nächsten Besuch bei ihnen auf dem Küchentisch.

Greta schaut jedes Mal automatisch beim Vorbeigehen auf die Papiere. Irgendetwas bewegt sie, die Abrechnung doch noch ein weiteres Mal genauer anzuschauen.

So sitzt sie dann eines Morgens über dem Auszug, auf dem die gesamten Telefonate aufgezeigt sind. Neugier? Nein, warum auch. Eher wie so oft eine Ahnung, dass da noch irgendetwas nicht gesehen wurde, ohne einen erkennbaren Grund.

Die Hälfte der Liste besteht aus ihrer eigenen Nummer, denn zu Gretas Leidwesen ist es üblich, jeden Tag nachzufragen, ob auch alles in Ordnung ist. Nach wie vor findet sie es manchmal recht aufwendig, hat aber auch nicht den Mut, das Thema anzusprechen, aus Angst, sie könnte die Eltern verletzen.

Beim genaueren Hinschauen taucht dann außer ihrer eigenen Nummer immer mal wieder eine unbekannte Nummer zwischendurch auf. »Hm.« Greta ist sich sicher, doch im weitesten Sinne die Kontakte der Eltern zu kennen, kann diese Nummer dennoch nicht einordnen und will die Eltern auch auf gar keinen Fall kontrollieren.

Dabei befindet sich Greta doch bereits mitten drin im Detektivspiel.

Der Vorwahl nach müsste es in der Nähe meiner Eltern sein, recherchieren heimlich die Gedanken schon weiter.

Sie legt die Sachen zur Seite, erledigt die Wäsche und richtet unweigerlich stets wieder ihr Augenmerk auf die unbekannte Nummer, kommt zu einer weiteren Erkenntnis: Gäbe es ein Geheimnis, hätte die Mutter nicht so freiwillig die Unterlagen aus der Hand gegeben.

Ruf ich die Nummer an? Bei dem Gedanken und dem wiederholten Überfliegen der Liste fällt ihr noch etwas Merkwürdiges auf. Da gibt es eine gewisse Regelmäßigkeit im Auftreten der Nummer. Ein Blick auf den Kalender bestätigt, sie hat sich nicht getäuscht. Die Nummer erscheint nur an den Tagen, an denen ihre Mutter im Krankenhaus die Infusion bekommt. Greta wird ganz heiß bei dem Gedanken, dass die Mutter es nicht sein kann.

Wer dann?

Der Vater kommt erst gar nicht infrage, da sie ihn noch nie telefonieren gesehen hat. Nie und nimmer, versichert sie sich.

Sofern es klingelt, ruft der gleich nach Erika. Manchmal nimmt er den Hörer zwar ab, drückt ihn jedoch, ohne sich beim Anrufer zu melden, seiner Frau in die Hand.

Wer andererseits sollte es sein und dann noch so ausgiebig? Immerhin dauern die Gespräche fast eine halbe Stunde.

Doch mein Vater? Sie schließt die Augen und schüttelt den Kopf.

Am folgenden Arbeitstag ist Greta gedanklich ständig damit beschäftigt, dem Rätsel auf die Spur zu kommen. Keine Erklärung will einen wahrlichen Sinn ergeben, wie auch? Zwei Menschen bewohnen ein Haus und keiner von beiden kann es gewesen sein. Die Eltern fragen? Wäre die einfachste, jedoch riskanteste Möglichkeit. Wer weiß, was dahintersteckt? Es würde besonders die Mutter nur beunruhigen und aufregen.

Am Abend dann, noch bevor Bernd heimkommt, fällt die Entscheidung. Mit Herzklopfen und trotz eines echten Gewissenskonflikts greift sie zum Hörer.

Noch einige Sekunden der inneren Zwiesprache, dann wählt sie die unbekannte Nummer, fährt schlagartig zusammen, als sich am anderen Ende der Leitung eine Frauenstimme meldet.

»Walser.«

Gretas Herz beginnt, zu rasen. Sie will sich melden, doch die Sprache ist blockiert.

»Hallo, wer ist da?«

Greta hält mit der linken Hand die Hörmuschel zu, holt schnell Luft.

»Tut mir leid, ich habe mich verwählt«, erwidert sie hastig. Bestürzt und entsetzt legt sie auf.

»Marika? ... Mein Vater telefoniert mit Marika. Wie denn das? Was ist geschehen?«

Fünfzig Jahre ist es her, dass Gernot und Marika Walser ihre eigene Liebesgeschichte schrieben. Eine wunderschöne, eine außergewöhnliche Liebesgeschichte, die alles hatte, nur kein Happy End.

Natürlich wussten Erika und Greta um Marika. Nur was und wie sich alles zugetragen hatte, das blieb Gernots Geheimnis.

Wie lange mag das jetzt schon gehen?

Oder lief es immer so neben meiner Mutter? Greta ist bestürzt über die Dinge, die sich in ihre heile Welt drängen.

1000 Fragen schwirren durch Gretas Kopf, keine einzige einleuchtende Antwort dabei, die ihr plausibel erscheint. Es einfach auf sich beruhen zu lassen, scheint ihr nun unmöglich. Jetzt muss ich die ganze Wahrheit wissen ...! Hat er meine Mutter betrogen?

Gernot ist über achtzig. Leistet man sich da noch mal eine Affäre? Zu wem halte ich nun eigentlich?

Sie bangt um die Ehe ihrer Eltern, vor allem aber um den Zustand ihrer Mutter. Sie ist sich über eines im Klaren: Egal, was sie herausfindet, ihre Mutter darf das auf keinen Fall wissen.

Gebe ich meinem Vater einen Tipp?, fragt sie sich. Er, der sich nie um Schreibkram gekümmert hat, weiß sicher nicht, dass alle Nummern registriert sind, und geht daher blauäugig, in diesem Fall eher fahrlässig, mit seinen Heimlichkeiten um. Wiederum, er ist alt genug, und Greta ist sich darüber bewusst, dass es nicht ihr Recht ist, ihn zur Rede zu stellen.

Die Umstände dulden keinen Aufschub, schon am nächsten Tag fährt sie zu den Eltern, die gekündigten Unterlagen zurückzubringen, sollte als Erklärung genügen.

Während der Fahrt recherchiert sie, aus welchem unerklärlichen Grund das Leben ihr die Rechnung zugespielt hat, Zufälle gibt es nicht einfach so.

»Ich will mir die letzten zwei Jahre mal anschauen, um zu sehen, ob eure Telefonkosten gleichgeblieben sind«, rechtfertigt Greta die eigentlich sinnlose Forderung auf die Herausgabe der alten Rechnungen. Keiner hinterfragt ihren Handlungsbedarf. Mit Fokus auf den Beginn der Telefonate wird sie schnell fündig. Auf jeden Fall ist das noch keine lange Geschichte. Sie atmet beruhigt auf.

Greta hat sich so in ihr Gedankenkonstrukt verstrickt, dass ihr gar nichts anderes in den Sinn kommt, als einen Vertrauensbruch ihres Vaters der Mutter gegenüber zu vermuten.

Der nächste sonntägliche Besuch gilt dem Hauptverdächtigen, akribisch ist er im Visier. Gedankenverloren sitzt Greta am Tisch, die Gespräche sind wieder entspannter und Fußball Thema Nummer eins. Aufmerksam beobachtet sie ihren Vater, abwägend, fragend, verurteilend und deutend. Seine Blicke, die Gestik, hoffend auf einen verdächtigen Hinweis. Nichts geschieht, keine wegweisende Bemerkung fällt.

Was erzählst du bloß eine halbe Stunde mit Marika? Die Frage würde sie ihm am liebsten heimlich im Flur stellen. Er, der nie mehr als das Nötigste spricht, telefoniert so lange. Oder hört er ihr nur zu?

Unverrichteter Dinge, ohne Indizien, endet der Besuch. Bernd ist nicht eingeweiht und lenkt zutiefst zufrieden über den Sportsonntag das Auto heim. Greta bleibt keine andere Wahl, als nach dem Motto des Vaters zu verfahren: »Es wird sich schon alles regeln. Alles hat seinen Sinn, und irgendwann wirst du wissen, welchen.« Zum ersten Mal ordnet sie sich freiwillig seiner sonst angezweifelten Philosophie unter.

Ist da noch etwas Glut aus ihrer verlorenen Liebe? Wollen sie noch ein letztes Mal die Chance ergreifen, Ungesagtes auszusprechen? Oder eher ein verspätetes, ein endgültiges Abschied nehmen? Was ist dran an den Anrufen? Die unguten Gefühle zerren an Gretas Nerven, mischen sich in die Alltagsroutine und rauben ihr die Ruhe.

Sie ist wachsamer gegenüber dem Namen Marika Walser, und als sie eines Tages am Schalter der Post steht, erkennt sie in der Reihe eine ältere Dame, die vor einigen Jahren aus dem Dorf, in dem die Eltern wohnen, in die Stadt gezogen ist, in der Greta jetzt auch wohnt.

»Frau Lanze, dass ich Sie hier treffe, das ist ja ein Zufall.« Greta reicht der ehemaligen Nachbarin die Hand.

Auf dem Dorf existieren ja bekanntlich diese stillen Zeitungen, die von Haus zu Haus ungedruckt weitergegeben werden und in die jeder seine persönliche Erfahrung mit einfließen lässt. Frau Lanze ist eine dieser »Dorfzeitungen«, die immer das Neueste in Umlauf bringen.

Aus dieser Quelle erfährt Greta nach endlosen Klatsch- und Tratschgeschichten Folgendes: Marikas Mann ist vor drei Jahren verstorben. Frau Lanze ist auf der Beerdigung gewesen. Gesundheitlich geht es Marika nach zwei Herzoperationen nicht mehr so gut, sodass einer der Söhne mit seiner Familie zu ihr gezogen ist.

Obwohl Greta die rätselhafte Telefonangelegenheit aufgrund des Berichtes von Frau Lanze nicht beiseitelegt, denkt sie mit der Zeit jedoch nicht mehr täglich daran. Es könnte schließlich sein, dass ihr Vater auch von dem Tod des Mannes gewusst hat und deshalb noch einmal mit Marika in Kontakt getreten ist. So beruhigt sich ihre Gedankenwelt erst einmal wieder.

Erika sitzt in der Küche, delegiert alle notwendigen Arbeitsschritte an Gernot, bringt ihm das Kochen bei. Ihre eigene Kraft ist aufgebraucht. Die Beine tragen sie schon seit einem halben Jahr nicht mehr.

Kochen ist ähnlich wie Telefonieren, auch eine der ungeliebten Aufgaben, vor denen Gernot sich sein Leben lang gedrückt hat. Jetzt stellt sich die Frage nach Wollen nicht mehr. Schon nach einigen Wochen schwenkt er den Kochlöffel, als hätte er nie etwas anderes getan. In dem hohen Alter ist er noch zu Erikas persönlichem Sternekoch aufgestiegen. Da umgeht er tatsächlich die alte Weisheit: »Was Hänschen nicht lernt, lernt Hans nimmer mehr.«

Er kocht, worauf Erika Appetit hat. Was früher undenkbar war, ist jetzt möglich, und es ist rührend, das mit anzusehen. Beide sind ein eingespieltes Team. Gernot kümmert sich um den Garten, versorgt die Hühner, macht für Erika Frühstück, hilft ihr beim Waschen und Anziehen. Sie erledigen gemeinsam die Wäsche. Erika sitzt draußen auf dem Stuhl, nimmt die Kleidung aus dem Korb, streicht sie glatt und gibt sie Gernot so in die Hand, wie sie aufgehängt werden soll. Auf diese Weise lernt er auch das nebenbei. Sie arrangierten sich in allem. Kochen gemeinsam Marmelade, einer rührt und befüllt dann die Gläser, der andere verschließt sie. Gernot wird nichts zu viel. Immer ist er ruhig an ihrer Seite und nie mehr als ein paar Meter von ihr entfernt, wenn sie aufgestanden ist. Einkaufen fährt er, wenn sie sich hingelegt hat. Seine Energie scheint unerschöpflich zu sein. Aus welchem großen Fass schöpft er?, stellt sich Greta oft beim Heimfahren die Frage.

An einem der folgenden Sonntage sitzen Bernd und Greta wieder bei den Eltern am Kaffeetisch. Der Mutter geben die Besuche Kraft, lenken ab von Schmerzen, Tabletten, dem Alter, dem Nichts-mehr-tun-Können.

»Ich bin so froh, dass euer Vater nicht verzagt mit mir.« Sie streichelt über Gernots Hand. »Ich bin ihm keine Hilfe mehr.« Gernot verliert kein Wort. Aus Sorge und Mitgefühl tut er, was getan werden muss, macht sich behilflich, wo immer er kann, ohne Murren.

»Erika, erinnerst du dich, als ich Anfang dreißig war, meine Nierenerkrankung? Da hast du alles allein aufrechterhalten und hattest Greta noch dazu. Jetzt bin ich dran, und ich hoffe, ich mache es gut für dich«, bricht er sein Schweigen und schaut sie dabei mit seinem warmherzigem Blick an.

»Ja, da war ich aber auch noch jünger. Mir ist es leichter gefallen«, will Erika seine Bemühungen dennoch würdigen.

Greta schaut bewegt ihre Eltern an, wie rührend sie miteinander umgehen. Das macht sie stolz.

Wo nur nimmt er diese Kondition, diese Energie und die Leichtigkeit in seinem Tun her?, reflektiert sie respektvoll die Worte des Vaters noch einmal.

Bernd erzählt wieder einige abenteuerliche Anekdoten vom Fußballplatz, Gernot schwelgt in Erinnerungen an die ersten Spiele nach dem Krieg. Erika hört zu.

Gretas Gedanken sind immer noch auf der Suche nach dem Jungbrunnen, aus dem der Vater schöpft. Sind es die alten Erinnerungen, Dankbarkeit für das, was die Mutter alles getan hat, die ihm Kraft geben? Ist es die Ahnung, dass es jeden Tag vorbei sein kann? Nicht einmal seinen Mittagsschlaf gönnt er sich. Wie macht er das nur?

Ganz versunken beobachtet sie ihn, studiert seine Mimik, die Gestik, schaut in seine Augen, die weder Müdigkeit noch Alter ausstrahlen.

Dann ein Blitzgedanke, und plötzlich versteht sie, versteht alles, was so lange Zeit im Dunklen lag. Von einer Sekunde auf die andere ist die Lösung so einfach, so verständlich, so berührend und wunderschön zugleich.

Die Telefonate? Marika? Greta sinkt ein wenig in sich zusammen. Ja, Marika ist es. Alle Scheuklappen fallen ab und mit ihnen alle Anschuldigungen und heimlichen Vorwürfe dem Vater gegenüber. Welch eine Erleichterung.

Marika ist seine kraftspendende Quelle, aus der er schöpft und die ihn durch diese harte Zeit trägt. Vielleicht tragen sie sich auch gegenseitig? Wer weiß das schon.

Greta ist so gerührt. Ihrem Vater gegenübersitzend empfindet sie wie nie zuvor eine tiefe Achtung und Ehrfurcht. Am liebsten wäre sie aufgestanden, hätte ihn in die Arme genommen, bei ihm geweint und gestanden: Ich liebe dich dafür, Papa. Wie konnte ich auch nur einen Augenblick denken, du führst anderes im Schilde?

Beschämt über ihren Verdacht und zugleich voller Glück verlässt sie den Raum, um einfach nur mit ihren Tränen für einen Moment allein zu sein. Mit ihren Tränen und ihrem Glück, dass sich alles so gefügt hat.

Heute Nachmittag kehrt Frieden ein. Frieden in ihr Vater-Tochter-Verhältnis. Seelenfrieden in Greta.

Ein Dreivierteljahr später schläft Erika ganz ruhig und sanft zu Hause ein. Gernots Kräfte haben durchgehalten. Bis zum Schluss an ihrer Seite.

Marika ist bereits kurz zuvor verstorben.

Zwei Jahre nach Erikas Tod sitzen Greta und Gernot wie so oft nach dem Friedhofsbesuch am Kaffeetisch. Der Tag heute fühlt sich besonders an. Sie wollen Erikas Sachen aussortieren und an eine gemeinnützige Institution verschenken.

Nur noch eine kleine Schublade, dann ist es geschafft. Greta findet ein Taschentuch mit den gestickten Initialen ihres Vaters.

»Möchtest du das hier noch behalten oder soll es mit in den Altkleidersack?« Greta weist darauf.

Gernot bekommt feuchte Augen und bleibt still.

»Oh, dann hat es dir sicher Mutti geschenkt?«

Ohne Antwort zu geben, nimmt Gernot das Tuch in die Hand, schaut es an und legt es zurück in die Schublade.

Greta folgert: »Oder ist es von Marika?« Der Vater nickt.

Greta ist sich sicher: Eine Gelegenheit wie diese hier würde es höchstwahrscheinlich nie wieder geben. Sie muss sie nutzen, um zu erfahren, was vor vielen Jahren geschah. Wenn nicht heute, dann würde der Vater die Geschichte eines Tages mit ins Grab nehmen.

»Würde es dir etwas ausmachen, wenn du mir von Marika erzählst?«

Wider Erwarten, er würde sich dagegen wehren oder wie früher einfach aufstehen und gehen, geschieht genau das Gegenteil. Gernot scheint erleichtert, endlich darüber reden zu können. Bewegt erzählt er Greta die ganze Geschichte. Die Geschichte seiner ersten großen Liebe.

Gernot und Marika:

Einige Jahre, bevor er Erika kennenlernt und noch auf dem elterlichen Bauernhof wohnt, geschieht einige Dörfer weiter Folgendes: Ein junger Bauer stiehlt einige Zentner Korn und muss dafür ein Jahr ins Gefängnis. Die junge lebenslustige Frau des Verurteilten sitzt mit vier kleinen Kindern, Haus, Hof, Land und Tieren allein zu Haus, hat ihre Mühe, die Arbeit zu bewältigen. Das Schicksal nimmt seinen Lauf. Ein Verwandter ist bei Gernots Eltern zu Besuch und erzählt die Geschichte der jungen Frau.

»Gernot, hast du nicht Zeit, um der jungen Frau zu helfen? Sie kann eine Männerhand dringend in der Ernte gebrauchen und wäre gewiss dankbar.«

Gernot lässt sich nicht lange bitten und besucht die junge Frau mit dem wohlklingenden Namen Marika. Schnell entwickelt sich eine Freundschaft. Er hilft bei der Ernte, versorgt das Vieh, legt am und im Haus Hand an.

Der nahende Winter begünstigt die Verbindung, da die Feldarbeit dann ausfällt. Die vier Kinder schließen ihn schnell ins Herz. Gernot, der am liebsten mit ihnen herumtollt und allerhand Spiele kennt, bringt ganz andere männliche Qualitäten mit, als der eigene Vater, der eher ein ernster Typ ohne väterliche Wärme ist.

Gernot fährt mit Pferd und Schlitten vor und hängt dazu noch die kleinen

Schlitten der Kinder dahinter, braust mit ihnen über Feld und Flur, durch die Wälder und über gefrorene Seen. Das gefällt den Kindern.

Da ist jemand, der Zeit für sie hat.

Marika und Gernot kommen sich näher, vertrauen sich mehr und mehr, öffnen sich füreinander. Marika gesteht, dass ihre Ehe nicht der erwartete Segen ist, nicht das, was sie sich erträumt hat. Ihr Ehemann redet oft tagelang nicht mit ihr, wenn sie in seinen Augen etwas nicht richtig gemacht hat oder es Meinungsverschiedenheiten gibt. So kommt, was kommen musste.

Gernot und Marika genießen jede gemeinsame Stunde miteinander. Die Arbeit wird zur Freude und die Freude zur Leidenschaft. Nicht nur die Kinder erwarten Gernot jeden Tag sehnsüchtig und sind bald wie die seinen.

Gernot und Marika lachen, leben und fühlen sich wie umgewandelt. Die Liebe hat beide in ihren Bann genommen, nichts muss mehr ausgesprochen werden.

Hier hält Gernot inne und Greta den Atem an.

Egal, jetzt muss sie es um jeden Preis wissen. Zögernd stellt sie ihrem Vater die Frage: »Und, habt ihr miteinander geschlafen?« Greta errötet leicht im Gesicht.

»Natürlich.«

Seine Augen haben dabei einen ganz besonderen Glanz. Damit ist alles gesagt. Die Leidenschaft in den Augen spricht für sich. Er hat sie scheinbar tief in einer Ecke seines Herzens festgehalten, über so viele Jahre.

Er erzählt weiter und Greta hängt an seinen Lippen.

Die gemeinsame Zeit scheint unendlich zu sein und doch ist sie kürzer, als beide ahnen. Sie fühlen sich wie füreinander bestimmt und schmieden gemeinsame Zukunftspläne.

Doch ihr Himmel verdunkelt sich, als der Ehemann wegen guter Führung vorzeitig entlassen wird.

Eines sonnigen Tages sitzen beide auf der Bank vor Marikas Haus, sehen den Kindern beim Spielen zu. Am Horizont ist ein Mann zu erkennen, er kommt die Straße entlang. Je näher er kommt, umso deutlicher verraten seine Konturen ihn. Die Kinder erblicken ihn, laufen los, freuen sich. Marika und Gernot bleiben regungslos, fast wie versteinert sitzen in der schon so vertrauten Zweisamkeit. Mit den Kindern auf dem Arm und an der Hand steht er dann vor ihnen, Marika steht auf, begrüße ihn. Gernot merkt schnell, dass er jetzt der Fremde ist, verabschiedet sich. Zuversichtlich erscheint er jedoch am nächsten Morgen wieder, um bei der Ernte weiter zu helfen, gelangt nur nicht mehr bis zu Marika durch, der Ehemann fängt ihn ab: »Das hier hat sich erledigt für dich.« Kein Wort, kein Blick, kein richtiger Abschied, kein letztes Mal in den Arm nehmen, um Lebewohl zu sagen.

Das Leben geht für beide weiter, und obwohl sie nur zehn Kilometer voneinander entfernt wohnen, bleiben sie füreinander unerreichbar und begegnen sich nie wieder.

Gernot verstummt. Der leidenschaftliche Blick erlischt, er ist in der Gegenwart angekommen und Greta fragt nicht weiter. Das ist sie gewesen, die erste große Liebe ihres Vaters zu Marika.

»Greta, ich bin unendlich dankbar, dass ich zwei so wunderbaren Frauen in meinem Leben begegnet bin. Mit Marika habe ich den Zauber der Jugend genossen, die Leichtigkeit, Unbeschwertheit, wenn das Leben noch aus Träumen besteht. Unsere Zeit hat das Schicksal besiegelt auf seine Art und wir mussten es annehmen, ohne Forderungen und Erklärungen. Wir haben uns beide gegenseitig einmal im Leben gerettet. Mehr sollte nicht sein.«

Greta ist sehr überrascht über so schöne Worte. Gernot lehnt sich ein wenig zurück, lässt seinen Blick über die Bilder im Zimmer schweifen, schaut dann seine Tochter an.

»Die Liebe zu deiner Mutter ist von ganz anderer und besonderer Art gewesen. Zwischen uns hat es vom ersten Tag an eine so selbstverständliche Vertrautheit gegeben, das Gefühl, wir kennen uns schon ein Leben lang. Das ist ein wahrhaftiges Geschenk. Sie ist nicht nur meine Frau und mein Zuhause gewesen, sie war meine Sicherheit. Seite an Seite jeden Sturm überstehen, das hat uns beide immer tiefer zusammengeführt. Wir haben immer das Bedürfnis gehabt, füreinander da zu sein, selbstlos. Deshalb habe ich bis zuletzt so viel Kraft für deine Mutter aufbringen können.

Ein halbes Jahr später bricht Gernot zusammen, ein Schlaganfall. Dabei zieht er sich einen Oberschenkelhalsbruch zu. Ein Krankenhausaufenthalt und rehabilitative Nachsorge schließen sich an. Drei Jahre lebt er noch zu Hause, von einem Pflegedienst und Greta betreut, dann zieht er in ein betreutes Wohnheim. Dort lernt er die 79-jährige Mildred kennen und erfährt tatsächlich auch noch ein drittes Mal eine innige Liebe in seinem Leben. Zwar nur für ein Jahr, aber immerhin ist ihm vergönnt, worauf viele Menschen ein Leben lang hoffen und warten.

Seinen zweiten Schlaganfall mit Mitte neunzig überlebt Gernot nicht.

KLEINES GLÜCK

Meine beste Freundin hat mich eingeladen. An einem freien Tag mache ich mich auf den Weg zu ihr.

Nachdem wir uns innig begrüßt haben und vor lauter Erzählen nicht von der Stelle gekommen sind, sehen wir, wie ein roter VW-Bus auf den Hof gefahren kommt. Es ist der Sohn meiner Freundin, der 25-jährige Marvin.

»Er hat sich das alte Auto allein von seinem Ersparten gekauft«, berichtet sie mir stolz, und ein Lächeln huscht dabei über ihr Gesicht. Freudig schaut sie ihm entgegen.

Sie erzählt, dass doch einiges defekt gewesen sei und er viel hat auswechseln und reparieren müssen, um es wirklich sicher und straßentauglich zu machen.

»Du weißt ja, wie es ist bei alten Dingen, es kommt immer noch mehr dazu als man denkt.« Sie zieht die Augenbrauen hoch.

Marvin dreht mit seinem Bulli eine Ehrenrunde auf dem Hof, bevor er ein paar Meter von uns entfernt auf die Bremse tritt. Nicht, dass er jetzt wie gewöhnlich einfach aussteigt, nein, er springt förmlich aus dem Auto und hüpft dann begeistert auf dem Hof herum. Warum auch immer, wir wissen es noch nicht.

»Was nur ist ihm Wundervolles widerfahren, dass er so übersprudelt vor Glück«, fragen wir uns. Bei seiner Antwort auf unsere neugierige Frage strahlt er und hüpft erneut in die Höhe.

»Ich hab sie!« Er lacht laut los, immer noch im Freudentaumel seiner Gefühle.

Es bleibt uns nichts anderes übrig, als mitzulachen, so ansteckend ist sein Jubeln.

»Was hast du?«, will seine Mutter nun endlich von ihm wissen.

Er kann sich nicht einkriegen und nimmt seine Mutter in den Arm, hebt sie in die Luft und lacht dabei immer noch lauter und herzhafter.

»Was hast du denn nur?«

»Na, seht ihr es denn nicht?«

Wir sehen es nicht und schauen ganz hilflos.

Er lacht immer noch, läuft zu seinem Auto, schreitet mit großen Schritten einmal herum und zeigt mit einer Hand nach unten. Ich kann es nicht glauben. Da hat jemand keinen Lottogewinn, keine neue Liebe, und ist dennoch so aus dem Häuschen. Einfach nur schön, denke ich und schmunzele in mich hinein.

Auf einmal kommt der Mann meiner Freundin aus dem Haus.

»Nein, sag nicht, du hast sie wirklich?« Er blickt begeistert zu seinem Sohn und dann auf das Auto.

Wir schauen uns beide fragend an. Er sieht also auch, wozu unsere Wahrnehmung anscheinend nicht fähig ist.

Der Vater geht zu ihm, nimmt ihn in den Arm und klopft auf seine Schulter.

»Cool sehen sie aus«, bestätigt er.

Da wissen zwei, wovon sie sprechen.

»Super Profil, oder?« Marvin schaut seinen Vater an, dann kurz mit einem schelmischen Blick zu uns hinüber.

Aaaaaaah. Nun kommen auch wir der Sache schon näher. Mit dem Schlagwort Profil sind auch wir endlich in der richtigen Spur. Er hat sich neue Reifen geleistet. Das ist der kleine Grund seiner übergroßen Freude. Wie herrlich.

Meine Freundin und ich schauen nun mit wohlwollender Miene, jedoch auch mit weiblicher Skepsis erst zu Marvin und dann zu den Reifen. Er freut sich immer noch so sehr darüber. Kaum zu glauben für uns. Es sind doch nur Reifen. Für uns jedenfalls.

Immer noch mit diesem glücklichen Gesichtsausdruck, diesen strahlenden Augen kommt Marvin zu uns hinüber, nimmt seine Mutter erneut in die Arme und erkundigt sich: »Ihr versteht es nicht? Oder?«

»Doch, doch.« Wir wollen uns nicht die Blöße geben.

Er nimmt es uns nicht ab.

»Wisst ihr.« Er schmunzelt. »Das ist so ein Gefühl, als kommt ihr vom Friseur, das kennt ihr doch? Wenn alles wieder schick geschnitten ist.«

Wir nicken.

»Oder vom Zahnarzt. Wenn er gesagt hat, alles okay, in einem halben Jahr sehen wir uns wieder.«

Jetzt endlich hat er uns abgeholt.

Das sind Gefühle, derer wir auch kundig und mächtig sind. Ja, das kennen wir, wenn wir auf dem Friseurstuhl sitzen, jemand krault auf unserem Kopf und wir sehen zu, wie das Kunstwerk Stück für Stück entsteht. Das macht zutiefst zufrieden und ist jedes Mal so ein echtes Glücksgefühl. Ja, jetzt endlich können wir ihn verstehen. Nun sind wir es, die schmunzeln müssen. Vor allem über seine geniale Erläuterung. Wir schmelzen mit ihm dahin.

Nachdem der Vater die Räder von allen Seiten begutachtet hat, kommt er ebenfalls zu uns hinüber.

»Na, hats Klick gemacht?«

Er hat also auch gemerkt, dass wir beide völlig im Dunkeln getappt sind.

Da stehen wir vier jetzt. Die Blicke erst auf Marvin gerichtet, dann auf den Bulli mit den coolen, wie wir nun erfahren haben, Offroad-Reifen.

Irgendwie sind wir alle so aus tiefstem Herzen glücklich. Glücklich über die neuen Reifen, über Friseurtermine und über heile Zähne.

Welch ein Tag und welch eine Botschaft. Viele kleine Freuden bringen am Ende auch eine große Freude ins Leben. So einfach ist das manchmal.

Für diese Geschichte möchte ich meinem Sohn Thomas danken. Seine Begeisterung mitanzusehen, hat zu den vielen kleinen Freuden gezählt, die er sich selbst und damit auch uns sehr oft gemacht hat. Er kann Dinge so fantastisch pragmatisch erklären, da bleibt selten eine Frage offen. Seine Gabe, das Gute in allem zu sehen und stets das Beste zu erwarten, ist ihm nicht nur beim Bulli-Ausbau zugutegekommen, sondern auch anschließend bei seiner langen Reise durch Skandinavien während der Pandemie.

DIE KISTE APFELSAFT

Es ist geschafft, Leontine ist mit dem Bepflanzen auf dem Friedhof fertig. Noch einige Sekunden innehalten, stille Zwiesprache mit der Mutter, Danke sagen für alles. Dann lässt sie den Blick schweifen, schaut auf den Weg gegenüber zu dem verlassenen Grab. Seit Jahren ist alles Blühende vom Gras längst überwuchert. Nie hat sich jemand sehen lassen. Heute jedoch macht sich eine ältere Frau dort zu schaffen. Wer mag sie sein? Sie sieht gut angezogen aus, trägt einen gerade geschnittenen braunen Rock, dazu eine Art Trachtenjacke und ein Kopftuch mit Blütenmuster. Eine verschollene Verwandte? Egal. Endlich jemand, der nach dem Rechten sieht.

Die Frau bückt sich, nimmt eine Pflanze in die Hand, kommt wieder hoch und entfernt den Topf. Alles wirkt auf Leontine sehr beschwerlich und langsam. Zwischendurch lehnt sie sich an den hohen Grabstein und wischt sich den Schweiß ab. Sie bückt sich erneut, bringt die Pflanze in die

Erde und kommt mühsam aus der Hocke wieder nach oben, schaut sich auf dem Friedhof um und erblickt Leontine, die gerade mit zwei Kannen Wasser den schmalen Weg zurückkommt und sie auf eine Idee bringt.

»Guten Tag. Darf ich Sie kurz aufhalten?«

»Guten Tag.« Leontine stellt die Kannen ab.

»Sind Sie von hier?«

»Ja, ich wohne im Ort.«

»Gehen Sie oft zum Friedhof?«

»Ja«, antwortet Leontine etwas verhalten und skeptisch wegen der Fragerei.

»Ich habe eine große Bitte.«

Leontine schaut sie fragend an. »Und, die wäre?«

»Würde es Ihnen etwas ausmachen, wenn Sie den Blumen auf unserem Grab ab und zu etwas Wasser geben?«

Leontine hat es sich nach ihrem Burn-out abgewöhnt, sofort JA zu sagen, sondern alles erst reiflich zu überdenken. Im Grunde spricht nichts dagegen, der Frau den Wunsch zu erfüllen, sie fragt sich jedoch, wie es mit den anderen Familienangehörigen und deren Möglichkeiten der Grabpflege bestellt ist. Die Frage ist beantwortet, noch bevor Leontine sie äußert.

»Ich bin die Einzige, die sich um die Ruhestätte unserer Eltern noch kümmern kann. Leider schaffe auch ich es mit meinen 83 Jahren nur noch selten hierher.«

83 Jahre, Hut ab, so sieht sie nicht aus, bei Weitem nicht. Gut gehalten, denkt Leontine mit ihren dagegen jungen 53.

»Woher kommen Sie denn?«, erkundigt sich Leontine.

»Aus der Stadt und dann immer mit der Bahn her.«

Die nächste Stadt ist circa 15 Kilometer von hier entfernt, na ja, nicht gerade um die Ecke zur Grabpflege, und dann in dem Alter.

»Haben Sie denn keine Kinder in Ihrer Nähe?«

»Oh doch, zwei Söhne.« Sie ist im ersten Augenblick ganz stolz. Im selben Moment jedoch fällt ihre strahlende Mimik auch schon wieder wie ein Kartenhaus zusammen. »Wie es nun mal so ist mit Söhnen.«

»Wie denn?« Leontine kann ihr nicht ganz folgen.

»Die zieht man doch immer nur für die Schwiegertöchter groß, dann ist man sie los.«

»Schade, dass Sie nur diese Erfahrung haben«, will Leontine trösten, da sie es auch anders kennt.

»Mein einer Sohn wohnt 50 Kilometer von mir entfernt. Seine Frau kann leider mit alten Leuten nichts anfangen. Wörtlich hat sie mir gesteckt, dass sie froh ist, wenn sie mich und auch ihre Mutter nicht zu oft in der Nähe hat. Alte Leute sind ihr unangenehm. Sie weiß nicht, wie sie mit uns umgehen soll.« Ihre Gesichtszüge haben sich verdunkelt und Leontine kann nicht glauben, was sie gerade hört. »Der andere Sohn wohnt bei mir in der Stadt und ruft mich wenigstens alle zwei Wochen an, um zu fragen, wie es mir geht.«

»Das ist doch schön.« Leontine freut sich und atmet erleichtert auf, dass wenigstens einer für sie da ist.

»Beim letzten Gespräch hab ich ihm gesagt, dass es mir schwergefallen ist, die Kiste Apfelsaft aus dem Keller zu holen.«

Selbstverständlich erwartet Leontine nun, dass die Frau ihr erzählt, in welcher Form er sich die Lösung des Problems für das nächste Mal vorstellt. Zum Beispiel: Mutti, warum meldest du dich denn nicht, ich wäre doch kurz rumgekommen.

»Und?«

»Er hat eine gut gemeinte Idee für mich gehabt und mir geraten, ich solle dann lieber nur eine Flasche nehmen und öfter gehen. Muss ich Ihnen noch mehr dazu erzählen?« Sie blickt betrübt auf.

Das haut doch glatt dem Fass den Boden raus. Zu diesem flapsigen Rat erübrigt sich jeglicher Kommentar. Unvorstellbar, dass er ihr das zumutet.

Leontine nimmt sich kurz innerlich zurück. Jetzt mit ihr in eine Kerbe zu hauen und auf die bösen Buben zu schimpfen, bringt rein gar nichts, dessen ist sie sich bewusst. Also gibt es nur einen ersten Rat als Soforthilfe: reden.

»Haben Sie sich Ihre Söhne denn schon mal beiseitegenommen, so unter vier Augen mit ihnen Tacheles geredet?«

»Wenn ich bei den wenigen Gelegenheiten noch jammere und mit Vorwürfen komme, sehe ich am Ende gar keinen mehr.«

Noch immer lässt sich Leontine nicht hinreißen, gegen die Söhne zu wettern. Ihre Ansicht, dass keiner einen anderen Menschen zu ändern vermag, jedoch jede Situation im Auge des Betrachters liegt, vertritt sie innerlich ganz sicher. Die eigene Sichtweise zu korrigieren, ist immer die einzige Chance zu innerem und wahrem Frieden. Alles andere hat noch nie funktioniert. Doch wie soll sie ihr das nur sanft beibringen?

»Ganz ehrlich. Ich kann Sie gut verstehen, mir würde es auch wehtun.«

»Sehen Sie, das meine ich.«

»Dennoch, Ihre Kinder sind erwachsen. Wenn die Einsicht nicht freiwillig geschieht, enden Erwartungen nur immer wieder in einer Enttäuschung.«

»Ja, ja.« Die Frau lehnt sich wieder an den Grabstein.

»Sehen Sie, für alle Mütter ist es schwer, jedoch nicht aufzuhalten, dass Kinder ihre eigenen Wege gehen.«

»Der Lauf der Zeit?«

»Genau. Im Grunde haben wir sie von Anfang an nur geliehen.«

»So scheint es wohl zu sein.«

»Schauen Sie doch dafür, wie gut es Ihnen geht, dass Sie all die Dinge noch allein tun können.«

»Dafür bin ich auch dankbar.«

Eine Weile stehen beide regungslos da und schauen auf die Gräber.

Leontine ist skeptisch, ob sie aussprechen soll, was ihr durch den Kopf geht. Egal, beschließt sie. Sicher sehen wir uns nie wieder. Unwichtig, ob sie mir dann bös ist.

»Hören Sie auf, auf Ihre Kinder zu warten. Lassen Sie sie in ihrem eigenen Leben glücklich sein. Suchen Sie sich Hilfe im Haus oder in der Nachbarschaft für den Apfelsaft. So wie mich jetzt hier fürs Gießen. Auch wenn Sie lieber eine fürsorglichere Schwiegertochter hätten, Ihrem Sohn tut sie scheinbar gut. Das eigene Kind glücklich zu sehen, ist doch auch eine Freude. Schätzen Sie ihre Ehrlichkeit, dass sie sich traut, zu sagen, dass sie mit alten Menschen nicht umgehen kann. Ihnen Freude beim Besuch vorspielen zu müssen, würden Sie auch schnell durchschauen, und das täte mehr weh.«

»Wenn Sie meinen?«

»Ihre Schwiegertochter ist nun wahrlich nicht zu beneiden. Wenn sie ihr Problem mit alten Menschen nicht beizeiten löst, wie nur will sie die Lebensspanne bewältigen, in der sie selbst alt ist?«

Die Dame zieht die Stirnfalten zusammen. Hat Leontine mit ihren Ratschlägen ihre Toleranz doch überspannt? Ja sicher, und das weiß sie auch. Was hat sie jedoch zu verlieren? Nichts. Die alte Frau kann dafür, wenn sie offen ist, dazugewinnen.

»Nun ist es genug. Kann ich mich darauf verlassen, dass Sie die Blumen gießen?«

Die abrupte Frage gibt ohne Zweifel zu verstehen, dass ihr die Worte nicht behagt haben.

»Ja sicher, das können Sie.«

Auch wenn die alte Dame es nicht gleich in Erwägung gezogen hat, ein wenig in diese Richtung zu denken, wer weiß? Vielleicht fällt ihr in einer ruhigen Minute der eine oder andere Satz wieder ein und sie sinnt doch darüber nach. Nur ein klein wenig weg von ihrem Frust könnte viel bewirken und sie im Alter doch noch ein klein wenig versöhnlicher mit den Umständen stimmen.

Leontine gießt den ganzen Sommer die Blumen und bringt sie im Herbst auf den Komposthaufen.

Im kommenden Jahr und auch in den darauffolgenden lässt sich niemand mehr an dem verlassenen Grab sehen. Irgendwann ist es eingeebnet.

Leontine muss noch oft an die Frau denken, und wenn ihr Sohn ihr ein Glas Apfelsaft einschenkt, stellt sich manchmal ein seltsam bitterer Geschmack ein.

»Wie wird es mir ergehen?«

VOM FISCHER UND SEINER FRAU

Dirk und Regina haben sich ein richtig schickes modernes Haus gebaut. Winkelbau, blaues Dach, grau verklinkerte Außenwände, überall Dielenfußböden, eine halbrunde Terrasse aus Holzbohlen, im Wohnzimmer ein Kamin mit Sitzbank. Im fürstlich gestalteten Bad eine mintgrüne Badewanne mit goldglänzenden Armaturen.

»Da gehen einem die Augen über«, unterhält man sich in der Nachbarschaft. »Und er muss das alles verdienen.«

Der Kredit ist restlos aufgebraucht, die Wunschliste jedoch lange nicht abgearbeitet, die i-Tüpfelchen zum Traumhaus fehlen noch. Regina überdenkt akribisch die ausstehenden Wünsche, was warten kann und was unbedingt bis zum Sommer beschafft werden muss.

Unter unbedingt fällt als erstes die Ausstattung der Terrasse mit Gartenmöbeln, selbstverständlich aus echtem Holz. Schließlich haben sie es sich beide nach den ganzen Strapazen des Baugeschehens verdient, alle viere auch einmal gerade sein zu lassen. Also drängt sich förmlich die Frage auf, woher das Geld nehmen, wenn nicht stehlen? Dirk ist am Ende seiner Kräfte und weigert sich kategorisch, noch mehr Wochenenden in der Firma zusätzlich zu arbeiten.

»Schatz, mal ist auch mein Ofen aus. Weißt du, wenn ich platt und am Ende bin, freust du dich sicher nicht mehr über deine Holzgarnitur!«

»Bärchen, du hast recht. Ungern, aber dir zuliebe gebe ich nach.«

Nach einer kuscheligen Nacht im fliederfarbenen Schlafgemach steht Regina am Morgen auf ihrer Yogamatte, begrüßt den Tag mit dem Sonnengruß, einigen Atemübungen und hat auf einmal einen tollen Einfall. Dieser duldet dann auch keinen Aufschub bis zum Frühstück.

»Bärchen, du musst unbedingt aufwachen.« Sie kitzelt den schlafenden Mann unter seiner Nase.

»Ah, hm … was ist denn … ah … lass mich noch schlafen.«

Dirk reckt sich in alle Richtungen im Bett, bis Regina auf ihm liegt und ihm die frohe, die einfach geniale Morgenbotschaft ins Ohr flüstert.

»Bärchen, du bittest einfach deine Mutter, ob sie uns das notwendige Geld schenkt!«

»Schenkt?« Dirk dreht sich ein wenig zur Seite und schüttelt den Kopf. »Auf keinen Fall, Schatz. Guten Morgen erst einmal.« Mit einem Satz hat er sie auf ihr Bett geschmissen und kitzelt sie ab, bis sie sich vor Lachen nicht mehr wehren kann.

»Lass, lass … ich kann nicht mehr, mir tut schon der Bauch weh vor … hil… hilf … Hilfe… Bitte, ich flehe dich an, lass mich … biiiiiite!«

Dirk hört auf. Regina kriecht zurück auf seinen Bauch.

»Nun mal ernsthaft. Ich denke, deine Mutter ist unsere Rettung, wir sollten uns nicht scheuen, sie zu bitten. Schließlich bist du doch ihr Kronsohn und einziger Erbe, also dann bin ich der Meinung, sie sollte doch lieber mit warmen Händen schenken.«

»Wir können dieses Jahr auch auf den Paletten sitzen und zum nächsten Sommer ist wieder Geld in der Kasse.«

»Aber warum warten, wenn es eine so einfache Lösung gibt?«

Nach einigem Abwägen und Diskutieren kapituliert Dirk. Wie immer. Wissend, dass Regina nicht eher nachlässt.

»Eine Bedingung. Dann besuchen wir gemeinsam meine Mutter am Sonntag.«

Am liebsten hätte Regina Dirk den Deal allein machen lassen, aber wer weiß, ob er sich ohne Rückenstärkung dann auch traut.

Um dem Besuch eine familiäre Note zu verleihen, kauft Regina die Lieblingsblumen der Schwiegermutter, backt den heiß geliebten Buttermilchkuchen und bringt zu allem zusätzlich ein wirkliches Opfer. Sie holt die grässliche kiwigrüne Bluse mit den gelben Bienen wieder heraus, die sie im letzten Jahr von Schwiegermutter bekommen hat. Gott sei Dank hat Dirk den Altkleidersack noch nicht mit zum Roten Kreuz genommen.

Die Familienidylle am Kaffeetisch ist mehr als harmonisch, nette Gespräche, so viel Lachen und Scherzen, das gab es schon lange nicht mehr. Regina schwärmt vom neuen Haus.

»Komm uns unbedingt besuchen. Du musst dir alles anschauen, du wirst es lieben. Dein Sohn ist ein wahrer Kunsthandwerker.«

Es ist schon von der Rückfahrt die Rede, und immer noch hat Dirk kein Wort über den eigentlichen Grund verloren, Regina wartet auf seinen Einsatz. Als Schwiegermutter kurz mal in die andere Richtung schaut, zwinkert Regina ihm zu. Keine Reaktion. Regina bleibt nichts anderes übrig, sie ergreift nun die Initiative und sagt scheinbar ganz nebenbei: »Nur schade, Mutti, wenn du uns besuchst, können wir nicht mal alle auf der Terrasse sitzen. Na ja, alles geht eben nicht«, fügt sie noch resigniert hinzu.

»Dirki, warum denn nicht, was meint Reginchen denn damit?« Die Mutter schaut fragend ihren Sohn an.

»Ach, nicht so wichtig, das Geld hat nur nicht mehr für Gartenstühle und Tisch gereicht. Die gibt es im nächsten Sommer. Für dich holen wir einen Sessel aus dem Wohnzimmer.« Dirk ist bescheiden und fühlt sich doch nicht wohl in seiner Haut.

»Nein, Dirki, das kommt gar nicht infrage, ich werde ja wohl auch eine Kleinigkeit beisteuern dürfen, wenn ihr mich schon so lieb einladet.«

»Nein, nein, Mama, du brauchst dein Geld allein. Lass nur.«

»Ich bestehe darauf«, widerspricht sie.

Regina schaut mit unschuldigem Blick auf den Boden, zieht die Schulter hoch und seufzt so leidig, dass es das Herz der Schwiegermutter rührt.

»Ich will jetzt eure Kontoverbindung, und keine Widerrede.«

Erleichtert atmet Regina auf, fällt der Schwiegermutter um den Hals.

»Du bist die Beste.«

»Ich sehe ja, dass die Sachen, die ich dir schenke, in besten Händen sind. Toll steht dir die Bluse, Reginchen.«

»Ich liebe sie auch, und Bärchen findet mich total sexy darin.« Dirk nickt zustimmend. Innerlich ist er froh, wenn das Schauspiel bald zu Ende ist. Dauernd schaut er auf die Uhr.

»Welche Summe wäre denn angemessen für eure Traummöbel?«

Dirk zögert mit der fälligen Antwort, dafür platzt es aus Regina, wie aus der Pistole geschossen heraus: »Ich hab mal so überschlagen und bin auf 10.000 Euro gekommen, dann hätten wir ein wenig Spielraum ... auch etwas richtig Hochwertiges und Bequemes für dich zu wählen.«

»10.000 Euro, eine stolze Summe für Gartenmöbel.« Die Schwiegermutter zieht ihre Augenbrauen hoch und schaut fragend zu ihrem Sohn. Hilflos und mittlerweile auch echt überfordert nickt Dirk. Regina indessen blüht förmlich auf in ihrer Paraderolle.

»Ja, ja, du, das läppert sich zusammen. Wenn schon, dann sollen sie ja hochwertig und komfortabel sein, mit so dicken Sitzauflagen.«

»Ja«, pflichtet Dirk bei.

»Ich gehe morgen zur Bank und überweise euch das Geld.«

Im Auto gibt es erst mal »Gib mir fünf«. Dirk fühlt sich zwar wie erschlagen vor Anspannung, freut sich aber dennoch über den finanziellen Zuschuss.

Die neuen Möbel sind bereits seit vier Wochen eingeweiht und Dirk schleppt sich seit dem Aufstellen mit einem schlechten Gewissen durch den Tag.

»Wollen wir sie denn nun bald einladen, was meinst du, Schatz?«

»Muss das jetzt schon sein?«

»Wann hast du denn gedacht?«

»Mir wäre fast nächstes Jahr lieber, dann blüht der Garten schon ein wenig mehr, du kennst doch deine Mutter und ihre Liebe zu Blumen. Das würde ich ihr gerne zur Freude machen. Dieses Jahr ist alles noch so kahl.«

Damit speist sie ihn noch einmal fast zwei Wochen ab.

Um vom Brennpunktthema abzulenken, gibt es Sex erster Klasse. Damit, weiß Regina, kriegt sie ihr Bärchen immer besänftigt.

Dirk jedoch leidet unter dem Druck, das Versprechen einzulösen, und wacht eines Nachts auf, da im Traum seine Mutter vor dem Bett steht und wie früher mit dem Finger droht.

Das darauffolgende Machtwort am Morgen ist zwar kleinlaut, aber dennoch bestimmend. »Am Wochenende laden wir Mutter zu uns ein.«

Regina erkennt sofort am zitternden Tonfall, dass sie sich dieses Mal jegliche Ausreden sparen kann. Sonst fängt ihr Dirk am Ende noch an, zu flennen, er ist eben sehr empfindsam und weich gestrickt.

»Ja, super, mach das, ich lass uns Essen kommen, dann haben wir Zeit für sie«, antwortet sie zähneknirschend.

Gesagt, getan. Putzmunter und vergnügt reist Schwiegermutter am Samstag in ihrem Mini Cooper Automatik an. Ein bisschen Kosmetik für Regina, für Dirk einen guten Whisky im Gepäck. Erfreut, dass sie sich den Besitz ihres Sohnes endlich anschauen kann, steigt sie aus dem Auto. Sie weiß gar nicht, wohin sie zuerst sehen soll, so prunkvoll wirkt alles. Wunderschön, dieser erste Eindruck von dem Anwesen. Nicht mehr vergleichbar mit der einstigen Baustelle.

»Das ist mein Dirki, diese geschickten Hände, die hat er von mir«, äußert sie zu sich selbst voller Stolz und Bewunderung.

In der einen Hand den Beutel mit Geschenken, die riesige Handtasche über die Schulter gehängt. In der anderen Hand eine kleine Reisetasche, so sieht Regina sie vom Frühstückstisch aus kommen.

»Warum kommt sie denn mit Reisetasche? Will die den ganzen Sommer hierbleiben?«, knurrt sie Dirk mürrisch an.

»Komm, nun fang nicht gleich wieder an, sie schlecht zu machen. Sie bleibt sicher übers Wochenende.«

»Na danke, dann haben wir nicht einmal den Sonntag für uns.«

»Ich geh ihr mal tragen helfen.« Dirk steht lieber auf und begibt sich in Richtung Terrassentür.

Die Mutter stolziert in ihren hochhackigen Schuhen immer noch fasziniert von allem gerade die Terrassentreppe hinauf, sieht ihren Sohn kommen, lächelt ihm entgegen, als ihr plötzlich die Handtasche von der Schulter rutscht. Sie will diese in die Hand mit den Geschenken nehmen, kann im selben Moment jedoch das Gleichgewicht nicht halten. Dirk sieht das Unheil kommen, rennt so schnell er kann, will sie halten. Zu spät. Sie knickt mit dem linken Fuß um und fällt schreiend auf die Seite ins Beet.

Auch Regina ist aufgeschreckt und schnell zur Stelle. Sie sieht die Mutter auf ihren frisch gepflanzten Blumen liegen, äußert sich dennoch sehr besorgt.

Die Hüfte schmerzt, der Arm tut weh, der Knöchel schwillt innerhalb von Minuten an und lässt sich nicht mehr bewegen. Schwiegermutter ist verzweifelt und jammert, flucht und wettert auf die Treppen und auf sich selbst.

»Ich Dussel, wie konnte mir das passieren? Was zieh ich mir auch diese Schuhe an?«

Recht hast du, denkt Regina.

»Anstatt auf dich zu warten, du wolltest mir doch die Taschen abnehmen.« Sie legt ihren Kopf an Dirks Beine.

Der Notarzt ist gerufen, stellt den Fuß erst einmal ruhig und nimmt sie dann mit ins Krankenhaus. Das Röntgenbild ist eindeutig. Der Knöchel ist gebrochen, Hüfte und Arm weisen eine zum Glück nur leichte Prellung auf. Sie wird versorgt, bleibt einige Tage auf der Station, und dann stellt sich die Frage, wie sie mit dem Gips und den Schmerzen in der mittlerweile blau gewordenen Hüfte zu Hause im dritten Stock allein klarkommen soll.

Regina ist am Krankenbett ausnahmsweise ratlos und ganz geschockt, als diesmal Mutter die geniale Idee hat.

»Dirki, auf mich wartet zu Hause doch niemand, ich bleibe hier bei euch, bis der Fuß wieder halbwegs in Ordnung ist. Was sagt ihr dazu?«

Was sollten sie dazu sagen? Es gab nur eine einzige mögliche und richtige Antwort, und die kam unerwartet schnell von ihrem Sohn: »Aber natürlich, Mama, bleibst du bei uns«. Der eheliche Zoff folgt in Zimmerlautstärke am späten Abend im Bett mit Regina.

Schwiegermutter bleibt den ganzen langen Sommer bis in den Herbst hinein. So viele lauschige Sommerabende zu dritt auf der herrlichen Terrasse mit den einmaligen und bequemen Möbeln. Für die allein lebende Mama der schönste aller Sommer, für Regina fast der seelische Untergang. Dirk geht seiner Arbeit nach und sie versorgt, verwöhnt und bedient die alte Dame von morgens bis abends mit einem Kneifzangengesicht, in ihrer Fantasie mit einem Strick in der Tasche. Entweder sie oder ich, einer hängt sich hier bald auf, da ist sie sich sicher und redet jeden Abend im Bett mit Dirk darüber, wie man eine schnelle Abreise ermöglichen könnte. Aussichtslos. Das kann Dirk nicht übers Herz bringen, und so bekommt sie stets ein klares »Nein« als Antwort. So kennt sie ihn gar nicht.

Dreimal nimmt Regina Anlauf, auf die bevorstehende Heimreise hinzuweisen, dreimal beteuert Schwiegermutter, sie solle sich keine Sorgen machen, ihr sei es hier noch nicht zu langweilig, ihr fehle der Tratsch und Klatsch ihrer Nachbarinnen nicht ein bisschen.

Irgendwann findet sich Regina resigniert mit der Situation ab. Sie erkennt, dass Durchhalten die einzige Überlebensstrategie ist.

Dann endlich, nach einer gefühlten Ewigkeit, an einem Regentag, packt die Schwiegermutter von selbst ihre Sachen und verkündet am Frühstückstisch, sie wolle heute abreisen. Die Nachbarin feiert ihren achtzigsten Ehrentag, da will sie dabei sein.

»Reginchen, danke, dass du es mir all die Wochen so schön gemacht und mich so liebevoll umsorgt hast.«

»Gerne, gerne«, wahrt Regina die Form. Die ehrlichere Variante wäre »fahr bloß.«

Dirk trägt ihr Gepäck, begleitet sie zum Auto. Der Knöchel hat sich gut erholt und ist wieder fast voll funktionstüchtig. Nicht zu lange Strecken laufen, immer mal hinsetzen und ausruhen, das Bein hochlegen, die empfohlenen Übungen der Physiotherapie täglich durchführen, so lauten die Anweisungen des Arztes.

»Ich bin so froh, dass ich euch habe, und wenn ihr wieder einmal einen finanziellen Engpass habt, lasst es mich wissen. Ihr könnt immer auf mich zählen, ihr seid ja auch immer für mich da.«

Das Auto fährt los, Regina bleibt auf der Terrassenanhöhe winkend zurück und atmet durch. »Endlich.«

Dirk und Regina bekommen in den folgenden Jahren zwei Kinder. Die Schwiegermutter stirbt, als das zweite gerade geboren ist. Nach achtzehn Jahren Ehe erkrankt Dirk an Leukämie, trennt sich von Regina, die bereits im Jahr darauf einen anderen Mann kennenlernt. Da sie mit dem Neuen nicht zusammenlebt, muss sie ihren Lebensunterhalt allein finanzieren, geht wieder voll arbeiten. Die Kinder sind bei ihr geblieben, haben jedoch regelmäßig Kontakt zum Vater.

Dirk hat sich beruflich verändert. Nach seiner überstandenen Krankheit ist er für ein Jahr nach China gegangen, hat dort Thai Chi gelernt und praktiziert es heute als Lehrer in einem Gesundheitszentrum. Er lebt allein.

Das wunderschöne Anwesen ist übrigens für einen Dumpingpreis verkauft worden.

WIR SIND GLÜCKLICHMACHER

Schon ein Vierteljahr steht Jodi nun als stellvertretende Rezeptionschefin im Viersternehotel »Guter Wind« bestens da. Mit ihr als zusätzliche Mitarbeiterin ist das Team neu strukturiert, sie kann viel mit verändern, darf gerne konstruktive Ideen einbringen. Trotzdem hat sich das große berufliche Glücksgefühl nicht eingestellt.

Ist es überhaupt noch der richtige Beruf für mich?

Die morgendliche Fahrt zum Frühdienst um 5.30 Uhr gibt täglich Gelegenheit, die momentane Situation zu überdenken. Diese Schichten nerven immer noch. Mal muss sie frühmorgens los, dann im Spätdienst ist sie erst um 23.30 Uhr zu Hause, auch Feiertage sind Arbeitstage. Dazu kommt, dass sie weniger Geld als in der Schweiz hat. Unschlüssig, ob sie sich den Umzug zu ihrem Freund reiflich genug überlegt hat, rechnet sie durch. In zehn Jahren sind das kurz überschlagen 40.000 Euro weniger.

Jodi tritt auf die Bremse, der Wagen hält mitten im Wald. Doch wieder zurück? Aber die Familie? Ja, sie wollte auch wieder näher an ihrem Zuhause sein. Warum nur sind Entscheidungen so schwer und nie ausschließlich von einer Seite zu betrachten? Irgendeinen Preis bezahlt man immer, das spürt sie selbst.

Ist der Beruf noch der richtige und ist es der Ort? Wo soll meine Reise hingehen? Sie zweifelt wieder an allem.

Am Parkplatz angekommen sind es noch fünf Minuten Fußweg bis zum Hotel. Vor dem hohen Eingangsportal bleibt sie stehen. Bin ich hier richtig oder hätte ich bleiben sollen?

Heute kommen noch zu allem Gedankenwirrwarr so viele schwierige Gäste und nervige Beschwerden. Die einen können nicht schlafen, weil gegenüber ein Haus umgebaut wird. Sie wollen sich schließlich erholen und nicht wie in der Großstadt durch Lärm erwachen. Verständlich für die Gäste, jedoch auch nachvollziehbar für die Bauvorhaben im Sommer.

»Dafür erwarten wir eine finanzielle Entschädigung. Bitte regeln Sie das mit dem Direktor.«

Die Nächsten können nicht schlafen, weil das Kissen nicht die Form und Beschaffenheit hat wie beim letzten Aufenthalt. »Ich hatte es extra unter ›besondere Wünsche‹ geschrieben«, beteuert der Gast.

Dann ein Anruf. Ein Gast ist außer sich vor Empörung. »Das darf doch nicht wahr sein, dass wir unseren Hund nicht mitbringen dürfen. In jedem Hotel gibt es dafür schon extra Zimmer«, bekräftigt er seinen Wunsch.

»Ich kann Sie nur um Verständnis bitten, wir sind ein allergikerfreundliches Hotel, da geht es beim besten Willen nicht, und ich kann leider auch keine Ausnahme machen. Gerne würde ich Ihnen dafür unser Haus gegenüber empf...« Schon ist am anderen Ende der Hörer aufgelegt.

Was mache ich hier eigentlich? Hoffentlich ist der Tag bald zu Ende. Jodi schaut auf die Uhr.

Leopold Schneider, der Direktor, geht wie immer smart lächelnd an der Rezeption vorbei.

»Meine Damen, ich bin morgen außer Haus, auch telefonisch nicht erreichbar, Sie wissen, das Direktorentreffen. Wichtige Dinge bitte jetzt noch!«

Jodi nutzt die angebotene Gelegenheit, die Anfrage nach Entschädigung wegen Lärm zu klären.

»Wie soll denn das weitergehen? Der Nächste beschwert sich dann noch, dass die Wellen zu laut tosen am Strand. Wo kommen wir denn da hin? Aber was solls, Jodi, wir sind schließlich Glücklichmacher. Lassen Sie eine Flasche Sekt auf sein Zimmer bringen und buchen Sie eine Wellnessanwendung gratis dazu. Schließlich bezahlt der Gast uns gut und für Erholung.«

Noch in ihrer Probezeit setzt Jodi nichts dagegen. Überall das Gleiche, sie kocht innerlich vor Wut. Das kann nicht wahr sein, nur weil der sich beschwert, bekommt er recht. Da sind all die bescheidenen und einsichtigen Menschen benachteiligt. Ich glaube, ich bin hier genauso falsch, wahrscheinlich in der ganzen Hotellerie fehl am Platze.

Das Telefon klingelt. Ein Mitarbeiter der Zentrale leitet die Reservierungsanfrage einer Frau Rumpelt weiter. Frau Rumpelt ist enttäuscht und ziemlich sauer, dass sie während der Hauptsaison nur Mindestaufenthalte ab sieben Tage buchen kann.

Jodi weiht ihre Vorgesetzte Frau Kaminke in den Sachverhalt ein und bittet um Erlaubnis, die Angelegenheit regeln zu dürfen.

»Ruf die Dame zurück und teste erst einmal, wie sie drauf ist. Mach ihr klar, dass auch wir unsere Vorschriften haben und wir leider festen Regeln unterliegen. Sollte sie jedoch sehr ungehalten sein und sich zu sehr aufregen, dann kannst du ihr sagen, dass wir uns melden und nach einer Lösung suchen. Erst dann fragen wie Herrn Schneider. Hörst du? Nur dann.«

Jodi blickt Frau Kaminke etwas verworren über die ihr angeratene Handhabe an.

»Das lernen Sie auch noch, Sie sind ja noch jung.«

Eine seltsame und für Jodis Denkansatz nicht nachzuvollziehende Taktik, wie hier Problemfälle gehandhabt werden.

›Sei laut, beschwer dich, dann kriegst du dein Recht. Egal, ob du recht hast oder nicht.‹

Wenn ich schleimige Praktiken annehmen soll, dann bin ich am verkehrten Platz. Jodi ist sich fast sicher, dass sie hier nicht alt wird, und zieht einen erneuten Wechsel in Betracht, am besten in eine ganz andere Branche.

Die Gästekartei besagt, dass diese Frau Helga Rumpelt vor vier Jahren mit Mann und Mutter das letzte Mal zu Gast war. Jodi wählt ihre Nummer. Frau Rumpelt nimmt den Hörer ab und spricht auffallend verzagt, hat sie ihr Anliegen doch bereits etliche Male vorgetragen. Als Jodi ihr die Entscheidung des Hotels auf ihre Buchungsanfrage noch einmal erklären will, nett erklären, bedankt sie sich resigniert. »Ich mag mich nicht den ganzen Tag mit Ihnen allen anlegen, verstehen Sie mich, junge Dame?«

»Ja sicher, verstehe ich Sie, das ändert jedoch leider nichts an meinen Vorschriften.«

»Wissen Sie, meine Mutter feiert im September einen runden Geburtstag und hat den Wunsch, noch einmal bei Ihnen Urlaub zu machen. Warum wollen Sie ihr die vielleicht letzte Reise verwehren? Sie war so krank in den vergangenen Jahren, keiner dachte, dass sie es schafft. Deshalb konnten wir nicht mehr zu Ihnen kommen.«

Jodi versteht die Frau, versucht aber gleichzeitig, den Sachverhalt aus Sicht des Hotels verständlich zu machen. Weil sie wirklich zuhört, hört sie, was alle anderen Kollegen vor Regeln und Vorschriften nicht hören konnten oder wollten. Sie hört, dass sich da eine sorgende Tochter bemüht, ihrer

Mutter einen womöglich letzten Wunsch zu erfüllen. Und trotz ihrer Empathie sind ihr die Hände gebunden.

Am Ende des Gesprächs ist Frau Rumpelt zwar nicht glücklicher, aber immerhin nicht mehr sauer, sondern »nur« noch enttäuscht. Jodi verspricht ihr, die Angelegenheit nun doch an die Direktion weiterzuleiten.

»Diese Versprechungen kenne ich nur zu gut, am Ende verlaufen sie sowieso immer im Sand. Danke trotzdem. Auf Wiedersehen.«

Jodi hat nur noch morgen Dienst und dann ihre beiden freien Tage. Das Telefonat und das Anliegen der Frau beschäftigen sie, es wird zur Herzenssache, eine annehmbare Lösung zu finden. Frau Kaminkes Einstellung kennt Jodi. Also bleibt nur noch Direktor Schneider. Ich muss ihn dringend erreichen, bevor er weg ist.

Am Tresen herrscht Andrang, Frau Kaminke ist im Gespräch. Jodi wird gebraucht und verfasst schnell zwischen ihren Auskünften noch eine interne E-Mail an Herrn Schneider.

Guten Abend, sehr geehrter Herr Direktor Schneider,

in einer dringenden Angelegenheit benötige ich noch heute eine Alternative oder im Idealfall eine Ausnahmeregelung für die im Anhang befindliche Bitte.

Es geht um eine Reservierungsanfrage für September. Unsere Zentrale und auch ich haben bereits mit der Dame telefoniert, weil sie zwei Zimmer für jeweils drei Übernachtungen buchen möchte. Im Grunde ist mir klar, dass es nicht möglich ist, da wir grundsätzlich in allen Häusern ausschließlich sieben Nächte Mindestaufenthalt anbieten.

Ich habe darüber nachgedacht, weil es nicht nur eine Reservierungsanfrage ist, sondern möglicherweise der letzte Wunsch einer alten Dame zum Geburtstag. Sie ist nicht mehr gesund und hat sich sehr gewünscht, noch ein letztes Mal zu uns ins Hotel zu kommen.

Ich bin mir im Klaren darüber, dass es aus unternehmerischer Sicht keinerlei Argumente gibt, diese Ausnahme zu begründen. Aber ich habe das Gefühl, dass wir mit der Erfüllung eines solchen Herzenswunsches auch unserem Credo als Glücklichmacher entsprächen.

Daher die Frage nach dieser Ausnahmeregelung.

In der Hoffnung auf eine positive Antwort verbleibe ich
mit freundlichen Grüßen
Ihre Mitarbeiterin Jodi Wärmter

Direktor Schneider hat bereits Feierabend und liest die E-Mail nicht mehr.
So erhält Jodi keine Antwort am Abend.

Frau Kaminke mit ihren eingefahrenen Prinzipien zu fragen, macht wenig
Sinn. Das versprochene Telefonat zwingt Jodi dennoch zum Handeln, und
so entscheidet sie auf eigene Verantwortung.

Frau Rumpelt ist mehr als überrascht, tatsächlich am nächsten Tag noch
einmal von dem Hotel zu hören.

»Ich darf Ihnen eine gute Nachricht verkünden, Frau Rumpelt.«

»Na, da bin ich ja gespannt«, erwidert sie skeptisch und verhalten.

Jodi erzählt ihr, dass der Direktor eine einmalige Ausnahme macht.

»Wir möchten Ihnen den Aufenthalt für die gewünschten drei Nächte
anbieten.«

Frau Rumpelt ist überwältigt, sehr gerührt und fängt fast vor Freude an
zu weinen, dann redet sie wie ein Wasserfall. Eigentlich sagt sie aber ständig
nur: »Ich weiß gar nicht, was ich sagen soll. Mir fehlen die Worte. Ich weiß
gar nicht recht, was ich sagen soll.«

»Sehen Sie es als Geschenk von uns für Ihre Mutter«, entgegnet Jodi
und freut sich mit ihr.

Frau Rumpelt empfindet diese Ausnahme als eine große Geste des Direk-
tors und bittet Jodi, ihm ihren herzlichsten Dank auszurichten.

»Wie war noch gleich Ihr Name?«

»Jodi Wärmter.«

»Ohne Ihren persönlichen Einsatz gäbe es diese Lösung vermutlich gar nicht.«

Mit flauem Gefühl im Magen nimmt Jodi die lobenden Worte hin, kann
sie jedoch nicht so ganz annehmen. Auch ihre zwei freien Tage sind nicht
so erholsam und wirklich frei vom Hotel wie sonst.

Geplagt durch die Gewissheit, ihre Kompetenzen überschritten zu haben,
fährt sie zum Dienst. Vorbereitet, eine Mahnung hinzunehmen, betritt sie
das Hotel.

Frau Kaminke läuft ihr als Erste über den Weg und würdigt sie eines stra-
fenden Blickes, dann schmeißt sie ihr einen Zettel auf den Tresen. Eine aus-
gedruckte E-Mail.

Sehr geehrter Herr Schneider,
von ganzem Herzen, besonders im Namen meiner Mutter, ein Dankeschön für Ihr Entgegenkommen. Dass Sie trotz der Vorschriften so großes
Verständnis für unser Anliegen zeigen und unseren gewünschten Aufenthalt

ermöglichen, wissen wir sehr zu schätzen. Wir sind voller Vorfreude auf den September und unseren Besuch bei Ihnen.

Ohne das Engagement ihrer motivierten Kollegin Jodi Wärmter hätten Sie sicher nicht von unserem Anliegen erfahren. Ein besonderer Dank auch an sie, weil sie sich so selbstverständlich und einfühlsam für uns eingesetzt hat.

Mit freundlichem Gruß
Familie Rumpelt

Jodi jubelt innerlich und ist froh, ihrem Gefühl gefolgt zu sein, und schreibt erneut eine interne E-Mail an Direktor Schneider.

Sehr geehrter Herr Direktor Schneider,
bitte entschuldigen Sie, dass ich in der Buchungsangelegenheit Rumpelt so eigenmächtig gehandelt habe.

Ich hoffe, Sie verzichten wegen des Verstoßes nicht auf meine weitere Mitarbeit in Ihrem Team.

Mit freundlichem Gruß
Jodi Wärmter

Der Direktor schreibt am Nachmittag zurück:

Sehr geehrte Frau Wärmter,
Verantwortung zu übernehmen, ist eine der wesentlichen Eigenschaften, die ich an meinen Mitarbeitern am meisten schätze.

Ihre Entscheidung ist in diesem Fall auch in meinem Interesse. Bitte weihen Sie mich das nächste Mal jedoch ein, auch wenn Sie Ihrer Gefühlswelt uneingeschränkt vertrauen.

Direktion Hotel »Guter Wind«
Schneider

Erleichtert, zutiefst zufrieden und glücklich fährt Jodi an diesem Arbeitstag nach Hause. Die Antwort auf die quälende Frage der letzten Tage, ob sie wirklich den richtigen Platz für ihre berufliche Weiterentwicklung gefunden hat, heißt eindeutig: »Ja«.

Ein Ja zu ihrem Beruf, ihrem neuen Leben, zurück in der Heimat. Angekommen.

DAS PFLÄNZCHEN HOFFNUNG

Als die 79-jährige Käthe vor fünf Wochen aus dem Krankenhaus entlassen wird, ahnt sie nicht, dass die Freude, wieder in den eigenen vier Wänden zu sein, nicht lange anhalten würde. Nun steht der Notarzt erneut im Wohnzimmer und stellt die nächste unvermeidbare Einweisung in die Klinik aus. Dabei bezieht er sich als Erstes auf die schlechten Blutwerte des letzten Befundes.

»Frau Maurin, damit ist nicht zu spaßen.« Er versteht einerseits Käthes Gegenrede nur zur gut. »Mir macht Ihre Gewichtsabnahme jedoch mehr Kopfzerbrechen.«

Die unerklärliche, allerdings rasante Gewichtsabnahme setzt vor zwei Wochen ein, und man kann seitdem zusehen, wie Käthe von Tag zu Tag abnimmt und täglich an Kraft einbüßt.

Wieder auf derselben Station bezieht Käthe nun erneut ein Krankenzimmer. Eva und Georg besuchen sie abwechselnd Tag für Tag.

Heute ist Montag. Gleich nach Feierabend macht Eva sich auf den Weg ins Krankenhaus. Die Sonne scheint so kräftig, dass an der Südwand des Krankenhauses bereits die ersten Schneeglöckchen mutig ihre Köpfe aus der Erde emporrecken und einen neuen Anfang der Natur zelebrieren.

Gibt es ihn für meine Mutter auch?, fragt sich Eva im Vorbeigehen.

Im Treppenhaus kommt ihr der Hausarzt entgegen. Für ihn ist es eine Selbstverständlichkeit, seine langjährige Patientin zu besuchen, trotz seines Zeitmangels. Sein ernster und finsterer Blick ist schon aus einigen Metern Entfernung nicht zu übersehen. Eva bekommt feuchte Augen. Nicht wie gewohnt schüttelt er ihr die Hand, nein, er legt gleich seinen Arm um ihre Schultern, schaut sie von der Seite an und sagt mit seiner gewohnt tiefen und sicheren Stimme, in der über Jahrzehnte vertrauten Art: »Eva, nutz die

Zeit. Ich denke, deine Mutter ist zu schwach, um es noch mal zu schaffen. Sie hat sich so oft wieder aufgerappelt, ich will ehrlich zu dir sein, ich denke nicht, dass ihr sie noch lange bei euch haben dürft.«

Das ist mehr als deutlich gewesen.

Eva schluckt einmal, zweimal, ringt um Fassung, sucht nach Worten, will etwas sagen, die Stimme versagt, nur die Augen reden stumm ihre eigene Sprache. Einige Sekunden vergehen, kein Wort fällt, dann streicht der Hausarzt ihr über die nasse Wange, drückt ihre Hand und nimmt sie abermals in den Arm. »Sei einfach nur bei ihr«, verabschiedet er sich.

Eva kennt ihn schon über vierzig Jahre. Bei ihm hatte sie bereits ihre Vorschuluntersuchung, musste beweisen, dass sie auf einer Linie laufen kann, sollte versteckte Motive in bunten Farben erkennen. Die vielen Spritzen hatte auch er ihr verpasst. All die Jahre war er nicht nur Arzt, er war Freund und Berater, kannte die Familie in- und auswendig. Nur deshalb traute er sich, ihr seine Meinung über Mutters Aussichten so auf den Kopf zuzusagen. Glauben konnte und wollte Eva es trotzdem nicht.

Das weiß nur Gott, beruhigt sie ihr aufgewühltes Gemüt. Der Gedanke jedoch bleibt, und an jedem weiteren Morgen ist sie froh, wenn in der Nacht das Telefon nicht geklingelt hat.

Hätte er es doch für sich behalten. Sie ist unsicher über den Wert seiner Aussage. Wie leer sind jetzt meine Mut machenden Worte, wenn ich an ihrem Bett sitze?

Der Hausarzt weiß auch, dass Bruder Ben sich mit den Eltern entzweit hat und jeden weiteren Kontakt ablehnt. Er fühlt sich benachteiligt, immer zu kurz gekommen, und hat seinen Unmut auf ungebührliche Art und Weise geäußert.

Die Eltern ließen damals seine harten Worte über sich ergehen, konnten vor Fassungslosigkeit keine Silbe rausbringen. Beide leiden seit dem Tag still vor sich hin. Besonders Käthe. Schließlich ist er immer noch ihr kleiner Junge, der stets eine Extraportion an Zuwendung und Liebe bekam. Nach außen wirkte sie stark, innerlich war sie verzweifelt und wartete ständig auf ein Zeichen. Am Frauentag, Muttertag, am Geburtstag. Hoffnung bei jedem Telefonanruf und Türklingeln, die bittere Enttäuschung danach.

»Mutti, schreib ihm doch einfach. Schreib ihm, dass du ihn lieb hast. Vielleicht öffnet es ihm eine Tür«, ermuntert Eva sie immer wieder. Käthe kann es nicht. Ist sie so verletzt? Enttäuscht? Oder sieht sie es nicht ein, da sie all ihre Liebe gegeben hat?

Auch Eva sucht den Kontakt zu ihrem Bruder und wird abgewiesen. »Dafür ist es zu spät«, ist seine kurze Antwort.

Nun liegt die Mutter im Krankenhaus. Ben erkundigt sich telefonisch auf der Station, wie es ihr geht, er selbst kommt nicht. Warum auch immer.

Mittwochnachmittag. Eva ist einige Meter mit der Mutter untergehakt im Zimmer umhergegangen, hat sie gestützt und auf jeden weiteren Schritt gewartet. Total abgekämpft und erschöpft wie nach einem ganzen Tag Feldarbeit liegt sie wieder im Bett. An ihrem hager gewordenen Körper hängen nur noch dünne Beinchen, man sieht jeden einzelnen Knochen. Ein schrecklicher Anblick.

War das Laufen zu viel?, rügt sich Eva.

Am Fußende sitzend, massiert Eva ihr die kalten, immer schon schlecht durchbluteten Füße, schaut ihr ins blasse und etwas eingefallene Gesicht. Blickt in ihre Augen, die leer wirken und durch Eva hindurch sehen, irgendwo anders hin, wohin Eva ihr nicht folgen kann.

Der Hausarzt kommt Eva in den Sinn, das Gespräch, seine Prognose. Sie will den Gedanken wegdrücken, es funktioniert nicht, er ist hartnäckig. Ihr Leben lang spielte Eva die Starke, damit sich die Mutter nicht um sie sorgen musste. Hilflos blickt sie nun in ihre Augen, hat Mühe, die Tränen wegzudrücken. Können Ärzte wirklich erkennen, wann der Tod zugegen ist?

Eva holt die Schafwollsocken vom Heizkörper, zieht sie der Mutter an.

Am nächsten Tag fährt der Vater wieder ins Krankenhaus, redet mit dem Chefarzt, der schaut nüchtern und realistisch auf die Werte, will sie dem Vater nicht schönreden.

Am Freitag hat Eva Spätschicht und fährt bereits am Vormittag zur Mutter. Das Frühstück steht noch auf Käthes Nachttisch, sie hat keinen Bissen angerührt. Noch bevor sie die Mutter in den Arm nehmen kann, geht die Tür auf, ein junger Arzt betritt das Zimmer, er kommt zur Visite.

»Einen wunderschönen guten Morgen wünsche ich Ihnen!« Er erhellt mit seinem heiteren Tonfall sofort den Raum.

Während des letzten Krankenhausaufenthaltes war der junge Assistenzarzt Eva schon mehrmals aufgefallen. Sie hatte ihn im Flur bei geöffneter Zimmertür reden gehört und war von seinen stets aufmunternden Worten angetan. Seine Stimme hatte etwas Beruhigendes, etwas Gutes in sich schwingen, etwas, das er nicht bei seinem Studium gelernt haben kann, sondern aus seinem persönlichen Potenzial schöpfte. Auch heute, als er das

Zimmer betritt, gewinnt Eva erneut den Eindruck, er steht mit beiden Beinen genau auf dem Platz, der für ihn gedacht ist.

Er ist nicht nur Arzt aus Berufung, sein warmherziger Blick lässt in erster Linie in ihm einen Menschen mit Mitgefühl und Empathie erkennen. Nachdem er sich den beiden Patienten direkt an der Tür gewidmet hat, ist Evas Mutter an der Reihe. Mit gesenktem Kopf und nach unten gezogenen Mundwinkeln schaut sie auf die Bettdecke.

Interessiert an ihrem Beschwerdebild studiert der Arzt auf die Schnelle ihre Kartei und vergleicht die letzten Werte. Eva kennt sie und weiß, dass da nichts Erfreuliches zu lesen ist. Er schaut die Schwestern an und zeigt dabei mit dem Finger auf die Akte. Es fällt kein Wort.

Eva hadert mit sich, nachzufragen, obwohl sie es im Grunde gar nicht wissen will, um sich nicht die letzte Hoffnung rauben zu lassen. Als sie schweigt, regt sich jedoch die Mutter.

»Herr Doktor, wird das denn noch mal mit mir wieder?«

Ohne auch nur den geringsten Anschein von Zweifeln aufkommen zu lassen, spontaner, ehrlicher gemeint und sicherer geht es gar nicht, spricht der Arzt zu ihr: »Aber sicher bekommen wir Sie wieder hin.«

Mit großen Augen sitzt Eva da, und auch die Schwestern schauen erstaunt.

Hatte nicht der Chefarzt sich zum Vater besorgt über ihre Werte geäußert? Hatte er nicht gesagt, das Herz ist so schwach, der Blutdruck immer an der untersten Grenze, die Nierenwerte bewegen sich in Richtung Dialyse, und dieser junge »unerfahrene« Assistenzarzt, er sagt diesen Satz: »Aber sicher bekommen wir Sie wieder hin.«

Eva glaubt nicht, dass er das gerade von sich gegeben hat. Darf er das überhaupt, wenn alle anderen …? Doch genau dieser eine Satz sollte Käthe noch ein letztes Mal retten.

Die Mundwinkel der Mutter formen sich langsam nach oben, ein kleines Lächeln zeigt sich und sie strahlt den Arzt an. Er geht einen Schritt auf ihr Bett zu, streichelt kurz ihre Hand und schon ist er im Flur verschwunden. Die Mutter möchte gerne einen Bissen Brot essen.

Mut zu machen, ist auch eine Art Medizin für den Heilungsprozess, und so manches Mal die einzig lebensrettende. Dazu gehören Liebe und Überzeugungskraft.

Von Tag zu Tag ging es zusehends bergauf. Obwohl Käthe kaum gehen konnte, sich die Werte nicht veränderten, kam ihr Lebensmut zurück. Die Ärzte beschlossen, sie zu entlassen. Bereits Ende der kommenden Woche durfte sie nach Hause und konnte aus dem Wohnzimmerfenster wieder in ihren Garten schauen.

Die Kraft der Sonne ist schon so stark und strahlt ebenso intensiv, dass es keine Blume mehr in der Erde hält und der Garten aus jedem kleinsten Winkel in den buntesten Farben leuchtet. Mit welch enormem Kraftaufwand sich die zarten Pflänzchen jedes Jahr wieder Stück für Stück aus dem harten Boden kämpfen, ist erstaunlich, ja fast heldenhaft. Auch Käthe hat von dieser außergewöhnlichen Naturkraft etwas in sich, das erweckt wurde. Der junge Arzt ist ihre Sonne gewesen.

Ende April bringt Georg Käthe dann eines Tages gestützt in den Garten. Überglücklich kann sie all die im Herbst gesteckten Blumenzwiebeln aus der Nähe betrachten. Das stimmt sie zuversichtlich, bringt wieder ein Stück Lebensqualität mit sich. Jeden Nachmittag mit Georgs Hilfe draußen zu verweilen, wird zum Höhepunkt des Tages. Gemeinsam auf der Hollywoodschaukel zu sitzen, das Unkraut einfach wachsen lassen.

Jeden zweiten Tag besucht Eva sie.

Käthe erzählt von ihrer Kindheit, den Geschwistern, sie räumen gemeinsam Schränke auf. Käthe will aussortieren, Ordnung schaffen. Sie begeht ihren Geburtstag, und feiert mit ihren engsten Verwandten, Ben fehlt immer noch.

Im Spätsommer ist sie schon wieder richtig zu Kräften gekommen und alle freuen sich über die täglich zu beobachtenden Fortschritte. Die Muskeln an den Beinen sind wieder so kräftig geworden, dass sie manchmal sogar wieder am Herd steht. Sie schmiedet Pläne für die bevorstehende Diamantene Hochzeit. Georg verspricht, noch einmal neue Ringe mit ihr gemeinsam zu kaufen. Eva ruft beim Juwelier an, klärt die Parksituation.

»Dass ich das noch erleben darf!« Käthe staunt selbst so manches Mal beglückt.

Noch ein halbes Jahr bekommt Käthe geschenkt. Auf den Tag genau acht Wochen vor dem bevorstehenden Jubiläum fällt sie im Wohnzimmer in Georgs Arme. Er fängt sie auch ein letztes Mal auf, wie er es immer getan hat.

In den geschenkten Monaten konnte Käthe noch fast alles, was ihr am Herzen lag, sagen und regeln. Fast alles.

Eva ist im Nachhinein dankbar, dass der Hausarzt Klartext mit ihr geredet hat und sie dadurch keine Zeit versäumt hat, einfach nur da zu sein.

Die Hilfe in Gestalt des jungen Assistenzarztes kam zur rechten Zeit.

Ben wird es nur noch möglich sein, seine Mutter auf dem Friedhof zu besuchen. Wie mag ihm zumute sein ...?

WENN DIE EICHELN FALLEN

Das Energiebündel Ernestine läuft im Moment auf Sparflamme.

»Ich bin erst Anfang fünfzig Ludwig, das kanns doch nicht gewesen sein, da muss doch noch was kommen? Das darf doch wohl nicht wahr sein, dass ich jetzt schon schlappmache?«

»Was willst du hören?«

»Na, etwas, das mich aufmuntert.«

»Das ist schwierig.« Ludwig zieht die Schultern hoch.

»Die Dienstreise in vier Wochen nach Kiew, die lass ich mir nicht entgehen, niemals. Bis dahin will ich wieder meine alte Kondition haben.«

»Lass doch erst mal abchecken, was dir fehlt.«

»Was mir fehlt. Das kann ich dir auch sagen. Mir fehlt seit Monaten meine gewohnte Power, das ist alles. Soll ich damit zum Quacksalber laufen? Den hab ich in meinem ganzen Leben noch nicht aufgesucht.«

Ernestine schleppt sich mit letzter Kraft immer noch weiter zur Arbeit. Als stellvertretende Abteilungsleiterin eines Logistikunternehmens kann sie es sich nicht leisten, krank zu machen. Das ist einfach nicht drin.

Zwischen den Terminen schüttet sie sich in letzter Zeit immer mal einen Energiedrink mehr als gewohnt oder auch ein paar Tassen Kaffee zusätzlich hinein. Die Schreibtischschublade ist voll mit Schokolade. Am Abend ist die Luft trotzdem raus, sie bricht zusammen, schleppt sich nur noch ins Bett.

»Nüsse, Hirse, Haferflocken, Trockenfrüchte, Frau Springer, dann kommt Ihre Energie wieder in Schwung«, rät ihre Sekretärin.

»Kümmern Sie sich lieber darum, dass die Rechnungen pünktlich raus gehen, Elke.«

»Sie sind in letzter Zeit aber auch schnell gereizt, das kenne ich ja gar nicht von Ihnen.«

»Tut mir leid, entschuldigen Sie, hab ja auch genug um die Ohren. Euren ganzen verzapften Mist geradebiegen. Ich weiß, Sie meinen es gut, aber das dauert mir viel zu lange, bis ich das Zeug zerkaut habe.« Ernestine ist wie immer auf ihre unpersönliche Art und Weise trotzdem freundlich.

Seit ein paar Tagen kommt nun auch noch zum Energieverlust, dem miserablen Schlafen, der unbegründeten Aggressivität hinzu, dass sich Ernestine auf nichts mehr konzentrieren kann und ewig dieses Piepen, Bimmeln und Rauschen im linken Ohr hat.

»Elke, machen Sie mir einen Termin bei unserem Betriebsarzt. Vor Dienstbeginn. Soll er mal zeigen, was er kann. Schließlich hab ich ihn all die Jahre in Ruhe gelassen.«

Wie immer makellos gestylt im blauen Businesskostüm, zartgelber Bluse, hochhackigen schwarzen Pumps, ihre langen blond getönten Haare hochgesteckt, schreitet Ernestine am nächsten Morgen nicht wie gewohnt zuerst ins Büro, sondern forschen Schrittes und bester Hoffnung auf schnelle unkomplizierte Hilfe in die hauseigene Praxis.

Schnell hat sie ihre Befindlichkeiten, wie sie sie nennt, geschildert. Genauso schnell hat der Doktor die höchst unpassende Diagnose parat: »Die Wechseljahre und ein großer Schritt in Richtung Burn-out.«

Ernestines Puls fängt an, zu pochen. Ihr Gesicht beginnt, zu glühen, und dieses nervige Piepen im Ohr stimmt gleich mit ein.

»Ja, das haben heute ja scheinbar alle gleich, wenn der Arzt nicht weiß, was es ist«, faucht Ernestine den Arzt schnippisch und ärgerlich an.

»Gönnen Sie sich ein paar Wochen Ruhe.« Weiter empfiehlt er ihr Mikronährstoffe, um ihre Zellkraftwerke, die Mitochondrien, zu behandeln und die Energieherstellung im Körper wieder in Gang zu bringen. »Entspannungstechniken wie progressive Muskelentspannung, sportliche Betätigung an der frischen Luft sowie mehr Obst und Gemüse wären sinnvoll«, rät er abschließend.

Ernestine sitzt wie auf Kohlen, das Ohr bimmelt schon wieder, die Konferenz beginnt in einer halben Stunde. In Gedanken geht sie ihr Referat noch mal durch. Von dem, was der Arzt ihr rät, kommt nichts bei ihr an.

»Ich schreibe Sie jetzt erst einmal vier Wochen krank.«

Das war jetzt aber wirklich zu viel des Guten.

»Herr Doktor, ich habe gehofft, Sie sind Meister ihres Faches, verschreiben mir einfach eine wirksame Medizin. Das ist der einzige Grund für mein Kommen.«

»Das habe ich bereits getan«, bezieht sich der Arzt auf seine vorherigen Ausführungen.

»Danke, dann hab ich alles.« Sie verlässt empört das Sprechzimmer.

»Benötigen Sie noch einen Folgetermin? Ihr Krankenschein? Ich lass ihn nur noch … hallo… ich lass ihn … unterschreiben«, versucht die Sprechstundenhilfe, sie aufzuhalten.

»Nein, danke.«

Die Konferenz läuft leider bei Weitem nicht so gut wie gedacht. Ernestine kann keinen klaren Gedanken fassen, verliert ständig den Faden, das Ohr schellt wie eine Alarmglocke. Die Unruhe, die sie in der Nacht heimsucht, meldet sich erstmalig bei Tag, gerade jetzt, gerade heute.

Für eine winzige Sekunde ergeht es Ernestine beim Referat so, als ob ihr Gedächtnis sie im Stich lässt. Ein katastrophales Wirrwarr im Kopf, als wenn gleich eine Sicherung durchknallt. Diese Sequenz an Zeit hat gereicht, ihr endlich den Ernst ihrer Lage bewusst zu machen. Zum ersten Mal bekommt sie wirklichen Respekt vor dem, was in ihr vorgeht. Über das sie, die immer die Fäden in der Hand hat, nicht mehr Herr der Lage ist.

Und Kiew?, geht es ihr durch den Kopf.

Auf einmal stockt sie, entschuldigt sich und verlässt den Saal. Elke läuft ihr hinterher.

»Soll ich einen Arzt holen?«

Kreideweiß schüttelt Ernestine den Kopf, hält sich die Handflächen an beide Ohren. »Bringen Sie mich nach Hause und holen Sie den Krankenschein. Bitte.«

Als Ludwig nach Hause kommt, sitzt Ernestine in ihrem bequemen schwarzen Jumpsuit niedergeschmettert auf dem Sofa. Niedergeschmettert nicht von der Diagnose, sondern von ihrem Versagen in der Konferenz.

»Wie, du bist schon zu Hause?«, ist er überrascht. Das ist gefühlt eine Ewigkeit her, dass seine Frau mal vor ihm daheim ist. »Wie ist das geschehen?«

»Ich schau seit zwei Stunden aus dem Fenster und bin ganz erstaunt, dass wir schon Herbst haben.«

»Ja, haben wir, aber was genau hat das mit dir zu tun?

»Eigentlich nichts.« Ernestine berichtet zutiefst geknickt von ihrem mentalen Einbruch, vom deprimierenden Arztbesuch und der vierwöchigen Krankschreibung.

»Das hört sich doch alles gut an«, stellt Ludwig fest.

»Was bitte ist daran gut?«

»Alles ... Weil es endlich richtig ist, dass du ein Brett vor den Schädel kriegst, bevor du dich selbst ganz vernichtest. Andere Menschen haben nämlich schon mitbekommen, dass die Blätter fallen.«

Ludwig hat sich der Schuhe entledigt und ist in seine bequemen Hauslatschen geschlüpft. Mit seinen 1,98 Metern ist er schon ein Riese, wenn er sich neben seine Ernestine setzt. Behutsam nimmt er sie in den Arm und küsst sie, erst auf die Stirn und dann auf den Mund. »Ich weiß. Du hast recht.« Sie schaut ihn mit leidendem Blick an.

»Nimm es als Chance, das Ruder noch mal zu deinem Besten rumzureißen.«

Ludwig genießt den Moment, seine Frau einmal so ruhig und friedlich, ohne Handy am Ohr oder Laptop auf dem Schoß, neben sich sitzen zu haben. Ohne dieses »Halt mich jetzt nicht auf« oder »Du, ich muss mich konzentrieren, lenk mich nicht ab, später.« Ja, und später fällt immer aus.

»Nur, was soll ich vier Wochen lang machen?«

»Dich ausruhen.«

»Davon werde ich noch kranker.«

»Hm. Dann hätte ich einen anderen Vorschlag.«

»Und der wäre?«

»Ich würde meine Löffelliste heraussuchen und schauen, was noch offen ist für dieses Leben.«

»Wie lange ist das her, dass wir die beide geschrieben haben.«

»Sehr lange.«

Ludwig geht am Abend zum Volleyball. Ernestine sitzt höchst gespannt über der ehemals verfassten Liste.

Was möchte ich alles unbedingt in meinem Leben tun? Bisher ist hinter keinem Vorhaben ein Häkchen für »erledigt«. Was hab ich denn die ganzen Jahrzehnte gemacht? Alle Wünsche und Vorhaben sind noch offen. Chance oder alles verpasst?

Punkt für Punkt geht sie die angestrebten Dinge durch. Beim näheren

Betrachten scheint leider keines der offenen Vorhaben machbar. Radtour um den Bodensee, auf Madeira wandern gehen, Wattwanderung an der Nordsee, ein Instrument spielen, Französisch lernen, einen Segeltörn machen, eine Saison im Café arbeiten, danach vielleicht eines eröffnen, Kinder bekommen, und so weiter.

Punkt 1: Wandern. Zum Wandern und Rucksack schleppen bin ich viel zu kaputt, realisiert sie.

Punkt 7: Mit dem Bulli die Atlantikküste von Frankreich über Spanien bis Portugal entlangfahren. Auch kein Häkchen. Außerdem hätte ich das vor 20 Jahren machen sollen, jetzt pack ich mich sicher nicht mehr in einen Bulli.

Punkt 12: Kinder bekommen, hat sich erledigt, ich bin zu alt.

Ganz unten als Schlusslicht Punkt 17 steht mit drei dicken roten Fragezeichen, ob es denn überhaupt sein muss. Für ein paar Wochen ins Kloster gehen? Na, da muss ich damals nicht alle Tassen im Schrank gehabt haben. Was also mach ich?

Guter Rat ist teuer. Noch mal zum Arzt? Kommt nicht infrage, der hat alles ihm Mögliche getan. Ich muss es allein entscheiden, heute Abend noch.

Ihr Ohr piept schon wieder seit einer halben Stunde und sie kann weder Hände noch Beine ruhig halten.

Was mach ich nur? Jetzt gleich, morgen oder übermorgen. Eine schnelle Entscheidung muss her, wie immer duldet Ernestine keinen Aufschub, kein Hinhalten, auch bei sich selbst nicht.

Noch einmal nimmt sie ihre Liste zur Hand. Ein weiteres Mal geht sie Punkt für Punkt akribisch durch. Dies nicht, das nicht, das auf keinen Fall.

Übrig bleibt der Aufenthalt im Kloster.

Kloster? Der Doktor hat Ruhe verordnet. Ein langer Seufzer. Dann ist wenigstens ein Punkt schon mal erfüllt.

Nach einer wie immer mehr schlecht als recht durchgeschlafenen Nacht sieht die Liste auch am Morgen nicht erbaulicher aus. Kein Masterplan ist aufgetaucht. Es bleibt, wie es ist, das Kloster als einziger Ausweg. Sie berichtet ihrem Mann davon.

»Ludwig, du bist auf dem Gebiet, innere Einkehr und zu sich selbst finden, bewanderter als ich. Such mir bitte doch ein Kloster heraus.«

»Welch Sinneswandlung.« Er nickt, macht sich zufrieden über ihren Entschluss noch am selben Tag auf die Suche und bucht seiner Frau einen dreiwöchigen Aufenthalt in einen Schweigekloster.

Vier Tage später geht Ernestine auf die Reise. Schwarze Hose, schwarzer Anorak, graue Mütze mit schwarzem Bommel so steigt sie adrett wie immer in den Zug. Winkend und erleichtert über ihren eingeschlagenen Weg bleibt Ludwig zurück. Im Gepäck ein paar Vitamine, Mineralstoffe, die vermeintlich überlebensnotwendigen Schlaftabletten, Q10-Enzym und bequeme Kleidung steht Ernestine unruhig, unausgeschlafen und mit einem schlechten Gewissen an die im Stich gelassenen Kollegen die vierstündige Fahrt durch. Ein Transfer bringt sie ins Kloster.

Ohne Erwartungshaltung und doch schockiert betritt sie das zugewiesene Zimmer. Sechs Quadratmeter. Ein Bett, ein Stuhl, das breite Fensterbrett ist gleichzeitig der Tisch, ein Waschbecken und einige Fächer in der Wand für Kleidung.

Drei Wochen? Puh, das ist wie Höchststrafe. Wie konnte das auf meine Liste kommen?

Selbst wenn der erste Eindruck sie nicht umhaut, sie hat sich dazu entschlossen, und jetzt wird es auch durchgezogen. Disziplin ist eine ihrer enormen Stärken.

»Ich hoffe, Sie finden hier genau das, was Sie suchen, meine Lieben. Möge Ihnen Ihr Aufenthalt bei uns Bescheidenheit, Einfachheit, Ruhe und innere Einkehr bringen. Wir tun unser Möglichstes dazu«, ist die herzliche Begrüßung der Ordensschwester.

Um den Neulingen den gesamten Ablauf zu erklären, wird vor dem Abendessen ein letztes Mal geredet. Wer zu schwach ist, der Versuchung zu widerstehen, darf sein Handy abgeben. Dann die erste Mahlzeit in Stille. Fragen wie »Möchtest du noch Tee?« oder ähnliche werden mit Gestik, mit den Augen oder einem Lächeln ersetzt. Erstaunlicherweise funktioniert es auch ohne Übungsstunden ganz passabel. Nur ab und zu rutscht dem einen oder anderen noch mal eine Silbe heraus.

Wenn ich das hier überlebt habe, werde ich wahrscheinlich einen Monat Tag und Nacht reden, um alles nachzuholen, ist sich Ernestine im Bett ganz sicher.

Morgens um 7.15 Uhr die Morgenandacht, anschließend Leibesübungen, wie man Frühsport hier betitelt, ein Mittagsgebet und am Abend um 18.00 Uhr Gottesdienst.

Nach dem Frühstück ein biblischer Impuls. Es wird eine Textstelle aus der Bibel vorgelesen, an der jeder während des Tages arbeitet. Bei Bedarf steht für eine halbe Stunde ein Bruder oder eine Schwester des Klosters zur

Verfügung, um Fragen zu beantworten und Hilfe bei persönlichen Problemen in Anspruch zu nehmen.

Ernestine macht ihr eigenes Programm. Die folgenden drei Tage nimmt sie nur an den gemeinsamen Mahlzeiten teil. Die restliche Zeit versucht sie, mit ihren kleinen weißen Schlafgehilfen zur Ruhe zu kommen oder geht widerwillig laufen. Sie leidet an Entzugserscheinungen. Die Energiedrinks fehlen, der Kaffee und auch die Tafeln Schokolade hat Ludwig mit einem Augenzwinkern und den Worten: »Keine halben Sachen.«, wieder aus ihrer Reisetasche genommen. Sie ist erstaunt, dass sie weinen muss, das kennt sie gar nicht von sich, alles Unterdrückte und Überspielte bricht scheinbar heraus.

Am vierten Tag ordnet sie sich unter, nimmt die Angebote wahr, läuft in der freien Zeit. Ihre Stimmung bessert sich ein wenig. Jeder Tag läuft nach demselben Muster ab. Lesen, lesen, darüber nachdenken, Leibesübungen machen und schweigen. Wie gerne würde sie reden, mit Elke, mit Ludwig oder egal, nur mit irgendjemandem. Sie schweigt, der Tag wirkt dadurch um einiges länger, und am sechsten Tag melden sich die ersten neuen und ganz anderen Gedanken. Sie denkt an die Firma. Ihr fällt auf, wie oft sie während der Arbeitszeit mit den Kollegen aus Höflichkeit ein paar Worte wechselt, einfach, um nett zu sein und das Betriebsklima hochzuhalten. Meine kostbare Zeit, die ich mit Small Talk und Floskeln vertrödelt habe.

Der Einstieg ins Lesen der Bibel gestaltet sich für Ernestine schwierig. Sie hat sich ihr eigenes System kreiert, will viele Seiten schaffen, versteht bei dem selbst auferlegten Pensum jedoch leider wenig oder überhaupt nichts wirklich.

Ist die allgemeine Empfehlung doch nicht so verkehrt? Nur den einen am Morgen als Impuls für den Tag gelesenen Text immer wieder und wieder zu lesen, mehr nicht? Ohne nachzudenken, lesen, immer und immer wieder dasselbe lesen und schauen, was es mit ihr macht und sie daraus anspricht. Wie langweilig ist das denn? So krieg ich das Buch nie durch. Wenn ich so gearbeitet hätte, wäre nichts in der Firma fertig geworden.

Nach einigem Hadern folgt Ernestine der Empfehlung. Aus dem Neuen Testament liest sie: Heilung eines Aussätzigen und Heilung eines Gelähmten. Beiden wurden ihre Sünden vergeben und sie wurden durch ihren Glauben geheilt.

Da ist der eine Satz, der Ernestine mehr als die anderen anspricht: »Deine Sünden seien dir vergeben.« Den ganzen lieben langen Tag sinnt sie darüber nach, wann sie in ihrem Leben gesündigt hat, und ihr fallen im ersten Moment nur die vielen Süßigkeiten in ihrem Schreibtisch ein. Die wiederum wird die Bibel sicher nicht damit gemeint haben.

Sie horcht tiefer in sich hinein, den wirklichen Sünden auf der Spur. Keiner reißt sie hier aus dem geflochtenen Gedankenteppich raus. Kein Telefon klingelt, keine Elke hat dauernd etwas zum Unterschreiben.

Die gesuchten Sünden jedoch haben gute Verstecke, denn es dauert einen qualvollen langen Nachmittag, bis sie fündig wird. Dann aber, als der Anfang gemacht ist, reiht sich alles das aneinander, was wert und notwendig ist, vergeben zu werden.

Doch bevor sie damit beginnt, bedarf es noch der Klärung auf höchster Ebene. Mit dem Wort Gott nämlich hat Ernestine so ihre Schwierigkeiten. Sie nennt den Übergeordneten nach einigem Abwägen lieber Chef.

»Chef, vergib mir, dass ich bei meinem Mann zwar physisch immer anwesend war, doch meine Gedanken ständig auf Reisen waren, in der Zukunft oder Vergangenheit, oder meistens ja doch irgendwie immer im Büro.

Chef, vergib mir, dass ich alles und alle immer unter Kontrolle haben will.« Oh, was hatte sie da geschrieben? Sie las noch einmal. Ganz ohne nachzudenken, schrieb sie diese Worte: alle immer unter Kontrolle.

Der erste kleine Wegweiser zu ihrer Überforderung ist gefunden, ganz ohne Therapiestunde, das ist Goldstaub für Ernestine. Das hat sich in den Arbeitsjahren so verselbstständigt, überall die Ohren zu haben, um alles mitzubekommen. Überall eingreifen zu können. Immer mit dem Aspekt im Hinterkopf, Schlimmes in der Firma zu verhüten.

Hab ich überall meine Nase reingesteckt? Bittet mich denn jemand darum?

Elke hatte in einem Meeting, das schon Jahre her ist, bemängelt: »Sie lassen uns ja gar keine Chance, selbstständig zu denken und kreativ zu sein.«

»Vergib mir Chef, dass ich zu Elke in letzter Zeit oft so bissig gewesen bin.«

Im angebotenen Gespräch mit Bruder Thomas kommen dann die nächsten Ergebnisse ans Tageslicht. Ständig überlastet, weil sie alle Kleinigkeiten von jedem in der Abteilung weiß. Sie sich notiert, um es zum richtigen Zeitpunkt zur Sprache zu bringen. Bruder Thomas soll Ernestine jetzt reinen Wein einschenken: »Bekomme ich dafür jetzt von oben die Strafe?«

Der jedoch versichert ihr, es sei bei Weitem keine Strafe, eher die Notwendigkeit zur Umkehr.

»Notwendigkeit?«

»Ja. Um die Not zu wenden.«

Auf dem Weg ins Zimmer macht Ernestine dann gleich noch beim Ausmisten weiter.

»Chef, sorry, dass ich mich so oft schwer damit tue, eine andere Meinung anzunehmen und gelten zu lassen. Nicht nur in der Firma, auch oft bei Ludwig.«

Zwischen den Gebeten, Gottesdiensten und Mahlzeiten gibt sich Ernestine, trotz der gebliebenen inneren Unruhe und des lästigen Ohrpiepens, alle Mühe, das wunderschöne riesige Klostergelände zu genießen.

Auf dem täglichen Lauf entdeckt sie die eine oder andere idyllische Ecke des Anwesens. Einen kleinen Ententeich, eine Obstbaumplantage von beachtlichem Ausmaß, eine abgeerntete Kräuterecke. Alles wartet auf die Winterruhe.

Auf einer Wiese liegen Trauertafeln und stehen Grabsteine, ein außergewöhnlicher Friedhof. Die meisten Dorfbewohner der kleinen Gemeinde sind sehr alt geworden. Viele über neunzig. Macht das der Glaube?

Ernestine notiert nach neun überlebten Tagen in ihren Aufzeichnungen: Erstaunlicherweise singe ich während des Gottesdienstes mit. Ein Lied mit einer wundersamen Melodie hat es mit angetan: Gottes Wort ist meines Fußes Leuchte. Den ganzen Tag summe ich die Melodie. Mein Ohr klingelt schon etwas weniger. Gott sei Dank. Oh,... ich schreibe Gott.

Am zehnten Tag im Kloster sitzt sie wieder bei Bruder Thomas und hat gefühlt 100 Fragen, will sich aber nur konzentriert auf eine wesentliche beschränken. Sie gesteht ihm, dass sie überhaupt nicht bibelfest sei und den Kontakt zum Chef zwar ernsthaft versuchen möchte, herzustellen, aber nicht weiß, wie.

In der Firma stellt seit Ewigkeiten immer Elke die Kontakte für mich her, verirrt sich ein Gedanke.

»Wie erkenne ich, ob der Chef zu mir spricht oder es meine innere Stimme ist, wie Sie heute Morgen erwähnten? Ich kann das nicht auseinanderhalten«, gesteht sie. »Wie soll es mir da gelingen, ihn zu treffen ...?

Bruder Thomas schaut sie an. »Es gibt in uns diesen inneren heilsamen Raum, aus dem die göttlichen Gedanken kommen«, zitiert er Amseln Grün. »Das Göttliche in dir, was Gott mit dir gemeint hat, in deiner Ganzheit mit allen Facetten, das bist du und gleichzeitig auch Gott.«

Ernestine ist beeindruckt und überrascht von dieser Erklärung. Mit den eigenen Facetten ist es bildlich und verständlich, warum es jedoch gleichzeitig auch der Chef ist, da kann sie nicht ganz folgen. Fragt jedoch nicht weiter nach. Vielleicht kann Ludwig noch mal Nachhilfe geben?

Bruder Thomas erzählt weiter: »Man sagt, Gott hat einmal am Anfang ein Wort über dich gesagt. Aber du konntest es nicht hören, und nun suchst du dieses Wort über dich, um deine Bestimmung zu finden. Die Zeichen auf diesem Weg sind Gott. Es kann ein Vers, ein Buch, eine Geschichte, ein Mensch, ein Gedanke sein. Gott ist nicht gedacht als Hilfe aus der Not, sondern als Hilfe in der Not, um etwas durchzustehen. Gott nimmt uns nicht die Last, aber er gibt uns die Kraft, sie zu tragen.«

Diese Stunde überfordert Ernestine. Ludwig, du hättest ihn verstanden. Ich glaube, mein Verstand geht andere Wege.

Sie verlässt mit einem »Danke« das Zimmer.

»Ich hoffe, ich konnte Ihnen weiterhelfen.«

»Ja, doch ein wenig schon. Danke.«

Oh meine Konferenzen, ihr fehlt mir. Mein liebes Büro, dort verstehe ich wenigstens alles, das ist ihre resignierende Stimmung am Nachmittag.

Beim Abendessen liegt für jeden eine kleine Broschüre mit Gebeten neben dem Gedeck. -Beten-

Ernestine überblickt den zu Ende gehenden Tag wie empfohlen und liest leise. »Danke, Herr, du bist heute bei mir gewesen. Danke für die Freude über alles, was gelungen ist. Für deine Hilfe in meinen Schwächen. Ich bitte um Vergebung, dass ich für dich und deine Wünsche nicht immer verfügbar war, wo ich etwas von meinem Gebet am Morgen zurückgenommen habe. Hilf mir, kein Hindernis für das zu sein, was du morgen für mich vorhast. Amen.«

War das nun beten, auch wenn ich es nur gelesen habe?

Zufrieden darüber kommt sie langsam zum Einschlafen. Heute zum ersten Mal hat sie nicht daran gedacht, die Schlafpille zu nehmen. Nach einer halben Stunde wird sie von einer nächtlichen Panikattacke geschüttelt, kriegt keine Luft. Ein gefühlter Eisenring umschließt ihren Brustkorb. Das linke Ohr trällert, pfeift und macht alle möglichen Geräusche.

Das ist das Ende, steigert sie sich in ihre Ängste und zittert dabei am ganzen Körper. Noch schlimmer als in der geschmissenen Konferenz möchte sie am liebsten den Raum verlassen. Im Halbschlaf ruft sie laut: »Elke. Elke, beeilen Sie sich.«

Das ganze Haus ruht in sich, die dicken Mauern lassen keinen Laut durch. Der Schweiß läuft ihr den Rücken herunter. Der Kopf schmerzt, die Arme und Beine zittern, das Ohr pfeift ohne Pause.

Das Zimmer wirkt auf sie wie ein Gefängnis, dem sie nicht entrinnen kann.

»Elke.«

»Ludwig.«

»Bruder Thomas.«

»Mutti.«

Nichts geschieht. Kein Herbeigesehnter taucht aus der Dunkelheit auf.

»Hilfe, ich sterbe gleich.«

Der Brustkorb wird enger, die Kehle schnürt zu, sie klammert sich am Bettrahmen fest, will weiter schreien, doch die Stimme versagt. Nur ganz kläglich wimmert sie: »Gott, bitte hilf mir jetzt, ich glaube, ich sterbe. Bitte, bitte, ich brauche dich! Mach schnell.«

Nichts geschieht, immer noch dieser feste Ring um den Brustkorb, Enge, die bedrohlich scheint.

»Gott, bitte, bitte, ich brauche dich!«

Plötzlich kommt nicht Gott, aber ihr ein Gedanke in den Sinn. Zwei kleine Wörter: Ruhe und atmen. Immer wieder Ruhe und atmen. Ruhe und atmen, ein Strohhalm in der Not, Ernestine ergreift ihn.

Fast fünf Minuten Ruhe und atmen, Ruhe und atmen ... dann sinken die Ängste in sich zusammen, die körperliche Anspannung löst sich. Zwei kleine Wörter retten sie aus dieser scheinbar ausweglosen Lage. Ruhe und atmen. Ernestine ist völlig geschafft. Durchgeschwitzt möchte sie am liebsten unter die Dusche springen, kann sich jedoch nicht aufraffen und schläft nach einer Viertelstunde wie fürsorglich behütet ein und durch bis zum Morgen.

Drei Wochen Schweigen gehen dem Ende entgegen.

Ernestine gefällt der Gedanke mittlerweile gar nicht mehr, wieder den ganzen Tag reden zu müssen.

Danke für die wundervolle Erfahrung, die ich hier bei Ihnen machen durfte, schreibt sie auf einen Zettel und legt ihn auf die Fensterbank im Zimmer.

Der letzte Gang zum Gottesdienst am Morgen birgt noch einmal ein kleines Wunder. Und das letzte Geschenk dieser einsamen Zeit.

Auf dem täglichen Weg zur Kirche ging sie immer an einer Eiche vorbei, heute ein letztes Mal. Alle Eicheln sind bereits gefallen. Ein großer Teil liegt auf der Straße, alle sind von den fahrenden Autos zerdrückt. Ein kleiner Teil jedoch ist weich und wohlbehalten auf ein angrenzendes völlig bemoostes Schuppendach gefallen.

Als wolle der Anblick ihr etwas sagen, steht Ernestine andächtig und überwältigt davor. In sich gekehrt und gedankenverloren schaut sie hoch zu der Eiche, blickt auf das Schuppendach. Und auf einmal versteht sie. Versteht Bruder Thomas' Worte, die Bibeltexte und die Essenz ihres Aufenthaltes hier: So fängt mich Gott immer auf, wenn ich im Leben falle. So einfach ist es am Ende.

Heute, am letzten Tag, findet sie die Metapher, um Gott in ihrem Leben zu erkennen, gerade noch rechtzeitig.

Ernestine steigt einerseits froh, andererseits auch ein wenig wehmütig in den wartenden Zug. Während der Fahrt überdenkt sie noch einmal die vergangenen Wochen, die so fernab ihres normalen Lebens waren und sich doch am Ende so richtig anfühlten. Dabei taucht noch eine letzte Sache auf: »Gott, vergib mir bitte auch, dass ich mich oft in meinem Leben größer gemacht habe, als ich bin. Nur um mich dann besser zu fühlen. Das tut mir wirklich sehr leid. Ich dachte nicht darüber nach, wie sich meine Mitmenschen dabei fühlen. Ich will mich von nun an nicht mehr so wichtig nehmen.« Dabei rollt eine kleine Träne über ihre Wange.

Eine andere Ernestine steigt zu Hause aus dem Zug. Eine, die dem Leben von einer neuen Seite begegnet ist. Die sich selbst begegnet ist. Die sich vom Leben hat aus dem Takt bringen lassen. Die gesundheitliche Störungen ernst genommen und zur rechten Zeit die Bremse gezogen hat.

»Luuudwig«, sie umarmt ihren Mann. »Du hast mir so gefehlt.«

Er zieht sie ganz nah an sich heran, streichelt ihr übers Gesicht und küsst sie. So umarmt stehen beide eine kleine Ewigkeit auf dem Bahnsteig.

»Denk dir, ich sehe dich heute ganz anders als sonst. Es ist mir, als treffe ich dich zum ersten Mal«, haucht sie ihm ins Ohr.

»Ich weiß. Und ich liebe dich dafür.«

Ernestine lässt sich in den nächsten Tagen einen Termin beim Betriebsarzt geben. Ihm hat sie ein Buch mitgebracht: »Das Neueste aus der Zellforschung.«

»Ich wollte nur noch einmal nachträglich Danke sagen. Für alles.«

»Was machen das Piepen im Ohr und die Schlafprobleme?«

»Es ist nicht vollständig verschwunden, aber alles sehr viel ruhiger und gebessert. Danke.«

»Ich kann Sie gerne noch weiter krankschreiben.«

»Mir wäre es fast lieber, ich könnte die nächsten Wochen verkürzt arbeiten.«

»Keine gute Idee, wenn Sie meinen Rat hören wollen. Nach einem gerade ausgeheilten Beinbruch würden Sie sicher auch nie auf die Idee kommen, gleich wieder ein bisschen Ski zu fahren.«

»In Ordnung. Der Punkt geht an Sie. Das leuchtet selbst mir ein. Dann überstehe ich eine weitere Krankschreibung.« Sie lächelt ihn an.

Ein Besuch in der Firma, das muss einfach sein. Die Sehnsucht nach ihrem geliebten Arbeitsplatz ist groß.

Mit staunenden Blicken wird sie aufs Herzlichste begrüßt.

Ihr neues Outfit sticht allen gleich ins Auge. Jeans, roter Pullover und hellblauer Anorak. Die alte Ernestine ist gestorben, und an die neue wird man sich gewöhnen müssen. Nach den üblichen Nachfragen zum Befinden, nach jeder Menge Small Talk bleibt sie zuletzt bei Elke sitzen.

»Elke, ich würde Ihnen gerne nach all den Jahren das Du anbieten.«

Elke ist gerührt und zögert nicht lange. »Gerne, dann sage ich ab heute nicht mehr Frau Springer, sondern gerne Ernestine.«

»Ja, genau, so hatte ich mir das gedacht.«

Außerdem übergibt sie Elke einen längst überfälligen und lange verdienten Gutschein mit folgendem Text:

Liebe Elke, wenn DU es mit mir aushältst, würde ich dich gerne zu einem Wellnesstag einladen. Wir beide ohne Telefon und Termine. Würd mich freuen, wenn du Ja sagst. Ernestine.

»Darf ich Sie oh ... dich umarmen?«

»Genau das hatte ich auch vor.«

»Vielen Dank, darüber freue ich mich wirklich sehr.«

»Und ich freue mich, wenn du mitkommst.«

Nach noch weiteren fünf Wochen Krankschreibung, einem Besuch beim Psychologen und viel Eigeninitiative mit sportlicher Betätigung nimmt Ernestine ihren Arbeitsplatz zu ihrem tiefsten Bedauern jedoch nicht wieder ein.

Glücklich? Nein, glücklich ist sie darüber nicht. Am Ende ist es ein beachtlicher Preis, den sie für die eigene Vernachlässigung zahlt. War doch ihre Arbeit stets ihr Lebenselixier und das Wichtigste vor allem anderen.

»Was mache ich dann, Ludwig? Ich will doch wieder arbeiten.« Sie sieht ihren Mann unglücklich an.

»Na, was wohl?« Dieser geduldige Mensch an ihrer Seite lächelt.

»Na, was?« Ernestine zuckt mit den Schultern.

»Erst mal mit mir und dem Bulli die Atlantikküste entlangfahren, und dann sehen wir weiter.«

Ernestine blickt ihn verdutzt an. »Das ist nicht dein Ernst?«

»Doch, aber wir können auch ein Wohnmobil nehmen.«

ALLES NUR EINE FRAGE DER ZEIT

Gretel hatte sich bereits ihre Yogasachen angezogen. Umringt von den anderen Frauen lehnte sie an einem der Heizkörper und berichtete von ihrer mittelschweren Katastrophe heute. Schon als sie den Raum betreten hatte, konnte man in ihre ziemlich angestrengt wirkenden Gesichtszüge schauen. Das hatte genügt, um zu wissen, dass bei der sonst so munteren Gretel etwas im Argen lag.

Mit ihren 74 Jahren war sie die älteste Teilnehmerin, eine, die stets im Hintergrund blieb, sich nie hervortat, immer auf den passenden Moment wartete, ihren trockenen Humor zum Besten zu geben. Dann aber konnte man nicht genug von ihr hören, so spannend erzählte sie. Immer voller Fröhlichkeit und Freude. Sie konnte jeder Sache etwas Gutes abgewinnen, heute nicht. Was war los bei der Frohnatur?

Das Übel, das Gretel heute plagte, hatte leider für sie überhaupt nichts Gutes, und sie wirkte aus verständlichem Grund mehr als unglücklich. Ihr zum unverzichtbaren Begleiter gewordenes Hörgerät war von der Reparatur nicht pünktlich zurückgekommen. Dadurch gelangten immer nur winzige Bruchteile zu ihr, und das bereits den ganzen Tag. Das nervte. Seit dem frühen Morgen schon haderte sie mit sich und überlegte, ob sie überhaupt kommen sollte. Nachbarin Rosi war am Nachmittag hartnäckig gewesen. »Zu Hause sitzt du auch nur allein herum «, überzeugte sie Gretel mit ihrer Überredungskunst. »Komm, gib dir einen Ruck. «

»Ich wäre an ihrer Stelle zu Hause geblieben «, ist sich Olga sicher, dass es so wenig Sinn machte.

Wäre ich nur wie immer meinem Gefühl gefolgt, bereute Gretel nach Olgas Kommentar, dass sie sich hatte beschwatzen lassen. Zwei der Damen besaßen selbst eine Hörhilfe und kannten das Drama, sich ausgegrenzt zu fühlen.

»Ich wollt das Ding gar nicht. Erst als die Enkel kamen und ich sie nicht verstehen konnte, hab ich mich überreden lassen. Heute möchte ich es nicht mehr missen. «

»Mir ist es so peinlich, wenn ich ständig nachfragen muss. «

»Würd am liebsten in den Erdboden versinken, wenn alle extra für mich lauter sprechen müssen. «

»Ach, Gretel, wir sind doch unter uns «, ermutigte Eleonore.

So unterschiedlich waren die Kommentare. Die jüngste der Teilnehmerinnen war bis eben ruhig geblieben, meldete sich aber jetzt zu Wort.

»Wisst ihr, seid doch froh, dass die Technik heute so weit ist. Mein Großvater hält auf alten Bildern noch ein riesiges schwarzes Sprachrohr an sein Ohr. «

»Jaaaa, hast ja recht «, zieht Olga den Satz ganz in die Länge.

Rosi fühlt sich angegriffen und will der vermeintlichen Zurechtweisung nicht zustimmen: »Komm du erst mal in unser Alter, dann reden wir weiter. «

Gretel schweigt.

Vertieft in ihre Bekundungen von Verständnis und persönlichen Erörterungen hatten die Damen nicht bemerkt, dass Timo an ihnen vorbeigegangen war. Er spürte, dass eine unruhige Energie im Raum war, während er derweil die Yogamatten verteilte, die Klangschalen an ihren Platz positionierte, die Technik aufbaute und die passende CD einlegte.

Timo, Anfang vierzig, kleine und drahtige Statur, große, grün-bräunlich wirkende Augen und blonde Haare. Er war von bescheidener, bodenständiger und respektvoller Art und gab in dem kleinen Gesundheitszentrum am Rande der Stadt Yoga- und Meditationskurse. So unscheinbar er nach außen auch wirken mochte, so bemerkenswert erstrahlte seine innere

Größe. Eine Größe, die Ruhe, Lebenskraft, Leichtigkeit und Erfahrung miteinander in Einklang brachte. Förmlich aufgesogen hatte er all das Wissen, die Weisheiten in den Jahren, die er fernab der hektischen westlichen Welt in einem bescheidenen Kloster in Indien gelebt hatte. Dort in dieser Stille schöpfte er die Kraft des Yoga und die den Geist nährende Ruhe der Meditation aus erster Hand. Das Leben schien zeitlos zu sein. Die Zeit in der Fremde ließ ihn reifen. Ihn erwachsener, männlicher und weiser werden. Seine Ziele änderten sich. Vor vier Jahren kehrte er in sein Heimatland Deutschland zurück.

Nicht im Geringsten geahnt hatte er, dass hier einmal er der Lehrende sein würde. Doch so unglaublich es ihm lange Zeit schien, eines Tages begriff er es als seine ihm auferlegte Lebensaufgabe, sein erworbenes Wissen mit anderen zu teilen. Alle tief und fest in ihm verankerten Erfahrungen waren seitdem stetig im Fluss zu seinen Mitmenschen. Yoga, Meditation und Timo waren zu einer Einheit verschmolzen. Untrennbar, unteilbar und zu einem Ganzen verbunden.

Wenn er am Freitagabend barfuß in seiner weißen Leinenhose und Tunika den Raum betrat, die Damen noch in den Austauschgesprächen über die zurückliegende Woche vertieft waren, wurde es innerhalb von Sekunden überraschend still.

Heute jedoch nicht. Erst als er die Klangschale anschlug, verstummten die Gespräche.

»Oh, Timo, du bist schon da.«

Timo senkte langsam und demütig den Kopf, wies mit einer Armbewegung auf die Matten. Dann ging er zu Gretel, die noch an der Tür stand.

»Geht es dir gut?« Die Nachfrage signalisierte, dass er nebenbei mitbekommen hatte, dass etwas nicht stimmte. Freundschaftlich legte er seinen Arm um sie. Leidend und etwas mürrisch berichtete Gretel kurz von ihrem Drama.

»Ich hätte zu Hause bleiben sollen.«

Timo schüttelte den Kopf: »Nein, nein, es ist gut, dass du gekommen bist, ich rede ein wenig lauter.« Zur Bekräftigung drückte er seine Umarmung noch etwas fester.

»Was hältst du davon, wenn du dich heute direkt neben mich legst?«

»Nein, nein, nicht nötig. Danke, Timo, lass nur. Das bringt nur Unruhe rein, jede hat doch ihren Platz.« Sie sieht, dass die anderen schon dabei waren, sich die Matten und das Kissen herzurichten. »Es geht schon, ich schau zu Rosi und den anderen, das klappt schon, mach du mal so wie immer.«

Für Timo ist dies Bescheidenheit am falschen Platze.

»Gretel, bitte«, ermunterte er sie abermals.

»Tu einfach, als wüsstest du von nichts.« Sie schüttelte den Kopf und hielt an ihrem Entschluss fest.

»Gretel, du bezahlst mich dafür, dass ich dir zur Entspannung verhelfe. Das ist doch richtig?«

Keinerlei Reaktion.

»Ich kann heute dann das Geld nicht annehmen, weil ich keine gute Arbeit leiste.«

Gretel blieb hartnäckig und nicht zu überzeugen.

»So ist es ja nun auch nicht. Lass uns anfangen«, ist ihre Stimme etwas energischer geworden.

Nach einigem Hin- und Her-Gehen der Damen, wurden die letzten Taschen zur Seite gestellt und die Haare vom Zopfgummi erlöst, dann saßen sie alle rechts und links an der Wand auf ihren Yogamatten.

In gemeinsamer Runde und heute doch allein hatte sich Gretel wie gewohnt auf ihren Stammplatz ganz hinten in der Ecke begeben. Am weitesten entfernt von Sprachrohr Timo.

Der ging jetzt leichten Schrittes fast lautlos von der Tür an allen vorbei zu seinem Platz. Zunickend blickte er von Gesicht zu Gesicht. Augenpaar um Augenpaar traf sich mit den seinen. Man bekam den Eindruck, als hole er sich über den fokussierten Augenkontakt jegliche befindliche Information aus den Gedanken seiner Teilnehmerinnen.

In der eingetretenen Stille hörte man seine tiefen Atemzüge, und es machte den Anschein, als hüllte er beim Gehen den Raum in Ruhe und eine freundschaftliche Liebe. Er war es jedoch selbst. Er war diese Ruhe und diese Liebe. Mit seinem Herzschlag schien er den Takt der folgenden Stunde vorzugeben, stimmte alle aufeinander ein, wie ein Dirigent es tut. Mit ihm verlangsamte sich die Zeit. Ein Außenstehender gewann schnell den Eindruck, er sei in jeder einzelnen Minute bei sich, mit seinem Tun und seinen Gedanken. Sprach ihn jedoch jemand daraufhin an, protestierte er.

»Dann wär ich ja bereits erleuchtet, nein, nein, ihr irrt, das ist auch für mich noch ein weiter Weg. Euch zum Trost, hoffe ich.«

Abgehetzt und gestresst? Nein, so war er noch nie zum abendlichen Kurs erschienen, auch nicht nach seiner anstrengenden Arbeit im Pflegeheim.

Stets machte er einen ausgeglichenen, einen entspannten Eindruck, hatte immer lächelnde Züge in seinem Gesicht, die ihn froh gestimmt und mit sich im Reinen wirken ließen.

»Namaste, meine Lieben.« Er verbeugte sich und nahm dann auch Platz. »Geht es euch gut?«

Individuelles Feedback auf die besondere Art. Schulterzucken oder nicken, mit den Augen zwinkern, ein Ja verlauten lassen.

Ohne die Köpfe dabei zu drehen, gingen heimliche Blicke zu Gretel.

Hätte ich nur nicht auf Rosi gehört. Gretel fühlte sich ins Visier gerückt. Timo unternahm ein letztes Mal den Versuch, Gretel mit einer Geste zu signalisieren, sie könne an seine Seite kommen. Vergebens. Sie schüttelte den Kopf und Timo begann.

»Sagt dann doch bitte eurem Körper, dass ihr die kommende Stunde nur für ihn da seid. Dass er das Wichtigste ist, ihr euch nur um ihn kümmert.«

Wie sie es gelernt hatten, nahmen sich alle nun selbst in die Arme. Umschlangen die eigenen Schultern, um sich gedanklich die Worte zu sagen: »Ich bin für dich da.«

Dann standen alle auf. Reckten, streckten und schüttelten sich, damit sich alle Verspannungen lockerten, lösten und den Körper frei machten. Imaginär flossen dabei gezielt Hektik, Stress, Anspannung und alles Negative, was schwächte und schadete, durch die Fußsohlen aus dem Körper. So lange, bis sie spürten, dass der Kopf frei war. Wenigstens hier, einmal in der Woche, nicht nachdenken müssen und ankommen, ein jeder bei sich selbst. Es gelang Timo ausnahmslos, Woche für Woche verschaffte er allen Wohlbehagen. So ein kleines Stück Urlaub mitten in dem üblichen Alltag.

Danach legten sich alle auf den Boden und Timo gab gezielte Bewegungsmuster vor.

Mit einem Auge beobachtete er Gretel, die nach einigen Minuten mit ihren Übungen hinterherhing und umherwuselte. Erst schaute sie nach rechts zu Olga, dann nach links zu Rosi. Für einen winzigen Augenblick in sich gekehrt überdachte Timo die Situation. Einfach zuzusehen, die gesamte Stunde, das konnte er nicht. Viel zu groß waren Achtung und Respekt seiner Aufgabe gegenüber.

Dementsprechend war er sich darüber im Klaren, dass er sanft reagieren musste. Ohne dass es für Gretel verletzend wirkte. Die über Jahre zusammengewachsene Runde von Menschen, die gelernt hatten, sich zu vertrauen, gab ihm Rückhalt.

Timo stand auf, ging bis in die Ecke, machte eine Kopfbewegung zu Rosi und schaute nun Gretel mit festem Blick in die Augen. Dann kniete er sich zu ihr nieder, nahm behutsam ihre eine Hand in seine.

»Gretel, schau mich an. Schau, das ist doch alles nur eine Frage der Zeit. Irgendwann einmal bin ich der alte Mann, der nicht mehr hören kann und der sich dann sicher sehr freut, wenn da vorne so ein junger Spund sitzt und mich mit einbezieht und nicht links liegen lässt. Komm, leg dich bitte zu mir an meine Seite. Tu es für dich.«

Endlich. Der Satz war angekommen. Timos ehrliche Worte wandelten Gretels Sturheit in Einsicht. Er saß immer noch am Boden, zupfte vorsichtig an Gretels Hand.

»Komm.«

Zögerlich drehte Gretel sich auf die Seite und stand sehr langsam auf. Timo nickte ihr erfreut zu, half ein wenig und nahm sie an seiner Hand mit zu sich. Eleonore, die neben Timo lag, war bereits aufgestanden und belegte den frei gewordenen Platz.

Nun lag Gretel neben Timo und atmete auf. Ehe er fortfuhr, griff er erneut nach ihrer Hand, drückte sie. Verlegen lächelte sie ihn an. Das war so gar nicht ihre Art, Umstände zu bereiten, im Vordergrund zu stehen.

Jeden nun folgenden Satz sprach Timo bedacht zur Seite gewandt direkt in ihr Ohr. Es erleichterte ihn, zu sehen, wie jetzt alles besser lief. Wie Gretel den Rest der Stunde mit allen anderen gleichzeitig ihre Bewegungen vollzog. Wie durch eine einfache kleine Geste mehr Qualität entstand, ohne viel Aufwand, ohne den anderen etwas wegzunehmen. Das waren für ihn jedes Mal die Momente, in denen er zutiefst zufrieden mit dem war, was er täglich tun durfte. Für die Menschen, die ihn aufsuchten und sich auf ihn einließen.

Die Übungen waren geschafft. Entspannung.

Nach dem Verteilen der Decken lagen nach einer Weile alle eingekuschelt vor ihm und er begann: »Ihr Lieben, Gretel hat uns allen heute ein großes Geschenk mitgebracht, das ich jetzt zum Schluss mit euch teilen möchte.« In kurzen Sätzen formulierte er seine Bitte.

»Gewährt doch dem Gedanken, älter zu werden, alt zu sein, einmal Einlass.« Kurze Pause.

»Öffnet euer Herz für das Alter. Heißt es willkommen und denkt die Worte: Ich hab dich schon erwartet, denn ich wusste, dass du eines Tages auch zu mir kommst.«

Leise sanfte Musik erklang, Timo summte eine zweite Stimme dazu.

»Manchmal müssen wir gar nicht erst alt werden, um auf Hilfe und Verständnis angewiesen zu sein.«

In diesem Zusammenhang suggerierte er allen, dem Gefühl, auf Hilfe angewiesen zu sein, zu folgen, es zuzulassen und ihm nachzuspüren, wie es sich anfühlt.

»Was macht es mit euch?«

Die Musik begann, ein wenig kräftiger zu klingen.

»Stellt euch die Frage: Fällt es mir leicht, Hilfe anzunehmen?«

Für eine Viertelstunde blieb dann jede still bei sich, um den im Raum stehenden Fragen Zeit zu geben und nach Antworten zu suchen. Zu reflektieren, den eigenen Gedanken und Gefühlen zu lauschen, sie wahr und wichtig zu nehmen.

Dann schlug Timo drei Mal eine Klangschale an. Dies bedeutete für alle: langsam recken, strecken und so ganz allmählich wieder ins Wachbewusstsein gelangen. Sich im Raum, im Hier und Jetzt wieder einzufinden. Jeder in seiner eigenen Zeit.

Ansonsten begann dann für gewöhnlich allmählich das erste Geflüster. Heute nicht. Alle verhielten sich still, eher schweigsam. Timo stand auf, holte Tassen und die vorbereitete Thermoskanne Tee, dann schenkte er jeder ein Schlückchen ein.

Er blickte in die fragenden Gesichter. »Eine außergewöhnliche Stunde heute, was meint ihr?«

Unsichere Zustimmung bei allen.

»Da magst du mehr als recht haben«, meldete sich Olga wie immer als Erste.

Rosi schaute zu ihrer Nachbarin rüber. »Ohne Gretel wäre sie nicht möglich gewesen.«

Einige stille Minuten, jeder nippte an der Tasse Tee, wartete auf die abschließende Wegbegleitung.

»Fühlt ihr euch eigentlich ständig verpflichtet, eine Gegenleistung zu erbringen, wenn ihr Hilfe empfangt?«

In kollektivem Einvernehmen nickten alle.

»Ihr wollt also die erhaltene Unterstützung stets wiedergutmachen, stimmts?«

»Ich fühl mich immer dazu verpflichtet«, war Olgas Kommentar.

»Das gehört sich aber auch so«, pflichtete Rosi bei.

»Man kann doch Hilfe nicht einfach annehmen.«

»Alles andere ist ausnutzen, Timo.«

So äußerten alle ihre Meinung, und insgesamt bestätigten alle einstimmig, dieses immer gutmachen und aufwiegen zu wollen.

»Wisst ihr, dabei unterschätzt ihr alle die einfachste Möglichkeit. Die alles wertschätzt, alles aufwiegt, alles gutmacht. Alles zahlt.«

Nicht so ganz ahnend, worauf er hinaus wollte, blickten sie ihn an.

»Ein einfaches ehrliches ›Danke‹ wiegt alles auf, meine Lieben.« Damit beendete er den Abend.

»Danke und Namaste.« Timo verneigte sich.

»Namaste«, taten es ihm die anderen gleich.

Bei Gretel dauerte es am längsten, bis sie aufgestanden und alles wieder eingepackt hatte. Rosi half und wartete auf sie.

Timo packte ebenfalls zusammen, ging dann noch einmal auf Gretel zu.

»Geht es dir gut?«, erkundigte er sich.

»Danke.« Gretel drückte seine Hand und ging. Auch wenn sie in der Tiefe nicht ganz davon überzeugt war, dass dieses kleine Wort alles beinhaltete, was heute wichtig war, zu sagen.